Paul Grote
Ein Weingut für sein Schweigen

AF178223

Paul Grote

Ein *Weingut*
für sein Schweigen

Kriminalroman

dtv

Von Paul Grote
sind bei dtv außerdem erschienen:
Der Champagner-Fonds
Königin bis zum Morgengrauen
Die Spur des Barolo
Die Insel, der Wein und der Tod

Originalausgabe 2021
3. Auflage 2024
© 2021 dtv Verlagsgesellschaft mbH & Co. KG, München
Umschlaggestaltung: Katharina Netolitzky
unter Verwendung von Motiven von
shutterstock.com und Chlorophylle/stock.adobe.com
Satz: C.H.Beck.Media.Solutions, Nördlingen
Gesetzt aus der Minion 10/11,75·
Druck und Bindung: Druckerei C.H.Beck, Nördlingen
Printed in Germany · ISBN 978-3-423-21953-2

Gewidmet all jenen,
die auf dem Weg nach Westen starben

Wer die Wahrheit sagt,
den treiben sie durch sieben Dörfer
Türkisches Sprichwort

Personen

Georg Hellberger, *Winzer, mit Susanne verheiratet*

Rose Hellberger, *Studentin, Georgs jüngste Tochter*

Susanne Berthold, *Winzerin*

Kilian Berthold, *Gymnasiast, ihr jüngster Sohn*

Alexander Semmering, *Hellbergers Auftraggeber*

Peter Studt, *betreibt ein Weingut*

Renate Studt, *seine Ehefrau*

Hilde Wagner, *Georgs Gastgeberin, Kunsthistorikerin*

Theo Wagner, *ihr Sohn, arbeitslos*

Rico Schmidt, *Architekt, pensioniert*

Leufert und Tischler, *Informanten*

Strecker und sein Schwiegersohn, *Bestatter*

Pepe, Ritze und Keule, *Biker und Georgs harte Freunde*

Beamte des BND, der Kripo und des LKA Sachsen

1. Kapitel

Der Auftrag

»Wer war der Mann?« Georg Hellberger ging um seinen Schreibtisch herum und setzte sich, mehr an der Post interessiert, die heute gekommen war, als an der Beantwortung seiner Frage. Es kamen häufig allerlei Leute bei ihnen auf dem Weingut vorbei, die irgendetwas wollten.

»Das hat der Herr mir nicht verraten«, antwortete Klaus, seit einem halben Jahr auf dem Weingut Berthold & Hellberger als Kellermeister tätig.

»Hast du ihn nicht gefragt?« Georg griff nach dem Brief vom Finanzamt. Er hatte es sich zur Regel gemacht, die unangenehmen Dinge als Erstes zu erledigen. Eine Forderung erwartend, riss er den Umschlag auf.

»Was denkst du denn?« Klaus baute sich unwillig ihm gegenüber auf. »Selbstverständlich habe ich gefragt. Aber er meinte, dass er lieber mit dem Chef persönlich sprechen würde, der feine Herr, nicht mal mit der Chefin …«

»Reg dich nicht gleich auf.« Georg starrte auf den Bescheid. »Ich tu's auch nicht.« Aber er lächelte.

»Vom Finanzamt?« Klaus streckte den Hals, wollte einen Blick auf das Schreiben werfen. »Was gibt's da zu lächeln?«

»Wenn man was zurückbekommt, womit man nicht gerechnet hat – ist das kein Grund zum Lächeln? Nun, wer war der Mann wohl? Irgendwas muss er ja gewollt haben …«

»Das glaube ich auch, nur mir hat er es nicht gesagt. Ich habe ihn nach seiner Visitenkarte gefragt, auch damit wollte er nicht rausrücken, aber er sah nicht so aus, als hätte er keine. Ein komischer Vertreter ...«

»Hat er keinerlei Andeutungen gemacht? Welchen Eindruck hattest du von ihm?« Georg war neugierig geworden. Er kannte Klaus lange genug, um auf seine Urteilsfähigkeit zu bauen. Vor acht Jahren, als er an die Mosel gekommen war und gegenüber auf dem Weingut von Stefan Sauter eine Weile gelebt hatte, war Klaus noch Lehrling gewesen, in permanentem Streit mit seinem Ausbilder. Inzwischen hatte er die Hochschule in Geisenheim absolviert, hatte seinen Master gemacht – und als Georg sich endgültig mit Susanne Berthold zusammengetan, das Nebenhaus gekauft, die Keller erweitert und einige Hektar Rebland gepachtet hatte, brauchten sie dringend jemanden wie ihn.

Georg hatte von Klaus unendlich viel über den Weinbau gelernt, und er hatte eine gute, kollegiale Art, ihm, seinem Chef, sein Wissen zu vermitteln. Er kannte die Mosel und ihre Hänge, wusste, was dem Boden und den Reben zuzumuten war, kannte das Klima so gut wie die Nachbarn und die Mentalität der übrigen Bewohner des Moseltals. Er war einer von ihnen. Georg hingegen fühlte sich hier auch nach acht Jahren häufig noch immer fremd. Trotz des Altersunterschieds und seiner Position als Chef verband Klaus und ihn seit Langem eine Freundschaft. Wenn es um Wein und Menschen ging, hörte er grundsätzlich auf Klaus' Rat, weniger auf den seiner Frau. Sie hingegen hielt den Laden und die Patchworkfamilie zusammen.

»Er kam um neun Uhr auf den Hof – ich hatte gerade mein Frühstück beendet – und starrte die Tanks an, besonders hatte es ihm unsere neue Korbpresse angetan. Er fragte speziell nach dir. Er komme aufgrund einer Empfehlung, es sei etwas Persönliches.«

»Hat er zumindest gesagt, auf wessen Rat hin?«

Klaus schüttelte den Kopf. »Auch das nicht. Ich hielt ihn

anfangs für einen Wichtigtuer. Aber dazu trat er zu geschäftsmäßig auf, so um die fünfzig, nehme ich an, glattes Gesicht, irgendwie vornehm, war gut angezogen, teure Krawatte, teure Armbanduhr, soweit ich das beurteilen kann. Genau der Typ, der gern teure Weine trinkt.«

Georg lächelte, er kannte diese Spezies. »Er hat keine Telefonnummer hinterlassen, gar nichts, den Wohnort vielleicht?« Ihm schwante nichts Gutes. Auf eine Empfehlung hin war er gekommen? Als Winzer oder Weinbauexperte wird man eher Klaus als mich empfohlen haben, dachte er, oder Stefan Sauter von gegenüber. Georg hielt sich mittlerweile zwar für recht gut in Sachen Weinbau und Kellerwirtschaft, aber ihm fehlte noch unendlich viel, er spürte es jeden Tag, denn die Bedingungen, unter denen sie Wein anbauten, änderten sich nicht mehr nur von Jahr zu Jahr.

Aber er holte auf, sein Bezug war Klaus, den er in seinem zweiten Lehrjahr kennengelernt hatte. Mit seinen sechsundzwanzig Jahren hatte er ihm gegenüber einen riesigen Vorsprung, hatte ihm das Studium von Weinbau, Önologie und Kellerwirtschaft voraus. Dass Georg ihm jeden Monat einen Zuschuss hatte zukommen lassen, war nicht ohne Eigennutz geschehen. Auch Stefan Sauter, Klaus' Lehrmeister und sein Winzerfreund, hatte monatlich zweihundert Euro rübergeschoben. Sonst hätte er es nicht geschafft, seine Mutter hätte ihn als Alleinstehende nicht drei Jahre lang finanzieren können. Und mit Bafög kam man nicht weit. Jetzt profitierten sie alle, Sauter wie Georg, von dem brandaktuellen Wissen des jungen Mannes. Bei Sauter konnte er nur deshalb nicht arbeiten, weil er sich mit dessen Kellermeister Bischof nach fünf Minuten bereits in die Haare geriet.

Georg hätte sich lieber mit Wein beschäftigt oder mit dem positiven Bescheid des Finanzamtes, aber der Besuch des Unbekannten ließ ihm keine Ruhe. In Sachen Wein wäre Klaus durchaus ein guter Ansprechpartner gewesen, aber da der Fremde ihn hatte sprechen wollen, konnte es nur mit seiner Vergangenheit in Hannover zu tun haben. Daran erinnerte er sich noch immer mit einem gewissen Schauder. Die Ereignisse von damals hatten ihn lange verfolgt, in seinen Gedanken, in seinen Träumen und vor dem Arbeitsgericht durch die Instanzen.

»Na ja, er wird sich wieder melden«, meinte Klaus. »Wenn er wirklich was will – oder auch nicht.« Für ihn schien das Thema erledigt, er wandte sich ab und öffnete die Bürotür. »Du findest mich mit Tarek im Lager. Am Nachmittag will ich zur Sonnenuhr, mir den Zustand unserer Reben dort ansehen. Ich nehme an, du kommst mit?«

»Selbstverständlich, wenn der Unbekannte mir nicht dazwischenfunkt. Wir sehen uns beim Mittagessen?«

Klaus schaute auf die Armbanduhr, nickte und verschwand eilig. Ihm musste niemand erklären, was zu tun war.

Georg starrte auf die Tür, die der Kellermeister lautlos geschlossen hatte. Er bewegte sich sowieso immer lautlos, außer er saß auf seiner Geländemaschine und knatterte durch Zeltingen-Rachtig. Georg nahm das Schreiben des Finanzamtes zur Hand und starrte auf die Buchstaben und Zahlen. Doch statt sie wahrzunehmen, brachen sich die Erinnerungen an sein früheres Leben in Hannover Bahn.

Mit Judo hatte alles angefangen. Wenn er heute daran zurückdachte, war ihm klar: Er hatte seine Schwäche, fremden Ansprüchen etwas entgegenzusetzen, mit dem Kampfsport kompensieren wollen. Aber das war ihm weder gelungen noch bewusst gewesen. Sein Sport und sein kräftiger Körperbau hatten ihm allerdings die Möglichkeit eröffnet, sich als Security bei Rockkonzerten und anderen Massenevents das Geld für sein Studium zu verdienen, etwas, das seine Eltern für Unsinn hielten. Eine kaufmännische Lehre täte es auch, so sein Vater. Unter Betriebswirtschaft konnten sie sich wenig vorstellen – sogar das Abitur hatte er nur unter Protest machen dürfen –, und außerdem habe er ihnen schon lange genug auf der Tasche gelegen.

So war er zu der Sicherheitsfirma gekommen, für die er vorher die Muskeln hatte spielen lassen. Und irgendwann nach Jahren war er kaufmännischer Geschäftsführer geworden – bis sein Chef kränkelte und die Amerikaner den Laden übernahmen, ihn in COS umbenannten, Customers Overseas Service, und seiner Ansicht nach eine Agentur für Wirtschaftsspionage daraus machen wollten. Sein Widerstand gegen diese Veränderung war der Grund für den unvermeidlichen Rauswurf. Ob es dabei geblieben war, ob die Firma eine Abteilung des Special Collection Service geworden war, einer US-Abhörorganisation mit Sitz in der Berliner Botschaft, oder sich auf die Überwachung deutscher Politiker und Konzerne spezialisiert hatte, entzog sich seiner Kenntnis.

Nach ihm hatten weitere Mitarbeiter gekündigt, die wie er die Arbeit von COS als gefährlich angesehen hatten. Aber die in dem jahrelangen Prozess erstrittene Abfindung hatte ihm die Mittel eingebracht, um sich hier ins Weingut von Susanne einzukaufen. Von seinem Haus in Hannover hatte seine Exfrau die Hälfte bekommen, die andere Hälfte hatte als Eigenkapital gereicht, den Kredit für den Kauf des Nachbarhauses abzusichern und nötige Umbaumaßnahmen durchzuführen, unter anderem die Keller zusammenzulegen, den Zwischenraum zwischen beiden Häusern zu überdachen und einige bestockte Flächen hinzuzupachten. Georg starrte noch immer vor sich hin, als Susanne den Raum betrat.

»Was schaust du so finster? Welche düsteren Gedanken plagen dich denn gerade?« Sie trat neben ihn und legte ihm beruhigend den Arm um die Schultern. »Du siehst so angespannt aus, mein Lieber, als würden dich die bösen Geister heimsuchen. Was ist los?«

»Nichts, es ist nichts«, wehrte Georg ab und wusste, dass Susanne es ihm nicht abnahm. Aber er wollte sie nicht mit den alten Geschichten behelligen. Die Gegenwart war deutlich besser als ihrer beider Vergangenheit. »Hast du etwas von dem Besucher mitbekommen, der nach mir gefragt hat?«

»Das macht dir Sorgen?« Susanne hatte Klaus zwar mit einem Fremden im Hof sprechen sehen, doch sie hatte den beiden Männern keine weitere Aufmerksamkeit geschenkt. »Ich war viel zu beschäftigt mit der guten Nachricht, die vorhin per E-Mail reingekommen ist. Wir haben den Auftrag von der Cateringfirma. Sie wollen drei gemischte Paletten für einen Event. Sie haben die Preise akzeptiert. Tarek hat bereits mit dem Packen angefangen.« Sie meinte den jungen Syrer, der seit einem halben Jahr bei ihnen arbeitete.

Dass die Cateringfirma ihr Angebot akzeptierte, war für Georg mehr als verwunderlich. »Ohne jede Reklamation? Kein Gejammer über die Preise? Sonst meckern die Weinhändler bereits bei einer Lieferung von zwölf Flaschen. Was ist das für ein Laden?«

Susanne sah keinen Grund zur Skepsis. »Ich habe mir die vorgelegten Dokumente genau angesehen, die Steuernummer, den Handelsregistereintrag, auch die Schufa-Auskunft ist in Ordnung. Das haben sie alles vorgelegt. Und sie wollen bei dem Event explizit deutsche Weine anbieten, Weine der Mosel. Was soll daran falsch sein? Sei nicht immer so misstrauisch. Freu dich lieber. Einen Auftrag in dieser Größenordnung können wir gut gebrauchen. Ich hoffe, wir werden in Zukunft häufiger mit der Paradies GmbH zusammenarbeiten. Wenn der Wein gut angenommen würde, könnten sich Folgeaufträge anschließen, heißt es.«

Damit kamen sie immer, mögliche Folgeaufträge waren die Karotte, mit der man den Esel zum Weitergehen animierte. »Für wen wird der Event ausgerichtet, wer ist der

Auftraggeber?« Georg blieb vorsichtig, es musste sich nicht unbedingt um eine Großveranstaltung handeln, tausendsiebenhundert Flaschen waren nicht die Welt, aber einige Tausend Teilnehmer mussten zusammenkommen, um die auszutrinken.

»Es geht wohl um die Vorstellung eines neuen Autos, mehr wollte Herr Weber nicht preisgeben, er habe sich des Wagentyps wegen dem Auftraggeber gegenüber zu Stillschweigen verpflichtet, und außerdem wisse er es selbst nicht.«

»Wo soll die Vorstellung steigen?«

»Danach habe ich nicht gefragt, die Paletten werden abgeholt«, sagte Susanne. Ihr war deutlich anzumerken, dass ihr Georgs Fragerei auf die Nerven ging.

Aber er ließ nicht locker. Der letzte Punkt für Georg waren die Rabatte. »Sie haben die zwanzig Prozent akzeptiert?« Normalerweise war das eine Frage, über die länger und intensiver diskutiert werden musste, bis man zu einer Lösung gelangte. Warum sollte man der Paradies GmbH bessere Konditionen einräumen als den Weinhändlern? »Sie haben auch das Zahlungsziel von einem Monat akzeptiert? Einfach so, ohne nachzuverhandeln?« Für Georg ging das alles viel zu glatt über die Bühne. Es gab nichts ohne einen Haken.

»Du siehst Gespenster, mein Lieber.« Susanne nickte gut gelaunt. »Wir haben lediglich die Zusammensetzung der Lieferung verändert, jetzt überwiegen die Weißen, Riesling, Chardonnay und Weißburgunder. Auf den war er ganz scharf. Es ist nicht das erste Geschäft dieser Art, das ich abschließe. Freu dich darüber – sonst beklagst du dich, dass ich vieles negativ sehe.«

Das tat Georg schon lange nicht mehr. Anfangs, als sie sich kennengelernt hatten, war ihr Misstrauen Männern gegenüber extrem. Er kannte den Grund, die Nachbarn hatten ihn gleich in den ersten Tagen darüber informiert, dass ein

Jahr nach der Geburt des zweiten Kindes der Vater spurlos verschwunden war, auf Nimmerwiedersehen. Es war allen klar gewesen, auch der Polizei, dass er keinem Verbrechen zum Opfer gefallen war, denn er hatte vor seinem Abtauchen am selben Tag sowohl ihr Privatkonto wie auch das der Firma geplündert, und alle persönlichen Dokumente waren verschwunden. Das Weingut hatte er nicht mitgehen lassen; er hätte es wahrscheinlich getan, wenn es nicht auf Susannes Namen eingetragen gewesen wäre, es handelte sich schließlich um das Erbe ihrer Eltern. Dann hatte sie, von Beruf Diplom-Geologin, sich jahrelang abgerackert, um den Betrieb zu erhalten und ihre beiden Söhne durchzubringen, bis Georg eines Tages hier an der Mosel mit einem totalen Burn-out aufgeschlagen war. Später, als er sich erholt und bei ihr eine Art Betriebsprüfung durchgeführt hatte, war sie fast pleite.

Kilian, Susannes Jüngster, hatte an Georg einen Narren gefressen, vielmehr einen Vater gesucht, eine männliche Orientierung, hatte ihn nach und nach auf ihre Seite gezogen, ihn Stefan Sauter abspenstig gemacht und seine Mutter mit ihm verkuppelt. Danach war Rose hier aufgetaucht. Georgs jüngste Tochter hatte – im Gegensatz zu ihrer Schwester Jasmin – die Gelegenheit genutzt, ihrem Vater zu folgen und der ungeliebten Mutter zu entkommen. Rose hatte sich gut integriert.

Für Georg war es eine wunderbare Lösung, wäre da nicht der Zweikampf der Brüder um die Gunst des Mädchens entbrannt, obwohl sie inzwischen weit weg und im zweiten Semester war. Kilian war ihm ans Herz gewachsen wie ein eigener Sohn und hatte die Auseinandersetzung mit Karsten für sich entschieden. Mit ihm, dem Älteren, war er bis heute nicht warm geworden, der war noch immer auf der verzweifelten Suche nach dem Vater und gab seiner Mutter die Schuld an dessen Verschwinden. Jede freundliche Annäherung Georgs wurde brüsk zurückgewiesen, jeder Rat ausgeschlagen, jedem Entgegenkommen eine Abfuhr erteilt. Dieses Verhalten wurde zu seiner zweiten Natur (an die erste erinnerte er sich nicht einmal selbst), und alle und jeden machte er für sein Unglück verantwortlich. In der Schule war er zum Einzelgänger und Klassenprimus geworden, sein Bruder hingegen war als Klassensprecher gewählt worden, was im letzten Jahr den Konflikt zwischen den beiden weiter verschärft hatte.

Es gab Tage, da fürchtete sich Georg vor dem Mittagessen, wenn die beiden Jungen, seine Tochter Rose und Susanne ihm gegenübersaßen, wenn gestritten oder geschwiegen oder um Sympathien gebuhlt wurde. In diesen Momenten war Klaus' Gegenwart am hilfreichsten, er fand klare Worte und schob die beiden Jungen auf die ihnen zustehenden Plätze. Er war der am wenigsten mit Schuldkomplexen Beladene von ihnen. Und Georg war froh, wenn er nach dem Essen aufstehen und im Keller oder im Weinberg verschwinden konnte.

Er hörte das Quietschen des grünen Hoftors, es erinnerte ihn daran, das Ölkännchen in die Hand zu nehmen. Als er aus dem Fenster zum Hof blickte, vermutete er, Kilians Blondschopf über sein Rennrad gebeugt zu sehen, aber es war ein Fremder. Der Unbekannte, von dem Klaus gesprochen hatte?

Georg stand auf, durchquerte den dunklen Korridor, trat auf der obersten Treppenstufe ins Licht und sah dem Fremden mit unverhohlener Skepsis entgegen. Dann ging er vier Stufen auf ihn zu.

Die ersten drei Sekunden entscheiden, sagte sich Georg. Er hatte die Erfahrung gemacht, dass diese Regel sich immer wieder aufs Neue bestätigte. Sein Gegenüber war etwa gleich groß, nur schmaler als er und einige Jahre älter, ein Eindruck, den das graue Haar noch unterstützte, er mochte an die sechzig heranreichen. Das Gesicht war freundlich und offen, in den Augen las Georg Entschiedenheit, wie auch im Kinn, zugleich auch Zweifel. Er interpretierte es als Erfolg, dem dennoch etwas fehlte – vielleicht war es die Krone, die er sich aufsetzen wollte? Oder die Anerkennung, die man sich selbst schuldete? Am Geld mochte es nicht liegen, Georg hatte keinen armen Mann vor sich, der hellgraue Anzug stammte nicht von C&A.

Auch der Fremde maß ihn mit seinem Blick, er musste es gewohnt sein, Menschen zu beurteilen, um von ihnen etwas verlangen zu können und zu wissen, wie weit er mit seinen Forderungen – oder Anforderungen – gehen durfte. Schwäche zeigte er jedenfalls nicht. Er streckte die rechte Hand mit dem Ehering aus, da erst bemerkte Georg an der linken Hand den golden gefassten Siegelring mit dem Lapislazuli.

»Alexander Semmering, Und Sie sind Georg Hellberger?«

Das alles gehörte zum Ritual der ersten Begegnung: das gegenseitige Abschätzen, ein Kräftemessen und die eigene Befragung, ob die jeweiligen Erwartungen erfüllt werden konnten. Das jedenfalls las Georg aus dem Blick und der Art des längeren Händeschüttelns. Das hier, diese Begegnung, das war ihm klar, würde nicht ohne Folgen bleiben.

Trotz seiner Skepsis und seines Unwillens war ihm Semmering auf eine spezielle Art sympathisch – ein Gefühl, das seiner Neugier entsprang –, deshalb blieb Georg freundlich und dabei bemüht, sich keine seiner Regungen anmerken zu lassen. »Sie waren heute bereits hier, sagte mein Kellermeister. Was kann ich für Sie tun?«

Semmering holte tief Luft, beugte sich ein wenig vor, Vertraulichkeit suggerierend, und lächelte gewinnend. »Sie können oder könnten sehr viel für mich tun, Herr Hellberger! Aber wollen wir uns nicht irgendwo setzen, wo wir ungestört sind? Unser Gespräch könnte länger dauern.«

»Geben Sie mir mal einen Tipp, worum es geht, dann kann ich entscheiden, wo …«

»Ich möchte, dass Sie für mich ein Weingut ansehen«, unterbrach Semmering, »nein, besser gesagt, dass Sie klären, was es mit dem Weingut und seinem Besitzer auf sich hat.«

Georg, im Begriff, den Besucher in die Probierstube zu führen, einen neutraleren Ort gab es in diesem Haus nicht, zögerte mit der Antwort. »Deshalb kommen Sie ausgerechnet zu mir?« Sein Gegenüber machte nicht den Eindruck, als wäre er auf den Kopf gefallen, als könnte er sich nicht selbst einen Eindruck verschaffen oder Einblick gewinnen. Genau das fragte er ihn. »Wenn Sie ein Weingut kaufen wollen, weshalb machen Sie das nicht selbst? Außerdem stehen die meisten Weingüter Besuchern offen, man kann probieren, die Winzer sprechen gern über ihre Arbeit und leben davon, ihren Wein entsprechend zu verkaufen, meistens mit einer schönen Geschichte. Und niemand verlangt den Personalausweis.«

Semmering wand sich, als hätte er Mühe, sich zu einer Antwort durchzuringen. »Ich möchte gern, dass es sich um eine neutrale Person handelt, jemand, der das objektiv sieht. Aber bitte, setzen wir uns lieber, im Sitzen kann ich alles besser erklären …«

Georg dachte daran, Klaus zu rufen, aber Semmering hatte betont, nur mit ihm sprechen zu wollen.

»Vielleicht gehen wir zum ›Zeltinger Hof‹, ich habe gesehen, es sind nur wenige Schritte, ich lade Sie gern zum Essen ein.«

»Besten Dank, wir essen jedoch bei uns gemeinsam mit den Mitarbeitern.« Georg schaute auf die Uhr, um deutlich zu machen, dass er nicht unbegrenzt zur Verfügung stand. »Danach halten wir üblicherweise unsere Arbeitsbesprechung ab« – wenn es die Arbeit zuließ, auch mal ein Mittagsschläfchen – »klären, wie es am Nachmittag weitergeht und wer morgen welche Arbeiten übernimmt. Außerdem sollte jemand am Telefon bleiben.« Georg merkte, dass er den Besucher nicht so schnell loswürde. »Nun gut, gehen wir besser in mein Büro. Folgen Sie mir.«

Im Korridor stellte er Semmering kurz seiner Frau vor und signalisierte ihr, dass sie nicht gestört werden wollten, dann wies er im Büro auf den Platz, an dem sonst Susanne saß, schob einige Papiere zusammen und legte das unwichtigste Dokument oben auf den Stapel. Dann warf er die Kaffeemaschine an, was ihm noch einen Moment Zeit ließ, sich auf diesen »Kunden« einzustellen, bis sie beide eine Tasse vor sich stehen hatten und Georg ihm gegenübersaß. Jetzt blickte er nochmals auf Semmerings gepflegte Hände und die im Gegensatz zu seinen absolut sauberen Fingernägel. So jemand konnte nichts mit Weinbau zu tun haben, außer er residierte in der Chef- oder Marketingetage einer Großkellerei.

»Erzählen Sie bitte der Reihe nach«, bat er. »Ich soll also für Sie ein Weingut besichtigen. Und wo soll das sein? Hier in der Nachbarschaft, an der Mosel?«

»Nein, keineswegs.« Semmering beugte sich verschwörerisch vor, als wäre die Antwort nur für Georg bestimmt. »In Sachsen, Herr Hellberger, an der Elbe! Zwischen Dresden und Meißen.«

»In Sachsen? An der Elbe?«, wiederholte Georg ungläubig. »Wie kommen Sie darauf, mich zu fragen? Ich kenne mich ein wenig in diesem Abschnitt der Mosel aus, zumindest an dieser Schleife, aber in Sachsen war ich noch nie!«

»Bestens, ausgezeichnet!«

»Wie gesagt: Ich war da noch nie«, wiederholte Georg, seine Ablehnung unterstreichend, fast ein wenig empört, als wäre es ein Unding, ihn überhaupt zu fragen. Gleichzeitig ließ das Anliegen seine Neugier weiterwachsen. Sachsen? Das war für ihn ähnlich weit entfernt wie das türkische Anatolien. Dresden! Meißen! Das waren Wörter, aber keine Städte für ihn, das waren nicht einmal schwammige Vorstellungen von Gegenden der ehemaligen DDR, der Deutschen Demokratischen Republik, der Sowjetischen Besatzungszone – ach, das war ein Rattenschwanz von Assoziationen, der sich da auftat. Mauertote, die SED, die Sozialistische Einheitspartei Deutschlands, und die Stasi, für ihn alles leere Worte, Bilder im Fernsehen, Artikel in Zeitungen, Kommentare im Radio. Er war fünfzehn gewesen, als die Mauer fiel. Im Fernsehen hatte er es gesehen und sich gefragt, was die Leute, die über die Grenzübergänge drängten, alle hier wollten. »Ich weiß nichts von Sachsen, ich weiß so gut wie nichts über die ehemalige DDR, nichts, was über den Horizont des durchschnittlich ungebildeten Bürgers hinausgeht. Wir sind mal in Frankreich gewesen und in Italien, es gab eine Klassenfahrt nach Amsterdam. Bei der Wiedervereinigung 1990 habe ich in Hannover gelebt, die Wiedervereinigung habe ich nur im Fernsehen mitgekriegt …«

»Wunderbar«, sagte Semmering, als hätte Georg das bestätigt, wonach er gesucht hatte. »Genau so jemanden brauche ich, jemanden, der ohne Vorurteile an die Sache herangeht.«

»Keine Vorurteile? Warten Sie's ab! Meine Eltern hatten keinerlei Verbindungen in die DDR, wir hatten weder dort noch in Westberlin Verwandte. Die Stadt hat meine Eltern nicht interessiert, Kultur war nicht ihre Sache, und ich war nur mit der Schule und mit Judo beschäftigt. Da bin ich vor der Wende mal mit unserer Mannschaft durch die DDR gefahren, im Bus über Helmstedt nach Berlin. An der Meisterschaft haben auch Judoka aus der DDR teilgenommen, aber zu irgendwelchen Verbrüderungen kam es nicht. Die hatten immer Aufpasser dazwischen. Nur als einer von den Älteren abgehauen ist, in Westberlin untergetaucht und geblieben, da gab's ein Riesentheater. Das betraf aber weniger uns als die DDR-Kollegen und deren Sportfunktionäre. Wir haben weder von zu Hause Päckchen mit Schokolade nach drüben geschickt noch an Weihnachten eine Kerze ins Fenster gestellt.«

All das brachte Georg vor, um jedwedes Anliegen Semmerings als unmöglich abzuwehren. Es war ihm völlig unverständlich, gerade ihn mit einem derartigen Auftrag zu konfrontieren. »Ich weiß so gut wie nichts, weiß wahrscheinlich nur das, was in den Zeitungen über die neuen Bundesländer stand, so neu sind die aber gar nicht, von blühenden Landschaften über die Treuhand bis zu fremdenfeindlichen Demonstrationen und Neonazi-Treffen, Pegida und diesen Schwachsinn. Also – dass ich keine Vorurteile hätte, möchte ich nicht bestätigen. Und über Wein weiß ich lediglich, dass an der Elbe und in Saale-Unstrut Wein angebaut wird. Der beste soll es nicht sein, ziemlich sauer wegen des Wetters und der Lage.«

»Wunderbar«, wiederholte Semmering. »Sie sind genau der richtige Mann …«

Das Telefon läutete. Georg bemerkte, wie Semmerings Blick seinem Griff zum Hörer folgte. Am anderen Ende der Leitung meldete sich ein Kunde, der eine Bestellung aufgab. Georg notierte, bedankte sich und legte auf.

»So ist das auf einem Weingut mit Familienbetrieb. Jeder wird gebraucht, jeder hat seine Aufgabe, auf niemanden kann man verzichten. Auch unsere Kinder müssen helfen, die eine mit mehr, der andere mit weniger Enthusiasmus.« Es waren die Älteren, die sich am hartnäckigsten sträubten, Susannes Sohn Karsten und seine Tochter Jasmin, die nach der Trennung lieber bei der Mutter geblieben war.

Georg war verunsichert, gleichzeitig wuchs seine Neugier. Wieso ist dieser Semmering durch meine Gegenrede in keiner Weise beeindruckt, fragte er sich. »Sie sagten, Sie kämen auf eine Empfehlung hin.«

Semmering nickte. »So ist es. Man sagte mir, dass Sie früher in Hannover als eine Art Ermittler bei einer Sicherheitsfirma tätig waren und hier an der Mosel einen Mord aufgeklärt hätten.«

»Rein zufällig.« Georg hob abwehrend die Hand. »Ich geriet in diese Situation, und alles andere ergab sich von allein.«

»Nichts ergibt sich von allein, Herr Hellberger.« Semmerings Souveränität und sein Selbstvertrauen waren scheinbar durch nichts zu erschüttern. »Ein Mann ohne Ihren beruflichen Hintergrund hätte sich nie mit dem Tod des Restaurantbesitzers Albers beschäftigt und dazu noch den Mord aufgeklärt.«

Er wusste von Albers? Dann musste Semmering sich gut über ihn informiert haben. Wenn er den Namen Albers erwähnte, konnte der Hinweis auf ihn nur von dort kommen, von Albers' Sohn Patrick, oder er kannte die Witwe. Möglich, dass er in der »Goldenen Gans« in Pünderich verkehrte. Dass der Hinweis aus anderer Quelle stammte, hielt er für wenig wahrscheinlich, es kam höchstens noch die Bürgerinitiative gegen den Bau der Hochmoselbrücke in Betracht. Aber Albers war lange tot, und die Brücke stand auf ihren Pfeilern, und er gehörte seit Jahren längst nicht mehr zum Stadtgespräch.

»Der Tod des Winzers, der damals der Bürgerinitiative vorstand, blieb aber bis heute ungeklärt?«

Mit wem alles hatte Semmering gesprochen? »Sie scheinen bestens informiert zu sein«, sagte Georg unwillig. Sein Misstrauen und die Neugier hielten sich die Waage. Dazu trug auch das überlegene Lächeln seines Gegenübers bei.

»Das bringt mein Beruf mit sich, er erfordert es geradezu.«

»Darf man wissen, was Sie tun?«

»Ich bin bei einer Dortmunder Leasingfirma tätig, wir finanzieren Maschinen und Anlagen. Ich schaue mir die Unternehmen an, die mit uns arbeiten wollen.«

»Und wozu brauchen Sie dann mich, Herr Semmering? Wieso kommen Sie dann gerade zu mir? Sie werden sicher einiges mehr über die Wirtschaft wissen als ich, auch über die im Osten.« Georg wusste jetzt gar nicht mehr, was er von der Angelegenheit halten sollte. Wieso machte dieser Mann seine Arbeit nicht selbst?

»Ich verstehe nichts von Wein und Weingütern, Herr Hellberger, nichts von der Landwirtschaft. Am rechten Elbufer sind die dortigen Steillagen, und mit solchen sind Sie vertraut, Sie bearbeiten selbst welche.«

Das könnte eine Erklärung sein. Aber Georg blieben Zweifel: »Und wie kommen Sie auf ein Weingut in Sachsen, wieso gerade dort? Es gibt andere Regionen, wo es sicherlich mehr Spaß macht, Wein anzubauen, die Pfalz, Württemberg vielleicht …« Noch dazu war Sachsen weit weg, als Herkunftsgebiet klein und im Westen weder bekannt noch in den Weinhandlungen vertreten, dazu wenig Sonne, saure Weißweine … Der Gedanke an Rechtsradikale, die sich im Osten immer stärker formierten, ja geradezu eine Bedrohung bildeten, lag nicht fern. Georg wiederholte seine Frage. »Also, weshalb Sachsen?«

Es dauerte eine Weile, bis Semmering sich zu einer Antwort durchrang. Es schien ihm nicht leichtzufallen. »Es gibt in der Nähe von Meißen ein Weingut, das ich kaufen wollte. Dieses Weingut hat meinem Großvater beziehungsweise meinen Großeltern gehört. Als die Rote Armee vorrückte, sind sie in Richtung Berlin geflohen, wie Tausende andere. Sie hatten Angst, nicht so sehr wegen ihres Besitzes, sie waren keine Großagrarier, es waren gerade mal fünfzehn Hektar Weinland und eine kleine Kellerei …«

»Das war alles?«

»Na ja, dazu kam ein Stück Wald, etwas Weide- und Ackerland, aber nicht viel, insgesamt etwas mehr als einhundert Hektar. Was ihnen mehr Angst gemacht haben soll, so hat man es mir später erzählt, war der eigene Name. Sie müssen wissen, dass wir ursprünglich von Semmering hießen – ich habe das später ändern lassen –, auf den Adel sollen die Russen nicht besonders gut zu sprechen gewesen sein, was sich auch kurz darauf zeigte.«

Wie Semmering erklärte, waren nach 1945 Großgrundbesitzer und Industrielle enteignet worden, ohne eine Entschädigung zu erhalten. »Mit der Parole ›Junkerland in Bauernhand‹ wollte die Besatzungsmacht damals die Kleinbauern und Landarbeiter für sich gewinnen und die alten Machtstrukturen auf dem Land zerstören, was ihnen gelungen ist.«

»Und was geschah mit Ihren Großeltern, nachdem sie geflohen sind?«

Jetzt zeigte sich im Gesicht Semmerings zum ersten Mal eine emotionale Regung, die über das verbindliche Lächeln hinausging. »Glücklicherweise haben sie meinen Vater und seine Schwester auf dem Weg nach Berlin einem vertrauenswürdigen Mitarbeiter übergeben, denn meine Großeltern sind nie in der Hauptstadt angekommen. Andere aus dem Dorf, die mit ihnen unterwegs waren, haben sie aus den Augen verloren. Sie sind einfach verschwunden, wie vom Erdboden verschluckt, in den Kriegswirren auf der Flucht verschollen.« Semmering breitete schicksalsergeben die Arme aus. »Dabei ist es von Meißen nach Berlin gar nicht so weit. Vielleicht haben sie sich unterwegs für ein anderes Ziel entschieden, auch das ist möglich. Oder sie wurden ausgeraubt und ermordet. Sie werden selbstverständlich ihre Wertsachen mitgenommen haben, Geld, Familienschmuck. Mein Vater und seine Schwester haben sich dann noch vor dem Mauerbau in den Westen abgesetzt – von dort haben sie jahrelang nach ihren Eltern gesucht, auch über den Suchdienst des Roten Kreuzes. Nach Kriegsende fehlte von etwa zweieinhalb Millionen Menschen jedes Lebenszeichen.« Semmering verzog gequält das Gesicht. »Jahrzehntelang war es ein

Thema in unserer Familie. Es wurde auch erwogen, dass einer der ehemaligen Mitarbeiter, der die Vermögensverhältnisse kannte, an ihrem Verschwinden beteiligt war.«

»Und als das Weingut Ihrer Großeltern enteignet wurde, konnte niemand Widerspruch einlegen?«

Semmering lächelte mitleidig. »Das ist eine Frage, die man heute stellen kann, damals war Widerspruch gegen die Besatzungsmacht unmöglich. Wer den Mund aufmachte oder protestierte, galt als Nazi oder Kriegsverbrecher und verschwand im Zuchthaus, wurde deportiert oder erschossen. Bis 1949 wurden weit mehr als siebentausend Großgrundbesitzer enteignet beziehungsweise war ein Drittel der landwirtschaftlichen Nutzfläche der Sowjetzone von Enteignungen betroffen.«

Semmerings Erläuterungen gingen Georg mittlerweile zu weit und waren ihm viel zu speziell. Er musste zum Kern vordringen. Ihm war das alles zu nebulös.

»Mir scheint, dieses Weingut existiert und wird von jemandem betrieben, dem es jetzt gehört?«

»So ist es. Augenblicklicher Besitzer ist ein gewisser Peter Studt, angeblich soll er es kurz nach der Wende gekauft haben.«

»Wenn die Besitzverhältnisse klar sind, was treibt Sie dann noch um? Sie könnten ihm ein gutes Angebot machen, könnten vor Gericht gehen …«

Semmering zögerte eine Sekunde zu lang mit der Antwort, was Georgs Aufmerksamkeit nicht entging. »Ich habe mich bereits 1995 an die Treuhand gewandt, da hatte noch kein Verkauf stattgefunden. Die Treuhand verwies mich an die BVVG in Berlin, eine Gesellschaft des Bundes für Bodenverwertung und -verwaltung. Die regeln bis heute den Flächenverkauf in den neuen Bundesländern.«

»So neu sind die gar nicht mehr«, warf Georg ein.

Semmering ging nicht darauf ein. »Von der BVVG bekam

ich keine Auskunft, der Fall sei dort nicht bekannt, es gebe auch keine Unterlagen. Der Besitzer unseres ehemaligen Weingutes, Herr Studt, hat mich vom Hof gejagt. Als ich ihm ein Kaufangebot gemacht habe, hat er mir sogar mit einer Anzeige wegen Hausfriedensbruchs gedroht, wenn ich nicht verschwinden würde. Der Einblick ins Grundbuch wurde mir von der Behörde verweigert, da ich angeblich kein plausibles Interesse nachweisen konnte.«

»Und das alles wollen Sie jetzt mir aufbürden, ich soll mich mit denen, besonders mit diesem Herrn Studt herumärgern? Sind nicht kürzlich die Dokumente der Treuhand freigegeben worden, da könnten Sie …«

Semmering unterbrach und wehrte entschieden ab. »Die haben vorgesorgt. Nur Wissenschaftler und Journalisten erhalten Auskunft. Wenn man einen Antrag auf Akteneinsicht stellt, muss der begründet sein, dann werden die entsprechenden Akten erst einmal von der Behörde gesichtet und das entfernt oder geschwärzt, was nicht an die Öffentlichkeit gelangen soll. Dann soll es noch Akten in mehreren Ministerien geben, die man dem Bundesarchiv verweigert. Um solche Recherchen kann ich mich selbst kümmern, Ihre Aufgabe hingegen wäre es, sich im Umfeld des Weingutes umzusehen und auch direkt vor Ort. Sie als Winzer fallen nicht auf, Sie haben Steillagenerfahrung und verfügen über das Wissen eines privaten Ermittlers. Ich nehme an, dass Sie wissen, wie und welche Fragen man stellen sollte. Ich selbst bin verbrannt, mein Gesicht und meinen Namen kennt man dort. Ich bin der böse Wessi, der den Besitz der adligen Ausbeuter zurückhaben will. Nach dem Motto: Die Junker sind zurück! Sind spannende Geschichten nichts mehr für Sie?«

Jetzt wand sich Georg. Einerseits war mit jeder weiteren Information über Semmerings Anliegen sein Interesse gewachsen, andererseits hatte er wenig Lust, sich mit fremder Leute Probleme herumzuschlagen, besonders wenn es dabei nichts zu gewinnen gab, weder für den Betrieb noch für seine Familie oder gar für sich selbst als persönlichen Erkenntnisgewinn.

»Ich nehme an, die Klärung dieser Angelegenheit ist dringend?«

Die Antwort kam prompt: »Ich klebe seit Jahrzehnten an der Sache. Ich bin jetzt sechzig Jahre alt. Zu viel Zeit habe ich nicht mehr, ein Winzer zu werden. Es war immer mein Traum, von klein auf, da existierte seit meiner Kindheit so etwas wie ein Familientraum. Vielleicht ist es Blödsinn, vielleicht kommt nichts dabei raus, möglicherweise muss ich mich endgültig von dem Traum verabschieden, bevor es ein Albtraum wird, allerdings nicht, bevor ich alles versucht habe. Ich biete Ihnen siebenhundert Euro Tageshonorar, Spesen sind selbstverständlich extra …«

Semmering hatte sich erhoben, und Georg begleitete ihn nach draußen.

»Denken Sie darüber nach«, sagte Semmering, als Georg ihn am grünen Tor verabschiedete, »aber bitte nicht zu lange.« Im abschließenden intensiven Händeschütteln zeigte Semmering, wie wichtig ihm sein Anliegen war. Er ließ Georgs Hand kaum los.

2. Kapitel

Die Leidenschaft fürs Schöne

»Wer war das?«, fragte Kilian, stieg vom Rad und sah den Fremden zwischen den Häusern der Kurfürstenstraße verschwinden. »Ein Kunde?«

»Das war jemand, der es eilig hat, nicht ganz mit der Sprache herausrückt und viel Geld für einen Traum übrig hat.« Georg blickte ihm noch immer nach, als er längst verschwunden war, und bemerkte irritiert, dass Kilian ihn fragend anstarrte.

»Er will, dass ich für ihn einen Auftrag erledige, irgendeine heikle Geschichte über ein Weingut in Sachsen, angeblich eine alte Familientragödie.«

»Angeblich? Ist das nicht klar?« Kilian wandte sich dem Hof zu, das Rad zwischen sich und Georg herschiebend. »Kennst du den Mann gut?«

Georg schüttelte den Kopf. »Nein, erst seit heute.«

»Und wieso hat er gerade dich angesprochen?«

»Damals, als ich hergekommen bin, du erinnerst dich, hatte ich einen anderen Beruf …«

»Ich weiß, du warst so was wie ein Privatdetektiv.«

»Nein, das stimmt so nicht. Ich war für den kaufmännischen Bereich einer Sicherheitsfirma zuständig, also für die Finanzen. Mit der Alltagsarbeit hatte ich wenig zu tun. Habe ich dir das nie erklärt?«

»Nein, du hast immer ein Geheimnis daraus gemacht, als wäre es dir peinlich.«

In gewisser Weise war es das Georg auch, besonders die Schlussphase. »Ich werde dir bei passender Gelegenheit alles ausführlich darlegen, mein Herr.«

»Was ist eine passende Gelegenheit? Wann tritt die ein?«

Damals, als Georg an die Mosel gekommen war, hatte Kilian ihn bereits mit einfachen, klar gestellten Fragen überrascht, denen er nicht hatte ausweichen können. »Du warst gerade mal acht Jahre alt, als ich herkam, da hätte ich dir das schlecht vermitteln können.«

»Du meinst also, dass wir im Englischunterricht zwar Shakespeares Königsdramen auf Englisch lesen dürfen und verstehen müssen, aber deine Geschichte ist komplizierter als King Lear und Macbeth?« Er sagte es in ruhigem Ton, sehr gelassen, mit einem Grinsen, wohl wissend, dass er mit seinen direkten Fragen andere in Erklärungsnot bringen konnte.

»Nein, meine Geschichte ist nur persönlicher – und aktueller.«

»Was glaubst du eigentlich, was Rose mir alles von früher schon erzählt hat, aus eurer Zeit in Hannover. Wie du dich mit deiner Exfrau gestritten hast, wie sie dich hintergangen hat, wie du und Rose heimlich zusammen essen gegangen seid, weil ihr das tägliche Bestellfutter leid wart.«

Rose und Kilian verstanden sich prächtig, ganz im Gegensatz zu Karsten, der sich immer weiter zurückzog und inbrünstig darauf hoffte, möglichst bald nach dem Abitur für ein Studium das enge Moseltal und auch das spießige Weingut zu verlassen. Es schien Georg so, als lebte Karsten mit ihm und Rose und seinem Bruder Kilian sowie mit dem Weinbau in einer Art Status quo. Er fühlte sich ausgeschlossen und verweigerte jede Annäherung.

»Aber was ich weiß, das hat mir nicht nur Rose erzählt, auch dein Freund Pepe plaudert gern – über eure Abenteuer bei den Festivals, die Prügelei beim Rockkonzert, und das nicht nur einmal. Er meinte, du hättest gut hingelangt.«

»Glaubst du mir jetzt, dass es etwas zu persönlich wird und mir ein wenig peinlich?«

»Quatsch, das braucht dir nicht peinlich sein, außer du hast angefangen. Aber jetzt noch mal zu dem Sachsen. Was genau will der von dir?«

Georg wusste, dass niemand Kilians Neugier auf Dauer gewachsen war. Der Junge insistierte, fragte, quetschte aus, er ließ nicht locker und bohrte nach, dann begann er von vorn, bis er wusste, was er wissen wollte. »Ich erzähle es euch beim Essen.« Er blickte auf die Uhr. »Rose und Karsten müssten auch jeden Moment hier sein.«

Kilian stellte sein Fahrrad unter das Dach, das den Raum zwischen den beiden zum Weingut gehörenden Häusern überspannte. So war eine Art Remise für den Traktor, das Spritzgebläse und den Anhänger geschaffen worden. Georg hatte gegenüber auf dem Weingut von Stefan Sauter beobachtet, wie dieser den Zwischenraum zwischen Haus und Weinberg hatte überdachen lassen, um dadurch quasi eine neue Halle zu gewinnen.

Es war längst nicht genug Sauerbraten vom Sonntag übrig, um alle satt zu bekommen. Der junge Syrer sowie Kilian und Karsten verschlangen danach Unmengen an Kartoffelpuffern mit Apfelmus, Klaus stand ihnen kaum nach. Rose war, seit sie Agrarwissenschaft studierte, zur Fleischverweigerung übergegangen und hielt mit, Georg hingegen zeigte heute wenig Appetit. Außerdem sah er sich von Kilian genötigt, den Besuch vom Vormittag zu erklären und sein heimliches Interesse nicht zu deutlich werden zu lassen.

»Lasst mich doch erst einmal in Ruhe darüber nachdenken, ich muss mir klar werden, was ich davon halten soll.«

»Siebenhundert Euro am Tag – das sind dreieinhalbtausend Euro in der Woche«, bemerkte Susanne in ihrer stillen Art, als sie aufgeräumt und die jungen Leute die Küche verlassen hatten. »Das Geld könnten wir gut gebrauchen, es stehen einige Anschaffungen an. Steuerfrei?«

»Davon gehe ich aus, Semmering wird genügend Geld haben.«

»Oder er blufft. Hast du das in Erwägung gezogen?«

»Ich habe noch gar nichts in Erwägung gezogen«, sagte Georg ärgerlich, er fühlte sich ungern gedrängt. »Ich könnte natürlich ein Voraushonorar verlangen, das würde mir zeigen, wie ernst er es meint.«

»Ich merke dir an, mein Lieber, wie es in dir gräbt. Im Übrigen glaube ich, dass es dir guttut, wenn du mal wieder … draußen bist, dir anderen Wind um die Nase wehen lässt und mit anderen Winzern fachsimpeln kannst, die nicht unbedingt zu den Konkurrenten aus dem Nachbarort gehören.«

Georg stand auf und trat zur Küchentür. »Ich komme nach«, rief er in den Flur, denn eigentlich war eine Begehung der Sonnenuhr geplant. In dieser Jahreszeit ging es darum, auf der Lage oberhalb ihres Anwesens Wasserschosse sowie Doppeltriebe auszubrechen, um von vornherein die sich entwickelnde Laubwand nicht zu dicht werden zu lassen und die Menge an Trauben zu beschränken. Gleichwohl mussten die jetzt lang wachsenden, später Trauben tragenden Triebe in den Drahtrahmen eingeflochten werden. Das musste mehrmals geschehen, es war warm, es hatte geregnet, die Triebe wucherten geradezu, täglich bis zu zehn Zentimeter.

»Vielleicht ist es ganz gut, wenn du dir mal eine andere Region anschaust und siehst, wie sie es dort handhaben und was sie aus ihren Trauben zu machen verstehen. Sachsens Weinbaufläche ist im Vergleich zu anderen Regionen geradezu winzig.«

»Es sind etwa fünfhundert Hektar.«

»Das ist ja noch weniger als an der Ahr«, sagte Susanne erstaunt. »Ich habe hier noch nirgends einen Wein aus Sachsen gesehen, geschweige denn getrunken.«

»Ich nehme an, sie trinken alles selbst.«

»Und dann ist noch ein Teil der Fläche Steillage, da sind die Erträge deutlich niedriger, wahrscheinlich wie bei uns. Wenn mich nicht alles täuscht, wirst du den Auftrag annehmen. Andernfalls hättest du längst abgelehnt. Aber mach dich erst schlau«, empfahl Susanne, »auch über diesen Semmering. Das kann in keinem Fall schaden.«

»Du wälzt wie immer zu viele Gedanken. Ich würde es als Chance auf bezahlte Ferien ansehen«, sagte Georgs Tochter Rose. Es war nicht ungewöhnlich, dass sie zum Mittagessen da war. Sie kam immer mal wieder her, wenn ihr das Stadtleben oder die Uni zu viel wurde oder sie die Ruhe des Landlebens suchte, um eine Hausarbeit zu schreiben. Sie trat neben ihren Vater, schmiegte sich an ihn, legte ihm eine Hand auf die Schulter und betrachtete die Landkarte, die Georg auf dem Schreibtisch vor sich ausgebreitet hatte.

»Du brauchst dringend Ferien, Papa. Vor drei Jahren sind wir zuletzt zusammen verreist – mit Kilian an die Rhône, natürlich haben wir Weingüter besichtigt. Wahrscheinlich hast du mich nur mitgenommen, damit du eine Übersetzerin hast, weil du kein Französisch sprichst …«

»Das ist nicht wahr«, fuhr Georg auf, »ich verreise gern mit euch!«

Rose lachte. »Siehst du, Papa, wie dringend du Ferien brauchst? Du fällst auf jeden Blödsinn rein und regst dich sofort auf. Nein, es war eine schöne Reise, und wir haben ja nicht nur Keller angesehen, auch viele kaputte Burgen und alte Kirchen. Ich würde gern nach Sachsen mitkommen, sogar Weinkeller besichtigen, aber die Uni ruft, mit Entschuldigungsschreiben wie früher ist leider nichts mehr. Bis Juli kannst du mit der Reise nicht warten?«

»Ich weiß noch gar nicht, ob ich überhaupt dorthin reise.«

»Natürlich wirst du reisen. Ich kenne dich. Ist das die Gegend, wo du hinsollst?« Rose fuhr mit dem Finger die Elbe entlang. »Meißen habe ich schon mal gehört, Dresden auch, aber Radebeul? Und was ist das hier – Weinböhla? Sörnewitz und Brockwitz, Kötzschenbroda«, sie lachte wieder, »was sind das für Namen? Hier oben«, ihr Finger blieb an der Elbe oberhalb von Meißen stehen, »Rottewitz, Winkwitz und Proschwitz?«

»Ich glaube, diese Namen sind sorbischen oder slawischen Ursprungs«, erklärte Georg.

»Gibt's von denen eigentlich noch welche?«

»Klar, die Sorben leben in Brandenburg und in Sachsen. Nun hör aber endlich auf zu lachen«, meinte Georg ernst, nicht sehr davon angetan, dass Rose sich über die Namen lustig machte. »Wir hier in Zeltingen-Rachtig, da könnte man meinen, wir lebten in Zelten und litten an Rachitis.«

Rose ließ sich davon nicht beeindrucken, sie hatte sich eine Lupe genommen und suchte weiter nach für sie besonders witzigen und komischen Namen. »Gauernitz und Pinkowitz und dann hier unten«, ihr Finger näherte sich Pirna, sie kicherte, »da haben wir Blasewitz und Tolkewitz, hört sich wirklich an wie ein Witz. Und da wird überall Wein angebaut? Oh, geil, ich komme mit, die Dörfer will ich sehen. Aber nach Freital, Bautzen oder Heidenau will ich nicht, da ist es gefährlich. Da hocken die schlimmen Jungs.«

»Woher willst du das wissen?« Georg war erstaunt, er konnte sich nicht erinnern, dass Neonazi-Aufmärsche bei ihnen ein Thema gewesen wären.

»Nachdem es in Trier eine Durchsuchung wegen Combat 18 gegeben hat, haben sie in Kilians Schule einen Arbeitskreis Rechtsextremismus gegründet, zusammen mit einem Lehrer, der in Dresden geboren und nach der Wende sofort abgehauen ist. Kilian arbeitet in dieser Gruppe mit, weißt du das nicht? Ich kannte den Lehrer nur vom Sehen, wir hatten damals keinen Unterricht bei ihm.«

Von dieser Gruppe hatte Kilian ihm nichts erzählt. Es gab Georg einen kleinen Stich, und er sah es als Zeichen, dass der Junge zunehmend unabhängig wurde und eigene Wege ging. Bis vor einem Jahr hatte es fast nichts gegeben, was er nicht mit ihm besprochen oder ihn um Rat gefragt hatte.

»Trauben werden nur entlang der Elbe angebaut«, sagte Georg, um zum Thema zurückzukommen. »Ich glaube, sogar nur am Südufer, da ist es am wärmsten, von Pirna bis Diesbar-Seußlitz, entlang der Sächsischen Weinstraße.«

»Du weißt ja doch einiges.« Übergangslos wurde Rose ernst. »Weshalb vertraust du diesem Mann nicht?«

»Du meinst Semmering?« Georg atmete tief ein, lehnte sich nachdenklich zurück und starrte auf den Arbeitsplan an der Wand. Dort waren die Arbeiten aufgeführt, die in den nächsten Monaten stattfinden mussten und wer von ihnen jeweils verantwortlich war. In der momentanen Phase der Rebentwicklung würden sie ihn hier eine gute Woche entbehren können. »Du hast Semmering nicht gesehen?«, fragte er.

»Nein, ich bin erst später gekommen, da war er schon wieder weg.«

»Jemand wie er hat Möglichkeiten, hat Mittel, kann es sich leisten, Leute loszuschicken, die für ihn Ermittlungen anstellen können. Er scheint sich verbrannt zu haben, sein Gesicht ist bekannt, er bekommt keine Antworten mehr, so sehe ich das. Möglich, dass sein Name einen schlechten Ruf hat.«

»Oder der, dem das Weingut jetzt gehört, streut Gerüchte?«

Georg hielt auch das für möglich. »Man – oder besser gesagt: ich – weiß nicht, was dort in der Zeit nach der Wende los war, wem die Weingüter gehörten, wer damals enteignet wurde, da fand nämlich eine zweite Enteignung statt, dabei hat die DDR-Regierung den Bauern das Land weggenommen, die Landwirtschaft kollektiviert und im Arbeiter- und Bauernstaat die Bauern zu Landarbeitern gemacht.«

»Und wie war das beim Weinbau?«

»Keine Ahnung, damit habe ich mich nie beschäftigt, das könnte ich in dem Zusammenhang tun.«

»Und der jetzige Besitzer von dem Weingut, ist das ein Wessi oder Ossi?«

»Du fragst mich Sachen! Aber stimmt, das könnte wichtig sein, ein Wessi hätte es dort sicher schwerer, Fuß zu fassen, als ein Einheimischer ...«

»Einer von denen kennt die Nachbarn«, unterbrach Rose, »der weiß, was gespielt wird, die helfen sich gegen die Hinzugezogenen, die wollen keine Fremden, das merkt man deutlich beim Thema Flüchtlinge.«

»Ich frage mich viel mehr, ob etwas an dem Namen Semmering klebt und was das sein könnte.«

»Den Namen musst du ja nicht erwähnen. Wahrscheinlich haben sie den sowieso längst vergessen. Oder den kennen nur noch die Alten. Gibt's was über diesen Semmering im Internet?« Rose beugte sich über den Schreibtisch und zog die Tastatur des Rechners zu sich heran. »Habe mein Smartphone leider nicht zur Hand.« Sie lachte ihren Vater an und schob ihn mitsamt seines Bürostuhls freundlich zur Seite. Dann gab sie den Namen in die Suchmaschine ein, doch bis auf etliche Fundstellen zu einem gleichnamigen Ferienort in Niederösterreich fand sich kein Eintrag. »Der Typ scheint gar nicht zu existieren.«

»Existieren für euch nur die Leute, die eine digitale Spur hinterlassen?« Eigentlich hatte er »digitale Schleimspur« sagen wollen, aber hier ging es nicht um Facebook.

Rose verließ kopfschüttelnd den Raum und kam einen Moment später zurück, ihr Smartphone in der Hand. »Bei Facebook wird sich was finden, du machst ja da nicht mit.«

Doch auch hier gab es keinen Eintrag, weder von Semmering noch von Peter Studt. Georg griff nach der Visitenkarte und wählte Semmerings Büronummer. Es meldete sich eine Telefonistin, verband Georg mit Semmerings Sekretärin, die ihm erklärte, dass ihr Chef heute nicht im Büro sei.

»Dann wissen wir zumindest, dass er wirklich bei dieser Firma arbeitet und kein kleines Licht ist, sonst hätte er keine Sekretärin, und heute ist er nicht anwesend, weil er hier ist – oder war. Wie seid ihr verblieben?«

»Ich soll ihn anrufen, wenn ich mich entschieden habe. Jetzt werde ich mir die Homepage von diesem Studt ansehen, die gibt es immerhin.«

Die Einstiegsseite zeigte ein schmuckes Fachwerkhaus, auf der Veranda saßen einige Personen an Tischen unter großen bunten Sonnenschirmen, Kunden, Weinfreunde oder Touristen, wer auch immer, und prosteten einander zu. Die Menschen wirkten ein wenig leblos und gezwungen, wie bezahlte Statisten, die vorgaben, einen vergnüglichen Nachmittag zu verbringen. Georg empfand den Auftritt als bieder und antiquiert, auch Rose rümpfte die Nase. »Ich find's spießig. So sehen Hunderte von Weingütern aus.«

Unter dem Foto stand ein pseudophilosophischer Text.

»Wein – das ist die Leidenschaft für das Schöne, das ist Hingabe und Inspiration, Wein ist das Verständnis für die Zusammenhänge in der Natur – des Terroirs, des Klimas, der Rebsorte und der Hand des Winzers. Aus dem Ergebnis schöpfen wir immer wieder die Kraft, unseren Weinbergen das Beste zu geben, das wir haben – uns selbst.«

Dann folgte der übliche Absatz über die Verantwortung den Kunden gegenüber, Geschwafel vom Erhalt der Tradition und der Hinwendung zur Moderne, die Verbindung von Wissenschaft und Technik mit der Intuition und Erfahrung des Winzers. Diese Begriffe wurden von den Werbetextern in eine Dose gesteckt, dann wurde kräftig geschüttelt, und die Begriffe fielen in immer neuer Kombination aus der Dose heraus. Es bedurfte nur entsprechender Füllwörter. Dieser Text sagte absolut nichts über die Betreiber und das

Weingut aus. Dann hieß es noch, dass man einen berühmten Önologen habe gewinnen können, der Peter Studt, Winzer aus Leidenschaft, kenntnisreich berate.

»Zu viele Adjektive, findest du nicht auch?«, meinte Rose.

Da war die zweite Seite der Homepage schon aufschlussreicher: Hier fanden sich die angebauten Rebsorten nebst Fotos von Weinstöcken und einer Beschreibung des Geschmacks nebst einigen Testimonials oder Zeugnissen von wirklichen (oder erfundenen?) Kunden. Wer mochte ein Herbert P. aus M. sein, wer eine Christine A. aus O.? Und diese Buchstaben hatten selbstverständlich beste Bewertungen abgegeben.

Unter den Rebsorten war Riesling vertreten, ein Goldriesling, eine Sorte, die Georg noch nie probiert hatte und die nur in Sachsen angepflanzt wurde. Müller-Thurgau war ein Muss, der Weißburgunder würde interessant sein, Georg war neugierig, wie er an der Elbe ausfiel, denn er hatte vor fünf Jahren diese Rebsorte auch hier in ihr Portfolio aufgenommen. Sie brachte mehr Vielfalt und neue Impulse in ihren Betrieb. Da war er sich mit Susanne und Kellermeister Klaus einig. Traminer schien in Sachsen beliebt zu sein, nicht nur bei Studt, aber damit hatte Georg keinerlei Erfahrung, mit Spätburgunder schon eher, die Rebsorte mit dem größten Eigenleben oder besser: Eigensinn. Auch beim Dornfelder fühlte er sich als Experte nicht berufen, er mochte ihn nicht, denn der fiel ihm meistens zu gewöhnlich aus. Das musste natürlich nicht für die Lagen an der Elbe gelten.

Auf Roses Anraten gab er Sachsen und Elbling in die Suchmaschine ein und fand nur zwei Weingüter, die ihn kultivierten. Er notierte die Namen der Güter, die er gegebenenfalls besuchen würde. Dabei hatte Elbling nichts mit der Elbe zu tun, die Römer hatten diese Rebsorte einst bei der Eroberung Germaniens mit an die Mosel gebracht.

Mit einem Mal wurde Georg gewahr, was er eben gedacht

und für den Fall des Besuchs notiert hatte: wie Weißburgunder ausfallen würde und dass er die Weingüter besuchen wollte, die einen Elbling kelterten. Also nahm nun doch die Neugier gegenüber der Skepsis überhand?

»Du träumst, Papa«, sagte Rose, »diese Seite gibt nichts her, sagt nichts über den Winzer, über seine Person, nichts über die Arbeitsweise, nichts über die Geschichte des Weingutes. Ob die Steillagen dazugehören, wird auch nicht klar. Alles allgemeines Gelaber, aber die Preise sind heftig.« Rose hatte die nächste Seite mit dem Shop des Weingutes angeklickt. Sie überflog die Angebote: »Das ist ein Drittel teurer als bei uns. Und ich finde, dass wir schon teurer sind als Franzosen und Spanier.«

»Es wird Gründe für die Preise geben«, gab ihr Vater zu bedenken. »In fremde Kalkulationen mische ich mich nicht ein. Höhere Preise können höhere Kosten bedeuten, höhere Qualität oder geringere Mengen. Es geht immerhin um Steillagen, du weißt, wie viel Arbeit da drinsteckt. Oder sie verkaufen nur über den Fachhandel oder im Weingut direkt, da kann man sich das leisten.« Er hatte gesehen, dass andere Weingüter über einen Garten oder eine Gästeterrasse verfügten, wo Besuchern Weine und kleine Speisen angeboten wurden.

»Dabei verdienen die im Osten doch alle weniger als wir hier, die Löhne sind immer noch niedriger.«

»Aus der Entfernung darüber ein Urteil zu treffen ist schwierig, das fällt meistens ungerecht aus. Gib mir lieber mal den ›Gault & Millau‹, wir schauen uns mal an, was in dem Weinführer über die Weingüter gesagt wird.«

Rose ging zum Regal mit der Fachliteratur, kam mit den letzten drei aktuellen Bänden zurück und baute sie vor Georg auf. »Schreiben die jedes Jahr dasselbe?«

»Das werden wir gleich sehen«, sagte er und zählte die von den Autoren als Sachsens bestebezeichnete Weingüter.

»Fünfzehn sind es. Als sehr gut ist hier ein Martin Schwarz aufgeführt, dann ein Schloss Proschwitz und Schloss Wackerbarth.«

»Wie kommen die zu Schlössern? Ich denke, die haben in der DDR damals den Adel abgeschafft.«

Georg hörte nicht mehr zu, er hatte begonnen, die Beschreibungen zu lesen.

»Dann kann ich ja gehen«, meinte Rose beleidigt. »Ich glaube sowieso, du hast dich längst entschieden. Erstens willst du hier mal raus, und zweitens bist du neugierig. Aber Achtung, in Sachsen gibt's 'ne Menge Leute, denen man besser aus dem Weg geht.«

»Wen meinst du?« Georg sah auf.

»Ich meine die Leute, die in schwarzen Klamotten rumlaufen, Parolen brüllen, sich für das Volk halten, als wenn wir hier nicht dazugehörten, und sich Hakenkreuze irgendwohin tätowieren lassen – von mir aus am besten am Hintern, da sieht es wenigstens keiner«, kicherte sie. »Pass auf, wenn du Autonummern mit 88 und 18 siehst – die Zahlen stehen für die Buchstaben des Alphabets. Die 88 steht in Neonazi-Kreisen für Heil Hitler, die 18 oder AH für Adolf Hitler. Dann gibt's noch HH für Heil Hitler. In Sachsen sind diese Kombinationen nicht verboten. Du kannst bei solchen Leuten nicht an dich halten, Papa, aber die treten immer in Gruppen auf und schrecken vor nichts zurück. Die wollen eine Diktatur wie unter Hitler …«

»… oder unter Honecker«, meinte Kilian, als er das Büro betrat und sich krachend in den Bürostuhl seiner Mutter fallen ließ. Dann reckte er den Hals und ließ neugierig den Blick über den Schreibtisch gleiten. »Herr Fink, unser Englischlehrer, der beim Mauerfall abgehauen ist, meint, dass die große Mehrheit in der DDR ganz zufrieden war mit den Zuständen.«

»Das ist die Mehrheit immer …«, warf Georg ein.

»Freiheit sei denen am Arsch vorbeigegangen, sagt er, das hätten die ersten freien Wahlen gezeigt, da hat die Mehrheit CDU gewählt und nicht die Bürgerrechtler, die ihren Kopf hingehalten haben. Aber sie hatten nichts zu versprechen, dafür hat das der damalige Bundeskanzler getan, dieser Kohl, Merkels Vorgänger, der von blühenden Landschaften gesprochen hat, die er dort schaffen wollte. Und die Leute haben den Versprechungen geglaubt.«

»Das ist immer einfacher, als selbst was Neues aufzubauen«, meinte Rose.

»Das habe ihnen die SED abgewöhnt, sagt jedenfalls Herr Fink. Aber du solltest besser mit ihm persönlich reden«, schlug Kilian vor. »Soll ich einen Termin machen, wie ihr immer sagt? Aber ich warne dich, wenn der einmal in Fahrt ist, hört er nicht mehr auf.« Dann runzelte er die Stirn. Sein neugieriger Blick hatte einen länglichen geschlossenen Umschlag entdeckt, der unter einigen Papieren hervorragte. »Machst du deine Post nicht auf?«

Georg nahm erstaunt den Brief wahr, zog den zugeklebten Umschlag hervor, er trug handschriftlich seinen Namen und die Adresse des Weingutes Berthold & Hellberger. Weder hatte er den Brief vorher bemerkt, noch kannte er die Schrift. »Der war heute nicht in der Post.« Dann fiel ihm auf, dass er keine Briefmarke trug. Er nahm den Umschlag in die Hand, befühlte ihn mit beiden Händen und suchte vergebens nach einem Absender. Er blickte von Rose zu Kilian. »Es fühlt sich an wie … wie Geldscheine, da scheint Geld drin zu sein!«

»Mach ihn auf, dann wirst du es sehen.« Kilian dachte immer pragmatisch.

Georg zögerte. Bargeld in einem Umschlag? Er riss ihn auf, Scheine rutschten heraus, Fünfziger und Hunderter, er zählte sie. Es waren dreieinhalbtausend Euro, dazu ein handgeschriebener Zettel:

»Hier ein Vorschuss, fünfmal das Tageshonorar, damit Sie

loslegen können. Ich zähle auf Sie. Danke, dass Sie den Auftrag annehmen.« Die Unterschrift darunter war unschwer
als die Semmerings zu erkennen.

»Ist der verrückt?« Rose starrte das Geld an. »Und du hast
nicht einmal Ja gesagt?«

»Der wusste mehr als ich.« Georg war verstimmt, dass ein
Fremder seiner Entscheidung vorgriff, obwohl sie letztlich
auf dasselbe hinauslaufen würde. Auch ärgerte er sich, dass
ein Fremder ihn erkannt hatte. Was nahm Semmering sich
heraus? Hatte er an seinen Fragen sein wachsendes Interesse
erkannt? Er würde ihn zur Rede stellen und sich in Zukunft
vorsichtiger äußern.

Bereits am Nachmittag des nächsten Tages rief er unter derselben Nummer an wie am Vortag. Georg benötigte eine
Kontonummer, um die Dreieinhalbtausend zurückzuüber-
weisen. Wie zuvor meldete sich Semmerings Sekretärin: Er
sei noch nicht im Hause, wichtiger Gespräche wegen habe er
seine Geschäftsreise verlängern müssen. Aber morgen sei er
sicher zurück. Als Georg es am folgenden Tag erneut versuchte, benutzte die Sekretärin fast dieselben Worte wie zuvor, doch ihr Ton hatte sich geändert, sie war deutlich zu-
rückhaltender. Erst jetzt fragte sie nach dem Grund des
Anrufs und erkundigte sich, wer er sei, wann ihr Chef bei
ihm gewesen sei, was der Grund ihrer Besprechung sei und
wie man Georg erreichen könne – um ihn gegebenenfalls
über Semmerings Rückkehr zu informieren, schob sie schnell
nach.

Ohne ihr die gewünschten Antworten zu geben, beendete
Georg das Gespräch, da er sich plötzlich ausgefragt fühlte
und, was stärker zählte, eine dahinterstehende Absicht vermutete. Es war eine merkwürdige Situation. Einerseits wollte
er Semmering das Geld zurückgeben, da es ihm wie eine
Art Bestechung erschien, andererseits reizte ihn der Auftrag

umso mehr, da Semmering jetzt weder für ihn noch für seinen Arbeitgeber zu erreichen war.

Georg verließ sein Büro, überquerte nachdenklich den Hof und öffnete das Tor. Auf der Straße sah er sich misstrauisch um. Ein Gefühl wie damals, als er von Detektiven seines ehemaligen Arbeitgebers ausspioniert worden war, ergriff ihn. Aber nichts war anders, kein Auto, aus dem heraus er beobachtet wurde, weder stand jemand mit einem auf ihn gerichteten Feldstecher hinter halb blinden Scheiben noch lugte jemand hinter eine Ecke hervor. Lediglich ein Touristenpaar schlenderte mit seinen beiden Kindern an der Häuserzeile entlang. Niemand würde Frau und Kinder zu einer Observation mitnehmen. Langsam kehrte Georg ins Haus zurück, gerade rechtzeitig, um das Tor für den Lastwagen zu öffnen, der die drei Paletten Wein für den Caterer abholen wollte.

Wenn es darum ging, eine Arbeit mit dem Gabelstapler auszuführen, war Kilian meistens sofort zur Stelle. Hätte er nicht weiterreichende berufliche Pläne gehabt, wäre der Job als Gabelstaplerfahrer für ihn die Erfüllung gewesen. Er ging mit dem Fahrzeug geschickter um als Georg und hatte die Prüfung für den Gabelstaplerschein mit Bravour bestanden. Nachdem er die Paletten auf den Lkw gestellt hatte, ließ er den Fahrer die Übernahme quittieren und gab Georg die Frachtpapiere.

»Übrigens, wenn du Zeit hast, Studienrat Fink ist morgen frei, am Nachmittag ab vier Uhr …«

Kilian hatte das Treffen mit dem Englischlehrer arrangiert, der sofort bereit gewesen war, sich mit Georg zu treffen. Sie verabredeten sich in Bernkastel-Kues auf den Schlossbergterrassen.

Fink kam eine Viertelstunde zu spät, eigentlich selten für einen Lehrer, aber er habe noch seinen Arbeitskreis zum Erstarken des Rechtsextremismus zu Ende führen müssen, die Debatte sei heftig gewesen. Er habe sich zum Ziel gesetzt – begann er, noch bevor er etwas bestellt hatte und ohne einen Blick in die Runde oder über den Fluss zu werfen –, seine Schülerinnen und Schüler zu radikalen Demokraten zu erziehen. Auf den Typus seiner Mitbürger aus seiner DDR-Zeit, Befehlsempfänger, Opportunisten, Jasager und Mitläufer, könnten er und das Land in Zukunft sehr gut verzichten. Die jungen Leute, die ihm heute in der Schule gegenübersäßen, sollten früh lernen zu sagen, was sie dächten, ohne sich zu fürchten. Sie sollten sich nicht scheuen, jedermann zu kritisieren, auch die Lehrer nicht, sie sollten lernen, ihr Leben zu gestalten, sich nichts gefallen lassen, nichts unhinterfragt hinnehmen und im Austausch mit ihren Mitmenschen, mit Nachbarn und Kollegen ihre Lebensumstände selbst bestimmen.

»Mit diesen Forderungen, sollten sie ernst genommen werden, machen Sie sich wohl kaum Freunde, weder im Lehrerkollegium noch bei den Eltern der Ihnen anvertrauten Kinder und Jugendlichen. Sehe ich das falsch?«

Der große, schlaksige Mann mit dem grauen Bart, der Gesichtszüge und Regungen versteckte, machte eine Geste, als wäre es ihm gleichgültig. »Einige werfen mir vor, ein verkappter Kommunist zu sein, dabei wissen die gar nicht, was das ist. Die glauben auch bis heute, dass die DDR so was wie ein sozialistischer Staat war, dabei war es russisches Besatzungsgebiet, die SBZ, wie die revanchistischen Kreise der BRD es seinerzeit nannten, also CDU und CSU und die Vertriebenenverbände. Sie hatten zwar recht, es war besetztes Land und in keiner Weise frei. Aber sie nutzten dieses Kürzel SBZ, um sich über den östlichen Teil Deutschlands zu erheben, etwas wie der bessere Deutsche zu sein, nur weil hier im Westen die Amerikaner herrschten. Hätte die Rote Armee Bayern besetzt oder Hessen, wäre dort alles genauso abgelaufen wie in Sachsen oder Brandenburg. Da hätte es die gleichen Hundertfünfzigprozentigen gegeben, die Claqueure, Opportunisten und Denunzianten, die Stasi-Typen und IMs. Einige wären abgehauen und hätten dabei ihr Leben riskiert, andere hätten sich freikaufen lassen, wieder andere auf die Genehmigung zur Ausreise gewartet.«

»Das kam für Sie nicht infrage? Sie hätten einen derartigen Antrag stellen können.«

Fink schaute Georg an, als würde er nicht wissen, was er da sagte. »Ich bin jetzt sechzig, als die Mauer fiel, war ich dreißig, als sie gebaut wurde, war ich ein Jahr alt. Ich war als junger Mann in einer Clique, wir waren Freaks, immer gegen alles, unpolitische Oppositionelle, Musik, Klamotten, Party, so habe ich meine Zeit rumgekriegt. Von uns haben einige rübergemacht, drei wurden geschnappt und verschwanden für Jahre hinter Gittern. Was wir Zurückgebliebenen, die Freunde und Bekannten danach bei den Verhören erlebt haben – als Freunde hätten wir ja von den Fluchtplänen wissen müssen, wie uns vorgeworfen wurde –, hat mir jeglichen Mut genommen, es selbst zu versuchen. Sie hätten die DDR verraten, hieß es bei der Stasi, den Sozialismus verraten, das Volk verraten, das ihnen großzügig die Ausbildung gewährt habe. Und uns wollten sie die berufliche Perspektive zerstören, sie drohten mir bei den Verhören, wenn ich den Mund nicht aufmache, dürfe ich nicht studieren. Einerseits Drohungen, andererseits Lockungen, Angst und Versorgung, das waren die Pole. Ich habe mich totgestellt, habe gewartet, die Klappe gehalten. Irgendwann ist es vorbei, habe ich mir gesagt, so, wie die es anstellen. Das ganze Ding DDR konnte nichts werden, dazu wusste ich zu viel. Von der Diktatur Hitlers in die Diktatur des Proletariats? Nein danke.«

Georg betrachtete den Lehrer. Ein Typ wie der, mit dieser Einstellung? Wie stabil muss man innerlich sein, um das jahrelang auszuhalten, fragte er sich. Er erinnerte sich an seine persönliche Krise, gefolgt vom Krach in der Ehe, Dauerkonflikt mit seiner ältesten Tochter, mit der er heute gänzlich überworfen war, Krieg in der Firma nach der Übernahme durch die Amerikaner und schließlich die Scheidung. Der Burn-out war die logische Folge gewesen.

»Wie es in den Betrieben ablief, was dort an Material verschwand, weiß ich nur aus zweiter Hand«, fuhr Fink fort, »dazu kann ich nichts sagen. Aber bei mangelndem Interesse, Vetternwirtschaft, um nicht Diebstahl am Volksvermögen zu sagen, unrealistischen Planvorgaben und einem überzogenen Bauprogramm, Sozialleistungen – alles war subventioniert, um Zustimmung zu erhalten –, wundert einen doch nichts …«

»Wie kann man das auf Dauer aushalten? Eine Situation wie diese hinterlässt doch sicher Spuren in der Seele?«

»Sicher, besonders wenn man sie unbewusst wahrnimmt, wenn man ihr hilflos ausgeliefert ist, wird man krank. Wenn man sich hingegen darüber im Klaren ist, hinterlässt es zwar auch Spuren, aber man lernt, damit umzugehen.« Finks Blick schweifte jetzt über den Fluss und in die Ferne, als erinnerte sich sein Inneres jener Zeit, und Trauer färbte seinen Blick. »Mich hat England gerettet, die Sprache, Shakespeare, Sarah Kane und Samuel Beckett. Die DDR brauchte mich anscheinend als Lehrer und konnte meine Kontakte überwachen. Schon mein Vater war Englischlehrer, der liebte mehr die Lyrik. Und weil ich auch in Russisch gut war, durfte ich studieren.«

»Aber musste nicht jeder bei den Massenorganisationen mitmachen, am 1. Mai mitmarschieren?«

»Ich habe meine Arbeit so gemacht, dass niemand daran Anstoß nehmen konnte. Das ging bei Englisch und Biologie als Lehrfächer ganz gut. Die Massenorganisationen?« Fink lachte. »Man musste ja nicht laut sagen, dass man nicht hinging. Die Pioniere fand ich lächerlich, die FDJ war mir egal, diese Sozialismustümelei ging mir entsetzlich auf den ... Wecker – Aufmärsche, Fahnen, Honecker im Wechselrahmen an der Wand, davor Ulbricht und Stoph, das Politbüro auf der Tribüne, junge Pioniere mit Blümchen, dann die lächerliche Winkerei.«

»Was hielten Sie denn von der Idee des Sozialismus?« Georg fragte sich, wie man mit dieser Haltung durchkommen konnte.

»Nennen Sie mich ruhig einen Opportunisten, Herr Hellberger, aber nicht alle sind mutig, nicht jeder ist zum Widerständler geboren. Ich war achtzehn Monate lang bei der Armee, das war die härteste Zeit, bei den Boden-Luft-Raketen. Glücklicherweise haben wir nur rumgesessen, denn wir wären als Erste dran gewesen, als die Russen in Afghanistan einmarschierten. Wir haben das im Westfernsehen mitgekriegt. Was hatten die Russen da zu suchen? Den heldenhaften Kampf des afghanischen Volkes für den Sozialismus unterstützen? Nichts hatten sie dort verloren, genauso wenig wie die Amerikaner in Vietnam. Und Protest in der DDR dagegen? Pustekuchen, es wurden noch Grußadressen verfasst, für Angola, für Chile, ach, hören Sie auf ... Die Mehrheit fand es gut, die war mit dem System zufrieden, wollte nicht mehr als ihre Ruhe, möglichst früh Feierabend, dann ein Bierchen, Westfernsehen und am Wochenende mit der Familie feiern. Was kann der Mensch sich sonst noch wünschen? Und bei schlechten Noten der Kinder kamen die Eltern vorbei, eine Flasche Bulgarska Kadarka für den Lehrer in der Tasche oder den Maritza Rubin von dort, beides Rotweine, enthielten Alkohol und kosteten 2,50 Mark.«

»Und was war mit lokalem Wein damals, haben Sie davon was mitbekommen? Das interessiert mich als Winzer natürlich.«

»Hätt ich gern, aber Wein aus der DDR, aus Saale-Unstrut oder Sachsen, habe ich nicht einmal zu sehen bekommen, geschweige denn probiert. Der war für die Interhotels oder Empfänge reserviert. Weiße und schwarze Mädchentraube gab's noch, den Namen habe ich vergessen, dann irgend so ein süßes Zeug aus Murfatlar in Rumänien. Bei dem, was Sie in Sachsen vorhaben, geht's auch um Wein, sagte mir Ihr Sohn.«

»Das ist richtig, es geht um eine Recherche über ein sächsisches Weingut.«

»Wenn Sie mich brauchen, helfe ich gern! Ich habe eine gute Nase für die von damals, und nicht nur für die, sondern auch für die in deren Geist erzogenen Kinder.«

Als Georg nach Hause kam, parkte ein blauer Wagen direkt vor dem Tor mit dem Halteverbotsschild. Auf dem Hof kam ihm Klaus eilig entgegen.

»Da sind zwei Typen, die dich dringend sprechen wollen, ich habe sie im Probierraum platziert und ihnen schon mal was eingeschenkt.«

Als er die Tür öffnete, erkannte Georg, dass es sich nicht um Weinfreunde handelte, sondern um Kriminalpolizisten, er hatte einen Blick dafür …

3. Kapitel

Ein halb gefülltes Glas

Es war ähnlich wie damals, als sie gekommen waren und sich nach seinem Freund und Nachbarn Stefan Sauter erkundigt hatten, nachdem die Leiche von Peter Albers vor der Zeltinger Schleuse gefunden worden war. Woran Georg bemerkt hatte, dass sie zu dem Verein gehörten, hätte er nicht sagen können, es war ein Gefühl. Es lag etwas Lauerndes in den Augen der Kripoleute, die sich wohl fragten, wen sie vor sich hatten, und gleichzeitig auf Abwehr gingen und dabei Leutseligkeit vorschützten.

Der größere der beiden Kriminalbeamten hätte als Fotomodell sicher eine bessere Karriere als bei der Polizei machen können. Er saß hoch aufgerichtet am Tisch im Probierraum vor dem unberührten Weinglas und hatte die Hände so übereinandergelegt, dass man die schlanken Finger und die gepflegten Nägel auch sehen konnte.

Sie erinnerten Georg an die Hände Semmerings. Wie anders mochte die Hand aussehen, wenn sie eine Waffe auf jemanden richtete? Wieso kam ihm ein derartiges Bild in den Sinn?

Er drängte den Gedanken beiseite und konzentrierte sich wieder auf den Mann. Dieser machte in seinem leichten, eine Spur zu engen hellen Sommeranzug den Eindruck, als trainierte er täglich nach dem Dienst im Fitnesscenter. Sein Kollege glich mehr dem unscheinbaren Beamtentyp am Kaffeeautomaten, bei dem nicht klar war, wie er sich selbst darstellen wollte, wenn das überhaupt seine Absicht war. Spielte er den Unbedarften, den, den man unterschätzen sollte und der nur beobachtete, zuhörte, den Kollegen reden und seine Fragen stellen ließ? Sein Weinglas war zur Hälfte leer, also hatte das Model den Wagen ins Halteverbot gestellt. Georg war gespannt, wie sich das Gespräch entwickeln würde. Wieso überraschte ihn der Besuch nicht? Und wieso ahnte er, dass Semmering dafür der Grund war?

Beide machten sich die Mühe, bei der Begrüßung aufzustehen, dann zeigten sie ihre Dienstausweise. Georg nahm einen davon in die Hand, um ihn genauer zu studieren. Jemand, der in diesen Dingen weniger misstrauisch war als er oder Vertretern staatlicher Einrichtungen blind vertraute, hätte eine Fälschung nicht vom echten Ausweis unterscheiden können. In diesem Fall schien alles seine Richtigkeit zu haben. Sie kamen aus Dortmund – wie Semmering.

Schröder hieß der Schöne, Behr der Unbedarfte. Zu Georgs Erstaunen ergriff er das Wort. Dann war er der Ranghöhere?

»Vor zwei Tagen hatten Sie Besuch ...«

Sein Gespür hatte Georg nicht getäuscht, es ging um Semmering. War er einem Kriminellen aufgesessen, einem Schwindler? Wohl kaum, denn die Leasingfirma in Dortmund existierte wirklich, die Sekretärin auch, die von Semmerings Reise wusste und Georg vertröstet hatte. Doch beim letzten Anruf hatte sie besorgt geklungen.

»... von einem Herrn Semmering aus Dortmund«, vervollständigte Georg den Satz, was Oberkommissar Behr mit Erstaunen zur Kenntnis nahm.

»Wie kommen Sie darauf, dass wir seinetwegen hier sind?«

»So viele Leute kommen hier nicht vorbei, bei uns an der Mosel passiert wenig, und das einzig Außergewöhnliche war sein Besuch.«

»Außergewöhnlich – in welchem Sinne?«

»Sein Anliegen war außergewöhnlich. Aber was treibt die Kripo zu uns?«

»Die Fragen stellen eigentlich wir, Herr Hellberger. Wir wissen, dass er zu Ihnen wollte. Was war der Grund seines Besuchs?« Die letzte Frage hörte sich schon nicht mehr so freundlich an.

Georg blieb stur. »Ein wenig mehr müssen Sie schon preisgeben, Herr Behr, wenn ich mit Ihnen kooperieren soll. Herr Semmering hatte sich Vertraulichkeit ausgebeten.«

»Sie sollen gar nicht mit uns kooperieren, Sie sollen unsere Fragen beantworten. Weshalb hat er mit Ihnen Kontakt aufgenommen?«

»Ich sollte etwas über ein Weingut für ihn in Erfahrung bringen.«

»Warum gerade Sie?«

»Weil ich ein wenig von Wein verstehe, so habe ich ihn verstanden.«

»Sie leben seit acht Jahren an der Mosel. Hier gibt es Winzer, die bedeutend mehr Erfahrung haben. Weshalb dann Sie?«

Bislang war Georg am Ende des Tisches stehen geblieben, jetzt, als er sich zu ärgern begann, setzte er sich. Dabei blieb er ruhiger und konnte sich besser auf seine Antworten konzentrieren. Es waren nicht die Fragen, die ihn ärgerten, es war der Ton, in dem sie gestellt wurden.

»Am Dienstag war er hier, heute ist Freitag. Ist er immer noch nicht aufgetaucht? Seine Sekretärin hörte sich besorgt an ...«

»Danach hat mein Kollege Sie nicht gefragt«, sagte der Schöne. »Weshalb hat er gerade Sie kontaktiert? Kennen Sie sich?«

»Ich habe ihn am Dienstag zum ersten Mal gesehen, zuerst sprach er mit einem meiner Mitarbeiter, und gehört habe ich von ihm zuvor auch nicht. Weshalb er gerade mich um Hilfe bat, werden Sie sich denken können. Ich gehe davon aus, dass Sie vor unserem Gespräch in Ihren Polizeicomputer geschaut haben, da bin ich sicher vermerkt.«

»Darauf möchten wir nicht weiter eingehen.« Der Unscheinbare sah seinen Kollegen an, der Blick sagte, dass sie es mit ihm nicht leicht haben würden. Würden sie jetzt einen Gang hochschalten oder endlich verbindlich werden?

Gut, der Schöne wurde verbindlich. Dann wäre er es auch. Georg berichtete ausführlich von Semmerings Besuch, von seinem Anliegen, dem familiären Hintergrund, der Flucht und dem Verschwinden der Großeltern, der Enteignung und dem Weingut eines gewissen Herrn Studt. »Ich habe meinen Teil beigetragen, jetzt zu Ihnen. Weshalb wenden Sie sich an mich? Ich hatte nie zuvor mit Semmering zu tun.«

Die Antwort kam zögerlich. »Herr Semmering wird vermisst. Nach unseren bisherigen Nachforschungen sind Sie, Herr Hellberger, der Letzte, der ihn lebend gesehen hat. Sie wissen sicherlich, was das bedeutet? Seit er in Dortmund aufgebrochen ist, waren Sie, soweit wir wissen, sein einziger Kontakt.«

Das Lachen konnte sich Georg gerade noch verbeißen, kopfschüttelnd betrachtete er die Maserung der Tischplatte. Dann stand er auf, nahm sich ein Weinglas, ging zum Klimaschrank und holte sich den Riesling seiner Gutsabfüllung. Nein, zum Lachen war ihm eigentlich nicht, schließlich hing ein schwerer, wenn auch nicht ausgesprochener Vorwurf im Raum, aber der war völlig absurd.

»Wann genau war Semmering hier bei Ihnen?«

»Morgens gegen zehn Uhr war er zum ersten Mal hier, wann genau, fragen Sie besser meinen Kellermeister, der hat mit ihm gesprochen. Ich kam gegen halb zwölf von einem Termin zurück, und mein Kellermeister informierte mich prompt. Semmering war hier von zwölf bis eins. Als Kilian aus der Schule zurückkehrte, haben wir gegessen, und ich habe von dem Besuch erzählt.« Georg hielt es für besser, über den Umschlag mit den dreieinhalbtausend Euro kein Wort zu verlieren.

»Was haben Sie am Nachmittag gemacht?«

»Das, was ich meistens tue. Ich habe gearbeitet, wir waren oben an der Sonnenuhr zum Ausbrechen, der Kellermeister und Kilian waren dabei. Ist meine Annahme richtig, dass Sie von einem Verbrechen ausgehen?«

»Wir verfolgen lediglich eine Vermisstenanzeige seines Büros und seiner Frau.«

»Kann es nicht sein, dass er … sich abgesetzt hat?« Georg dachte an den Vater der beiden Jungen, von dem man seit seinem Verschwinden nichts mehr gehört hatte.

»Wenn Sie meinen, dass er nur mal Zigaretten holen gegangen ist«, bemerkte der Schöne, »dann liegen Sie falsch. In seinem persönlichen Umfeld deutet nichts darauf hin.«

»Das ist beim Zigarettenholen immer so.« Georg war gespannt, wie die beiden darauf reagieren würden. »Hat er Koffer gepackt, ist er mit seinem Wagen unterwegs, gab es Andeutungen? Möglich, dass er verreist ist«, Georg dachte an das Weingut in Sachsen, »und seine Sekretärin zum Schweigen verdonnert hat.«

»Sie fragen zu viel, Herr Hellberger.« Es war klar, dass der Unscheinbare ihn nicht leiden konnte.

Georg aber wollte mehr wissen. Er richtete seine Frage an den Schönen, er schien ihm kooperationsbereiter. »In Cochem gibt es einen Bahnhof, er kann seinen Wagen dort stehen gelassen haben und mit dem Zug weitergefahren sein.«

Die Schlussfolgerungen könne er getrost ihnen überlassen, meinte der Unscheinbare in belehrender Weise. »Haben Sie vor, in nächster Zeit zu verreisen?«

»Nein«, log Georg wider besseres Wissen, »wir haben hier jede Menge zu tun.« Dabei war während des Gesprächs sein Entschluss gewachsen, möglichst bald an die Elbe zu fahren, um der Sache in Sachsen nachzugehen. Wenn er Semmering das Voraushonorar nicht zurückerstatten konnte, wollte er wenigstens etwas dafür tun. Der wahre Grund jedoch war, dass ihn der Fall jetzt wirklich zu interessieren begann. Er dachte an Semmerings Rausschmiss auf dem Weingut, die aggressive Reaktion des gegenwärtigen Besitzers und dass ihm Dokumente vorenthalten wurden. Möglicherweise reicht die Angelegenheit viel weiter zurück, sagte er sich, während die Polizisten Klaus und Kilian kurz befragten. Vielleicht hat es sogar was mit Semmerings Großeltern zu tun, die bei Kriegsende verschwunden sind? Vieles, was im anderen Teil Deutschlands geschehen war, lag bis heute im Dunkeln.

Georg sah dem Wagen der Kriminalbeamten nach, die zur Uferstraße hinunterfuhren. Die beiden würden es sicher nicht klären. Die damaligen Akteure gab es nicht mehr, diejenigen, die über entsprechende Unterlagen verfügten, würden sie unter Verschluss halten und hätten sicher wenig Interesse an einer Aufklärung. Sie würden ihm, dem Wessi, gegenüber wohl kaum den Mund aufmachen. Also würde er einen Stein ins Wasser werfen, die sich ausbreitenden Ringe beobachten, feststellen, wer sich davon gestört fühlte und wo sich die Wellen verliefen.

»Vielleicht hat Semmering genau das getan«, meinte Klaus, den Georg nach dem Gespräch ins Vertrauen zog, »den Stein geworfen, und vielleicht war genau das sein Fehler?«

»Wir wissen es bislang nicht«, sagte Georg, »möglich wäre es, ich werde ihn fragen, wenn er wieder auftaucht. Semmering wird sich exponiert, sich unbeliebt gemacht haben, bei Behörden, Ämtern, bei dem Winzer auf dem Weingut, überall ist er bekannt und hat sein Interesse deutlich gemacht. Wer weiß, wem er Fragen gestellt und wen er damit kompromittiert hat.«

»Und wer sich dadurch bedroht fühlt? Was heißt ›kompromittiert‹?«, fragte Klaus.

»Auf die Füße getreten, bloßgestellt. Hinzu kommt, dass sein Name bekannt ist und eine Vergangenheit besitzt. Welche das ist, weiß ich bisher nicht, und hier werde ich es kaum erfahren. Nur werde ich, wenn ich den Stein werfe, das von einer möglichst sicheren Position aus tun.«

Klaus machte keinen Hehl daraus, dass er von Georgs Plan wenig hielt. »Was nutzt dir das? Hast du daran gedacht, dass die dreieinhalbtausend Euro nichts weiter sein könnten als ein Köder, vielleicht um von sich abzulenken?«

»Durchaus, das war mir von dem Moment an klar, als ich den Umschlag geöffnet habe. Doch es gibt Fische, die fressen sehr geschickt den Köder ab, ohne den Haken zu schlucken.«

»Ich wusste gar nicht, dass du angelst.«

»Tue ich auch nicht, aber ich unterhalte mich ab und an mit den Leuten, die hier am Ufer ihre Köder auswerfen und aus reinem Vergnügen an der Spannung und der angeblichen Entspannung beim Blick aufs Wasser die Fische umbringen.«

Auch Susanne war dagegen, dass er nach Sachsen fahren wollte, nicht, weil sie seinen Plan für falsch hielt, sondern mehr aus Sorge um ihn. Mögliche Folgen waren nicht abzusehen.

»Was weißt du wirklich über diesen Semmering?«, fragte sie Georg, ihre Besorgnis war deutlich zu hören. »Du weißt nur, was er dir über seine Großeltern und ihre Flucht erzählt hat. Menschen erinnern sich nie objektiv, sie korrigieren Geschichte immer zu ihren Gunsten, Schönfärberei ist der landläufige Begriff. Manche leben nur in einer Welt von Vorstellungen, was ihr Handeln erschwert. Wie geht man dann mit den Informationen um? Nirgends wird so viel gelogen wie in Autobiografien.« Sie hielt es auch für möglich, dass der Mann aus Dortmund ein Verrückter, ein Hochstapler war, was Georg bei Semmerings beruflichem Hintergrund absolut ausschloss. Kurz zuckte ihm durch den Kopf, dass seine Exfrau ihn geschickt haben könnte, um ihn in irgendetwas hineinzuziehen, das ihm schaden würde. Doch dann verwarf er den Gedanken wieder, auch wenn sie ihn seit ihrer Trennung mit immer neuen Beschuldigungen, Vorwürfen und Unterhaltsklagen verfolgte, um ihm das Leben schwer zu machen. Sie habe, wie Rose meinte, es bis heute nicht verwunden, dass er sich von ihr und nicht sie sich von ihm getrennt hatte. Und sie missgönnte ihm das neue Leben an der Mosel, wie er von Rose erfahren hatte, die ein- oder zweimal im Jahr ihre Mutter besuchte.

Das einzige Argument Susannes, das Georg wirklich gelten ließ, war, dass durch seine Abwesenheit für alle anderen auf dem Weingut mehr Arbeit anfiel.

Rose war der Ansicht, dass er für derartige Abenteuer inzwischen zu alt sei, aber sie kannte ihren Vater auch lange genug, um zu wissen, dass gutes Zureden sinnlos war.

Kilian hingegen war Feuer und Flamme. Alles, was Georg tat, plante oder sagte, war gut. Er blieb treu an seiner Seite, auch wenn sich hinterher herausgestellt hatte, dass er im Unrecht gewesen war. »Am liebsten würde ich dich begleiten. Lass uns am Freitag fahren, wir sehen uns übers Wochenende gemeinsam die Gegend an, dann wissen wir mehr, und ich fahre Sonntag von Dresden mit dem Zug zurück, falls du bleiben willst.«

Das war ein Vorschlag, den Susanne halbwegs akzeptieren konnte.

Der nächste Schritt bestand darin, sich eine Liste der sächsischen Weingüter zu besorgen. Da war ein Weingut mit 0,2 Hektar, das war gerade mal eine Fläche von vierzig mal fünfzig Meter, demnach zweitausend Quadratmeter. Dort standen dann etwa zwölfhundert Rebstöcke, und letztlich kam es darauf an, was man ihnen an Trauben zu tragen zumutete: von einem bis zweieinhalb Kilo. Letzteres würde einen sehr dünnen Wein ergeben. Bei einem Kilo war die Frage, ob sich die Mühe für den geringen Ertrag überhaupt lohnte. Und es gab Weingüter um die einhundert Hektar. Auch die wollte er sich ansehen.

Georg hatte geglaubt, dass der Wein in Sachsen generell am rechten, am sonnenverwöhnten, Ufer wuchs, doch er fand in einer Broschüre ein Weingut mit 8,4 Hektar links der Elbe, knapp vier Kilometer vom Fluss entfernt. Dann würde es linkselbisch auch andere geben. Dort würde kaum noch der Einfluss des Gewässers auf den Weinbau zu spüren sein, obwohl jedes Flusstal sein eigenes Mikroklima besaß und die Temperatur entlang der Elbe minimal über dem sonstigen Durchschnitt der Region lag. Hier an der Mosel hingegen war es extrem, manchmal glaubte Georg, bei der Arbeit am Steilhang zwei Sonnen ausgesetzt zu sein, einmal der am Himmel, gleichzeitig ihren Reflexen vom Wasser her.

Es gab Winzer in Sachsen, die einen oder zwei Hektar ihr Eigen nannten und dort Rebsorten wie Traminer, Kerner, Müller-Thurgau und Weißburgunder anbauten. Viel konnte nicht dabei rumkommen, an der Mosel wäre das ökonomisch ein Unding, mehr als neunzig Hektoliter waren bei einem Hektar kaum zu erwarten und der Wein entsprechend fad. Derart kleine Mengen, die auf einem Hektar erwirtschaftet werden konnten, wurden mitsamt eines Kultur- und Freizeitangebots für die ganze Familie direkt in der eigenen Straußen- oder Besenwirtschaft verkauft. Da musste man sich nicht mit dem Markt herumschlagen und sich die Klagen der Großhändler und Vinotheken über zu niedrige Rabatte anhören.

Fünf Hektar, davon fünfundneunzig Prozent in Steillagen, waren eine andere Ansage. Aber er und Susanne hätten davon weder das Weingut erhalten noch davon leben können, außer man forderte exorbitante Preise und setzte sie auch durch. Acht Hektar, wie auf einem gewissen Weingut Matyas, waren im Vergleich mit den Nebenerwerbswinzern schon viel. Das vielfältigste Angebot fand er bei der Winzergenossenschaft Meißen mit mehr als tausendfünfhundert Mitgliedern: Goldriesling, Bacchus, Morio Muskat, Hibernal (eine Kreuzung aus Seibel und Riesling), dann Solaris, Scheurebe, Portugieser und Schieler – neben den ansonsten üblichen Rebsorten wie Riesling, Dornfelder sowie Weiß-, Grau- und Spätburgunder, quasi das gesamte Rebsortenspektrum.

Georg erinnerte sich nicht, sächsische Weine je in einer Weinhandlung gesehen zu haben, außer die der beiden größten Produzenten, Schloss Wackerbarth und Schloss Proschwitz, Ersteres ein landeseigenes Weingut, Letzteres im Besitz eines Prinzen zur Lippe, beide mit etwa einhundert Hektar gleich groß.

Mit Spannung sah Georg der Beschreibung des Weingutes Studt entgegen. Sie entsprach von den Fakten her und im neutral gehaltenen Ton den Ausführungen auf der Homepage. Während in der Broschüre der eine oder andere den Betrachter anlachende Winzer abgebildet war, hatte man sich bei Studt auf das Technische beschränkt, die Flasche mit dem halb gefüllten Glas daneben, dann ein Blick in den Weinberg, der auch in Rheinhessen hätte liegen können, eine Trauben schneidende Hand und die üblichen Holzfässer im Gewölbekeller.

Als zweiten Schritt verglich Georg die Angaben der Broschüre mit den Bewertungen in den Weinführern ›Gault & Millau‹ und ›Eichelmann‹. Hier kam er den Winzern wie auch den Weinen ein Stück näher, erfuhr einiges über die Machart, den Charakter der Weine und konnte sich anhand der vergebenen Punkte einen Überblick über die Qualitäten verschaffen. Mit der Vergabe von bis zu fünf schwarzen Trauben ließ sich eine Rangfolge herstellen. Die vom Weinführer aufgestellte musste nicht mit Georgs Urteil übereinstimmen. Er hatte sich nach anfänglichen Zeiten der Unsicherheit dazu durchgerungen, auf sein eigenes Urteil zu bauen, die Bewertung anderer aber nicht außer Acht zu lassen.

Studt gehörte mit einem roten Weinblatt zu den empfehlenswerten Gütern. Susanne, Klaus und er hatten im letzten Jahr die erste rote Traube erobert und lagen so im Bereich »Gut« mit einer Tendenz nach oben. Eine gewisse Befriedigung darüber, dass ihre Weine besser bewertet waren als die von diesem Studt, konnte Georg nicht verhehlen.

Er holte Kilian am Freitag nach Schulschluss ab. Der Junge hatte seine Reisetasche bereits am Abend zuvor gepackt und freute sich riesig auf die Tour mit Georg.

Von Bernkastel-Kues nahmen sie die A1, die in die A48 überging, auf diese Weise kamen sie hoffentlich an Frankfurt und den damit verbundenen Staus vorbei. Auch vermied Georg so die Nutzung der Hochmoselbrücke, die sowieso sehr wenig frequentiert wurde, außer von Selbstmördern, die sich mit dem Sprung in die Tiefe von ihren irdischen Leiden befreiten. Dafür litten die Bewohner am östlichen Rand von Zeltingen häufig unter den Sirenen von Polizei und Rettungsfahrzeugen, wenn es wieder jemand nicht ausgehalten hatte und gesprungen war. Verkehrstechnisch war die Brücke unwichtig, ebenso als Anbindung an den Pleite-Flughafen Frankfurt-Hahn, der bereits beim Brückenbau obsolet gewesen war und nur dank staatlicher Subventionen überlebte.

Die erste halbe Stunde saßen sie schweigend nebeneinander im Wagen. Kilian genoss es, seinen Ziehvater zwei Tage lang ganz für sich zu haben und ihn nicht mit Rose teilen zu müssen, so gern er sie auch mochte. Ihre Schwester Jasmin, »die Ziege«, hatte er einige Mal getroffen, er fand sie langweilig und eingebildet. Mit seinem Bruder Karsten musste er Georg nicht teilen. Karsten, den er nur noch »den Schweiger« nannte, ging stumm seiner Wege, ganz zum Kummer der Mutter.

Es herrschte nicht viel Verkehr, und jeder hing seinen Gedanken nach. Georg überlegte, ob er jetzt lieber im Weinberg wäre oder ob es richtig und besser war, der Semmering-Sache nachzugehen. Er unterbrach die Stille und sprach seine Zweifel offen an. Es war ihm wichtig zu wissen, wie Kilian darüber dachte. Er hatte ihm vom Besuch der Kripoleute erzählt, und er wusste, dass Semmering seit seinem Auftauchen auf ihrem Weingut von der Bildfläche verschwunden war.

»Haben dir die Bullen irgendetwas erzählt?«

»Nein, sie haben nur Fragen gestellt. Denen habe ich nicht entnehmen können, worum es geht, keine Hintergründe, nichts.«

»Warum taucht jemand wie er ab, wenn er einen so guten Job hat?« Es war für Kilian unvorstellbar, ohne jeden Hinweis zu verschwinden.

»Die Frage mit einem Warum einzuleiten bringt dich auf einen falschen Weg, mein Junge.«

»Warum das?«

Georg lachte. »Stell die Frage anders, dann kommst du schneller zu einer Lösung. Frage lieber, wo er sein könnte, was ihn dazu getrieben hat, sich davonzumachen, wer ihn dazu veranlasst haben könnte, wer etwas von ihm weiß, wie er finanziell dasteht, ob er eine andere Frau hat, was seine Ehefrau uns über ihn erzählen könnte, ob das Verschwinden zu seinen Handlungsoptionen gehört, was sich da in Sachsen auf dem Weingut ereignet hat, ob sein Verschwinden damit zusammenhängt …«

»Ist gut, ist gut, ich hab's kapiert. Also kein Warum. Ein *Woran* ist gestattet? Woran bist du nun interessiert, an ihm oder an dem Weingut Studt? Wenn er nicht mehr aufzufinden ist, wozu solltest du dann seinen Auftrag erfüllen? Nur weil er dir Geld dagelassen hat? Du kannst es zurückgeben, du hast ihm nicht einmal zugesagt, dass du für ihn arbeitest.«

Georg überholte am Berg schnell drei Lastwagen und fiel auf hundertdreißig Stundenkilometer zurück, eine Geschwindigkeit, an die er sich bei längeren Fahrten gewöhnt hatte. Ein grauer Wagen folgte ihnen bereits seit einiger Zeit und wiederholte das gleiche Manöver, anschließend ließ auch er sich wieder zurückfallen.

»Der Grund ist ganz simpel: Einer der Kriminalbeamten hat angedeutet, dass ich der Letzte gewesen sei, der ihn lebend gesehen habe, zumindest von dem man es weiß. Und der Letzte ist bekanntlich immer der Mörder.«

»Ja genau, eben. Meinen die Pfosten etwa, du könntest ihn …? Das ist doch krass, das ist totaler Quatsch. Warum solltest du?«

»Frag nicht, warum.« Als er noch einige Lkws überholt hatte, sprach er weiter, jetzt mit einem Auge im Rückspiegel. Der graue Wagen war verschwunden, sein Hintermann war blau. Also war sein Verdacht unbegründet. »Die Beamten haben das auch nicht getan, sie haben nach möglichen Verbindungen zwischen uns gefragt. Irgendeine Beziehung muss es bei einem Mord immer geben, außer man gehört zu den Straßenräubern. Knapp zwei Drittel aller Morde werden von Angehörigen und Bekannten der Opfer begangen.«

»Er muss doch gar nicht ermordet worden sein, er ist doch erst mal nur verschwunden«, unterbrach Kilian. »Er kann sich abgesetzt haben, es kann sich ein Unfall ereignet haben. Dann werden sie den Wagen finden. Was schaust du denn dauernd in den Rückspiegel? Das nervt. Ist da irgendwas?« Kilian wandte sich um und betrachtete den nachfolgenden Verkehr.

»Nein, da ist nichts.« Georg merkte, wie ihn ein ungutes Gefühl beschlich, aber er durfte den Jungen nicht auch noch nervös machen. »Da ist wirklich nichts«, bekräftigte er, auch wenn ihm sein Gefühl sagte, dass doch etwas war, und es wurde in dem Moment bestätigt, als der graue Wagen den blauen überholte, der sich zurückfallen ließ. Normalerweise machen sie es mit drei Wagen, die sich ablösen, sagte sich Georg, aber wahrscheinlich müssen sie sparen. Sie hätten es billiger gehabt, wenn sie ihn nach seinem Ziel gefragt hätten. »Was hast du eben gefragt? Ob sie den Wagen finden? Nein, das muss nicht sein. Und so einfach ist das nicht. Nach einem Verbrechen wird die Leiche vergraben, das Auto wird abgefackelt oder sofort eine falsche Nummer angeschraubt und der Wagen in einen Schuppen gefahren, wo jemand den Tracker lahmlegt. Dann bringt man ihn bei Nacht über die Grenze nach Polen oder Tschechien. Rumänien und Bulgarien kommen auch noch infrage.«

»Hast du was gegen den Osten?«

»Tadschikistan habe ich vergessen. Ob ich was gegen den Osten habe? Das ist eine Frage der Interpretation, was der Osten ist. Der Osten wovon?«

Sie hatten den Rhein längst überquert, Limburg passiert und näherten sich Gießen. Hinter Bad Hersfeld, der Hälfte der Strecke, wollte Georg eine Pause einlegen. Nach der Einfahrt zum Rastplatz hatte er Gewissheit, dass die beiden Wagen ihnen folgten, sie hielten an verschiedenen Enden des Parkplatzes. Nur aus dem blauen Toyota stiegen beide Insassen aus. Dann war die Sache doch dicker, als er bisher gedacht hatte.

Während Kilian sich am Buffet mit einer Gemüsetarte und einer Bionade versorgte, beobachtete Georg die beiden Verfolger, die sich handbuchgerecht so hinsetzten, dass sie ihn im Blick behielten. Wo es klar war, dass man seinen Bewegungen folgte, verlor sich Georgs Nervosität, und er machte Kilian deutlich, was ablief, denn er spürte, wie es in ihm rumorte, wie die offenen Fragen ihn bewegten.

»Wissen die eigentlich, was du früher gemacht hast, beruflich meine ich?«

»Die beiden da an dem Tisch? Nein, die sind zu jung, keine dreißig, würde ich schätzen. Die befolgen nur Befehle, treffen keine Entscheidungen. Die Jungs weiter oben, ihre Auftraggeber, die haben einen riesigen Computer, gewaltige Rechenzentren und umfassende Datenbanken, darin verschwindet nichts. In der Sicherheitsfirma damals in Hannover hatte ich einiges mit der Polizei zu tun, rein organisatorisch, wenn es bei Konzerten Randale gab oder gestohlen wurde. Nach dem Verkauf an die Amis werden mehr Informationen über mich gesammelt worden sein. Alle Mitarbeiter sind von den neuen Bossen damals auf ihre Zuverlässigkeit hin überprüft worden, das haben mir ehemalige Kollegen gesteckt. Bei mir werden sie besonders gut hingeschaut haben, weil ich Geschäftsführer war und mich als solcher gegen die Umwandlung in eine Agentur für Geheimdienstarbeit gewandt habe. Es gab einen elend langen Rechtsstreit, bis sie eine Abfindung zahlen mussten. Geh davon aus, dass nichts gelöscht wird, dass alles, was von staatlicher Seite gesagt wird, politisch ist, also nicht der Wahrheit entsprechen muss, vorsichtig gesagt. Auf deinem Laptop kannst du auch nichts löschen, du müsstest es überschreiben oder die Festplatte vernichten. Sicherheitsdienste schützen nicht uns, dafür sind sie nicht da, sie schützen den Staat und die jeweiligen Machthaber. Denk nur an den NSU, den Nationalsozialistischen Untergrund, die stammten aus Jena, da kommen wir übrigens nachher vorbei. In Chemnitz und Zwickau haben sie im Untergrund gelebt, gemordet haben sie überall. Dein Lehrer, Herr Fink, weiß sicher bestens Bescheid.«

»Liegen Chemnitz und Zwickau nicht in Sachsen? Und da fahren wir hin?«

Kilian kannte die Vorfälle, in der Arbeitsgruppe Rechtsextremismus hätten sie den NSU ausführlich diskutiert, berichtete er. »Sie haben zehn Leute umgebracht, angeblich gehen dreiundvierzig Mordversuche auf ihr Konto, dann drei Sprengstoffanschläge und fünfzehn Raubüberfälle. Herr Fink sagt, dass nichts aufgeklärt worden sei, dass keiner wisse, wer die Helfer oder Hintermänner wirklich gewesen seien. Bei der Roten Armee Fraktion haben sie von staatlicher Seite angeblich ganz anders reagiert.«

»Sag ich doch.« Georg schaute angestrengt geradeaus. »Der NSU hat normale Menschen angegriffen, bei der RAF waren es die Machthaber, Männer mit Verantwortung. Scheiße war beides, und alle sind tot. Ich finde diese Rechtsradikalen und Neonazis insofern weitaus gefährlicher, weil viele Mitbürger den gleichen Mist im Kopf haben. Sie kapieren nicht, dass sich die Welt verändert, dass nicht sie, sondern die Konzerne und Investoren die Politik machen, sie wissen nicht, was die Globalisierung mit uns macht. Und solange die Entwicklungsländer ausgebeutet werden, kommen immer mehr Menschen aus dem Kongo oder Syrien oder von anderswo hierher. Ich würde genauso abhauen.«

Georg betrachtete Kilians leeren Teller, er hatte seinen Kaffee längst ausgetrunken. »Lass uns weiterfahren, wir haben noch dreihundert Kilometer vor uns. Und achte mal darauf, wie die beiden reagieren. Wenn wir aufstehen, werden sie ihre Kollegen in dem zweiten Wagen verständigen, dann werden sie kurz nach uns die Raststätte verlassen und hängen sich wieder an uns dran. Aber ich werde ihnen einen freien Abend verschaffen. Die sollten mir dankbar sein. Wenn sie cool sind, lassen sie sich darauf ein.«

Er schrieb etwas auf einen Zettel, stand auf, Kilian brachte das Tablett an den Tresen, und gemeinsam traten sie an den Tisch der Verfolger, von denen der eine telefonierte, während der andere ihnen mit gespielter Gleichgültigkeit entgegensah.

»Meine Herren, Sie brauchen uns nicht weiter zu folgen.«

Georg legte den Zettel vor sie auf den Tisch. »Das wird meine Adresse in den nächsten Tagen sein, wenn ich an der Sächsischen Weinstraße einige Weingüter besuche. Dort werden wir heute auch übernachten. Sparen Sie dem Staat Benzin und sich selbst Nerven, Ihre Frauen oder Freundinnen werden sich freuen, wenn Sie am Wochenende Zeit für sie haben. Gute Fahrt weiterhin.«

Georg wandte sich im Gehen nochmals um, während Kilian sich das Lachen mühsam verbiss. »Sie können die Anschrift ruhig an die Herren Behr und Schröder vom LKA Dortmund weitergeben. Sie ersparen denen die Ermittlungen, die Personaldecke wird sicher kaum über die Füße reichen, und Sie sparen das Geld der Steuerzahler.«

Es war noch hell, als sie Radebeul am rechten Ufer der Elbe erreichten, obwohl es im Osten an der Elbe fast eine halbe Stunde früher dunkel wurde als an der Mosel im Westen. Vom Fluss sahen sie kaum etwas, Georg hatte sich die Elbe wesentlich breiter und gewaltiger vorgestellt. Er kannte sie nur bei Magdeburg von der Autobahnbrücke aus und bei Hamburg.

»Da ist ja unsere Mosel breiter«, war Kilians einziger Kommentar, dann waren sie auch schon über den Fluss hinweg und fuhren in Richtung Radebeul.

Georg hatte sich im Internet im Ortsteil Niederlößnitz ein Quartier in einer alten Villa ausgesucht, ein fast herrschaftliches zweieinhalbstöckiges Gebäude aus der Gründerzeit. Als sie auf den Eingang zugingen, packte Kilian seinen Vater am Ärmel und wies auf ein Motorrad. »Hast du die Nummer gesehen, die 18 darin? Die 1 steht für Adolf, die 8 für Hitler, H ist der achte Buchstabe! Das ist das Motorrad von einem Nazi!«

»Du siehst Gespenster, Kilian. Das muss nichts bedeuten. Und wenn schon? Da steht ein Motorrad an der Straße, weiter nichts. Mach bloß keine anzüglichen Bemerkungen, wir sind hier zu Gast.«

Die alte Dame, die sie empfing, war die Freundlichkeit in Person und besonders Kilian zugewandt.

Georg sah sich diskret im Vorraum um, aber auch im etwas altertümlichen, dabei sehr warm und gemütlich eingerichteten Wohnzimmer entdeckte er nichts, was auf irgendeine Beziehung zu den kruden Ideen der Vergangenheit deutete. Auf dem Kaminsims standen Bilder von Verwandten, es gab eine historische Elblandschaft und ein Gemälde von einem Winzeraufzug mit vielen kleinen, bunt kostümierten Gestalten. Der Herr, der ernst aus seinem Rahmen auf den antiken Damenschreibtisch blickte, war wohl der verstorbene Hausherr.

Hilde Wagner erkundigte sich, ob die Fahrt hierher entspannt gewesen sei, wies darauf hin, dass man Wasser und Wein im Kühlschrank finde, Gewürze im Küchenschrank, sie erklärte den Weg zum nächsten Supermarkt, der bis zweiundzwanzig Uhr geöffnet sei, und fragte dann vorsichtig nach Georgs beruflichem Hintergrund. Als er ihn erklärte, strahlte sie. »Da können Sie mir sicher den einen oder anderen wichtigen Hinweis geben, was ich besser machen kann. Zwanzig Hektar bewirtschaften Sie? Das allein sind ja vier Prozent unserer gesamten Rebfläche. Wir haben in Sachsen lediglich fünfhundert Hektar. Und Sie werden eines Tages das Weingut Ihrer Eltern übernehmen?« Ein sein Alter schätzender Blick traf Kilian.

»Wenn mein Bruder nichts dagegen hat, sicher.«

Frau Wagner lachte, als sie durch ein Fenster auf ihre Reben wies. »Dort sehen Sie meine Reben, es sind keine tausend Stöcke, Riesling natürlich, Weiß- und Grauburgunder. Ich mag die Weißen.«

Georg und Kilian bezogen nicht den herrschaftlichen Teil der Gründerzeitvilla, die beiden oberen Etagen waren vermietet, sondern eine der beiden Zwei-Zimmer-Ferienwohnungen im Gartenhaus. Die breite Fensterfront hin zum Weingarten war für Georg ein Kriterium der Wahl dieses Quartiers gewesen. Er war des Weines wegen hier, und eine Frau, die selbst Wein machte, konnte als Informantin hilfreich sein. Bei ihrem Alter hatte sie die stürmischen Zeiten des Umbruchs in der DDR sicher hautnah erlebt. Dass sie von hier stammte, entnahm er ihrem leicht sächsischen Akzent. Er würde das Thema Weinbau zu Honeckers Zeiten langsam angehen, würde sie mit ihren Fragen kommen lassen. Dass sie neugierig war, hatte er bereits am Interesse an Kilian, seiner Ausbildung und der möglichen Übernahme des Weingutes bemerkt. Außerdem lag das Quartier strategisch günstig, die ersten drei Weingüter, Hoflößnitz, Aust und Drei Herren, die er besuchen wollte, waren zu Fuß erreichbar. Außerdem gab es eine Gartenpforte mit einem Weg zur nächsten Querstraße. Er würde den Schatten die Überwachung nicht leicht machen, allein schon der sportlichen Übung wegen. Außerdem hasste er es, wenn ihm jemand auf die Finger sah.

4. Kapitel

Gerüchte über den Junker

Die schmale Straße vor der Villa lag im Schatten, als Georg und Kilian am Morgen das Haus verließen. Die Lichtverhältnisse würden sich tagsüber kaum verändern, das verhinderten die alten, dicht belaubten Bäume und die hohen Mauern der benachbarten Grundstücke. Georg ging ein Stück die Straße zurück zum Wagen, um seine Kamera zu holen, als er Kilians Ruf hörte.

»Halt! Warte!«

Ruckartig blieb Georg stehen und wandte sich langsam um. »Was ist?«

Kilian wies mit einer Kopfbewegung auf eines der geparkten Fahrzeuge. Im Halbdunkel und bedingt durch die Reflexe der Windschutzscheibe waren die beiden Köpfe darin nur schwer zu erkennen, die Gesichter schon gar nicht. Der Junge ging auf den Wagen zu.

Georg hielt vor Schreck die Luft an. Hoffentlich legte Kilian sich nicht mit den Männern an! Er war bereit, sich im nächsten Moment auf jeden Angreifer zu stürzen, der den Jungen bedrohte.

Aber der ging wie absichtslos weiter, bog vor dem Fahrzeug nach rechts, als wollte er die Straße überqueren, strauchelte – oder tat er nur so? – und stützte sich auf der Motorhaube ab, ging kurz in die Knie, und als er sich humpelnd aufrichtete, entschuldigte er sich bei den Insassen mit einem Winken.

Auch Georg wechselte die Straßenseite und trat Kilian entgegen, der sich an ihm festhielt und dabei sein Fußgelenk massierte. »Was war das für eine Nummer? Hast du dich verletzt?«

Als Kilian sich abgewandt hatte, grinste er. »Habe ich noch nie vorher gemacht. Es ist nichts, aber es hat geklappt. Ich habe gesehen, dass die beiden nicht die Polizisten von gestern sind, und ich habe festgestellt, dass sie schon länger hier stehen, denn die Motorhaube ist kalt. Das Auto hat eine Dresdner Nummer, ohne diese Nazi-Zeichen wie 18 oder AH. Glaubst du, die überwachen uns jetzt von Dresden aus?«

Georg zuckte mit den Achseln. Er wusste es nicht, und er glaubte es auch nicht. Und wenn doch, dann musste bei dem Aufwand die Sache mit Semmering ein großes Ding sein, sagte er sich, oder die Polizei hielt ihn tatsächlich für einen Mörder. Unsinn, daran hatte er nicht eine Minute gedacht. Er musste dringend mehr über Semmering in Erfahrung bringen. Sicher wäre es hilfreich, wenn er Kontakt zu dessen Frau herstellen könnte. Doch wie sollte er an die Privatadresse kommen? Sein einziger Kontakt waren die Sekretärin und die Firma.

Mitten in seine Gedanken hinein hörte Georg den Anlasser eines Motorrads. Gerade sah er noch, wie ein Motorradfahrer in schwarzer Montur, mit Helm und heruntergeklapptem Visier auf der Maschine, die Kilian gestern wegen der Ziffern aufgefallen war, als schwarzer Schatten an ihnen vorbeiflog. Sekunden später folgte der Wagen mit den beiden unkenntlichen Gesichtern. Damit war klar, dass nicht sie gemeint waren – es handelte sich wohl nicht um eine Überwachung.

»Hast du gesehen, aus welchem Haus der Mann kam?«, fragte Kilian. »Ich glaube, der wohnt auch bei Frau Wagner.«

»Du siehst Gespenster«, beruhigte ihn Georg, mehr daran interessiert, den Weg fortzusetzen, der bereits jetzt leicht anstieg.

Als sie aus dem Schatten der Bäume traten, öffnete sich vor ihnen eine Art Panorama des sächsischen Weinbaus: Rechter Hand schützte eine halbhohe graue Mauer einen mittelgroßen Rebgarten. Vor ihnen an der Ecke stand ein zweistöckiges weißes Haus mit hellblauen Fensterläden. Rote Schindeln deckten das Dach mit einigen Gauben, zwischen denen ein achteckiger Turm deutlich hervortrat. Verbunden durch ein hölzernes Tor, schloss sich ein zweigeschossiges Landhaus an.

Georg erinnerte sich, das Weingut Aust im Internet gesehen zu haben. »Hier müssen wir auf jeden Fall probieren, die Kritiken sind einhellig gut. Ich fürchte nur, dass heute am Samstag so viel Publikumsverkehr ist, dass für uns niemand Zeit hat.«

Kilian meinte, dass man auf jeden Fall reinschauen solle, vielleicht gebe es einen sehenswerten Garten, wo man probieren könne, aber einstweilen amüsierte er sich über den Straßennamen. »Was Originelleres als Weinbergstraße ist ihnen nicht eingefallen?«

»Irgendwann wird er originell gewesen sein«, meinte Georg, »den Namen gibt es sicher seit Ewigkeiten, schließlich wird hier seit, ich weiß nicht, wie lange schon, Wein angebaut. Angefangen haben soll es um 1100 soundsoviel. Wir werden es erfahren.«

Danach fesselte der links sacht ansteigende Weinberg Kilians Aufmerksamkeit; auch Georg sah, dass im unteren Teil der Anlage, wo die Hangneigung sich abflachte, etliche verkümmerte Triebe, braune Blätter und Gescheine die ansonsten sehr gepflegte Anlage trübten.

Kilian deutete darauf und fragte: »Was ist das für eine Krankheit?«

Gemeinsam überquerten sie die ruhige Straße, um die Verfärbungen in Augenschein zu nehmen. Georg war sofort klar, dass die Weinstöcke unter dem diesjährigen Spätfrost gelitten hatten. »Da war die Sophie, da waren Pankratius, Servatius und Bonifatius unterwegs, die Eisheiligen. Du erinnerst dich an die kalten Tage, die auch wir kürzlich hatten? Bei uns war es zwar kalt, aber die Temperaturen blieben auch nachts über dem Gefrierpunkt. Außerdem ...«, Georg hob den Kopf und schaute zum Hügel hinauf, der hinter einem Weg weiter anstieg und den bis zu seinem Kamm schmale Terrassen bedeckten. Darüber spannte sich ein blauer, wolkenloser Himmel. »Außerdem hilft uns die Mosel. Bei nachtklarem Himmel kann es im Mai nach ersten warmen Tagen sehr kalt werden, wie vor drei Jahren an der Obermosel und im Gebiet der Ruwer. Wir sind glimpflich davongekommen. Die Kälte sinkt zu Boden, gleitet die Hänge hinab, und irgendwann staut sie sich an einem physikalischen Hindernis, sie kann nicht mehr abfließen. Bei uns fließt die Kälte direkt bis zum Fluss und wird von der Strömung weiterbewegt. Aber hier?« Er sah sich um. »Die Bäume, die Häuser, die Mauern, das alles sind Barrieren, die stauen die Kälte. Auch wenn die Stöcke nicht erfrieren, werden zumindest die jungen Triebe und Gescheine geschädigt, sie bringen keine Trauben mehr hervor.«

Kilian nahm einen Trieb in die Hand, und Georg bemerkte, dass nur die ersten fünf oder sechs Reihen betroffen waren. »Allzu groß scheinen mir die Schäden nicht zu sein, die Triebe wachsen bereits nach«, sagte er, als er sich umgesehen hatte. »Das Wetter wird immer unberechenbarer. Allerdings fehlt es hier an Wasser«, fügte er besorgt beim Blick auf den Boden hinzu, »nicht anders als bei uns. Dann kommen die Sonnenschäden hinzu, die sich jedoch durch vernünftiges Beschneiden der Laubwand in Grenzen halten lassen.«

Beim Weitergehen richtete er den Blick auf die Weinterrassen vor ihnen. So weit er erkennen konnte, erstreckten sie sich über die gesamte Breite seines Blickfeldes von mehreren Hundert Metern. Dahinter waren sie von Bäumen und Häusern verborgen. In der Höhe reichten sie bei Weitem nicht an die Terrassen der Mosel oder des Mittelrheins heran, wie Kilian sich nicht verkniff zu bemerken.

»Mir gegenüber darfst du das gern erwähnen«, kritisierte Georg, »aber halte dich bei den Leuten hier zurück. Wir wollen nicht als die Besserwessis dastehen. Außerdem – was oder wem nützen Vergleiche? Jedes Weinbaugebiet hat seine ganz spezielle Geschichte, seine Geologie, sein Klima, seinen Charakter, jedes steht für sich selbst.«

Auffällig war der gepflegte Zustand der Trockenmauern, die anscheinend sämtlich vor nicht langer Zeit restauriert worden waren. Da würde er gern hinaufgehen, um sich einen Überblick zu verschaffen. Anscheinend tat man vonseiten der Landesregierung viel, um das freundlich einladende Bild der Weinlandschaft zu erhalten und den Weinbau zu fördern. Georg wusste aus seiner eigenen täglichen Erfahrung, welche enormen Anstrengungen nötig waren, auf den Terrassen Wein anzubauen, die Stöcke zu pflegen und die Trauben schließlich zu lesen. In diesem Moment wurde ihm einmal mehr deutlich, was für eine gewaltige Leistung dahinterstand. Anscheinend war er nur daran gewöhnt, weil er seit acht Jahren nichts anderes mehr kannte, weil es sein Leben geworden war, steile Berge hinauf- und hinunterzuklettern.

Rechts oben auf dem Kamm lag ein gelbes Gebäude mit breiter, vorgebauter Veranda und einem spitzen Turm repräsentativ in der Sonne – es schien ein Restaurant zu sein. Ein Stück weiter links dräute ein eher wehrhaft erscheinender Rundturm, dessen Funktion sich aus der Entfernung nicht erschloss.

Sie folgten der Straße bergan und bogen dann links in einen Weg ab, der zwischen Reben auf das ehemals kurfürstliche Weingut Hoflößnitz zuhielt. Rechter Hand führte ein Tor mit einem Rundbogen in den Weinberg. Goldener Wagen hieß die Lage, soweit Georg sich erinnerte, es war eine der bekanntesten an der Elbe. Aber Semmering hatte sie bei seinem Besuch nicht erwähnt, und ob sie für besondere Weine stand, würde sich zeigen.

Unter dem Bogen blieb Georg stehen und betrachtete das in den Schlussstein gemeißelte Motiv: ein steigendes Pferd, das einen Prunkwagen zog, auf dem ein Jüngling eine riesige Traube balancierte, darunter das Datum 1710 – 1925.

Das älteste Gebäude der Anlage Hoflößnitz war das erste Gebäude dieses Komplexes und um 1650 als Lust- und Berghaus für den sächsischen Kurfürsten Johann Georg I. auf einem Plateau errichtet worden. Es hatte dem Adelsgeschlecht der Wettiner von der Saale seinerzeit ausschließlich der Lustbarkeit statt weinbaulichen Zwecken gedient, obwohl vor dem Fachwerkhaus eine riesige historische Schraubenpresse den Eindruck vermittelte, als handelte es sich um das Pressenhaus. Was diesem Eindruck jedoch zuwiderlief, war der an die Rückfront angesetzte achteckige Treppenturm.

Der ockerfarbene klassizistische Putzbau zur Linken war vermutlich Mitte des 19. Jahrhunderts gebaut worden, »spätklassizistisch«, wie Kilian meinte, der sich, je älter er wurde, immer mehr für Architektur interessierte – etwas, das Georg völlig abging und das er auch nie zu beurteilen gewagt hätte. Er fragte sich hingegen, in welcher Weise das am Haus rankende Weinlaub dem Putz schadete und was die Renovierung kosten würde.

Vor ihnen öffnete sich, umgeben von Kastanien und weiteren u-förmig angelegten Gebäuden, ein weitläufiger Platz, der sowohl Großzügigkeit wie auch Weite ausstrahlte. Die Tische und Stühle unter den Kastanien waren zu dieser Stunde noch verwaist, was die beiden frühen Besucher als äußerst angenehm empfanden, da keine lauten oder schrillen Stimmen von Touristen die Stimmung störten. Sie rückten zwei Stühle an das Geländer, hoch über einer Neuanlage mit künstlicher Bewässerung, die sie ausführlich in Augenschein nahmen, denn der Regenmangel machte offensichtlich den Winzern sämtlicher Weinbauregionen zu schaffen, und Neuanlagen entwickelten sich schlecht ohne ausreichend Wasser. In späteren Jahren mussten sich die Rebstöcke selbst behaupten.

Kilian beschäftigte die Frage, ob August der Starke, Kurfürst und Herzog von Sachsen, zeitweilig auch König von Polen, vor dreihundert Jahren an ebendieser Stelle gestanden und wie er jetzt die Aussicht über das Elbtal genossen hatte, den Blick nach Süden über Radebeul hinweg in Richtung Elbe gerichtet, die sich wahrscheinlich auch in jener Zeit im morgendlichen Dunst verloren hatte.

»Er hat es sicher genossen«, sagte Georg, mit einem Lächeln in die Landschaft blickend. »Weshalb sollte er sich sonst hier aufgehalten haben?«

Das überzeugte Kilian keineswegs, ihm waren alle Herrscher verdächtig.

Im Informationszentrum der Hoflößnitz hatten sich um diese Stunde bis auf Georg und Kilian noch keine Besucher eingestellt, was ihnen sehr recht war, denn so hatten sie die Mitarbeiterin des Hauses ganz für sich.

»Es ist wohl besser, Sie wenden sich mit Ihren Fragen an diesen Herrn hier«, meinte die junge Frau und wies auf einen Mann mit zerzauster lockiger Frisur, der in einer Schublade kramte. »Herr Andert ist Historiker und leitet unser Weinbaumuseum. Vielleicht hat er Zeit für Sie.«

So war es, und es machte ihm Freude, aus seinem gewaltigen inneren Fundus zu schöpfen.

Georg war fassungslos, wie sich ein Mensch derart viele historische Details merken konnte und sie in die Zusammenhänge stellte. Wie viel Zeit mochte es den Mann aus Gera, der in Bremen studiert hatte, gekostet haben, sich das alles anzulesen? Wahrscheinlich ist er noch mittendrin in seinen Studien, sagte sich Georg, an sein tägliches Lernen im Weinbau denkend.

Nachdem sie sich als Leute vom Fach vorgestellt und ihr Anliegen vorgetragen hatten, begann Frank Andert mit den frühen Fakten der Weinkultur und den dazugehörigen Dokumenten, der ersten urkundlichen Erwähnung um 1161. Demnach habe der Markgraf Otto der Reiche der Kapelle Sankt Egidien in Meißen einen Weinberg übereignet. Der Legende nach soll jedoch ein gewisser Bischof Benno Anfang des 12. Jahrhunderts die ersten Reben gepflanzt haben, in der Nähe des Meißener Burgbergs, doch das war nicht verbrieft. Das nächste Dokument stamme von 1195, als das Kloster Altzella das Dorf Zadel unterhalb von Meißen erworben habe, um dort Weinbau zu betreiben, was bis heute geschehe, jedoch nicht unter klösterlicher Ägide.

Einmal in Gang gekommen, war der Historiker kaum zu bremsen. Vor dem Dreißigjährigen Krieg soll Schätzungen nach die Weinbaufläche Sachsens etwa fünftausend Hektar betragen haben, was dem Zehnfachen der heutigen Fläche entsprach. Eigentümer damals seien der Klerus und besonders die Kurfürsten gewesen, sie hätten Hunderte von Hektar Weinberge besessen, von Süd-Braunschweig bis an die polnische Grenze, in Thüringen, an der Saale und selbstverständlich in Sachsen. Von tausendfünfhundert Hektar sei hier die Rede. Der Wein stand damals ausschließlich dem Adel zu, dem Klerus – sicherlich nicht nur als Messwein, wie Kilian treffend bemerkte – und später auch dem Bürgertum. So fanden auf Hoflößnitz auch die prunkvollen Winzerfeste und Weinumzüge des Adels statt.

»Den letzten gab es 2015«, erklärte Andert, »mit eintausend Darstellern, zweiundzwanzig Kutschen, vierundfünfzig Pferden, zwei Ochsen und einem Esel, und das Ganze in sechsundfünfzig Bildern.«

»So feiert eben jeder seinen Karneval«, bemerkte Kilian leise, dem der Sinn für jede Art von Folklore abging.

Das Weinbaugebiet Sachsen sei in drei Bereiche eingeteilt,

das seien Meißen, Dresden und Elstertal. Die Bereiche seien sehr unterschiedlich, weiter flussaufwärts, oberhalb von Dresden bei Pillnitz, gebe es Verwitterungsgestein, hier in Radebeul und Meißen habe man es in den Steillagen mehr mit Granit mit Lößauflagen zu tun, Buntsandstein finde man elbabwärts bei Zadel, dazu auch Lößlehm und Schwemmlandböden weiter unten.

Zur Zeit August des Starken sei der Weinbau in Sachsen bereits im Niedergang begriffen gewesen, führte der Historiker weiter aus.

»Der Kerl wird zu viel Party gemacht haben«, meinte Kilian, »zu viele Weinumzüge, und die Bauern mussten dafür bluten.« Dagegen war Georg, sein geringes historisches Wissen zusammenkramend, der Ansicht, dass der Herrscher sich mehr mit der Zeugung einer mehr als zahlreichen Nachkommenschaft und mit Kriegen beschäftigt habe als mit zivilen Staatsgeschäften.

Das sei möglicherweise der Fall gewesen, doch entscheidend sei, so der Historiker, dass der Wein in jenen Tagen unter dem Ruf gelitten habe, sauer zu sein, was eventuell durch die Kleine Eiszeit bedingt gewesen sei, in der die Temperaturen allgemein gefallen seien. In Berlin, das steuerte Georg bei, waren damals am östlichen Ufer der Spree mehr als fünfzigtausend Weinstöcke im extrem strengen Winter 1739/40 erfroren. Hinzu kam der Aufbau administrativer Hürden und Zölle an den Landesgrenzen der kleinstaatlichen deutschen Gebilde, was den Wein verteuerte. Der Eisenbahnbau, die Strecke nach Leipzig wurde durch Rebland verlegt, und die ersten Dampfschiffe auf der Elbe brachten französische Weine mit, die sich wachsender Beliebtheit erfreuten.

Der Verfall des Weinbaus setzte sich fort, die Industrialisierung Sachsens begann nach dem Deutsch-Französischen Krieg, Landarbeiter wanderten der besseren Löhne wegen in die Fabriken ab und fehlten im Weinbau. Beim aufstrebenden Bürgertum kam Sekt in Mode und zog französische Fachleute in die Lößnitz.

Einen harten Schlag allerdings führte die Reblaus. Erst dreizehn Jahre nachdem sie in den südlichen deutschen Weinbaugebieten entdeckt worden war, tauchte sie in Sachsen auf. Am 19. August 1887 entdeckte der Garteninspektor Lämmerhirt in den königlichen Weingärten der Hoflößnitz die Laus und telegrafierte die Schreckensnachricht ans Innenministerium. Daraufhin wurde der Weinbau an der Hoflößnitz, inzwischen Staatsdomäne, aufgegeben. Bereits 1860 war der die Wurzeln der Rebstöcke fressende Schädling aus Nordamerika nach Frankreich eingeschleppt worden. Von dort aus hatte sich die Laus krabbelnderweise und mittels verseuchten Rebmaterials über ganz Europa verbreitet, sich explosionsartig vermehrt und Tausende Winzer und ganze Regionen in Armut gestürzt.

Das Fehlen von Arbeitskräften und die Aufgabe der von Rebläusen befallenen Flächen machte es den Bauern leicht, der Nachfrage nach Bauland des Dresdner Bürgertums ausgesprochen gern entgegenzukommen, zumal der stadtnahe Boden in Radebeul teuer war. Der Bauboom endete erst mit dem Ersten Weltkrieg. Auch die Hoflößnitz bekam einen neuen Besitzer, bis hier ab 1912 eine Weinbau-Versuchs- und Lehranstalt eingerichtet wurde, unter deren Ägide Versuche des Pfropfrebenanbaus vorgenommen wurden. Kurz darauf ging die Hoflößnitz in den Besitz der Gemeinde Oberlößnitz über.

Für das Hintergrundwissen, die Historie, interessierte sich Kilian weitaus mehr als Georg. Ihn brachte es seinem Ziel keinen Schritt näher, mehr über Semmering zu erfahren. Immer wieder glitten seine Gedanken ab und wanderten zu Semmering, dessen Familie und deren Schicksal. Georgs Vermutung war, dass sich Semmerings Vorfahren, in diesem Fall der Großvater, in der Nazizeit im Bauernverband hervorgetan hatte oder Mitglied der NSDAP oder ein bösartiger Arbeitgeber gewesen war. Für die zehn Hektar Weinland, das der Familie gehört haben sollte, hätte man nicht viele Mitarbeiter benötigt, aber es waren insgesamt mehr als einhundert Hektar mit Wiesen, Wald und Feldern, und für den Anbau von Feldfrüchten brauchte man damals sehr viele Hände. Da mochten von unzufriedenen Arbeitern allerlei Gerüchte über den Junker verbreitet worden sein. Neid war nach Georgs Ansicht schon immer eine menschliche Triebkraft gewesen.

Georg zwang sich, seine Aufmerksamkeit wieder dem Historiker zuzuwenden, der bei der ideologischen Unterwanderung des Reichslandbundes, der damaligen Bauernorganisation, in den Zwanzigerjahren angekommen war. Mit dem Sächsischen Landesverband, dem damals größten Deutschlands, gewann die NSDAP einen wichtigen Apparat, ihre Politik bei Bauern und Winzern durchzusetzen. Bereits 1930 stand ihnen ein landwirtschaftlicher Beraterstab von mehr als tausendvierhundert Personen zur Verfügung. Dann – an der Macht – deklarierten sie den Wein zum Volksgetränk, nutzten Weinfeste für ihre Blut-und-Boden-Ideologie und förderten den Anbau reblausresistenter Trauben. 1935 wurde die Hoflößnitz zum Stadtweingut der neu gegründeten Stadt Radebeul mit einer Rebfläche von 7,3 Hektar, etwas weniger als heute.

Kilian wurde zunehmend unruhig. »Was war denn nun zu DDR-Zeiten?«, fragte er, und als der Historiker sich für einen Moment einem anderen Besucher zuwandte, sagte er zu Georg: »Ich weiß doch, worauf du hinauswillst.«

»Was sich zu Zeiten der sowjetischen Besatzung hier abgespielt hat, ist bekannt, es ist jedenfalls besser dokumentiert als die Nazizeit, über die jedoch redet man hier ungern.«

»Das glaube ich sofort«, warf Kilian ein, »und mit dem ›Früher‹, so scheint mir, will hier auch niemand mehr was zu tun haben.«

Die Dame hinter dem Tresen mischte sich ein. »Das sehe ich ähnlich. Wir hatten hier vor zehn Jahren eine Ausstellung zu den Ereignissen während des Zweiten Weltkrieges. Die Hoflößnitz war während des Krieges sogar ein Lager für gefangene Rotarmisten und ukrainische Zwangsarbeiter. Viele unserer Trockenmauern zum Beispiel wurden von belgischen, französischen und ukrainischen Zwangsarbeitern errichtet. Dass darüber geredet wurde, passte einigen Bürgern und Stadträten gar nicht.«

Für Georg wäre es interessant gewesen zu erfahren, was sich alles auf der Flucht von Millionen Menschen von Osten nach Westen ereignet hatte, welche Abgründe sich auftaten, wenn es jedem nur ums reine Überleben ging, schließlich waren nicht nur gute Menschen mit den Flüchtlingstrecks unterwegs gewesen.

Frank Andert hätte noch Stunden referieren können, doch ihm wurde die Zeit knapp, schließlich war ihr Besuch nicht vorgesehen gewesen. »Wenn Sie noch Weine probieren wollen, sollten wir es jetzt tun«, empfahl er. »Dabei kann ich Sie noch begleiten, das Gespräch müssten wir aber ein andermal fortsetzen.«

Georg war sich sicher, dass er es gern tun würde, er war erfreut über interessierte Zuhörer und niemand, dem man mit Fragen auf den Geist ging.

Während der Historiker die Weine für eine Probe zusammenstellte, hatten Georg und Kilian einen Moment Zeit, sich auf dem Areal weiter umzusehen. Weiter in der Tiefe der Anlage stand eines der ältesten Gebäude des Weingutes, das gegenwärtig als Weinstube und Restaurant genutzt wurde. In dem einstöckigen Bau von 1688 hatten sich einst die Weinkeller befunden, eine Probierstube für den Kurfürsten sowie die Wohnung des jeweiligen Winzers und die Stallungen. Daran schloss sich das Pressenhaus an, was als ursprüngliches Zentrum des Gutes Hoflößnitz angesehen wurde und wo der kurfürstliche Bergverwalter seinen Sitz hatte. Von dort kam jetzt der Historiker und führte sie zum Haupteingang des Kavalierhauses und weiter in einen kühlen Saal unter einem Kreuzgewölbe, wo sie sich zum Verkosten niederließen.

Seit das Volksweingut Lößnitz nach dem Ende der DDR an die Stadt Radebeul zurückgegeben worden war, hatte man sich als Erste in Sachsen dem kontrollierten ökologischen Weinbau verschrieben und für den Neuanfang einen bereits in Franken erfolgreichen Winzer engagiert, der sich an den vom Naturland-Verband aufgestellten Regeln orientierte. Inzwischen war der Kontrollverein Ökologischer Landbau aus Karlsruhe mit dem Einhalten der Regeln betraut.

Die Kreuzung aus Riesling und Grauburgunder ergab den Johanniter, eine sogenannte Piwi, eine pilzwiderstandsfähige Rebe. Georg hatte Johanniter noch nie probiert, er war eher konventionell ausgerichtet, aber da er und seine Frau vom naturnahen zum ökologischen Weinbau strebten, auch getrieben von Kilian und seiner Fridays-for-Future-Debatte, schenkte er den Piwis notgedrungen mehr Aufmerksamkeit.

Es war nicht das erste Mal, dass er mit Kilian gemeinsam Weine verkostete, aber dem Jungen fehlte noch viel Erfahrung, und daher ließ Georg ihm den Vortritt. Besonders mit Geschmacksäußerungen hielt er sich zurück, um ihm »keinen Geschmack in den Kopf zu reden«. Denn das einmal Gehörte verselbstständigte sich, und jeder meinte, dann plötzlich grünen Apfel zu riechen und den Hauch von Mandarine wahrzunehmen, wie bei diesem Beispiel, bei dem die Säure allerdings schwächer als beim Riesling war und die Süße mehr in Richtung eines reifen Grauburgunders zeigte.

Der zwei Jahre alte Müller-Thurgau war in den neuen Bundesländern als Bester dieser Rebsorte ausgezeichnet worden. Georg empfand ihn als klar in den Aromen von gelben Früchten, reifem Obst, wobei er im Mund einen leichten Eindruck hinterließ. Kilian stellte dann Orange im Nachklang fest, ein

Eindruck, dem Georg sich anschloss. Aber ihn störte die geografische Bezeichnung »neue Bundesländer«. Wieso waren die nach mehr als dreißig Jahren immer noch »neu«?

Den Riesling, dessen Trauben rings um Hoflößnitz gewachsen waren, empfand Georg als sehr gelungen. Bei Weinbergpfirsich, Apfel, Zitrusfrucht, Honig und den grasigen Noten gingen Georgs und Kilians Bewertungen auseinander. Die Mineralität war weniger ausgeprägt, da zeigte ihr Wein mehr Profil, im Schiefer der Mosel kam sie stärker zum Ausdruck als hier an der Elbe auf sandigen Cyanid-Verwitterungsböden.

Grauburgunder musste kräftig sein, und das war bei diesem hier der Fall, der goldgelb ins Glas floss. Kilian hatte Schwierigkeiten, die Aromen zu benennen, er hatte sich mit vierzehn erstmals mit Georgs Hilfe ans Probieren gewagt. Der handwerkliche Teil hatte ihn schon immer mehr fasziniert als die organoleptische Weinprüfung nach Geruch, Geschmack, Aussehen und Farbe.

»Ich glaube kaum, dass jemand aufgrund der differenzierten Bewertungen Weine kauft«, merkte Georg nebenbei an, wie er es meistens Kilian gegenüber tat, »höchstens nach der im Weinführer vergebenen Punktzahl oder der eines Weingurus. Hauptsache ist, dass einem der Wein schmeckt, das kann auch jeder Laie beurteilen – oder der Weinhändler empfiehlt etwas Besonderes zum Essen.«

»Aber dazu muss man probieren«, meinte Kilian.

»Am besten einige Weine gleichzeitig nebeneinander, um so die Unterschiede herauszuschmecken, wie immer.«

Nun bekamen sie zum ersten Mal einen Traminer von der Lage Goldener Wagen oberhalb des Gutes vorgesetzt. Dieser hier war mit vier Goldmedaillen von diversen Organisationen ausgezeichnet worden. Es war ein sehr feiner Wein, angenehm in der Süße, was ihn leicht wirken ließ – Honig war das Einzige, das Kilian herausfand, wobei Georg einen leichten Rosenduft wahrnahm und Litschi, aber dabei war er sich nicht sicher.

Der nächste Wein schien ein Rosé zu sein, doch das helle Rosa im Glas täuschte, es war ein Schieler, eine sächsische Spezialität – aus roten und weißen Trauben gekeltert. Kilian fand Erdbeeraromen und rosa Grapefruit, Georg steuerte Granatapfel bei, aber vom Geschmack und Duft dieser Frucht hatte Kilian keine Vorstellung.

Beim kräftigen Rosé, Cabernet Cortis und Cabernet Carbon, machte der Junge nicht mehr mit, der Alkohol stieg ihm zu Kopf. Sein Problem: Er trank zu viel. So war es Georg anfangs auch ergangen, diese Erfahrung war jedoch nötig gewesen, um sich und seine Grenzen zu erfahren und die Dosierung entsprechend zu beschränken. Dabei wurde die Nase deutlich wichtiger als der Geschmack im Mund. Beide Rebsorten waren Piwis, bei ihnen konnte man auf die harten Spritzmittel wie Kupfer und Schwefel verzichten, die nach und nach den Boden vergifteten und von den Reben aufgenommen wurden. Für Georg dominierte eindeutig der Geschmack des Cabernet Sauvignon, vom Solaris kamen die pflanzlichen Noten. Was die in den Cabernet Sauvignon eingekreuzte Sorte Bronner mitbrachte, wagte er nicht zu beurteilen.

Ganz anders war es beim Spätburgunder, typisch für die Rebsorte ein helles Rot, ein Beerenaroma und konzentriert im Geschmack, geradezu der Wein zum Weitertrinken, aber nicht an diesem Vormittag. Und einen weiteren Besuch beim nächsten Winzer gleich gegenüber, auf dem Weingut Aust, konnte er Kilian nicht zumuten. Er selbst hätte gern weitergemacht, die Weine der Hoflößnitz hatten seine Neugier hinsichtlich Sachsen geweckt, unabhängig vom Grund ihres Hierseins. Den hatte er völlig vergessen. Dass er eine so positive Erfahrung gleich bei der ersten Probe machen durfte, hatte er nicht erwartet.

Frank Andert drängte, schaute auf die Uhr, er war in Eile, deshalb erübrigten sich weitere Debatten. Sie wurden vertagt, man würde sich telefonisch für einen zweiten Besuch verabreden. Noch auf den Stufen des Kavalierhauses, noch während des Händeschüttelns mit dem Historiker, meldete sich Georgs Smartphone.

»Hallo – Herr Hellberger?«

Georg brauchte einen Moment, um sich an die Stimme zu erinnern. Dann antwortete er verblüfft: »Man sagte mir, Sie seien verschwunden. Wir hatten die Polizei im Haus und wurden ausgefragt. Ich musste mir sogar anhören, dass ich der Letzte gewesen sei, der Sie lebend gesehen habe. Wir wurden auf der Fahrt hierher verfolgt. Was hat das alles zu bedeuten? Ich würde mich freuen, wenn Sie es mir erklären würden, Herr Semmering!« Georgs Ton war schärfer geworden. Er sah keinen Grund, so zu tun, als wäre alles in Ordnung.

Ein gekünsteltes Lachen war die erste Antwort. »Alles zu gegebener Zeit, Herr Hellberger.«

»Das ist schon wieder eine Antwort, mit der ich nichts anfangen kann.« Georg wurde ärgerlich, verheimlichte seinen Unmut nicht.

»Ich vermute, Sie kommen bald selbst drauf, wenn Sie tiefer in die Sache einsteigen, was Sie ja wohl tun. Liege ich richtig, und Sie haben mein Angebot akzeptiert? War der Inhalt des Umschlages ausschlaggebend oder mehr Ihre Neugier? Sind Sie mit der Summe einverstanden?«

Es dauerte einen Moment, bis Georg die richtigen Worte fand. Er ärgerte sich, erkannt oder vorgeführt zu werden, und mochte es gar nicht, wenn sein Verhalten bewertet wurde und jemand über ihn oder eine seiner Eigenschaften urteilte. Wer war Semmering, dass er sich das erlaubte? Schließlich wollte er etwas von ihm und nicht umgekehrt. »Empfinden Sie Ihre Frage nicht als anmaßend?«

Semmering machte einen Rückzieher. »Es lag mir nicht

daran, Sie zu kritisieren. Ich bin mir bewusst, dass ich auf Sie zugekommen bin und Sie gebeten habe, mir zu helfen. Die Gegenleistung habe ich Ihnen geboten. Ob Sie das, was auf Sie zukommt, kompensiert, wage ich nicht zu beurteilen. Es hängt von Ihnen ab. Sie können durchaus mehr fordern. Aber an Ihrer Reaktion kann ich bemerken, dass Sie bereits unterwegs sind, obwohl man mir im Weingut Berthold & Hellberger nichts verraten hat und auch nicht das Geringste über Ihren Aufenthaltsort hat durchblicken lassen.«

Das Smartphone am Ohr, neigte sich Georg zur Seite, damit Kilian mithören konnte. Er war längst kein Kind mehr.

»Wir sind hier auf der Hoflößnitz und haben eine Einführung in die ersten Jahrhunderte des Weinbaus erhalten. Sehr spannend. Kennen Sie die Weinbaugeschichte Sachsens?« Keine Antwort erwartend, fuhr Georg fort: »Unsere erste Weinprobe war ein Erfolg. Wir sind beeindruckt. Wenn Sie das auf Ihrem Weingut hinkriegen sollten – Hut ab.«

»Mein Weingut? Dazu muss ich es erst einmal haben«, erwiderte Semmering mit einem unterdrückten Lachen, als glaubte er selbst nicht daran.

»Man darf die Hoffnung niemals aufgeben«, flüsterte Kilian und konnte sich das Kichern kaum verbeißen. Er nahm Semmering anscheinend nicht sehr ernst.

»Ist dort noch jemand? Hört jemand zu?« Bei dieser Frage klang Semmering gar nicht mehr verbindlich.

»Es ist mein Sohn, er begleitet mich das Wochenende über. Danach sehe ich mir die Weingüter alleine an.«

»Das ist auch besser so – da ist man unabhängiger und beweglicher, wird nicht aufgehalten und entscheidet rascher.«

Wieso klang das in Georgs Ohren wie eine Ausrede? Es hätte ihn nicht gewundert, wenn Semmering angefügt hätte, dass es andernfalls gefährlicher sei.

»Wann werden Sie bei Peter Studt vorbeischauen? Haben Sie sich darüber Gedanken gemacht?«

»Allerdings, das habe ich. Ich fahre hin, wenn ich mehr über den sächsischen Weinbau weiß.« Das war für Semmering die richtige Antwort. Georg würde bei Peter Studt vorbeischauen, wenn er mehr über die Menschen hier und ihre Vergangenheit wusste, wenn er jemanden getroffen hatte, der ihm mehr über die hiesigen Winzer erzählen konnte. Dazu brauchte es eine Vertrauensbasis. Ob er die in so kurzer Zeit würde herstellen können, war zweifelhaft. »Ich werde erst einmal feststellen, wo ich mich bewege. Für alle anderen ist es hier ein Heimspiel, womöglich auch für Sie. Sie haben mir nicht gesagt, wie gut Sie sich hier auskennen. Damit kann ich leben. Ich kann schließlich jederzeit meine Nachforschungen abbrechen. Aber tun Sie mir bitte einen Gefallen und sagen der Polizei, dass Sie am Leben sind, ja? Ich möchte nicht, dass mir weitere Herren in unauffälligen Autos folgen. Einverstanden?«

Bevor Semmering geantwortet hatte, war die Verbindung unterbrochen.

Georg schaute auf das Display, ob er ungewollt irgendeinen Kontakt betätigt hatte, doch es sah nicht so aus. Zurückrufen konnte er nicht, die Nummer war unterdrückt. Georg wartete einen Moment, ob Semmering sich erneut melden würde, dann steckte er das Smartphone in die Jackentasche. Es war Mittag, für ihn zu früh für ein üppiges Essen, doch Kilians Magen knurrte laut. Sie mussten warten, bis das Restaurant um zwölf Uhr öffnete, und setzten sich in den Schatten der Kastanien an die Brüstung oberhalb des Weinbergs, genossen die Aussicht über Radebeul und die dunstig grünen Hügel jenseits des Flusses.

Georg kannte die Rhône und den Rhein, er war an der Donau und in der Poebene gewesen, hatte Weinberge am Main besucht und jene am Neckar. Überall dort hatte er die Ströme als deutlich dominanter und prägender erlebt als hier. Aber wahrscheinlich musste er näher heran. Ach, seine

Mosel hätte er beinahe vergessen, er lebte mittlerweile seit vielen Jahren keine hundert Meter von ihr entfernt, er kannte ihren Geruch bei Hoch- sowie bei Niedrigwasser, im Winter wie im heißen Sommer, kannte ihren Geschmack, ihre Temperatur, er wusste, wie sich das Wasser beim Schwimmen auf der Haut anfühlte und der feuchte, kalte Nebel in dunkeln Novembernächten. Doch dieser Fluss hier, der für ihn unsichtbar durch die saftige Landschaft floss, war ihm fremd. Einstweilen, sagte er sich, einstweilen. Der Fluss würde ihm den richtigen Weg weisen.

»Dieser Semmering ist ein komischer Vogel«, sagte Kilian in die Stille des späten Vormittags hinein, »und er ist ein Geheimniskrämer. Er scheint sich darin zu gefallen. War er bei eurem ersten Treffen auch so …« Kilian suchte nach dem richtigen Wort.

»So zurückhaltend, wolltest du sagen?«

»Nein, so kryptisch, doppeldeutig, nein, das nicht …« Kilian dachte angestrengt nach, presste dabei die Lippen aufeinander und erinnerte in seiner Mimik stark an seine Mutter. »Er wirkt ungreifbar auf mich und hält mit eigentlich allem hinter dem Berg. Der weiß viel mehr, als er dir sagt. Hat er dir erzählt, was er alles unternommen hat, um wieder an das Weingut seiner Großeltern zu kommen?«

»Auf dem Weingut hat man ihn angeblich rausgeworfen, er sprach von Behörden, vom Grundbuchamt und von verweigerten Auskünften, aber Genaueres weiß ich auch nicht.«

»Da haben wir noch ein ziemliches Stück Arbeit vor uns.«

»Wir?«, fragte Georg.

Kilian winkte ab. »Das Restaurant wird gerade geöffnet. Ich geh mal schauen, was es zu essen gibt.«

5. Kapitel

Wir werden immer mehr

Die schmale Straße vor der Villa, in deren Gartenhaus sie logierten, lag trotz der Mittagssonne weiter im Schatten der eng stehenden Bäume, als sie nach dem Essen zurückkehrten. Georg bemerkte, wie Kilian sich zunehmend nervös umblickte, dann langsam an der Reihe der geparkten Fahrzeuge entlangging.

»Suchst du etwas Besonderes?«

Statt zu antworten, wechselte Kilian die Straßenseite, ging weiter, richtete sich mal auf und reckte den Hals, dann wieder bückte er sich, als wollte er in die Autos hineinsehen und suchte jemand Bestimmten. In der Straßenmitte kam er langsam zurück, blieb stehen und kratzte sich nachdenklich am Kopf. »Das Motorrad mit der 18 ist nicht mehr da. Mich würde interessieren, wo es hingehört. Und der alte BMW von den beiden Aufpassern ist auch weg. Waren die jetzt auf ihn oder auf uns angesetzt?« Der Junge ging weiter, betrachtete die Häuser, schaute in den Vorgarten jenes Hauses, vor dem am Vorabend das Motorrad gestanden hatte, und ging zu Georg zurück.

»Da, Kilian, da steht es!« Georg zeigte in den Vorgarten der Gründerzeitvilla. Die schwere, mattschwarz gespritzte Maschine stand direkt vor der Garage, die an ihr Gartenhaus grenzte, am Nummernschild die berüchtigte 18.

»Das habe ich befürchtet. Dann wohnt der Kerl etwa hier?« Kilian blickte an der in Fächern gefassten Fassade nach oben. »Mit so jemandem leben wir unter einem Dach?«

»Nein, wir wohnen im Gartenhaus«, sagte Georg, dem das Gerede über vermeintliche Nationalsozialisten oder echte Neonazis, über Faschisten und Rechtsradikale zuwider war. Jedes Wort über sie, jede Meldung betrachtete er als eine Aufwertung. Und gegen die entsprechenden Kreise innerhalb der Polizei war man als Bürger sowieso machtlos, solange der Dienstherr, der Staat, sie gewähren ließ, sei es aus Dummheit, aus Sympathie oder Kalkül. »Das mit deiner 18 hat nichts zu bedeuten – oder es muss nichts zu bedeuten haben«, korrigierte sich Georg, als er sah, wie Kilian tief Luft zur Entgegnung holte. Hatte dieser Lehrer seine Schüler verrückt gemacht? »Was geht es uns an, was fremde Leute sich auf ihr Nummernschild schreiben?«

»Das Bundesland Sachsen«, empörte sich Kilian, »vergibt die Nummern, die in anderen Bundesländern verboten sind.«

»Lass uns reingehen«, sagte Georg schnell, bevor Kilian weiter ausholen konnte, »ich möchte mich ausruhen, endlich mal wenigstens einen halben freien Tag genießen, außerdem habe ich keine Lust auf politische Debatten. Es hat keiner was davon und hilft niemandem, wenn wir uns hier auf der Straße ereifern.«

»Das musst gerade du sagen. Als die Amis eure Firma übernahmen, hast du dich so sehr aus dem Fenster gelehnt, dass sie dich sogar verfolgt haben. Und hier, weshalb sind wir hier? Du hängst dich wieder in die Angelegenheiten anderer Leute rein. Die Bullen hatten wir auch schon im Nacken.«

Georg seufzte. »Vielleicht wohnt der Motorradfahrer oben unter dem Dach und ist ein ganz harmloser Vertreter.« Er zog Kilian in kumpelhafter Weise mit sich auf das Gartentor zu. »Sollen wir uns ein anderes Quartier suchen, nur weil jemand mit so einem Nummernschild hier herumknattert?«

Widerwillig gab Kilian sich geschlagen und öffnete die Pforte neben der Einfahrt. Sie folgten dem gepflasterten Weg, der zwischen der Villa und der Garage in den Garten führte. Georg wollte sich die Weinstöcke näher ansehen, zwischen ihnen fühlte er sich wohl und heimisch. Vielleicht würde er es eines Tages noch schaffen, die meisten Rebsorten am Blatt zu erkennen. Beim Riesling gelang ihm das längst, seine Blätter hatte er vom ersten Austrieb bis weit nach der Lese vor Augen. Das mittelgroße Blatt war fünflappig und nur wenig gebuchtet, der Blattrand war stumpf gezähnt, und beim Ertasten der Oberfläche stellte sich das Gefühl ein, als wäre die Oberfläche von Bläschen bedeckt, die Unterseite hingegen haarig.

Spätburgunder erkannte er auch, deutlich war die stark behaarte Triebspitze des dunkelgrünen Blattes, das so gut wie gar nicht gebuchtet war, eher wie ein gleichseitiges Fünfeck erschien und an den Rändern nur wenige Zähne zeigte. Die offene, v-förmige Stilbucht war für Spätburgunder auch ein leicht zu erkennendes Merkmal. Das wusste er nur, weil sie erst jüngst eine Fläche gerodet und mit Spätburgunder aufgerebt hatten. Der Frühburgunder war ähnlich, der Grauburgunder war recht unterschiedlich, mal drei-, mal fünflappig, mal weniger, mal stärker gezähnt.

Sich selbst und seinem Weinwissen gegenüber war Georg stets sehr vorsichtig, er lebte immer mit dem Gedanken, sich irren zu können, was ihn offen für Kritik, aber auch für neue Hinweise und Informationen machte. Das wirkte sich jedoch kaum auf seine Entscheidungsfreudigkeit aus. Was den Wein und die Arbeit im Keller anging, da war ihm Kellermeister Klaus trotz seines jugendlichen Alters ein wichtiges Korrektiv. In Bezug auf den Weinberg hörte er auf seine Frau, genauso bei allem, was mit Boden, Gestein und Wasser zu tun hatte, schließlich besaß sie ein Diplom als Geologin.

Müller-Thurgau wuchs auch an der Mosel, machte vierzehn Prozent der Anbaufläche aus, das waren etwa eintausendzweihundert Hektar. Von ihren eigenen Flächen war er verbannt, da wuchs nicht ein Stock mehr, Susanne hatte ihn nach dem Tod ihres Vaters, als sie das Sagen hatte, gegen Kerner ausgetauscht. »Die lieben Kollegen haben durch gnadenlose Massenproduktion sein Image versaut, und mir schmeckt er auch nicht«, hatte sie ihre Entscheidung begründet, »angeblich soll MT sich langsam davon erholen.«

Ihm als Quereinsteiger war es gleichgültig, er nahm den MT, wie auch er den Müller-Thurgau nannte, wie jede andere Rebsorte, obwohl sie nicht zu seinen Lieblingen gehörte. In der Palette sächsischer Rebsorten sollte MT mit vierzehn Prozent der Anbaufläche die wichtigste Rolle spielen, hier jedoch nur auf siebenundsiebzig Hektar. Auf den hiesigen Müller-Thurgau war Georg längst nicht so gespannt wie auf Riesling und Traminer, der sich an der Elbe einer besonderen Wertschätzung erfreuen sollte.

Sie waren fast an die erste Rebzeile von Frau Wagners Weingärtchen herangetreten, als ihn Kilian abrupt zurückhielt und an die Hauswand der Villa unterhalb eines Fensters im Hochparterre zog. Erstaunt ließ Georg es geschehen.

»… an der Zeit, die Dinge endlich bei ihrem richtigen Namen zu nennen«, schallte eine tiefe, energische und nicht unsympathische Stimme aus dem Fenster. »Wann verstehst du das endlich? Du kannst dich nicht ewig hinter dem Satz verstecken, dass man doch nichts ändern kann. Der hängt mir seit jeher zum Halse raus. Wie oft muss ich mir das von dir noch anhören?«

»Du wiederholst dich, mein Junge«, antwortete unwirsch eine ältere Frauenstimme. Obwohl sie bei der Ankunft nur wenig miteinander gesprochen hatten, ordnete Georg die Stimme ihrer Vermieterin zu. »Im Kleinen kannst du vielleicht etwas bewirken, aber im Großen? Wir sind alle ein Niemand.«

»Das möchte die Regierung uns einreden. Nein, wir sind kein Niemand, wir sind viele, und wir werden immer mehr. Deutschland begreift das endlich. Die Dinge ewig falsch darzustellen wird euch nicht weiterhelfen. Ihr merkt gar nicht, wie medial ihr gesteuert seid, wie ihr alle in die Gesinnungsdiktatur gedrängt werdet. Ach, wir sind längst drin, alles ist manipuliert, alles muss politisch korrekt sein. Nur wenn man so denkt wie sie, erst dann nennen sie das Meinungsfreiheit. Wenn man die Dinge richtig sieht und nicht das wiederkäut, was Spiegel, Süddeutsche Zeitung und die ARD mithilfe der Zwangsgebühren verkaufen, dann nennt man uns die Feinde der Demokratie … Wir würden sie nutzen, um sie abzuschaffen.«

»Das wollt ihr, du und deine Freunde, doch am liebsten!«, warf Frau Wagner böse ein.

Der Mann, nein, ihr Sohn? – schließlich hatte sie ihn mit »mein Junge« angesprochen – fuhr mit seiner Kanonade fort, was Kilian mit großen Augen gespannt zuhören ließ. »Mach mal 'ne Räuberleiter, dann kann ich vielleicht durchs Fenster sehen«, flüsterte er Georg zu. »Es ist spannend, so jemanden mal im Originalton zu hören.«

»Das lässt du bleiben.« Georg verschränkte die Arme vor der Brust. »Ich finde das nur dumm und abstoßend. Und es geht uns nichts an.«

»Es geht um unsere Werte, um unser Deutschland«, ereiferte sich der Mann im Haus weiter, »verstehst du? Es geht um unser Land, unsere Nation, um Sachsen, unsere Kultur, die sie uns wegnehmen, damit sie uns noch besser manipulieren können. Je mehr Ausländer kommen, desto mehr wird sie verwässert. Pass auf, irgendwann werden sie dir befehlen, Kopftuch zu tragen!«

»Das tat ich als junges Mädchen immer, das war damals so üblich, nach dem Krieg, bei der Arbeit, bei Regen … Du müsstest mich eigentlich so gesehen haben.«

Der Mann ging nicht darauf ein, stattdessen wurde sein Ton aggressiver. »Darf ich an den Expräsidenten Gauck erinnern? Sogar der, obwohl er von hier stammt, hat den Osten verleugnet und ihn als Dunkeldeutschland bezeichnet. Aber wir schätzen unsere Heimat und schützen unsere Traditionen, unsere nationale Identität.«

»Was sind das denn für Töne?«, wunderte sich seine Mutter. »Früher hast du ganz anders geredet ...«

»Ja glaubst du denn, wir lassen uns von Flüchtlingen, von gewalttätigen Islamisten den Lebensstil aufzwingen und beiseitedrängen? Wenn die sich nicht zurückhalten, dann werden die mal von uns lernen, was Heiliger Krieg bedeutet!«

»Vor den paar Leutchen hast du – habt ihr Angst?« Die Häme in Frau Wagners Stimme und die gleichzeitige Besorgnis waren nicht zu überhören. »Eigentlich wundert es mich nicht, bei den paar tätowierten Glatzköpfen, die ihr zusammenbringt ...«

»Gleich wird er damit kommen, dass sie das Volk sind«, flüsterte Kilian, »und damit die Mehrheit.«

Georg hingegen ödete die Debatte an. Warum unternahmen die Politiker nichts dagegen, ließen diese gefährlichen Schwachköpfe gewähren und sahen dabei zu, wie Behörden, Polizei und Soldaten mit ihnen sympathisierten? Die Fronten verhärteten sich nur, aber Kilians wegen blieb er stehen.

Ein Stuhl polterte in dem Raum über ihnen, heftige Schritte waren zu hören und die wütenden Worte des Sohnes: »Die schicken einen angeblichen Flüchtling vor, die Linken heulen Krokodilstränen, der Junge geht Drogen verkaufen! Wollt ihr das? Und dann holt er mithilfe seiner ach so menschenfreundlichen Helfer seinen gesamten Clan hierher, die Freunde von denen wandern danach in Massen bei uns ein, aus Eritrea oder Syrien, und leben von unseren Sozialabgaben, vielleicht kommen noch ein paar Millionen aus Bangladesch, scheißegal, weil sie ihre eigenen Länder nicht in den Griff kriegen. Hauptsache, es kommen Leute, die dabei helfen, endlich die globale Superkultur zu schaffen, damit sich die Konzerne noch leichter bereichern können.«

»Bei wem hast du das denn aufgeschnappt?«, fragte Frau Wagner verständnislos.

»Aufgeschnappt? Sag mal, wie redest du mit mir? Du nimmst mich nicht ernst, Mutter, das solltest du allerdings. Der Vizepräsident der EU-Kommission hat das gesagt, und finanziert werden sie alle von Trumps Intimfeind und dem Hedgefonds-König Soros, der kontrolliert weltweit die Medien und damit die Gehirne. Aber wir haben unsere Medien, unsere Organisationen, unsere Plattformen. Was sollen wir da noch auf Politiker hören, die längst aufgegeben haben und sich skrupellos bei uns Steuerzahlern bedienen!«

Die Mutter schien mit ihrer Geduld am Ende zu sein und wurde schärfer. »Du bist doch arbeitslos, Theo, du zahlst im Moment gar keine Steuern, nicht einen Cent, ach doch, beim Benzin für deine Maschine. Du hättest besser den Mund gehalten, bei einem Mann mit deiner Ausbildung und deinem Alter könnte man das erwarten. Dann hätten sie dir auch nicht gekündigt, wie bereits bei deinem früheren Arbeitgeber. Du hättest was werden können, mein Junge – aber nein, jetzt bist du Agitator. Zahlen sie dir wenigstens was dafür?« Frau Wagner redete sehr schnell, sehr gehetzt, sicher aus der Angst, wieder unterbrochen zu werden. »Wahrscheinlich zahlen sie dir nichts, denn niemand will das hören, was ihr euch von Pegida und der AfD und irgendwelchen Kampfverbänden so zusammenstoppelt. Ich höre mir das zwar an, aber andere haben dich nicht nach deiner Meinung gefragt, sie werden sie dir übel nehmen, wie bereits geschehen.«

»Ich kreide dir das, was du sagst, nicht an«, sagte der Mann mit Vornamen Theo versöhnlich, aber es klang eher von oben herab. »Zum einen bist du meine Mutter, zum anderen bist du ein Opfer, dem Dauerfeuer der öffentlich-rechtlichen Meinungsmacher und der Lügenpresse ausgeliefert …«

»Es reicht, Theo! Ich finde, du gehst jetzt besser hinauf in deine Wohnung. Für heute habe ich genug von dir – gehört.

Wärst du nicht mein Sohn, hätte ich dich längst dieses Hauses verwiesen.«

»Es ist auch mein Haus!«

»Erst, wenn ich tot bin … Und dann teilst du es dir mit deiner Schwester.«

Es raschelte über ihnen, aus dem Fenster schallte ein Klatschen, als würde ein Stapel Papier zu Boden geworfen. »Ich lass dir mal einige Zeitschriften hier«, sagte Theo gönnerhaft. »Da findest du auch ein Interview mit Trump. Das war endlich mal ein US-Präsident mit den richtigen Ansichten, er wollte auch dem Geschwätz vom Klimawandel endlich ein Ende bereiten. Die Amerikaner zeigen einem paralysierten Europa, wo es langgeht. Da blieb nur noch Wahlbetrug. Kein Wunder, dass er Merkel und die schwächliche EU ignoriert hat … Der Neue ist ja wieder auf Soros-Kurs, der hat auch seinen Wahlkampf finanziert.«

»Ich hatte dich gebeten zu gehen, Theo …«

»Du wirst es sehen, letztlich behalten wir recht!«

»Da sei Gott vor …«

Eine schwere Tür wurde heftig zugeschlagen, dann herrschte Ruhe. Doch schon im nächsten Moment öffnete sich die Tür wieder, und dieselbe Männerstimme fragte lauernd: »Wer sind die Leute, die du im Gartenhaus einquartiert hast?«

»Warum? Was geht dich das an? Es sind meine Gäste. Lass sie in Ruhe.«

»Ich meine ja nur, ich weiß gern, wer seine Nase in unsere Angelegenheiten steckt.«

»Die stecken ihre Nasen in ihre Angelegenheiten, es sind Touristen, Vater und Sohn, was weiß ich …«

»Und was wollen die hier?«

»Mach, dass du rauskommst!«

Diesmal wurde die Tür leiser geschlossen.

Benommen lehnten Georg und Kilian an der kühlen Hauswand, während die im Süden stehende Sonne den Weingarten beschien und ein Bild des Friedens schuf.

»Lass uns endlich verschwinden«, schlug Georg genervt vor. »Frau Wagners Rebstöcke können wir uns später noch anschauen. Vielleicht ruhen wir uns einen Moment aus, okay?«

Kilian murrte zwar, aber weil der Streit zwischen Mutter und Sohn fürs Erste beendet schien, kam er mit.

Das Gespräch, das sie am Fenster belauscht hatten, hatte Georg nachdenklich werden lassen, doch das wollte er Kilian keinesfalls zeigen. Es war nicht die Furcht vor nationalistischen Sektierern und dem faschistischen Bodensatz in diesem Land. Seine Sorge galt vielmehr dem Tun sowie den undurchsichtigen Absichten und dem verschwommenen Hintergrund des Herrn Semmering. Der Besuch der beiden Polizisten aus Dortmund, der Vorwurf, ihn als Letzter lebend gesehen zu haben, und der Verdacht, den sie hinsichtlich seiner Person geäußert hatten, beschäftigten ihn im Stillen mehr als ihm lieb war. Dazu kam das merkwürdige Verhalten der Verfolger auf der Autobahn, das sehr professionell gewirkt hatte. Zwei Teams gleichzeig »auf die Reise« zu schicken zeigte ein starkes Interesse irgendeiner Sicherheitsbehörde.

Er rief zu Hause an, Susanne war am Telefon. Er berichtete kurz vom Besuch auf der Hoflößnitz, kam aber dann auf sein eigentliches Anliegen zu sprechen. »Auf meinem Schreibtisch liegt eine Visitenkarte von einem Polizisten. Kannst du mir freundlicherweise den Namen und seine Telefonnummer nennen?«

Susanne tat es, und Georg nannte ihr als Grund, dass er den Beamten über Semmerings Anruf informieren wolle, da er offenbar lebe. Nach dem Telefonat überlegte er es sich jedoch anders. Er wollte sehen, wie die Angelegenheit sich ohne sein Zutun weiterentwickelte, was der Grund dafür war, dass besonders die Behörden sich einmischten. Sie wussten sicher längst, wer er war, waren höchstwahrscheinlich über die Auseinandersetzungen mit seinem ehemaligen Arbeitgeber aus der Sicherheitsbranche informiert, und auch durch die Aufklärung des Mordes an Albers und Helmut Menges war er aktenkundig geworden. Also gab es für sie hinreichend Gründe, sich seine Person und sein gegenwärtiges Handeln genauer anzusehen. Alles hing mit Semmering zusammen.

Sie hatten vor, am Nachmittag das Weingut Aust zu besuchen, das Haus mit dem achteckigen Türmchen kannten sie bereits von außen, aber weder die Weine noch die Terrassen, die hinter dem Grundstück anstiegen. Als sie vor die Tür der Ferienwohnung traten, rannte Kilian beinahe Frau Wagner um, die ihnen mit einem Eimer in der Hand entgegentrat.

Georg bemerkte sofort ihre rot verquollenen Augen. Sie hatte geweint, was ihn nach dem Gespräch mit ihrem Sohn keineswegs verwunderte. Gleichzeitig entstand in ihm ein Groll auf ihren Spross, der wahrscheinlich sogar deutlich älter war als er selbst. Er fühlte echtes Mitleid mit ihr, besonders bei der Vorstellung, dass seine Kinder sich in eine ähnliche Richtung entwickeln könnten.

Bei Jasmin, der Älteren, sah er die Gefahr, sie redete seiner geschiedenen Frau in allen Vorurteilen nach dem Mund und hatte bereits vor etlichen Jahren über die ausländischen Namen ihrer Klassenkameradinnen gelästert, egal, ob sie in Deutschland geboren waren oder nicht. In ihrer Clique war die Kleidung der Kinder weniger betuchter Eltern ein ständiges Thema, und sie bewunderte alles, was groß und stark war. Und deutsch musste man sein. Als er sie gefragt hatte, was das bedeutete – von einem Mädchen damals in der Oberstufe war durchaus eine vernünftige Antwort zu erwarten –, hatte sie nur gegrinst. »Na, wir eben!«

Bei Karsten, Susannes Ältestem, hatte Georg eine ähnliche

Entwicklung befürchtet, da er zum Einzelgänger geworden war, sich ständig von ihm abgrenzen musste und in vielem nur seine eigene Meinung gelten ließ. Jedoch hatte er von ihm noch nie ein abfälliges Wort über Ausländer, Flüchtlinge oder Mädchen gehört.

Hatte Georg Frau Wagner zu lange oder zu intensiv angestarrt? Ihre Wirtin jedenfalls schlug beschämt die Augen nieder und schaute in den Eimer in ihrer Hand. Hatte sie mitbekommen, dass er und Kilian das Gespräch mit dem Sohn verfolgt hatten?

»Können wir Ihnen helfen, Frau Wagner, Ihnen ein wenig zur Hand gehen?«, fragte er und lächelte auffordernd. Er wollte ihr keinesfalls zu nahetreten. Es war eine Möglichkeit, der Peinlichkeit dieser Situation aus dem Wege zu gehen.

Sie entgegnete, seinem Blick weiter ausweichend, dass es viel zu lange dauere, bis sie ihnen erklärt habe, was in ihrem Rebgarten zu tun sei und wie genau diese Arbeit getan werden müsse. Eigentlich habe ihr Sohn helfen wollen, er habe es in den vorangegangenen Jahren immer getan, obwohl ihm seine leitende Stellung in der Flugzeugbranche kaum dazu Zeit gelassen habe. Er sei immer sehr beschäftigt. Und ihre Gäste wolle sie mit der Arbeit im Weingarten keinesfalls belästigen.

Also verschwieg sie seine Arbeitslosigkeit? »Sie belästigen uns damit nicht, im Gegenteil, wir zwei sind auch vom Fach.« Georg legte Kilian den Arm um die Schultern und schob ihn nach vorn, ihn ermunternd, über ihren Betrieb und ihre Weine zu berichten.

Voller Staunen hörte Frau Wagner zu, wie Kilian erzählte, dass seine Mutter das elterliche Weingut allein geführt habe, bis Georg gekommen sei und durch den Zukauf von Weinland die Kellerei auf eine profitable Grundlage gestellt habe. Inzwischen arbeite die ganze Familie mit, sogar seine Schwester Rose, wenn sie in den Semesterferien oder an den Wochenenden nach Hause komme. Bei der Lese sei sie allemal dabei.

Die Worte des Jungen schienen Frau Wagner aus ihrer Niedergeschlagenheit herauszuholen. Was er sagte, tat ihr offenbar gut, aufmerksam hörte sie ihm zu, als er über die Rebsorten und die Arbeit im Steilhang sprach.

»Ich habe hier noch nie einen Moselwinzer zu Gesicht bekommen«, sagte sie erstaunt. Über die Weine der Mosel könne sie keinerlei Urteil abgeben, geschweige denn, dass sie eine Vorstellung davon habe. Es seien vor Jahren, bald nach der Wende, zwar einige Interessenten aus Westdeutschland gekommen, aber da hier wenig zu holen gewesen sei – »es gab ja kaum große, Erfolg versprechende Flächen, auf denen Wein angebaut wurde« –, hätten sie sich bald wieder davongemacht. Einige wenige hätten sich hier niedergelassen und den Weinbau belebt und modernisiert, der Bekannteste sei wohl der Prinz von der Lippe. »Aber bei seinen einhundert Hektar ist das eine Größenordnung, die mich schwindeln lässt.« Ähnlich sei es beim sächsischen Staatsweingut Schloss Wackerbarth, das allerdings sei bis zur Wende ein VEG Volksweingut gewesen.

»Uns mit unseren kleinen Parzellen haben sie in Ruhe gelassen, wir wurden damals nicht enteignet. Wir mussten unsere Trauben bei der Winzergenossenschaft in Meißen abliefern. Was wir übrig behielten, haben wir in großen Ballons im Keller selbst vergoren. Das war, wie Sie sich vorstellen können, nicht die ganz große Qualität. Es war zu wenig, und dann hatten wir auch nicht die entsprechenden Einrichtungen wie Fässer, Gärbottiche oder Filter. Aber es war unser Wein, und wir waren zufrieden. Hier in diesem Garten haben mein Vater und mein Großvater an ihren freien Wochenenden gearbeitet«, sagte sie, endlich mit dem offenen Lächeln, das Georg vom Vortag her kannte.

»1890 wurde dieses Haus gebaut, ein typischer Gründer-

zeitbau, den Wein gab's hier schon vorher, das alles ringsherum«, sie umriss mit der Hand auch die Nachbargrund-
stücke, »das alles hier war mal Rebland – bis die Reblaus
kam.« Beim Erzählen schien sie das Streitgespräch mit dem
Sohn zu vergessen und sich ein wenig zu erholen.

»Aber so war es nicht, Herr Hellberger, das wissen Sie sicherlich, in Wirklichkeit ist alles immer ein wenig anders,
nicht wahr? Die Reblaus kam allen recht, denn es wurde damals Bauland gebraucht und ziemlich viel Geld dafür ge-
zahlt. Auch mein Großvater, er war Unternehmer, hat als Fa-
brikant in Dresden sein Vermögen erwirtschaftet und sich
dieses Haus geleistet. Seine Fabrik wurde im Krieg dem Erdboden gleichgemacht.«

Sie wandte sich um und betrachtete das Gebäude mit einem Lächeln. Dann seufzte sie, ihre Augen bekamen wieder
den traurigen Ausdruck. »Es kam einfach vieles zusammen,
die Reblaus, fehlende Arbeitskräfte, miserable Löhne in der
Landwirtschaft und Bauern, die ihre Chance sahen. Also zogen die Arbeiter in die Stadt, und die Weinbauern verkauften
jedes Fleckchen, wo sich ein Haus bauen ließ.«

»Und Ihr Großvater hat die Weinstöcke nicht ausreißen
lassen?«

»Um Himmels willen, nein, schon mein Urgroßvater hatte
einen Narren am Wein gefressen. Er war an einem Rosen-
garten mit lauschigen Ecken nicht sonderlich interessiert, so
wie viele unserer Nachbarn. Sie sehen es, wenn Sie über die
Mauern in die Gärten schauen. Großvater ließ die Reben stehen und lernte, wie man mit ihnen umzugehen hat. Mein
Vater machte weiter, und ich habe das übernommen. Mein
Sohn wird es weiter...«, sie stockte mitten im Satz, ihre
Miene verfinsterte sich wieder. »Nein, er wird es wohl nicht
tun. Er verfolgt andere Interessen.«

Georg wunderte sich, wie schnell sich jemand öffnen und
wieder verschließen konnte. Es musste bitter für sie sein, sich

mit den kruden Ideen ihres Sprösslings, der wahrscheinlich selbst längst erwachsene Kinder hatte, auseinandersetzen zu müssen. Es wird nicht die erste Auseinandersetzung dieser Art gewesen sein. »Was ist mit Enkeln? Sind die vielleicht interessiert?«, fragte er, um das Gespräch in Gang zu halten. Frau Wagner schien ihm eine ehrliche Zeugin der näheren und ferneren Vergangenheit zu sein, die sich nicht scheute, darüber zu sprechen. Er hielt es bei ihrem Alter durchaus für möglich, dass sie mit dem Namen Semmering etwas anfangen, ihn zumindest mal gehört haben könnte. Sollte das Thema jedoch heikel sein, durfte er nicht mit der Tür ins Haus fallen. Er hielt es für möglich, in den nächsten Tagen etwas wie eine vertrauensvolle Beziehung aufzubauen, in der Frau Wagner sich weiter öffnete. Das funktionierte nur, wenn er es selbst tat.

»Kilian hier«, er nahm den Jungen kumpelhaft in den Arm, »ist auf einem Weingut aufgewachsen und hat von klein auf mitgearbeitet«, und mich da mit reingezogen, aber das sagte er nicht mehr laut.

»Ist gut, ja«, zischte Kilian wütend zwischen den Zähnen, »das habe ich, aber du musst jetzt nicht unsere Familiengeschichte ausbreiten.«

Georg wusste, dass es ihm zuwider war, besonders wenn er erwähnte, dass Kilian nicht sein leiblicher Sohn war. Letzteres war für Fremde absolut bedeutungslos, aber es verleitete manche zu taktlosen Fragen.

»Sie fragten nach Enkelkindern.« Anscheinend lag auch Frau Wagner einiges daran, das Gespräch fortzusetzen. »Die sind leider nach Westdeutschland abgewandert, meine Enkeltochter gleich nach dem Studium, mein Enkelsohn dagegen ist bereits zur Ausbildung nach Stuttgart gegangen. Wein oder Landwirtschaft interessieren ihn nicht. Ich bin schon glücklich, wenn ich die Urenkel wenigstens einmal im Jahr zu Gesicht bekomme. Wie das dann mit meinem Weingarten weitergeht, wenn ich nicht mehr kann – oder nicht mehr bin? Wir haben einen Nachbarn, der kommt aus Hamburg und lebt jetzt hier, ein reizender Mensch, der würde dieses Fleckchen Erde am liebsten heute noch kaufen und die Mauer zwischen unseren Grundstücken einreißen. Dann hätte er ein doppelt so großes Stück Rebland. Aber einstweilen bin ich noch fit, noch kriegt mich hier niemand raus!« Sie hob den Kopf und reckte selbstbewusst das Kinn.

Während sie über ihre Familie sprach, hatte sich Georg kaum merklich den Rebzeilen genähert und betrachtete die Blätterwand, die sich bei dem warmen und feuchten Wetter explosionsartig entwickelte. Jetzt beugte er sich hinab und nahm einzelne Blätter und Triebspitzen in die Hand. »Sie haben recht unterschiedliche Rebsorten gepflanzt. Was ist das im Einzelnen? Da drüben sehe ich Riesling und Müller-Thurgau, wenn ich nicht irre, bei den anderen fällt es mir schwer, sie vom Blatt her zu bestimmen.«

»Dazu ist es auch noch etwas früh im Jahr. Ich glaube, Sie meinen den Traminer. Die Blätter sind noch nicht so deutlich ausgeprägt. Mal sind sie klein, mal größer, eher rund als gebuchtet, die Triebspitze ist haarig, das Blatt blasig. Immer wenn ein Stock eingeht, tausche ich ihn gegen Traminer aus, es ist meine Lieblingssorte. Wir können abends mal einen probieren, vorausgesetzt, Sie haben Zeit und Lust.«

Das war mehr, als Georg zu hoffen gewagt hatte, die Annäherung ging schneller vonstatten als erwartet. »Auf jeden Fall, ich probiere gern, zumal ich mich mit dieser Rebsorte nicht auskenne. Traminer wächst bei uns nicht.«

»Ich kenne meine Rebstöcke alle, kein Wunder, es sind auch nicht so viele wie bei Ihnen. Zwanzig Hektar haben Sie?«

»Neunzehn sind es«, sagte Kilian, »zwei Hektar Terrasse, vier Steillage, elf Hektar am Hang und zwei flach.«

»Da haben Sie ordentlich zu tun. Ist das nicht zu viel?«, fragte Frau Wagner, noch immer den Eimer in der Hand.

Kilian blickte Georg an: »Wenn ich die Schule schwänze, kommen wir einigermaßen gut durch ...«

»... und wenn unsere Lesehelfer gut drauf sind.« Damit meinte Georg Kilians Klassenkameraden, die der Junge geschickt zu mobilisieren verstand.

»Ihre Rebstöcke stehen recht weit auseinander. Wir hingegen sind dazu übergegangen, die Stockzahl zu erhöhen.« Er erklärte, dass er die Augenzahl pro Stock reduziere, was den Stock weniger belaste, wobei sich gleichzeitig der Extrakt an Inhaltsstoffen in der Traube erhöhe. »Ein anderer Effekt ist die bessere Aufnahme von Wasser und Nährstoffen, weil die Reben der Konkurrenz wegen gezwungen werden, in die Tiefe zu wurzeln.«

Unter derartigen Gesichtspunkten hatte Frau Wagner den Weinbau weder betrachtet noch betrieben. »Für mich war das immer eine lieb gewonnene Tradition, etwas fortzuführen, das meine Familie seit Jahrzehnten betrieben und geschätzt hat. Wären auch wir Kleinen damals enteignet worden, hätte sich die SED vermutlich noch mehr Oppositionelle herangezüchtet.« Sie senkte den Kopf und sprach leiser weiter: »Aber die meisten waren sowieso Jasager, das hatten sie unter dem Hitlerregime lange genug eingeübt.«

Sie trat in eine der Rebzeilen und strich mit der Hand über die Blätter. »Selbstverständlich weiß ich, wo jede Rebsorte steht, mein Vater und ich haben sie gepflanzt, einige auch aufgepropft, seit Jahren mache ich alles allein, das hält jung«, meinte sie lachend, »nur das Bücken fällt mir schwer. Wir alten DDR-Frauen haben das Arbeiten gelernt. Außerdem trinke ich gern ein Gläschen, nur nicht so gern allein. Dort hinten in der sonnigen Ecke vor der Mauer, dort steht ein Weinstock, der letzte von meinem Großvater. Der Stock trägt fast nichts mehr, dennoch ist es eine schöne Erinnerung und eine Hommage an Opa Curt. So nenne ich den Stock.«

Kilian mischte sich ein und meinte, dass es seiner Meinung nach Zeit sei, die Triebe in den Drahtrahmen einzuflechten, er bot sich an, dabei zu helfen. »Wenn wir zu dritt anpacken«, sagte er mit aufforderndem Blick auf Georg, »sind Sie schneller fertig.«

»Und was fange ich dann mit dem Rest des Nachmittags an, junger Mann?«

»Ich dachte ja nur …«

Sie machten sich an die Arbeit, das Einflechten ging gut von der Hand, Georg staunte, wie sicher und mit welcher Geschwindigkeit sich Frau Wagner durch ihren Weingarten bewegte. Kilian arbeitete besonders schnell, als wollte er sein Können zeigen, während Georg, durch eine Reihe getrennt, auf gleicher Höhe blieb wie die Gastgeberin, um sich weiter mit ihr zu unterhalten.

»Bei den zahlreichen Hobbywinzern, die hier ringsum in ihren Gärten Wein anbauen, wer kümmert sich um deren Ausbildung? Wurstelt jeder vor sich hin, ist jeder auf sich selbst angewiesen?«

»Nein, keineswegs. Wir haben seit jeher diverse Weinbaugemeinschaften, ich zum Beispiel bin Mitglied im Weinbauverein Oberlößnitz. Die ersten Vereinigungen zur Förderung des Kleinweinbaus, wie man es damals nannte, hat man 1929 gegründet, da war mein Urgroßvater bereits Mitglied. Die Nazis haben das erst laufen lassen, bis 1937 unser Verein dem Weinbauverein einverleibt wurde und während des Krieges die Sächsische Weinbaugenossenschaft entstand. Ich weiß nicht, ob auf deren Initiative hin ein Teil der eingestürzten Trockenmauern restauriert wurde, es war eine höllische Arbeit, für die man nur Kriegsgefangene einsetzte. Nach Kriegsende hing alles von der Eigeninitiative ab. Unsere Eltern waren froh, nicht enteignet worden zu sein. Auch das Haus durften wir behalten, aber in den oberen Etagen wurden fremde Leute einquartiert. Mit den Schumachers ganz oben haben wir uns gut verstanden, doch die Leute direkt über uns – was soll ich lange herumreden –, die haben für die Staatssicherheit gearbeitet. Da haben wir Kinder – meine Schwester und ich – sehr früh das Flüstern gelernt. Ich hoffe, dass uns, oder besser, dass Ihnen Derartiges in Zukunft erspart bleibt – ganz sicher bin ich mir allerdings bei den heutigen politischen Verhältnissen nicht.« Nach diesen Worten blickte sie mehr beschämt als bedrückt zu Boden.

Georg wollte nicht darauf eingehen. Er hatte vorhin mitbekommen, woher ihre Besorgnis rührte. Deshalb wiederholte er seine vorherige Frage, wer sich um die Ausbildung der Hobby- oder Freizeitwinzer kümmere.

»Das machen die Weinbaugemeinschaften, den Namen haben wir aus DDR-Zeiten beibehalten, doch die ehemaligen Vorstände haben sich 1990 sofort nach der Wende auf ihre Parzellen zurückgezogen. Die wussten genau, warum«, sagte Frau Wagner und nickte mehrmals. »Ich war damals fünfzig, wir alle wussten ganz genau, wer zu den Roten gehörte, den übrig gebliebenen Fettaugen auf der Suppe. Die Gemeinschaften heute helfen jedenfalls, im Februar gibt es in den Weinbergen Anleitung zum Rebschnitt, im Sommer für den Grünschnitt und das Entblättern.«

»Sie verarbeiten den Wein aber nicht selbst?«, fragte Kilian, der bisher wortlos und überaus aufmerksam zugehört hatte. Er würde seinem Arbeitskreis und seinem Lehrer viel zu berichten haben.

»Wir liefern unsere Ernte bei der Winzergenossenschaft Meißen ab, da geht dann alles in die riesigen Edelstahltanks.«

Georg fragte sich, wie die hiesigen Kellermeister es schafften, aus einem von Hunderten von Freizeitwinzern oder Weinbauern gelieferten heterogenen Traubenmaterial trinkbare Weine zu machen. Er würde es erfahren. »Ich werde mir die Genossenschaft auf jeden Fall ansehen.«

»Den Wein, bis zu dreihundertsechzig Flaschen, kaufen wir dort zu einem sehr günstigen Preis zurück, darüber hinaus wird uns nur der übliche Händlerrabatt gewährt. Wenn Sie wollen, bringe ich Ihnen später gern die eine oder andere Flasche vorbei.«

»Das wird kaum nötig sein«, wehrte Georg ab. »Wir haben bereits bei Hoflößnitz probiert und wollen gleich noch zu Aust.«

»Da haben Sie sich ein feines Weingut ausgesucht«, sagte Frau Wagner mit Hochachtung.

»Na schön, das ist dann sicher genug Wein für heute«, sagte Georg mit Seitenblick auf Kilian, der auf seine Uhr schaute.

»Dann sollten wir schleunigst los«, drängelte dieser, »es wird spät, und bei Sonnenuntergang möchte ich mich gern auf die Kastanienterrasse da oben bei Hoflößnitz setzen, da war das Essen vorhin schon so lecker.« Kilian streckte die Hand nach dem Schlüssel ihrer Ferienwohnung aus, er wollte sich die Hände waschen und ging voraus.

»Ein schönes Alter«, meinte Frau Wagner und sah ihm nach, »wenn sie mit sich reden lassen.«

»Der Junge ist großartig, sein Bruder auch, nur der ist extrem schwierig.«

»Das kenne ich gut«, sagte Frau Wagner, und ihr Gesicht nahm wieder den verzweifelten Ausdruck an. »Aber es ist keine Frage des Alters. Übrigens – wenn Sie mehr über die Weinbaugemeinschaften wissen wollen, dann sollten Sie sich mit Gerd Tischler unterhalten, er war jahrelang Vorsitzender und bereits in den Ost-Zeiten dabei. Der lässt nicht mal die Enkel in seinen Weinberg, geschweige denn an seine Weinstöcke. Tischler kennt und kannte alle und jeden, auch vor 1990. Und er war kein Roter, keiner von denen. Wenn Sie wollen, ruf ich ihn an und kündige an, dass Sie sich bei ihm melden.«

6. Kapitel

Kollegen aus dem fernen Westen

Kilian blieb beim Verlassen des Grundstücks neben der Maschine von Frau Wagners Sohn stehen. »Das Gerät ist viel zu schade für den Kerl. Ich glaube, das ist eine der berühmten MZ.« Er sah sich um, ob er von einem der Fenster des Hauses gesehen wurde, und zog sein Smartphone aus der Innentasche seines grünen Kapuzenpullovers, trat zwei Schritte zurück und fotografierte das Motorrad mitsamt dem Kennzeichen.

»Was hast du mit dem Bild vor?« Georg fürchtete, dass Kilian sich auf irgendeine Weise mit dem Neonazi anlegen wollte. Als Sechzehnjähriger war er in dem Alter, in dem man sich viel stärker fühlte, als man tatsächlich war.

»Ich schicke es an deinen Freund Pepe in Hannover, der freut sich bestimmt. Er steht doch auf Motorräder, besonders auf seltene Maschinen.«

»Seit wann hast du mit Pepe zu tun?« Georg war erstaunt, dass Kilian ihn erwähnte.

»Seit wann? Seit du mit ihm bei uns an der Mosel aufgetaucht bist.« Kilian grinste verlegen. »Ich weiß, dass du nichts vom Motorradfahren hältst, aber Pepe hat mich seitdem mehrmals auf dem Sozius mitgenommen. Irgendwann hättest du es sowieso erfahren. Nun mach bloß kein Theater.« Er drehte sich schnell weg und kniete sich hin, um das Nummernschild genauer zu untersuchen. Er strich sogar sacht mit dem Finger über die 18.

Georg überlegte noch, wie er auf das Gehörte reagieren

sollte, denn es gefiel ihm gar nicht. Zum einen kannte er Pepes Hass auf Rechte, zum anderen hielt er jedes motorisierte Zweirad für lebensgefährlich.

Da zupfte Kilian ihn am Hosenbein. »Sieh dir das an! Die Eins ist mal überklebt gewesen, sie sieht mit dem Querstrich aus wie eine Sieben.« Er stand auf und blickte sich nochmals prüfend um. »Weshalb überklebt jemand sein Nummernschild? Weshalb? Doch nur, weil er nicht identifiziert werden will, weder von Leuten, die am Straßenrand stehen, noch von Überwachungskameras. Wer weiß, vielleicht hat er mit seinen Kumpeln Anschläge verübt.« Kilian ging wieder in die Hocke, um die Kleberreste zu fotografieren. »Und aus der Acht hat er eine Null gemacht, wie ich sehe. Im Vorbeifahren kann das keiner genau erkennen.«

»Du hältst dich da raus. Das hier geht dich nichts an!« Georgs Ton war schärfer geworden. »Wir mischen uns nicht ein, ist das klar? Um diese Bande soll die Polizei sich kümmern.«

»Das interessiert die einen Dreck, die denken doch ähnlich. Was haben sie gegen die Rechten unternommen hier in Sachsen? Rein gar nichts.«

Georg hatte sich mit der Frage nie befasst, er hielt Politik sowieso für ein schmutziges Geschäft. Viel eher sorgte er sich um Kilian. »Es ist schlimm genug für Frau Wagner, dass ihr Sohn einen solchen Mist erzählt. Steck dein Smartphone ein und komm, wir wollen zu Aust. Was fummelst du da rum?« Er bemerkte, dass Kilian eine Nachricht verschickte. »Ich hatte dich gebeten, das zu lassen!« Georg, mit Anweisungen seinen beiden Ziehsöhnen und seiner Tochter Rose gegenüber sonst sehr vorsichtig, wurde langsam sauer.

»So!« Nach kurzem Zögern kam Kilian der Aufforderung nach. »Was du kannst, kann ich auch. Du mischst dich in diese Sache mit Semmering ein, wegen der uns sogar die Bullen nachfahren …«

»Woher willst du wissen, dass es die Polizei war?« Georg waren inzwischen Zweifel gekommen, es musste sich nicht um eine offizielle Ermittlung handeln. Die Typen auf dem Parkplatz waren zu dilettantisch vorgegangen.

»Wer könnte es sonst sein? Die aus Dortmund waren es auf jeden Fall. Wer sonst würde wissen, dass du der Letzte warst, angeblich, der Semmering lebend gesehen hat? Die von der Autobahnraststätte, wo gehören die hin? Wo kommen die her? Wer hat die geschickt? Das habe ich doch mitbekommen.«

»Wenn ich mich darum kümmere, ist das was anderes. Ich glaube nicht, dass du das Risiko richtig einschätzen kannst.«

»Kannst du das etwa?«, unterbrach ihn Kilian empört. »Du weißt doch gar nicht, worum es geht, weißt so gut wie nichts über diesen Semmering – und nimmst sogar sein Geld?«

Georg wollte entgegnen, dass er es nicht angerührt habe, aber es war müßig, mit Kilian zu streiten, er hätte das Argument sofort als Ausrede abgetan. Georg wandte sich nach einem prüfenden Blick auf Haus und Garten dem Tor zu. In Bezug auf Argumente war der Junge ihm längst gewachsen, dazu hatte er selbst beigetragen, indem er bei wichtigen Fragen, das Weingut und den Wein betreffend, seine Meinung einholte und Entscheidungen diskutierte. Als sie den Bürgersteig betraten, glitten seine Augen ebenfalls über die Reihe der geparkten Fahrzeuge.

Kilian schloss hinter ihnen das Gartentor, und gemeinsam nahmen sie denselben Weg wie am Morgen. Diesmal folgte ihnen weder ein Motorrad, noch heulte der Motor eines tiefergelegten BMW auf. Das Ziel war nah, das Haus mit dem Türmchen von Weitem zu erkennen, und das Tor rechts neben dem Weingutladen stand offen. Mit ihnen betraten andere Gäste den Hof, die das warme Wetter dieses strahlenden Frühlingstages genossen.

Hinter dem großen Gebäude, das Georg für das Wohnhaus hielt, war ein Weinausschank aufgebaut, und mehrere Tische und Stühle standen im Gras, keine zehn Meter von den ersten Rebzeilen entfernt. Hier begann der Goldene Wagen, der berühmte Elbhang, der von vielen Winzern genutzt wurde, sowohl professionell wie auch terrassenweise von Hobby- und Freizeitwinzern.

Nur ein schmaler Streifen ließ sich mit Traktoren oder Raupenschleppern bearbeiten, im sogenannten Direktzug. Dahinter stieg der Hang recht schnell an und ging in gut erhaltene Terrassen über, die das Dreifache an Arbeitsstunden erforderten und zum Teil sogar nur mit der Hacke zu bearbeiten waren. Zwischen den Terrassen, die den topografischen Linien des Berges folgten, lagen immer wieder einzelne kleine Flächen mit nur vier Reihen von jeweils zehn Weinstöcken, mal längs, mal quer zum Hang. Mit Büschen und Gestrüpp wild bewachsene Böschungen lockerten das Bild auf und schufen einen lebendigen Organismus, den großflächigen konventionellen Monokulturen des Weines vollkommen entgegengesetzt.

»So stelle ich mir den Weinberg der Zukunft vor.« Kilian stemmte die Fäuste in die Hüften und betrachtete ernst die Umgebung, und das zu Georgs Vergnügen in einer Pose, die bereits jetzt der eines arrivierten Weingutbesitzers ziemlich nahekam. Er war im Hinblick auf den ökologischen Umbau des Weingutes am radikalsten. »Ich will auch in fünfzig Jahren noch leben!«, sagte er immer wieder. Wer wollte ihm das verübeln? Kilian und Rose würden durchsetzen, was Georg und Susanne zwar diskutierten, aber durchzusetzen nicht wagten. Der Widerspruch der Nachbarschaft würde gewaltig sein.

Der vom Ausschank am weitesten entfernte Tisch war unbesetzt, und es war den beiden sehr recht, am Rande des samstagnachmittäglichen Getümmels zu bleiben und sich Gedanken zu machen, welche Weine sie probieren wollten.

Ein junger Mann mit langem mittelblondem Haar hatte sie beobachtet und kam, kaum dass sie sich gesetzt hatten, auf sie zu.

»Der erinnert mich an jemanden«, flüsterte Kilian und gluckste.

Georg stimmte ihm zu. »An den Komiker Otto Waalkes, richtig?«

Kilian nickte, aber es war zu spät, darüber Worte zu verlieren, der Blonde war zu nah herangekommen. Man konnte nie wissen, wie jemand mit solchen Vergleichen umging.

Es war der Winzer persönlich, Karl Friedrich Aust, der Hausherr, ein sympathischer Mann. Und er war nicht so jung, wie es von Weitem schien. Er begrüßte seine Gäste aufrichtig freundlich, wirkte dabei zugewandt und fragte interessiert nach dem Woher und Wohin, welchen Wein sie gern probieren würden, ja, er setzte sich sogar zu ihnen.

»Alle! Wir würden gern alle Weine probieren«, antwortete Kilian in seiner unbefangen fordernden Art, die auf manchen Fremden provokant oder frech wirken mochte. »Wir haben gehört, sie sollen sehr gut sein«, fügte er hinzu, als er Georgs erschrockenen Ausdruck bemerkte. Und um gar kein Missverständnis entstehen zu lassen, erklärte er ihren Hintergrund als Kollegen aus dem fernen Westen der Republik.

Karl Friedrich Aust brachte weder das Begehren noch die Erklärung in Verlegenheit, noch nahm es ihm die gute Laune. »Zuerst empfehle ich unsere Cuvée von Weiß- und Grauburgunder. In dieser Zusammensetzung sind die Trauben auch im Weinberg gewachsen. Beginnen Sie damit. Wenn Sie wirklich alles probieren wollen, sollten wir uns dazu später ein wenig zurückziehen.« Er sagte das nach einem Blick in die Runde und auf die Vielzahl der Gäste.

»Dann könnten Sie uns auch einiges zur Geschichte Ihres Weingutes erzählen. Wir wären Ihnen sehr dankbar dafür.« Georg meinte, versöhnlich sein zu müssen, was gar nicht nötig war, denn Aust klopfte Kilian amüsiert auf die Schulter, dann wandte er sich anderen Besuchern zu.

Eine junge Frau brachte eine Karaffe Wasser und den Wein. Die Menge im Glas war für eine Probe zu viel, doch die ungewöhnliche Cuvée half, die Wartezeit auf die anderen Gewächse zu verkürzen.

Bei der Beschreibung der Charakteristik der Cuvée ließ Georg seinem Ziehsohn wie immer den Vortritt.

Kilian wirkte erstaunt und erklärte, dieser vollmundige und gleichzeitig frische Wein überrasche ihn, bereits die erste Nase überzeuge, die zweite bestätige das Urteil. Dennoch sah Georg seine Aussage kritisch, denn der Geschmack und die Urteilsfähigkeit eines recht jungen Mannes waren andere als die eines Erwachsenen mit Erfahrung und Wissen um mögliche Fehler und Vorlieben.

Über sein Glas hinweg und unter zusammengezogenen Brauen blickte Kilian, der mit dem Rücken zum Weinberg saß, unauffällig zum Weinausschank. »Sieh nicht hin, Georg, dreh dich lieber unauffällig um. Ich glaube, wir werden beobachtet. Da steht ein Pärchen, und immer einer von denen lässt uns nicht aus den Augen, sieht zumindest so aus. Wenn der mit dem blauen T-Shirt und der braunen Lederjacke herübersieht, dann senkt sie den Kopf und umgekehrt. Sie ist 'ne Schicke, macht aber auf unauffällig. Sie trägt eine schwarz-rosa karierte Bluse, braune Umhängetasche, Sonnenbrille … Ich glaube jedenfalls, dass sie uns beobachten.«

»Meinst du nicht, dass du unter Verfolgungswahn leidest?«, fragte Georg, dem Kilians Verdächtigungen auf den Wecker gingen. »Vorhin die Nummer mit der überklebten 18 … Wer sollte uns hierher folgen und warum?«

»Warum ist immer die falsche Frage, das hast du mir selbst …«

Georg sah sich unauffällig um und erstarrte für eine Sekunde, bevor er sich Kilian wieder zuwandte.

»Sie kommen tatsächlich auf uns zu.« Kilian gab vor, sich für das Mädchen zu interessieren, das mit seinen Eltern zwei Tische entfernt saß.

»Wahrscheinlich wegen der beiden freien Stühle. Sonst ist alles besetzt.« Georg blickte angestrengt geradeaus und tat, als bemerkte er nicht, dass sich die beiden Personen in seinem Rücken näherten. Kilian sah ihnen blinzelnd entgegen, er hatte die Sonne gegen sich, sie stand bereits tief und überzog den nach Süden ausgerichteten Goldenen Wagen mit einem Schimmer.

Das Pärchen erreichte den Tisch. »Wir haben gesehen, dass bei Ihnen zwei Stühle frei sind. Dürfen wir uns dazusetzen?« Die Frau hatte eine Callcenterstimme, verbindlich, freundlich, unpersönlich, ähnlich war ihr Gesichtsausdruck, verbindlich, freundlich und unnahbar. »Oder erwarten Sie noch jemanden?«

»Im Sitzen probiert es sich angenehmer«, fügte der Mann hinzu, als wäre der Satz eingeübt.

Die Stimme erschien Georg viel zu dunkel für den hageren Mann. Ein Sachse war das nicht, das hätte er gehört. Der schwarze Henriquatre-Bart ließ ihn unerbittlich erscheinen, der Fassonschnitt seines Haares war ein Stich zu korrekt. »Sie können gern Platz nehmen.« Georg machte eine einladende Handbewegung, was Kilian zu einem kaum merkbaren Zähnefletschen veranlasste und Georg einen strafenden Blick eintrug. Verlegen griff er nach seinem Glas, steckte die Nase hinein und tat, als konzentrierte er sich auf den Duft.

Das machte den Fremden neugierig, er betrachtete die beiden Gläser auf dem Tisch. »Darf ich fragen, junger Mann, was Sie in Ihrem Glas haben? Können Sie irgendetwas Besonderes empfehlen?« Die zweite Frage war an Georg gerichtet. »Wir sind zum ersten Mal hier und kennen uns mit den hiesigen Weinen nicht aus.«

»Uns geht es ganz ähnlich«, sagte Georg verbindlich und

bemerkte trotz der von einer nahezu schwarzen Sonnenbrille verborgenen Augen, wie kühl die Frau Kilian musterte. Er empfand es als grob unhöflich, dass die beiden die Sonnenbrillen aufbehielten, nachdem sie sich zu ihnen gesetzt hatten. Hatte Kilian recht mit seiner Behauptung, dass sie sie beobachteten? Beides ärgerte ihn, das eine war ungezogen, das andere warf die Frage auf, was sie zum Objekt der Beobachtung machte und wer die beiden waren. »Wir probieren gerade eine Cuvée, der ich in dieser Form noch nie begegnet bin, Weiß- und Grauburgunder vereint, Pinot Gris und Pinot Blanc, wenn Sie so wollen«, sagte er. »Die Assemblage ist auf jeden Fall zu empfehlen. Verstehen Sie etwas von Wein?«

»Ein wenig«, sage der Mann, »ich bin kein Kenner, lediglich ein Weinfreund, ich kann sagen, was mir schmeckt. Kommt es nicht letztlich darauf an?«

Das war etwas zu selbstverständlich vorgetragen, als dass es für Georg glaubwürdig klang. Trotzdem gab er dem Mann recht.

»Ich bin ein großer Freund von Riesling«, fuhr der Fremde fort. »Ich hoffe, man hat ihn hier?«

Georg schaute auf die Hände. Keiner der beiden trug einen Ring, höchstwahrscheinlich waren sie nicht verheiratet. »In keinem deutschen Weinbaugebiet darf ein Riesling fehlen. Sie stammen nicht aus der Gegend?« Es war im Grunde klar, der Dialekt hätte sie verraten. Selbst wenn es nicht der starke sächsische Dialekt war, so schimmerte der hiesige Tonfall zumindest durch. Dieser Mann am Tisch war ein Hesse, davon war Georg überzeugt. Bei der Frau allerdings war er sich nicht sicher – kam sie nun aus dem Süden, aus Baden oder aus Bayern? Sie gab sich jedenfalls alle Mühe, Hochdeutsch zu sprechen, was ein wenig steif klang, fast wie eingeübt.

»Kommt jemand zum Bestellen vorbei, oder muss man

sich den Wein dort holen?« Die Frau sah zum Ausschank hinüber.

Wollte der Mann Georgs Frage nicht beantworten, oder hatte er sie nicht gehört?

»Sie kommen bestimmt nicht aus Sachsen«, bemerkte Kilian, »das würde ich hören.« Zustimmung heischend lachte er. »Mein Vater stammt aus Hannover, da spricht man das reinste Hochdeutsch, deshalb versucht er immer zu erraten, wo jemand geboren oder aufgewachsen ist.«

Obwohl es sich vorlaut anhören mochte, war Georg dankbar für die Brücke, die Kilian ihm baute. Dieses Gespräch begann wie viele andere, bei denen sie sich die Bälle zuwarfen, besonders wenn sie Klugscheißer zu Gast hatten, die ihre Weine probierten und meinten, alles darüber zu wissen. Häufig waren diese Kenntnisse lediglich irgendeinem Weinführer geschuldet, den sie vorher zurate gezogen hatten. Georg wandte sich an die Neuankömmlinge. »Irgendwo um Frankfurt, vermute ich mal.«

Denen schien es nicht zu gefallen, dass sie zum Zentrum der Aufmerksamkeit geworden waren. Die Frau war anscheinend diplomatischer als der Mann. »Ich bin in Kaiserslautern aufgewachsen, und er«, sie legte ihre Hand auf seine, als wollte sie die Nähe zwischen ihnen betonen, »er stammt aus Gießen. Hätten Sie das geraten?« Er hatte seine Hand bereits wieder unter ihrer hervorgezogen. Viel Nähe schien zwischen den beiden nicht zu bestehen.

»So genau hätte ich Sie niemals lokalisieren können.« Fast wie um Verzeihung bittend, breitete Georg die Hände aus. In diesem Moment bewahrte ihn die junge Frau, die ihnen den Wein gebracht hatte, vor weiteren Erklärungen.

Die Neuankömmlinge bestellten Riesling, die Frau entschied sich für den zwei Jahre alten Tropfen vom Goldenen Wagen, der Mann wollte den vier Jahre alten Riesling von der Lage Steinrücken probieren. »Wir können ja tauschen«, sagte er zu seiner Partnerin. Bei der Fremdheit zwischen den beiden stellte sich für Georg die Frage, welche Art von Partnerschaft sie verband.

»Sie mögen reife, ein wenig gealterte Rieslinge?« Georg wollte zu gern wissen, wer hier mit ihnen am Tisch saß. Er musste das Gespräch in Gang halten, musste es durch Fragen steuern; nach einer Weile, falls er Widersprüche entdeckte, konnte er die Fragen gern ihren Tischgenossen überlassen. Daran würde er schnell merken, ob sie das waren, was Kilian vermutete.

»Ich kenne keine gealterten Rieslinge. Weißwein soll man ja immer frisch trinken, den aus dem Vorjahr.« Mit dieser Bemerkung bestätigte der Mann Georgs Eindruck, keinen Experten vor sich zu haben. »Aber ich bin neugierig. Kennen Sie sich mit alten Rieslingen aus?«

»Ein wenig«, antwortete Georg, der sie sehr schätzte, »man muss die Petrolnote mögen, die sich nach Jahren der Reife einstellt. Daran scheiden sich meist die Geister. Das Alter verändert jeden Wein. Manche bleiben für Jahre im Fass, bevor sie abgefüllt werden, andere werden im großen Holzfass vergoren, und wieder andere kommen kurz nach der Gärung im Stahltank auf die Flasche. So soll ihre Frische bewahrt werden.«

Die beiden am Tisch sahen sich an, als wären sie zu einer Verständigung gekommen. Wen haben wir hier vor uns, fragte sich Georg und schaute zu Kilian. Sein Gespür für Menschen war extrem gut, und fast immer lag er richtig. Weshalb nun saßen die beiden hier bei ihnen am Tisch? Hatte der Mann nicht auch einen bayerischen Einschlag, wenn er sprach? Weshalb fiel ihm jetzt Pullach ein? Das war bis zum Umzug nach Berlin das Synonym für den Bundesnachrichtendienst gewesen. Hatte der Besuch etwa wieder mit COS, seinem alten Arbeitgeber, zu tun? Die Angelegenheit hatte ihm schon einmal höllischen Ärger eingebracht.

»Jetzt ist es an uns zu fragen, woher Sie kommen.« Die Frau wandte sich an Kilian. »Von deinem Vater wissen wir es ja, aber du stammst sicher nicht aus Hannover.«

»Ich bin in Bernkastel-Kues geboren, am linken Ufer der Mosel.«

Wieder gab es diesen völlig unverfänglichen Verständigungsblick des Paares. »Dann wundert es mich nicht, dass Sie so viel von Wein verstehen«, erklärte sie. »Haben Sie beruflich damit zu tun?«

Auf diese Frage hatte Georg gewartet. »Viel davon verstehen?« Er zuckte mit den Achseln. »Wer tut das schon, und was ist viel? Wein ist ein Feld, in dem man aus dem Lernen nicht herauskommt. Es gibt immer was Neues zu entdecken. Weinstöcke sind lebendige Organismen und keine Zapfhähne, die man beliebig auf- und zudrehen kann. Sie haben ihr Eigenleben, sie haben schlechte und gute Zeiten, von Launen zu sprechen würde sich verrückt anhören. In einem Jahr mögen sie das Wetter und verabscheuen es in einem anderen, manchmal glauben die Winzer, der Jahrgang wird schlecht, und dann wird er großartig. Im letzten Jahr, bei der großen Trockenheit, da war der Wein wunderbar, obwohl niemand wusste, wo er sich das Wasser hergeholt hat, die Trauben waren kerngesund. Mit überlegter Blattarbeit lässt sich auch dem Sonnenbrand vorbeugen.«

»Weintrauben kriegen Sonnenbrand?«

»Aber sicher«, gab Kilian bewusst altklug zum Besten, »in früheren Jahren haben wir die Traubenzone immer freilegen müssen. Jetzt, wenn die Sonne monatelang auf die Trauben knallt, sind wir froh, wenn die Blätter sie schützen.«

»Dann gehören Sie höchstwahrscheinlich auch zur Gilde der Winzer?« Etwas wie Befriedigung legte sich über das Gesicht des Mannes, während die Miene der Frau von verbindlich-unpersönlich hin zu erwartungsvoll wechselte, wobei sich ihr Körper kaum merklich aufrichtete. »Ich sah Sie vorhin zusammen mit dem Winzer Aust«, fuhr der Mann fort, »er saß hier bei Ihnen …«

Die junge Frau brachte die Gläser mit dem Riesling, der Mann zahlte, und Georg erwartete, dass sie nach den Gläsern greifen würden. Die Neugier auf den präsentierten Wein war immer groß, doch das Pärchen saß da, als berührte sie der Inhalt ihrer Gläser wenig. Das waren keine guten Schauspieler. Ihr Interesse galt nicht dem Wein, sondern Georg.

In diesem Moment erinnerte er sich an die Zeit, als er mit Pepe bei Rockkonzerten als Security vor der Bühne gestanden hatte, das Publikum im Auge behaltend. Keine Regung durfte ihnen entgehen, die Menge sprach zu dem, der sie lesen konnte, es galt, diejenigen auszumachen, die ausflippen wollten, bekifft oder auf Zoff aus waren. Wer Marihuana geraucht, wer Kokain geschnupft hatte, bewegte sich anders als der, der auf Speed war. Es hatte eine Weile gedauert, bis Georg gelernt hatte, die aggressiven von den friedlichen Gruppen bereits im Vorfeld zu unterscheiden. Pepe hatte ihm dabei geholfen, nachdem Georg heftige Prügel bezogen hatte von Leuten, die meinten, die Band gehörte ihnen und die Bühne wäre für sie freigegeben. Die Körpersprache zu lesen war unabdingbar, um Ausschreitungen zu verhindern.

»Sie hatten gefragt, ob ich zur Gilde gehöre. Nein, ich bin Diplom-Betriebswirt«, sagte Georg kurz angebunden. Diese Antwort zwang sein Gegenüber zu weiteren Fragen, mit denen er sich aus dem Fenster lehnen beziehungsweise mehr von sich zeigen musste.

Jetzt war sie an der Reihe. »Als Betriebswirt kann man doch sicherlich auch für die Weinbranche arbeiten?«

»Als Betriebswirt kann man in fast jeder Branche arbeiten. Doch was den Wein angeht, bin ich Autodidakt.«

»Und Sie wollen die hiesigen, die sächsischen Weine kennenlernen?« Die Frage kam wieder von ihm. »Probieren Sie nur hier bei … Karl Friedrich Aust, oder sind noch weitere Weingüter vorgesehen?«

Will er wissen, ob das Weingut Studt auf der Besuchsliste steht, fragte sich Georg. »Es gibt eine Reihe von empfehlenswerten Gütern oder Winzern. Da sind die Drei Herren, deren Weingut liegt in dieser Straße, lediglich ein Stück weiter. Morgen fahren wir nach Pillnitz zu Klaus Zimmerling. Seine Frau ist Bildhauerin, sie soll wunderschöne Skulpturen schaffen, meist überlebensgroße, schlanke und unbekleidete Frauen. Haben Sie von ihr gehört? Nein?« Georg hatte die Frage an die Frau gerichtet. Wurde es nicht längst Zeit, sich bekannt zu machen, sich zumindest namentlich vorzustellen? Wenn die beiden auf ihn angesetzt waren, was auch er inzwischen vermutete, dann machten sie ihren Job schlecht.

»Auf der anderen Seite«, der Mann zeigte in die Richtung, in der die Sonne leicht zu sinken begann, »elbabwärts soll es auch schöne Güter geben. Schloss Wackerbarth gehört sicher dazu, Schloss Proschwitz, das gehört einem Adligen. Die Orte Coswig, Sörnewitz und Meißen, interessiert es Sie gar nicht, was dort geschieht?«

Wo wollte der Mann ihn hinhaben? Glaubte er tatsächlich, dass Georg so einfältig war, seine Ziele zu offenbaren? »Vielleicht wissen Sie mehr als ich«, sagte er. »Wen würden Sie dort empfehlen?«

»So war das nicht gemeint. Ich … wir … wir kennen uns nicht aus.« Das Dementi kam zu schnell, da hatte sich Georgs Gegenüber zu weit vorgewagt.

»Wir sind auf einem Wochenendtrip hier.« Das kam von der Frau. War das als Entschuldigung gemeint? »Meinen Mann und mich interessiert eigentlich mehr die Natur, doch morgen wollen wir nach Dresden fahren, einige Sehenswürdigkeiten besichtigen, den Zwinger, die Frauenkirche, die Semperoper. Wenn uns genügend Zeit bleibt, machen wir einen Ausflug mit dem Raddampfer Kaiser Wilhelm. Der wird sogar noch mit Kohle befeuert.«

Dass es sich um ihren Ehemann handelte, glaubte Georg nicht, und Kilians skeptischem Blick nach war dieser der gleichen Meinung. »Wie gefällt Ihnen der Wein?«, fragte Georg. »Er wird warm, und dann schmeckt er nicht mehr.«

Erst jetzt schienen die beiden zu bemerken, dass sie vor vollen Gläsern saßen und dass sie zum Weintrinken und Probieren hergekommen waren. Gleichzeitig griffen sie nach den Gläsern. Er nahm einen großen Schluck und nickte, sie war vorsichtiger, steckte mit einem Seitenblick auf Kilian die Nase ins Glas, was ihn verständnisvoll lächeln ließ. Dann kostete sie mit vorgestülpten Lippen.

Weintrinker waren beide nicht, das war für Georg mehr als deutlich. Hoffentlich verstiegen sie sich nicht zu abenteuerlichen Kommentaren. Häufig war es angebracht, nichts zu sagen oder sich auf das Wesentliche zu beschränken, statt in blumigen Beschreibungen auf die blumige Note des Weines hinzuweisen. Ihre Meinung zu beurteilen war sowieso unmöglich, da Kilian und er einen anderen Wein vor sich hatten.

»Der Wein hier hat wohl das, was Sie mit Petrolnote beschreiben.« Der Mann schien sie als recht gewöhnungsbedürftig zu empfinden und schnüffelte am Glas seiner Begleiterin. »Dieser hat das nicht, ich rieche kein Petroleum. Wie kann man das mögen? Aber vielleicht muss man dazu was essen.«

Georg enthielt sich jeglichen Kommentars.

»Sie sind ja ziemlich hinterher, hier in Sachsen, mit ihren Weinen, finden Sie nicht?«, ergriff der Mann wieder das Wort.

»Hinter wem, bitte?« Kilian, obwohl nicht angesprochen, verdrehte die Augen.

»Hinter den westdeutschen Weinen selbstverständlich, ich denke nur an das, was wir an badischen Weinen haben.«

Dem konnte Georg nicht zustimmen. »Also das, was ich bisher kennengelernt habe, war gut, war anders, schließlich befinden wir uns in einer anderen Region, vom Boden, vom Klima her, da fallen die Weine selbstverständlich anders aus«, gab er zu bedenken und gab sich Mühe, diplomatisch zu bleiben, obwohl ihn das Gesagte ärgerte. Was maß sich dieser Laie an? »Vielleicht kommen wir zu einem ähnlichen Urteil wie Sie, aber wir beginnen gerade erst mit dem Probieren, nicht wahr, Kilian?«

»So ist es, Papa. Meine Mutter ist Winzerin, müssen Sie wissen«, sagte er, an die Frau gewandt, und versicherte sich bei Georg mit einem Seitenblick, dass ihm der Vorstoß recht war.

»Und was machen Sie beruflich?« Georg nahm nicht an, dass man ihm wahrheitsgemäß antwortete. Er wollte lediglich wissen, wie die beiden darauf reagieren würden.

»Ich arbeite in einem Konzern als IT-Berater …«

»… und ich bin Juristin, in einer Gemeinschaftskanzlei.«

»Interessante Berufe.« Georg nickte anerkennend. »Da hat man viele Möglichkeiten. Leute wie Sie werden sehr gefragt sein, da sich die ganze Welt digitalisiert und ein jeder Bereich des Lebens inzwischen verrechtlicht ist. Verläuft man sich nicht in diesem Gesetzesdschungel? Wer soll sich da auskennen, wenn die Regierung ein Gesetz nach dem anderen ausspuckt?«

»Es bleibt einem nur die Spezialisierung auf ein Fachgebiet.«

»Und um welches handelt es sich bei Ihnen?« Georg setzte sein unschuldigstes Lächeln auf.

Die Juristin zögerte einen Moment zu lange, suchte anscheinend nach einer plausiblen Antwort. Es musste eine sein, bei der sie davon ausgehen konnte, dass Georg nicht weiterfragte. »Internationales Patentrecht.«

Das kurze Aufflackern des Erstaunens im Gesicht ihres

Begleiters entging Georg nicht. Also war er selbst von der Antwort überrascht. Entweder waren die beiden neu im Überwachungsgewerbe, vielleicht hatten sie nicht damit gerechnet, ihm und Kilian hier gegenüberzusitzen, oder er war mit seiner Einschätzung total auf dem Holzweg.

Wie auf ein Zeichen hin standen die beiden Fremden auf und griffen nach den Gläsern. »Wir werden uns etwas zu essen besorgen. Danke für das interessante Gespräch und noch ein schönes Wochenende.«

Man nickte sich freundlich zu, dann entfernte sich das Pärchen in Richtung Grill.

»Von mir aus hätten sie sich schon vor einer halben Stunde was zu essen holen können. Dann wären wir sie früher losgeworden.« Kilian sah den beiden erleichtert nach. »Was waren das für Vögel?«

Georg seufzte. »Ich bin nicht dafür verantwortlich, was für Geier der BND auf uns ansetzt, mein Junge.«

»Waren das nun Verfolger, Beobachter, Observierer, Überwacher oder was auch immer? Oder nur einfache Touristen?«

»Touristen wären lockerer und aufgeräumter gewesen, hätten sich wahrscheinlich vorgestellt und von ihren Eindrücken berichtet und nach unseren gefragt. Erinnere dich an die Leute, die zu uns in die Kellerei kommen. Mit Observierer liegst du vermutlich richtig.« Georg starrte nachdenklich vor sich hin. »Ich frage mich nur, was das soll. Es ist auch nicht gesagt, dass die beiden etwas mit denen zu tun haben, die neulich bei uns waren und mich nach Semmering fragten. Aber das hier«, Georg kratzte sich nachdenklich am Kopf, »das steht für mich eindeutig mit Semmering in Verbindung. Dabei ist gar nichts passiert, außer dass dieser Mensch verschwunden ist, sich versteckt hält oder irgendeine Show veranstaltet. Ich würde gern wissen, was er damit bezweckt. Wir haben auch nichts gesehen, was wir nicht hätten sehen sollen, nichts gehört, was wir nicht hätten hören dürfen oder was andere auf den Plan gerufen hätte. Schau doch mal nach, was es dort am Grill zu essen gibt. Das interessiert mich im Moment mehr.«

Kilian blieb stehen. »Du, die beiden sind gar nicht zum Grill gegangen.«

Das Pärchen stand wieder dort, wo Kilian sie eingangs entdeckt hatte, und starrte herüber.

»Ich gehe mal zum Klo und folge ihnen zu ihrem Auto, falls sie verschwinden sollten.«

»Hol dir lieber was zu essen, davon hast du mehr.« Georg nahm an, dass die beiden bleiben würden, bis auch sie den Garten verließen, um ihnen anschließend zu folgen.

»Wie kommst du eigentlich darauf, dass die vom BND geschickt wurden? Ist das nicht der Geheimdienst fürs Ausland, für Spionage und so was?«

»Es ist der Typus der Personen, die Sprache, ihre ganze Art. Nichts von sich preisgeben, keine Anhaltspunkte liefern, die man zurückverfolgen könnte, eine Legende erfinden. Denn ich glaube, dass nichts von dem, was sie sagten, stimmt. Sie sollten uns nur folgen und rauskriegen, was ich hier will, wen ich besuche, mit wem ich Kontakt aufnehme. Das alles wird mit Semmering zu tun haben. Die Polizei tauchte auf, kaum dass er den Hof verlassen hatte. Wenn man wie ich jahrelang in der Sicherheitsbranche gearbeitet hat, entwickelt man eine Nase für Leute. Als unsere Firma damals von COS gekauft wurde, brachten sie neue Leute mit, Typen dieser Art. Das ist beim Wein nicht anders. Wenn du lange genug probierst und Erfahrungen sammelst, riechst du irgendwann die Blender unter den Polizisten, du riechst Kriminalbeamte und verdeckte Ermittler. Nur bei Verfassungsschützern kenne ich mich nicht aus, hatte noch keine Riechprobe. Beim BND war es anders. Die wollten damals wissen, was abging, was COS vorhatte.« Georg lachte, doch es kam nicht von Herzen. Die Unterhaltung zu viert hatte ihm die Laune verdorben. »Politik hat mich nie interessiert.«

»Dann lass uns morgen gemeinsam nach Hause fahren«, schlug Kilian vor. »Wenn das stimmt, was du sagst, wenn es BND-Leute sind, dann geht es um Politik. Hat es vielleicht damit zu tun, dass wir uns auf dem ehemaligen Staatsgebiet der Deutschen Demokratischen Republik bewegen?« Die letzten Worte betonte er deutlich übertrieben.

Georg konnte darauf keine Antwort geben. Er wusste es nicht. Vor allem hatte er nicht damit gerechnet, dass irgendwer oder irgendeine Institution oder Behörde so schnell Interesse an ihm entwickeln würde. Er wusste lediglich, dass man Semmering bestimmte Antworten verweigert hatte, und in einem solchen Fall – da war er sich sicher – gab es was zu verstecken. Er musste diesen Semmering zu fassen kriegen. Aus Spaß ließ niemand einen Umschlag mit dreieinhalbtausend Euro in einem fremden Büro liegen, ohne sich eine Quittung geben zu lassen. Nur mit dem Wissen um seinen Hintergrund konnte Georg sich Klarheit verschaffen.

Der Schlüssel lag irgendwo in der Vergangenheit begraben, vielleicht auf dem Weingut, das jetzt diesem Studt gehörte? Er würde sich in den nächsten Tagen mehr auf diesen Studt und dessen Weingut konzentrieren. Doch wenn Georg sich nach dem Mann erkundigte, wurde ihm das möglicherweise hinterbracht.

Georg hatte hier niemanden, auf den er sich verlassen konnte. Jede Person, die bei der Wende älter als zwanzig gewesen war, hatte möglicherweise mit der Staatssicherheit zusammengearbeitet. Die hier Lebenden wussten, wer mitgemacht, wer die Parolen vom Aufbau des Sozialismus Fähnchen schwingend nachgeplappert hatte, sei es aus Dummheit, sei es aus Opportunismus gewesen, und wer sie mit Überzeugung skandiert hatte oder um an der Macht der SED beteiligt zu werden. Es hatte damals über neunzigtausend offizielle Mitarbeiter gegeben, dazu kamen noch einmal die inoffiziellen. Und an die dreitausend Kontaktleute soll es auf dem Boden der Bundesrepublik gegeben haben.

Die einzige Person, zu der Georg Vertrauen gefasst hatte, war Frau Wagner, ihre Wirtin. Er war gespannt, ob sie dieses Vertrauen verdient hatte und wen sie ihm als Kenner, als Insider aus Hobby- oder Freizeitwinzerkreisen vermitteln würde.

»Jetzt gehen sie wieder zum Grill, jetzt nehmen sie ihr Essen in Empfang und gehen ... ja, sie setzen sich auf einen Baumstamm. Und natürlich schauen sie her.«

Der Wein war längst ausgetrunken, Kilian langweilte sich ganz offensichtlich und hatte Hunger, er stand auf und steuerte auf den Grill zu. Außerdem gab es da dieses Mädchen, das ihn mittlerweile mehr zu interessieren schien als die Juristin und der angebliche IT-Berater. Trotzdem ließ der Junge das Pärchen nicht aus den Augen und schoss heimlich ein Foto von ihnen.

Der Winzer schlenderte gut gelaunt vorbei und vertröstete Georg um eine halbe Stunde »Aber um ungestört zu probieren, sollten Sie mich in den Hofladen begleiten.«

Kilian kehrte zurück und schlug vor: »Wir trennen uns, dann kommen sie in Schwierigkeiten.«

Davon war Georg nicht überzeugt. »Sie werden sich an mich halten, die wollen wissen, was ich vorhabe. Geh ruhig, hol dir was zu essen und taste dich an die Blonde heran, sie hat dich längst gesehen.«

»Woher weißt du, dass ...«

»Ich sehe alles, mein Freund. Ich werde inzwischen den Goldenen Wagen besteigen.«

»Meinst du, dass du dir das zumuten kannst?« Kilian sagte das im Wissen, dass die Zeltinger Sonnenuhr nicht ganz so steil war, dafür aber mindestens doppelt so hoch. »Na schön, wenn du oben bist, kannst du winken.«

»Du musst sie angraben, mein Junge, sonst ist sie weg. Mädels in dem Alter tun noch, was die Eltern sagen.«

»Und Rose? Die ist immer schon ihrer eigenen Wege gegangen.« Kilian spielte darauf an, dass sie als Zwölfjährige, ohne jemandem Bescheid zu sagen, die Wohnung ihrer Mutter in Hannover verlassen hatte und Georg nachgereist war. »In einer halben Stunde treffen wir uns am Hofladen?«

Georg wunderte sich, dass Kilian sich daran erinnerte, wie seine Tochter sich heimlich in den Zug gesetzt hatte und ihm an die Mosel gefolgt war. Anscheinend hatte sie den damals achtjährigen Jungen tief beeindruckt. Georg schob die Gedanken daran beiseite und machte sich auf in den Weinberg. Er wollte sich weder von Nazi-Geschwätz die Gehörgänge verschmutzen lassen noch von schlecht erzogenen Geheimniskrämern ausgefragt werden.

Der steile Hang machte ihm das Vergessen leicht. Er brauchte ab und an Zeit für sich. Nach seinem Burn-out damals hatten ihm die Weinstöcke mit der Ruhe, die von ihnen ausging, geholfen. Wenn er stumm die Rebzeilen ablief, überkam ihn ein Gefühl von Dankbarkeit, und überall, wo er sie antraf, begrüßte er sie wie alte Freunde.

7. Kapitel

Die nächtliche Runde

Wie jemand diesen zwei Jahre alten Riesling von der Steillage probieren konnte, ohne begeistert zu sein, war Georg
unverständlich. Der Mann, der eben mit ihnen an einem
Tisch gesessen hatte, musste ein Banause in önologischer
Hinsicht sein. Oder hatte ihm in seinem bisherigen Arbeits-
leben das Essen in Behördenkantinen den Geschmack verdorben? Auch von der Frau hatte er mehr erwartet. Allerdings war er es gewohnt, dass bei Weinproben in ihrem
Hause die Frauen sich mit ihrem Urteil eher zurückhielten,
obwohl sie häufig die feinere Nase hatten.

Es wird die Petrolnote gewesen sein, die ihnen den Geschmack verdorben hat, dachte er. Die Mineralität des Weines, die sich in einer leichten Salzigkeit zeigte, hatte keiner
von beiden wahrgenommen. Auch nicht, dass Süße und Säure
gut ausbalanciert waren. Harmonie musste man bemerken,
das war im Konzert nicht anders. »Schön fruchtig, aber ...«,
diese Worte hatte er in Erinnerung. Hatte keiner von beiden
mehr zu sagen als das? Hatte keiner von beiden weder den
Duft von Mango noch den Hauch von Ananas wahrgenommen? Lediglich das vordergründige und für Riesling typische Aroma grüner Äpfel? Perlen vor die Säue, dachte Georg
und ärgerte sich fast darüber, dass man zwei solche Dilettan-
ten auf ihn angesetzt hatte. Er hatte mehr verdient.

Das Pärchen saß noch immer im Hof und wartete anscheinend darauf, dass Kilian und er die sommerlich beschwingte
Szene verließen. Er war versucht, zu den beiden zu gehen

und sie aufzufordern, Feierabend zu machen – von ihm wäre heute nichts mehr zu erwarten. Ein wenig schlechtes Gewissen kam hinsichtlich seiner Arroganz nur auf, als er sich erinnerte, wie viele Jahre er gebraucht hatte, Weine in ihren verschiedenen Facetten von Aromen, Tanninen, Säuren und Zucker wahrzunehmen und das Zusammenspiel so zu beschreiben, dass auch Laien, wie die meisten ihrer Kunden, es verstanden.

Kilian zog beim Probieren angenehm überrascht die Augenbrauen hoch, und Karl Friedrich Aust, der ihnen den Wein eingeschenkt hatte, freute sich über die Anerkennung.

Er war wie Georg ein Quereinsteiger. Schon sein Vater hatte den Traum, ein Weingut aufzubauen. »Dort oben, ihr habt das gelbe Weinbergshäuschen sicher gesehen, dort hat er ein kleines Stück Land bearbeitet, achtzig Liter sind dabei rausgekommen.«

Glücklicherweise war das Gutshaus, das 1650 gebaut worden war, im Besitz der Familie, sie hatte immer darin gewohnt und war nicht enteignet worden, dazu gehörte ein halber Hektar. Viele Trockenmauern der Parzellen, die sie zurückbekommen hatten, waren beschädigt oder eingestürzt. Die Flurstückgrenzen stammten aus dem 18. Jahrhundert, was zu Diskussionen führte. Verbuschtes Gelände musste gerodet werden, erklärte Aust, unterhalb des Bismarckturms auf dem Kamm des Goldenen Wagens war alles zugewachsen. Zäune aus DDR-Zeiten zwischen den einzelnen Lagen wurden entfernt und neue Reben gepflanzt, darunter auch Riesling in der Lage Steinrücken.

Der Wein von dort war erstaunlich, Georg war begeistert. Er war in den vier Jahren seit der Lese wunderbar gereift, hatte Tiefe und Struktur, er zeigte sich deutlich mineralischer und mit einer ausgeprägten Petrolnote. Die Kraft und die Tiefe hatte Aust sicher dadurch erreicht, dass er die Trauben am Weinstock geteilt hatte, um den Ertrag zu reduzieren und um den Extrakt an Geschmacksstoffen zu konzentrieren. Das war ihm gelungen.

Er hatte Anfang der Neunzigerjahre Steinmetz gelernt, um den elterlichen Besitz zu erhalten, war in den Westen gegangen und hatte an der Restaurierung des Kölner Doms mitgearbeitet, was nur dank des unblutigen Wechsels von einem System ins andere möglich gewesen war. Er war zwischen Köln und Radebeul gependelt, hatte an den Wochenenden hier geschuftet, genau wie die Mutter, und montags wieder am Dom gehämmert. Georg bewunderte einmal mehr den Familiensinn, den er bei seinen Eltern vermisst und den es in seiner ersten Ehe nie gegeben hatte. Inzwischen war das völlig anders, auch wenn alles Patchwork war.

Als Nächstes kam ein Sächsischer Landwein namens Chéri in die Gläser. Mit dieser Cuvée von Grauburgunder und Riesling – etwas, das Georg in dieser Weise nie zuvor probiert hatte – wollte Aust einen dem Sherry ähnlichen Wein kreieren. Er wurde oxidativ ausgebaut, das hieß unter dem Einfluss von Luft in einem offenen Holzfass. Der Wein war extrem trocken ausgefallen, mit keinerlei Restsüße. Den Duft empfand Georg als sehr komplex, er setzte sich aus den Aromen von Papaya, Honigmelone und Zitronenschale wie auch Nüssen zusammen. Es waren immer die Quereinsteiger, die unkonventionell handelten, sich mit spannenden Experimenten beschäftigten und Neues erfanden.

Aus dem einen Hektar waren mittlerweile 6,5 Hektar geworden. Aust hatte gekauft, was zu bekommen war, möglichst Steillagen, damals nach der Wende lagen die Preise noch bei achtzehntausend Euro je Hektar, inzwischen waren sie auf achtzigtausend gestiegen, aber es gab nichts zu kaufen. Nach EU-Regeln durften Flächen nicht beliebig vermehrt werden, um eine Überproduktion zu vermeiden und den damit einhergehenden Preisverfall des Weines, außer man kaufte einem anderen auch die Pflanzrechte ab.

Traminer schien eine Spezialität Sachsens zu sein, bereits auf Hoflößnitz hatten sie ihn probiert. Dieser hier war sehr voll, zeigte viel Zucker; aber die Süße war nicht klebrig, dafür sorgte die Säure. Hier waren die Aromen von Honigmelone und Mango frischer als bei dem vorangegangenen Wein. Kilian hielt sich mit Äußerungen zurück, er hörte zu, das konnte er gut, hinterher jedoch erinnerte er sich an Worte und Sachverhalte, die Georg längst entfallen waren. Deshalb nahm er ihn gern mit zu allen möglichen Veranstaltungen, jedoch ohne ihn je zu drängen.

Nur als der Spätburgunder in hellem Rot seinen Weg ins Glas fand, äußerte er sich spontan, bevor Georg das Glas an der Nase hatte. »Großartig, nicht wahr? Das ist genau der Wein für dich! So was sollten wir auch hinkriegen.«

Großartig? Ein Attribut, das besser passen würde, kannte auch Georg nicht. Dabei war dieser Wein erst drei Jahre alt. Er wäre glücklich, wenn ihm ein solcher Wein gelänge. Der Folgejahrgang sei noch zu jung, meinte Aust und schenkte einen Spätburgunder namens Genussmensch ein, der mit ein wenig Schwarzriesling verschnitten war. Der Ausbau im französischen Holzfass hatte ihm nicht die Frische und Frucht genommen, das Beerenaroma war deutlich.

Mit einem Müller-Thurgau hatte Aust im Jahr 1994 begonnen, das war in der Zeit des Pendelns zwischen Dom und Weinberg gewesen. Im Jahr 1996 hat es derart viel geregnet, dass der Wein untrinkbar war. Erst ab 1997 näherte Aust sich langsam seinen Zielen, kultivierte nach und nach bis zu zehn Rebsorten, von Auxerrois bis Weißburgunder. Und das bei einer von Jahr zu Jahr sich verändernden Witterung, was die Weine immer wieder anders ausfallen ließ.

Und die Probleme heute? »Die zunehmende Trockenheit und der fehlende Nachwuchs. Hier irrlichtern zu viele gescheiterte Existenzen herum, die brauchbaren Leute kommen meist aus dem Westen. Aber es sind nicht genug.«

Kilian wusste genau, wie er den Abend gestalten wollte, er war ein zielbewusster Mensch und mit dem Mädchen verabredet, mit dem er bereits am Nachmittag geliebäugelt hatte. Sie kam aus Kassel und war mit ihren Eltern hier zum Verwandtenbesuch. Die Kastanienterrasse von Hoflößnitz war vergessen.

Also trottete Georg, nachdem er ihm unauffällig fünfzig Euro in die Hand gedrückt hatte, allein zurück in Richtung Quartier, ohne von irgendwem verfolgt zu werden. Das merkwürdige Pärchen amüsierte sich höchstwahrscheinlich mit Kilian – oder hatten sie längst eingesehen, dass der Junge sie allerhöchstens zuerst in eine Pizzeria und dann in die Disko führen würde? Oder litt Georg unter Verfolgungswahn?

Das Motorrad mit der 18 war verschwunden, Georg atmete auf. Das Fenster zum Garten war geschlossen, doch Frau Wagner war trotz des hereinbrechenden Abends wieder im Garten unterwegs. Oder hatte sie auf ihn gewartet?

»Wie war es bei Aust? Ein guter Junge, nicht wahr?«

Georg berichtete von dem Besuch und seiner Beurteilung der Weine.

»Wie er machen viele in der ersten Generation Wein, ich meine nicht nur für den Hausgebrauch, wie der Vater. Niemand, der hier aufgewachsen ist und davon leben will, kann sich zurücklehnen. Die aus dem Westen gekommen sind, bringen ihre Tradition mit, das Wissen, die Erfahrung und Beziehungen. Auch mit den Mengen muss man umgehen können. Ich hab's leicht, ich liefere alle meine Trauben – viele sind es nicht – in Meißen ab, bei der Genossenschaft, muss mich nicht ums Vinifizieren kümmern, und dann kaufe ich dort, was ich brauche.«

»Diese Rebsortenvielfalt, die man überall findet«, fragte Georg, »selbst auf kleinsten Flächen wie hier in Ihrem Garten, woher kommt das, wenn Sie nicht selbst keltern?«

»Das hat mit den alten Zeiten zu tun. Alle Rebstöcke, die Sie hier sehen, sind in den besagten alten Zeiten gepflanzt, sind also älter als dreißig Jahre. Noch tragen sie ganz gut. Solange ich lebe, werde ich keinen einzigen Stock rausreißen. Wenn mal einer stirbt, dann tut mir das körperlich weh. Den ersetze ich natürlich. Der Grund für die Vielfalt ist folgender: Je mehr Trauben unterschiedlicher Rebsorten wir damals an die Genossenschaft lieferten, umso mehr verschiedene Weine durften wir beziehen. Also wurden so viele Rebsorten angepflanzt wie möglich. Das hat dazu geführt, dass man bis zu sechs oder sieben Rebsorten auf zweihundertfünfzig Quadratmeter stehen hatte.«

»Hatten Sie inzwischen Gelegenheit, mit dem Mann zu sprechen, der alle und jeden hier kannte und kennt?«

»Suchen Sie denn jemand Bestimmtes?«

Georg gab sich einen Ruck. Wie sollte er in der Sache einen Schritt weiterkommen, wenn er nicht sagte, worum es ging? »Mich interessiert eine Familie Semmering, die hier offenbar früher im Weinbau tätig war.«

»Mein Bekannter weiß eigentlich über alle möglichen Leute Bescheid, die Roten wie die alten Kommunisten und auch die Neuen.«

Georg verstand die Unterscheidung nicht.

»Die Roten«, erklärte Frau Wagner, »das waren die von der SED, bei denen das Verlesen der Titel Minuten dauerte, dazu gehörten auch die Opportunisten, die im Schatten der Russen was geworden waren, die den Mund hielten und mit Parolen antworteten, wenn es ihnen nutzte.« Die Verachtung für diese Leute war in ihrem Gesicht deutlich lesbar. »Die alten Kommunisten« – sie dachte einen Moment nach, als sähe sie eine bestimmte Person vor sich – »die wollten tatsächlich was ändern, die glaubten an den Sozialismus und wollten ihn aufbauen, das verwirklichen, was die Roten nur im Munde führten und uns auf Spruchbändern vorhielten.

Die wollten niemanden abhören und einsperren. Viele von denen waren längst selbst abgeholt und als Konterrevolutionäre abgeurteilt worden oder litten an Magengeschwüren. Ich erinnere mich an einen Kollegen, Kunsthistoriker wie ich, der war eines Tages weg. Ich sehe ihn noch ins Auto steigen, der kam nie wieder, aber er war nicht in den Westen gegangen. Er war ein lieber, ein ehrlicher Mensch.«

»Und wer sind die – Neuen?«, fragte Georg kleinlaut.

Sie lächelte, ohne dass der traurige Zug um ihre Augen verschwand. »Das sind die, die nach der Wende kamen, zum einen Kriegsgewinnler, die im Westen nichts geworden waren oder immer noch nicht genug hatten, Politiker auf dem Abstellgleis. Zum anderen diejenigen, die sich was zurückholten, wie der Prinz zur Lippe sein Schloss Proschwitz. Aber der hat wenigstens dafür bezahlt.«

Georg dachte einen Moment lang daran, noch mehr über Semmering zu erzählen, doch Frau Wagner ließ sich bei diesem Thema nicht unterbrechen.

»Dann kamen junge Önologen aus dem Westen zum Arbeiten her, wie der Herr Oehler hier nebenan, auf dem Weingut Drei Herren, Leute wie Martin Schwarz. Der war jahrelang Kellermeister auf Proschwitz – ich vermute, die werden Sie alle besuchen. Die meisten sind neue Leute, wenn Sie verstehen, was ich meine. Und wer damals Weinbau betrieben hat, so wie ich, der macht es bis heute. Statt über das System nachzudenken, haben wir uns mit Rebschnitt und der Düngung beschäftigt.« Sie senkte den Blick, dann wechselte sie abrupt das Thema. »Also, mit Tischler habe ich gesprochen. Er ist bereit, mit Ihnen zu reden, aber möglichst nicht bei ihm zu Hause. Die Nachbarn – verstehen Sie? Er will nicht, dass es sich rumspricht. Und unter der Voraussetzung, dass Sie mit niemandem darüber reden. Werden Sie mir das versprechen?«

Verschwiegen zu sein war für Georg eine Selbstverständlichkeit, doch der besondere Hinweis darauf erstaunte ihn. »Ist es noch immer nötig, auf seine Worte zu achten?«

»Und auch darauf, wem gegenüber … die Zeiten ändern sich, Herr Hellberger, die Menschen weniger. Aber wir sollten hier nicht herumstehen. Was halten Sie von einer Tasse Tee?«

Das war nach dem Wein eine gute Idee, außerdem ließ es sich im Sitzen angenehmer plaudern, wobei Georg das Gespräch nicht als Plauderei verstand.

Frau Wagners Wohnzimmer war mit Möbeln im Kolonialstil eingerichtet, groß und dunkel, und obwohl es draußen noch taghell war, wirkte alles hier drinnen ein wenig düster, aber ganz zum Stil des Hauses passend. Georg ließ sich in einen der schweren Sessel fallen und betrachtete die gerahmte Ahnengalerie; an der gegenüberliegenden Wand traf sich zu Georgs Erstaunen moderne mit klassischer Malerei.

»Kubismus gegen alte Meister. Beides fasziniert mich. Mit Letzteren hatte ich im Zwinger zu tun, da habe ich viele Jahre gearbeitet.« Frau Wagner stellte das Tablett mit dem Tee und den Tassen auf eine Truhe, die zwischen ihnen stand, und wandte sich Georg zu. »Ja, es war eine andere Möglichkeit, der nicht allzu erfreulichen Gegenwart zu entgehen, Diskussionen zu vermeiden, die böse hätten ausgehen können. Es existiert die Ansicht, dass man, falls man den Gegner nicht besiegen kann, sich mit ihm verbünden sollte. Das kam für mich nicht infrage. Daran ist bereits meine Ehe gescheitert.« Sie sagte ganz ehrlich, sie habe sich weggeduckt.

»Millionen sind nach 45 gegangen, viele sind später trotz Mauer geflohen, manche haben es mit dem Leben bezahlt oder mit vielen Jahren Zuchthaus und anschließender Ächtung. Dann nahm das Ausbluten durch die Ausreise weiter zu, und dem Öffnen der Grenze folgte die Abwanderung nach Westen, weil viele dort bessere Chancen sahen, so wie meine Tochter. Und wer ist geblieben? Meistens diejenigen, die vom System profitiert haben, zum Machtapparat gehörten, ehemalige Kader, dann die Angepassten, auch die hoffnungslos auf bessere Zeiten Wartenden, dann Staatsangestellte und die Alten, so wie ich. Klar, wer hier Besitz hatte, der nicht enteignet worden war, und drei Kinder, ein Stückchen Land, seinen Weingarten, der blieb auch. Meine Tochter witzelte damals, wenn ich im Garten war: ›Mutti arbeitet im freien Teil Deutschlands.‹«

»Sie meinen also, dass man hier und heute noch immer nicht sagen kann, was man denkt?« Der Gedanke war für Georg durchaus vorstellbar. *Love it or leave it*, hatte ihm der neue Besitzer von COS geraten, seine Kritik ignorierend. Außerdem wusste Georg, wie einem das Gerede sogar in einem Ort wie Zeltingen-Rachtig an der Mosel schaden konnte und die Atemluft verdarb. Auch den wachsenden Neid hatte er verspürt, nachdem er durch Zukauf und Pacht die Fläche ihres Weingutes verdoppelt hatte. Susanne habe ihn angeblich nur geheiratet, um aus ihrer finanziellen Misere herauszukommen, und bei ihm hatte man sich gefragt – allerdings nur hinter vorgehaltener Hand –, woher sein Geld stamme.

Frau Wagner lächelte milde. »Mein lieber Herr Hellberger – wo darf man sagen, was man denkt? Wem sagt man, was wirklich in einem vor sich geht? Wenn Sie die Konsequenzen nicht fürchten – gut. Anderen zu vertrauen ist eine heikle Angelegenheit. Das Vertrauen unter den Deutschen wurde bereits im Ersten Weltkrieg und den Jahren danach zerstört, die Nazis setzten mit dem Herrenmenschen noch einen drauf, wie man sagt. Das gesamte Gebilde war nur noch Lüge, und man hat gelernt, dass Offenheit ins Konzentrationslager oder an die Ostfront führt, wie meinen Vater. Hinterher wollte es niemand gewesen sein, und keiner war dabei.«

Dann, sagte Frau Wagner, sei die Rote Armee gekommen – mit allem Recht. Nach dem, was dieses Volk zuvor erlitten habe, seien gewisse Gräueltaten vielleicht verständlich, aber genauso wenig akzeptabel wie der systematische Terror stalinistischer Art. Mit Gewalt sollte die sozialistische und damit angeblich bessere Gesellschaft geschaffen werden. »Was für ein Humbug.« Seufzend schüttelte sie den Kopf.

Ein merkwürdiges Gefühl beschlich Georg, es hatte etwas mit Schuldgefühlen zu tun, eine Scham darüber, sich kaum mit dem beschäftigt zu haben, was einen großen Teil der deutschen Bevölkerung über Jahrzehnte bewegt hatte. »Drüben«, das war ein anderes Land gewesen.

»Eine bessere Gesellschaft hatten sie aufbauen wollen, die Paranoiker? Mit einem ausgeklügelten System von Spitzeln? Einer sollte den anderen überwachen, zum Wohl des Volkes? Das war die nächste große Lüge. Sie selbst verstanden sich als Tschekisten, als Elite, sahen sich in einer Reihe mit der Tscheka, der sowjetischen Außerordentlichen Kommission für den Kampf gegen Konterrevolution und Sabotage.«

Das Lügen sei weitergegangen, ein Arbeiter- und Bauernstaat sollte errichtet werden, dabei seien alle Bauern enteignet worden und Landarbeiter geworden. »Ein Bauer wäre ein freier Mensch gewesen, aber ein LPG-Mitglied hatte keine Stimme und war nichts als ein Lohnempfänger. So ein Quatsch. Der Sozialismus war zum Spielen da, die Unruhigen mussten beschäftigt werden, da hatten alle was zum Basteln. Sie haben daran geglaubt oder so getan. Andernfalls hätten sie womöglich Widerstand leisten müssen, und das war ihnen bereits unter Hitler und den Nazis abgewöhnt worden. Kritiker waren Konterrevolutionäre, Kritik nützte dem Klassenfeind. Im Übrigen konnte jeder, der keine Ansprüche stellte, auch mit der DDR zufrieden sein, glauben Sie mir, Herr Hellberger. Wohnung, Essen, Job und Trabi. Der Wein im Garten war unser Reichtum, die Weinbaugemeinschaften waren unser unpolitischer Raum, in dem sich angenehme Menschen treffen konnten.«

»Hatten Sie nicht erwähnt, dass diese Gemeinschaften schon früher gegründet wurden?«

»Ja, die Vereinigung zur Förderung des Kleinweinbaus wurde 1929 gegründet. Wenn Sie es genauer wissen wollen, fragen Sie besser meinen Freund Tischler.« Frau Wagner schenkte Tee nach und horchte auf, Panik in den Augen. Draußen war ein Motorrad zu hören. Dann senkte sie die Augen und schwieg.

Die Haustür wurde geöffnet und fiel ins Schloss, Schritte folgten im Treppenhaus, und jemand hantierte mit Schlüsseln an der Wohnungstür. Es konnte sich nur um den Sohn handeln. Würde er gleich zu ihnen hereinkommen? Aber in die Stille des großen Wohnzimmers drang nur noch das Knarren von Treppenstufen.

Frau Wagner atmete sichtlich erleichtert auf. »Er war mal ein goldiger Junge, intelligent, erfolgreich, doch nachdem seine Frau ihn verlassen hat, ging es mit ihm …« Sie sprach nicht weiter und knetete ihre Hände. »Sogar seine erwachsenen Kinder weigern sich, ihn zu besuchen. Ich glaube, Sie verstehen sich mit Ihrem Sohn deutlich besser. Wir haben uns auch einmal gut verstanden. Aber Sie sind nicht gekommen, Herr Hellberger, um sich das Gejammer einer alten Frau anzuhören. Vielleicht hätten wir mehr jammern sollen, damals, als die Mauer fiel.«

»Über die Öffnung?«, fragte Georg entsetzt. Er hatte bislang einen völlig anderen Eindruck von Frau Wagners Ansichten gewonnen.

»Nein, wir hätten jammern sollen über die vielen verlorenen Jahre unter der SED-Herrschaft, die uns Hitler eingebrockt hat. Den jedoch hatten wir uns selbst eingebrockt. Aber die Deutschen verstehen es anscheinend nicht zu trauern. Das haben sie nach dem ersten Krieg nicht getan, auch nicht nach dem zweiten und nicht nach dem Zusammenbruch der DDR.«

»Da gab es für die Mehrheit auch mehr Grund zu feiern.«

»Ich meine das anders. Grund zum Feiern hätten sie nach dem Krieg auch gehabt, schließlich war der 8. Mai der Tag der Befreiung. Nach der Wende, als wir an alle Bücher kamen, habe ich einen Text gelesen, der mir die Augen geöffnet hat, von Margarete und Alexander Mitscherlich, sie Psychoanalytikerin, er Arzt. Er handelt von der Weigerung, die Vergangenheit wahrzunehmen. Die Mehrheit der Deutschen nannte das Kriegsende damals einen Zusammenbruch, für andere wieder war es die Kapitulation. In Westdeutschland wollte man weder etwas von Verantwortung für den Überfall auf die Nachbarländer noch für millionenfachen Mord an Juden und an Oppositionellen wissen. Darüber wurde nicht getrauert, nur über das eigene Schicksal, das zerbombte Haus, den an der Front gebliebenen Ehemann und Bruder. Hier im Osten waren laut SED angeblich nur die Guten, keine Nazis, die gab es ausschließlich im Westen. Und nach der Wende wurde auch hier nicht getrauert, zum Beispiel über fünfundvierzig verlorene Jahre, fünfundvierzig Jahre russischer Besatzung, fünfundvierzig Jahre Unterdrückung der Meinung und der Opposition, über Jugendgefängnisse, verpasste Chancen, darüber, seine Verwandten nicht besuchen zu dürfen oder dass der Ehemann die Ehefrau bespitzelt hatte, und über Gleichschritt vorbei an Honeckers Tribüne. Aber im Gleichschritt rannten alle mit hundert Mark zu Aldi, um endlich das zu kaufen, was ihnen gefehlt hatte. Die Freiheit hat den wenigsten gefehlt, und den neu gewonnenen Rest davon haben sie gleich bei der nächsten Wahl bei der CDU abgegeben.«

Georg kam sich von der Fülle der unwiderlegbaren Argumente wie erschlagen vor. »Ihr Weltbild und das Ihrer Mitmenschen scheint mir nicht sehr positiv zu sein, Frau Wagner.«

»Wie ist Ihres denn, Herr Hellberger, bei Ihrem Leben im Kapitalismus, jeder gegen jeden, bei totaler Konkurrenz und der Herrschaft der Konzerne?«

Nach einem schnell gekochten Abendessen – einer provenzalischen Gemüsepfanne – saß Georg lange neben der Tür der Ferienwohnung und starrte in den dämmerigen Garten. Frau Wagner hatte ihm zum Probieren eine Flasche ungewöhnlicher Form mitgegeben, die sogenannte Sachsenkeule, die an einen abgerundeten Kegel erinnerte. Auch der Inhalt war ungewöhnlich und gut. Der Wein der Meißener Genossenschaft, ein Traminer von der Lage Proschwitzer Katzensprung, bestach mit seinem Rosenduft, mit einer zitronigen Frische, und wenn er sich Mühe gab, war da sogar der Duft von Litschi. Allerdings wies der Wein nicht die Tiefe und das Volumen auf, wie er es auf Hoflößnitz angetroffen hatte. Dumm war nur, dass derartige Weine immer schnell zu Ende gingen.

Er machte sich keine Sorgen um Kilian, der eine Nachricht geschickt hatte, dass er mit dem Mädchen und deren Verwandten in einem italienischen Restaurant in Kötzschenbroda sitze – man werde ihn mit dem Wagen zurückbringen. Mit dieser Nachricht ließen sich auch Susannes Befürchtungen beim abendlichen Telefonat ausräumen, in dem Georg vom heutigen Tag berichtete. Über die möglichen Beobachter auf der Hinfahrt und bei Aust, wenn es denn welche waren, verlor er kein Wort, er war sich selbst nicht sicher, ob er Gespenster sah. Auch die rechtsradikalen Allüren von Frau Wagners Sohn erwähnte er nicht, es hätte Susanne nur beunruhigt. Die probierten Weine seien bestens, die Winzer freundlich, das Quartier sei bequem und sauber und die betagte Wirtin eine angenehme und unterhaltsame Person. »Sie betreibt sehr engagierten Weinbau auf einer Parzelle von lediglich zweihundert Quadratmetern.«

»Sicher aus Liebhaberei. Menschen machen die verrücktesten Dinge.«

»Und wie geht's Rose?«, fragte Georg zuletzt. Jetzt war er es, der sich um sein Kind sorgte. Es war schade, dass sie nicht mitgekommen war, aber sie hatte ein Referat vorbereiten müssen.

»Sie hat heute eine Freundin besucht und sitzt jetzt in ihrem alten Zimmer vor dem Laptop und schreibt. Es ist mir viel zu still ohne euch.«

Still war es auch hier im Garten, Insekten, die das seltsame Gespräch mit den Fremden im Weingut Aust mit freundlichem Brummen begleitet hatten, waren verstummt, lediglich der eine oder andere Nachtfalter schwirrte ihm um den Kopf, und Fledermäuse flatterten vorüber.

Der Entschluss kam plötzlich. Er würde sich noch heute das ehemalige Weingut von Semmering ansehen. Seit wann hieß es Weingut Peter Studt? Georg sprang auf, fuhr seinen Laptop hoch, die Adresse fand er sofort im Internet. Eine Anfahrtsskizze gab es auch. Es lag zwischen Coswig und Meißen. Kilian war unterwegs, der würde andernfalls ein riesiges Theater veranstalten, um mitzukommen, aber nun würde Georg ihn nicht gefährden.

Möglich, dass sie seinen Wagen bereits gestern mit einem Tracker versehen hatten. Die Dinger konnte man in jedem Computerladen kaufen. Wie dumm, er hatte seinen Detektor zu Hause gelassen. Seinen Wagen durfte er nicht benutzen, es konnte Stunden dauern, bis er den Tracker fand, besonders wenn ihn ein Profi versteckt hatte. Dass er eine halbe Flasche Wein getrunken hatte, störte ihn nicht besonders. Ein Taxi sollte er allerdings auch nicht nehmen, es gäbe einen Zeugen für sein Ziel.

Er schickte Kilian eine Nachricht, dass er noch mal unterwegs sei, der Schlüssel liege unter der Fußmatte. Er nahm die Kamera mit dem Teleobjektiv und ging hinüber ins Haupthaus, wo noch Licht brannte, klingelte bei Frau Wagner und entschuldigte sich für die Störung.

»Das macht nichts, ich gehe sehr spät zu Bett, Sie wissen, alte Leute schlafen schlecht. Worum geht's? Was brauchen Sie?«

Georg druckste nicht lange herum. »Sie haben bestimmt einen Wagen. Ich würde ihn mir gern für …«, er schaute auf die Armbanduhr, es war einundzwanzig Uhr und längst nicht ganz dunkel, »… drei Stunden ausleihen. Ich bezahle es Ihnen selbstverständlich.«

Frau Wagner sah ihn an und dachte nach. »Ich wusste gleich, als ich Sie gestern sah, dass Sie kein normaler Tourist sind, der hier ein Wochenende verbringt. Sie suchen etwas, gut, ich will nicht wissen, was es ist. Aber – ich vertraue Ihnen, Sie bekommen mein Auto. Aber ob Sie bei Ihrer Größe da reinpassen? Ich nehme an, Sie fahren allein?« Sie musterte seine massige Gestalt.

»Kilian amüsiert sich anderweitig.«

»Das ist gut, man soll die jungen Leute nicht zu früh mit den eigenen Problemen belasten.« Frau Wagner ging zu einem Schränkchen gegenüber der Garderobe, entnahm einer Schublade Schlüssel und Papiere und reichte ihm beides. »Hier, bitte heil zurück. Es ist der kleine blaue Ford Fiesta, er steht gleich links neben der Einfahrt. Getankt habe ich. Passen Sie bitte auf sich auf.«

»Selbstverständlich, und besten Dank.« Georg deutete eine Verbeugung an. »Wenn ich zurück bin, werfe ich alles in Ihren Briefkasten.«

»Sie können mir die Schlüssel morgen auch persönlich geben. Wann wird Ihr Sohn zurück sein?«

»Unsere Verabredung lautet normalerweise mit dem letzten Bus oder der Straßenbahn. Aber er wird gebracht.«

Georg fand den Wagen am angegebenen Platz und klemmte sich hinters Steuer. Der Wagen war für ihn tatsäch-

lich ziemlich eng. Das Modell war neu, ein Navi war eingebaut, so musste er nicht mit dem Smartphone navigieren,
konnte sich mehr auf die Umgebung konzentrieren. Er fuhr
durch die menschenleeren Straßen hinunter zur Meißner
Straße und bog rechts ab.

Nach wenigen Minuten passierte er Schloss Wackerbarth,
es war hell erleuchtet, das würde er sich in den nächsten Tagen bei Licht ansehen, dann gelangte er nach Zitzschewig –
hier ging ein Ort in den nächsten über. Coswig schloss sich
an. Zwischen Brockwitz und Sörnewitz hieß es aufpassen,
hier irgendwo sollte er rechts abbiegen, da mussten Hügel
mit Weinbergen sein. Leider sah er in der hereinbrechenden
Dunkelheit wenig davon, doch das Navi zeigte ihm den Weg.
Morgen brauchte Frau Wagner nur das Navi einzuschalten,
auf ›Letzte Ziele‹ zu drücken, und sie wusste, wo er gewesen
war.

Obwohl Samstag war, schien die Gegend ausgestorben zu
sein, vor den Gasthäusern hingegen drängten sich die Menschen in der warmen, sternklaren Nacht auf Terrassen und
Höfen. Seit einiger Zeit war dasselbe Fahrzeug hinter ihm,
die Scheinwerfer blendeten ihn. Linker Hand lag das Weingut Peter Studt im Dunkeln, erst im letzten Moment hatte er
das große Schild mit dem Schriftzug bemerkt, und der Wagen hinter ihm war, ohne zu blinken, in die Einfahrt abgebo-
gen. Um nicht aufzufallen, fuhr Georg ein Stück weiter und
wendete, fuhr ohne Licht zurück und stellte den Wagen nahe
der Einfahrt ab. Dann machte er sich zu Fuß auf den Weg.

Als er sich der Einfahrt näherte, schob sich ein grün ge-
strichenes Rolltor langsam und geräuschlos aus einer Feld-
steinmauer heraus und verschloss den Zugang. Das Kame-
raauge im rechten Torpfosten glänzte dunkel wie das eines
riesigen Reptils. Es vermittelte einen anderen Eindruck als
der Schriftzug HERZLICH WILLKOMMEN unter dem Namen des Gutes.

Tagsüber würde das Tor offen stehen, nahm Georg an, dann würde er wiederkommen und Peter Studts Weine probieren. Aber er durfte sich nicht zu erkennen geben. Jetzt ging es ihm lediglich darum, sich einen ersten Eindruck zu verschaffen – und einen Überblick. Die Topografie des Geländes begünstigte sein Vorhaben.

Von der Straße aus gelangte man nur durch das Tor hinein, die hohe Böschung und die Mauer machten das Betreten unmöglich. Ein wenig weiter rechts flachte sich die mit dornigen Büschen bestandene Böschung ab, dahinter wuchsen Reben, die sich an der rechten Seite des Grundstücks an dem leicht ansteigenden Hang hinaufzogen. Die Rebzeilen erleichterten Georg das Vorwärtskommen. Von dieser Seite her hatte er einen guten Einblick in die gesamte Anlage, da ihm kein Gebäude die Sicht verstellte. Den rückwärtigen Teil des Gutes schloss ein lang gestrecktes Gebäude ab, es war zum Hof hin offen, unter dem weit überhängenden Dach erkannte er schemenhaft Maschinen, einen Anhänger und einen kleinen Raupenschlepper. Davor standen vier Pkw.

Das Fachwerkhaus gegenüber war zweigeteilt: Im höher gelegenen Teil schien man zu wohnen, dort hingen Gardinen vor den Fenstern. Spärliches Licht fiel auf die Blumenkästen mit üppigen Geranien. Der tiefer gelegene Teil wurde als Gasthaus oder Kneipe genutzt, die Tür stand offen, und auf der vorgelagerten Terrasse hatten sich schemenhafte Gestalten um einen Tisch unter großen, zusammengeklappten Sonnenschirmen versammelt. Es waren fünf Männer und eine Frau, das Windlicht auf dem Tisch beleuchtete nur die Gesichter. Sie wirkten nicht wie eine fröhliche sommerliche Abendgesellschaft, vielmehr drängte sich der Eindruck auf, dass es sich um eine ernste Besprechung handelte. Auf die Entfernung hin war das Gespräch nicht zu verstehen, lediglich einzelne Laute schallten herüber, aber ein Lachen war nicht darunter. Zum Fotografieren war es zu dunkel, nicht einmal die schwarzen Autonummern auf den weißen Schildern waren zu entziffern.

Georg beschloss, das Grundstück zu umrunden, vermutlich kam er von der anderen Schmalseite besser an die dort Sitzenden heran, denn hier versperrte ihm ein mannshoher Zaun das Näherkommen. Bei dem kleineren zweistöckigen Gebäude, das zur Straße hin lag, war die Hälfte des Daches abgedeckt. Anscheinend beherbergte es das Büro und den Hofladen, Georg schloss von der spiegelnden Fensterfront darauf. Wie anderswo lebte der Winzer auch hier nicht nur vom Weinverkauf, sondern auch vom Ausschank sowie von kleinen Speisen und dem Verkauf von Essig und Öl, von Kaffee und Geschenkverpackungen sowie teurer Schokolade, von Weinbüchern und besonders edlen und teuren Gewürzen.

Sie hatten diese Frage eines Gutladens zu Hause an der Mosel immer wieder diskutiert und waren zu einer gegenteiligen Entscheidung gekommen, da zusätzliche Arbeitskräfte und ein eigener Einkauf nötig wären, zudem ein enormer buchhalterischer Aufwand, und die bürokratischen Vorschriften erschwerten das Arbeiten.

Beim Umrunden des Grundstücks wunderte sich Georg, dass der Zaun nicht weiter oben endete, sondern sogar die gesamte Rückfront gegen den dahinterliegenden Weinberg abgrenzte. Semmering hatte erwähnt, dass zehn Hektar Weinland zum Gut gehörten. Georg versuchte, sich vorzustellen, wie eine solche Fläche in etwa dem Grundstück zuzuordnen wäre, was ihm in der Dunkelheit nicht gelang. Bei dem schlechten Licht erahnte er lediglich zwei oder drei Hektar bestockter Fläche, die von Buschland oder Wald begrenzt war. Demnach mussten weiter entfernte Lagen dazugehören.

Er ging an der Rückfront der Remise bis zum Wohnhaus und folgte dem abschüssigen Gelände bis zur Rückseite der

Kneipe. Doch nirgends kam er näher an die Terrasse heran, die von der Kneipe und dem Haus mit dem Hofladen eingerahmt wurde. Er hatte bereits unter den nach außen weisenden Fenstern der Kneipe geduckt über den Boden kriechen müssen, um sich der Terrasse zu nähern, und kauerte sich hinter die Brüstung, um etwas von dem Gespräch mitzubekommen, immer in Gefahr, mit den Dornenbüschen unliebsame Bekanntschaft zu machen oder entdeckt zu werden.

Als im Haus über ihm ein Fenster geöffnet wurde, drückte er sich eng an die Mauer, machte sich klein, was bei seinem Körperbau nicht einfach war. Er schaute nach oben, ob sich jemand aus dem Fenster beugte. Man konnte ihn unmöglich gehört haben, so leise, wie er sich im Rebland fortbewegte, schon aus Gewohnheit. Hatte ihn jemand gesehen? Eine gute Ausrede, was er hier zu nachtschlafender Zeit trieb, fiel ihm nicht ein, glücklicherweise wurde das Fenster wieder geschlossen. Georg entspannte sich und lehnte sich im Schneidersitz an die Hauswand; sie strahlte noch die tagsüber gewonnene Wärme ab. Müdigkeit und Neugier hielten sich die Waage, doch er würde zu gern wissen, wer sich hier versammelt hatte, und aller Vorsicht zum Trotz kroch er an der Hauswand bis zum Beginn der Brüstung. Jetzt war er keine zwei Meter mehr von der abendlichen Gesellschaft entfernt. Sichtbare Spuren würde er kaum hinterlassen, der Boden war staubtrocken, so wie überall in diesem Sommer, wie überall im Land.

Abgelenkt von seinen Gedanken, wie es um ihre Terrassen an der Mosel bestellt sei, achtete er nicht auf die Worte über ihm, zudem störte herübergewehter Zigarettenrauch. Er hörte, wie Stühle gerückt wurden, erkannte die Geräusche, die entstanden, wenn Gläser und Flaschen weggeräumt wurden, und aus diesem Klirren und Poltern drang eine Stimme zu ihm:

»Meinst du, dass er hier auftaucht? Hat er uns irgendwie

erwähnt?«, fragte ein Mann, »irgendwelche Anspielungen gemacht?« Die Stimme erinnerte Georg an niemanden, den er
kannte. Er glaubte, einen kaum wahrnehmbaren Berliner
Akzent herauszuhören.

»Nein«, sagte eine Frauenstimme, »das hat er nicht, ich
bin mir ziemlich sicher, aber man weiß es nie.«

Diese Stimme gehörte, da war er sich so gut wie sicher, zu
der Frau, die bei Aust mit bei ihnen am Tisch gesessen hatte,
die angebliche Juristin.

»S. jedenfalls bringt sich in Position«, fuhr sie fort. »Was
mich beunruhigt, ist der Umstand, dass er sich nach dem
Treffen mit ihm auf den Weg gemacht hat. Und dass er hier
ist ...«

»Damit werden wir leicht fertig. In jedem Fall bleibt S.
nach wie vor unser Problem. Wir sollten uns endlich davon
befreien.«

8. Kapitel

Sympathie mit den Tätern

Als Georg nach Mitternacht wieder im Gartenhaus eintraf, war Kilian schon da. Er hatte sich an die Abmachung gehalten, die treibende Kraft dahinter war nicht so sehr seine neue Bekanntschaft als vielmehr deren Eltern, die ihn pünktlich nach Radebeul zurückgefahren hatten. Gespannt hörte der Junge dem Bericht über den nächtlichen Ausflug zu.

»Wieso hast du mich nicht mitgenommen?«, fragte Kilian ärgerlich. Er war ziemlich aufgekratzt, Georg hingegen war todmüde.

»Lass uns morgen darüber reden. Ich hoffe, du hattest einen schöneren Abend als ich.«

»Das kannst du mir glauben, das sind unheimlich nette Leute, auch ihr Großvater aus Kötzschenbroda. Und Marie«, er grinste über beide Ohren, »die ist wirklich toll. Kennst du das Lied vom Kötzschenbroda-Express, eine Parodie auf einen alten Zug, der hier angeblich fährt, ein witziger Text, die Musik ...« Kilian holte sein Smartphone aus der Tasche und tippte darauf herum. »Der Originaltitel heißt ›Chattanooga Choo Choo‹, komponiert von einem Glenn Miller – hier, hör dir das an!«

Mit erhobenen Händen bat Georg um Erbarmen. »Bitte, ich bin total müde.«

Knurrend steckte Kilian das Smartphone in die Tasche. »Es gibt hier einen Museumszug, der fährt von Radebeul über Moritzburg nach ... ich hab's vergessen. Ich meine nämlich, heute eine alte Dampflok gehört zu haben, als wir auf Hoflößnitz waren.«

»Kilian, bitte …« Georg gähnte demonstrativ.

»Du kannst mir wenigstens sagen, ob du was erreicht hast.«

»Ich habe mir einen Eindruck verschafft, und es könnte sein, dass unsere Tischnachbarn vom Nachmittag dort verkehren. Ich meine, die Stimme der Frau erkannt zu haben. Ganz sicher bin ich mir aber nicht.«

Kilian sah Georg ungläubig an. »Was haben die miteinander zu tun?«

Georg stöhnte. »Das weiß ich nicht. Können wir nicht morgen darüber reden? Ich will nur noch schlafen, der Tag war lang, und ich möchte gern meine Ruhe haben.«

Widerwillig fügte sich Kilian und hockte sich schmollend vor den Fernseher, während Georg rasch duschte und zu Bett ging. Wie gut, dass wir zwei Zimmer haben, dachte er und war zu müde, um noch einen einzigen Gedanken an die Bedeutung seines nächtlichen Ausflugs zu verschwenden.

Am Morgen war es Kilian, der nicht aus dem Bett kam, er hatte auf dem Sofa im Wohnzimmer genächtigt.

Georg drängelte, er wollte nicht zu spät bei Klaus Zimmerling sein. Der Winzer wohnte in Dresden-Pillnitz inmitten seiner Reben. »Steh auf, wir müssen los, du willst heute noch zu Hause ankommen.«

Kilian reckte sich und gähnte. »Dein Winzer schläft bestimmt noch. Außerdem haben wir genügend Zeit, Maries Eltern nehmen mich im Auto mit nach Kassel, ich fahre von dort weiter. Sie holen mich mittags hier ab.«

»Dann haben wir es erst recht eilig!« Georg drängelte weiter, er bereitete ein schnelles Frühstück, was ihm gar nicht behagte, und noch weniger gefiel es ihm, andere auf Trab zu bringen; schlimmer war nur, selbst getrieben zu werden.

Aber die Zeit lief, wie lange sie nach Pillnitz brauchen würden, wusste er nicht, das Smartphone zeigte eine knappe Stunde Fahrtzeit an. Georg kannte die Strecke nicht und musste sich wieder auf das Navi verlassen. Dabei hätte er lieber vor der Fahrt eine Karte eingesehen. Doch nach einem Stadtplan quer durch Dresden zu fahren war nicht mehr zeitgemäß, obwohl Kilian recht gut Karten lesen konnte.

Eine halbe Stunde später waren sie unterwegs. Heute machte Georg sich keine Sorgen über versteckte Tracker – das Ziel war unverfänglich.

»Nun erzähl endlich von gestern.« Jetzt, nachdem Kilian offenbar zu sich gekommen war, wachgerüttelt von den Erschütterungen des Fahrens, und an seinem zweiten Kaffee aus seinem Thermobecher nuckelte, überschüttete er ihn mit Fragen. »Bist du vorangekommen? Warst du drinnen? Hast du die beiden vom Nachmittag wiedergetroffen? Wie ist das Weingut? Ist es weit bis dahin? Hast du mit jemandem gesprochen? Haben sie dich gesehen?«

Georg erinnerte sich an eines seiner ersten Treffen mit Kilian, bei dem er ihm mit seinen klaren Fragen ziemlich zugesetzt hatte. »Welche deiner Fragen soll ich zuerst beantworten?«

»Die schwerste!«

»Das ist wohl die, wer mit S. gemeint ist, der ein Problem darstelle, von dem man sich befreien müsse. Das sind die Worte, die ich mitbekommen habe.« Georg erzählte, wie er um das Weingut herumgegangen sei, quasi den Zaun abgelaufen habe. Es hätte ihn nicht gewundert, wenn aus dem Dunkel ein Schäferhund aufgetaucht und ihn zähnefletschend angefallen hätte.

»Wenn ich jetzt darüber nachdenke, habe ich nie zuvor ein eingezäuntes Weingut besucht«, sagte er. Klar, es gab etliche mit Mauern, zumindest zur Straßenfront hin, und in Frankreich hatte er viele von meist halbhohen Mauern umgebene Rebflächen gesehen, aber einen Zaun? Besonders das eiserne Rolltor hatte einen bleibenden Eindruck hinterlassen. Er sah es beim Erzählen beinahe vor sich, wie es sich aus der Mauer schob, breit, schwer und hermetisch, und sich hinter dem Wagen schloss.

»Und was folgern wir daraus?« Kilian beantwortete sich seine Frage selbst: »Man hat was zu verstecken. Man will Fremde draußen halten und den Zugang kontrollieren. Man hat schlicht Angst.«

»Vor wem?«

»Vor diesem S. – es wird sich wohl um Semmering handeln, oder? Ich gehe davon aus, dass du das rauskriegen wirst, sobald ich abgereist bin. Wann fährst du wieder hin?«

Georg hätte sich lieber aufs Fahren konzentriert, statt auf Fragen einzugehen, deren Antworten er nicht kannte. »Wenn mir danach ist, wenn ich einigermaßen weiß, was hier abläuft, wie die Weine sein können, wenn ich mehr Informationen über Studt gesammelt habe. Im Augenblick weiß ich gar nichts, ich habe nicht den leisesten Schimmer.«

Bisher waren sie zügig vorangekommen, jetzt aber war plötzlich die Straße gesperrt, die das Navi anzeigte. Geradeaus zu fahren war nicht länger möglich, rechts oder links waren die zwei bleibenden Optionen. Georg entschied sich für links, rechter Hand floss irgendwo die Elbe. Er hätte gern einen Blick auf den Fluss erhascht, von dem er bisher nichts gesehen hatte, doch er musste auf dieser Seite bleiben, denn Pillnitz lag wie Radebeul am rechten Ufer.

Das Navi stellte sich auf den neuen Kurs ein und wies ihm einen Weg, der ihn kreuz und quer durch Wohnviertel führte, vorbei an Werkstätten und Baustellen, unter einem Bahndamm hindurch, wo er wieder auf eine gesperrte Straße traf und sich erneut zu entscheiden hatte. Er wartete beinahe darauf, von der Stimme des Navis angeschrien zu werden, wieso er sich nicht an die Anweisungen halte. Wieder wechselten sich Zone 50 und 30 ab, in einigen Straßen folgten die Verkehrsschilder rasch aufeinander. Schließlich steckte er in einer Wohnstraße mit gesperrtem Ende fest, obwohl er die nächste Hauptstraße direkt vor Augen hatte. Er sah sich um, Polizei war nicht zu sehen, dann ignorierte er das Sperrschild, was einen Fußgänger in ungläubiges Staunen versetzte.

Von Dresden bekamen er und Kilian hier nichts mit, keine Struktur, keinen Charakter, nichts vom berühmten Elbflorenz. Die Zeilen drei- und vierstöckiger Wohnhäuser erinnerten an die im Krieg nicht zerstörten Viertel Hannovers, der Stadt, die Georg am besten kannte. Auch in diesen Wohnquartieren waren keine Bomben gefallen, hatte kein Feuersturm in den letzten Kriegstagen gewütet. Die alte Bausubstanz zeigte sich häufiger, die Straßen wurden winklig, das Pflaster gröber, daran merkte er, dass er das Zentrum mehr oder weniger hinter sich ließ. Die Villen wurden schöner, die Gärten größer, die Wohnhäuser spärlicher und niedriger, was den Blick auf grüne Wiesen freigab und den dahinterliegenden Höhenzug, von der Morgensonne beschienen.

Sie bogen von der Hauptstraße in einen schmalen, von Bäumen gefassten Weg, der sie an den Höhenzug heranführte und letztlich weiter in die Höhe auf den Bergweg. Haus Nummer 27 war das Ziel, die Kellerei oder das Weingut von Klaus Zimmerling.

Verwirrend war der erste Eindruck des Zugangs zur Kellerei, die in den Berg gegraben worden war. Das große Portal in der Natursteinmauer wurde von zwei halbrunden Schilderhäuschen bewacht, auf dem First war soeben eine Frau gelandet, die Knie der Skulptur noch angewinkelt, um den Fall aus dem Himmel abzufedern. Der Himmel waren die Rebzeilen, in der Tiefe breit verlaufend, im Anstieg schmaler werdend, bis hinauf in die Spitze, wo sich nur noch wenige

Rebstöcke nebeneinanderhielten, bis sich der Wald querstellte. Der mittlere Treppenaufgang und die von Absätzen unterbrochene Rebanlage erinnerten Georg an mexikanische Tempelanlagen, an Teotihuacán, doch wer es nie gesehen oder einen Bildband darüber in Händen gehalten hatte, würde auf diesen Vergleich nicht kommen.

Der Winzer sei momentan in seinem Haus, sagte eine Mitarbeiterin und ging voran, ihn zu holen. Sie warteten bei dem Brunnen, dem eine weitere Skulptur entstieg. Wasser schoss in feinen Strahlen aus ihren zu Rastalocken gedrehten Haaren, bildete einen Nebel um Kopf, Schultern und Brüste, perlte an ihrem nackten goldenen Körper herab und fing sich in dem Becken darunter. Die Strahlen der Sonne taten ihr Übriges, die lebensgroße, aufrecht stehende Skulptur funkeln zu lassen. Schöpferin dieses faszinierenden Werkes war Małgorzata Chodakowska, Ehefrau des Winzers.

Zimmerlings Schöpfungen hingegen ließen sich beim Blick ins Weinglas betrachten, sie konnte man beim Einatmen des Duftes seiner Weine durch die Nase genießen und im Mund bei einem vollen Schluck.

Der kleine Mann mit den freundlichen Augen und dem skeptischen Blick war wie Georg Quereinsteiger, keinem Elternhaus und keiner Tradition verpflichtet, weder einer politischen noch önologischen, nur sich selbst und seinen Wünschen an das Leben, das er und seine Frau Małgorzata selbst gestalteten.

Seit er sich mit Wein beschäftigte, war Georg den ausgefallensten und selten geradlinigen Lebensläufen begegnet. Nun traf er einen weiteren ungewöhnlichen Mann: Ursprünglich war Zimmerling studierter Maschinenbauer und als Konstrukteur von Küchengeräten tätig, bis es ihn gelangweilt und er sich dem Wein zugewandt hatte.

Sechshundert Quadratmeter waren es zuerst in Wachwitz, auf dem halben Weg zwischen Dresden und Pillnitz gelegen,

Lindenblättriger und Mórer Tausendgut aus Ungarn hießen seine ersten Rebsorten. Von beiden hatte Georg nie zuvor gehört, geschweige denn, dass er irgendeine Vorstellung davon hatte, wie die daraus gekelterten Weine schmeckten.

Während Chodakowska an der Kunstkademie in Wien studierte, lernte Zimmerling, fasziniert von der ökologischen Demeter-Idee, ein Jahr bei einem Ökowinzer in der Wachau, bevor beide an die Elbe zurückkehrten. Andere Freizeitwinzer und Kleinproduzenten führten ihre Trauben an die Winzergenossenschaft ab, Zimmerling hingegen baute seinen Wein selbst aus. In Tschechien kaufte er kleine gebrauchte Akazienfässer für Riesling und Grauburgunder, in den Gewölben des Schlosses Pillnitz waren sie gut aufgehoben, bis er sie im eigenen Keller unterbrachte.

Dann ergab es sich, dass er Land pachten konnte. Mit einem halben Hektar fing es an, und wie es das Schicksal wollte, kaufte er einen Teil eines ehemals »Königlichen Weinbergs«, in Zeiten unter sowjetischer Besatzung im Besitz der Gärtnerischen Produktionsgenossenschaft, danach im Besitz der Treuhand. Heute, inmitten der sogenannten Marktwirtschaft, war er bei viereinhalb Hektar angekommen und damit glücklich, wie er sagte. Doch vom Weinverkauf allein ließ sich nicht leben, einen großen Teil des Umsatzes erzielte auch er mit dem Ausschank an Besucher.

Ökologischer Weinbau war für Kilian das Stichwort, der ständig sowohl Georg wie seiner Mutter in den Ohren lag, das Gut an der Mosel radikal auf ökologischen Betrieb umzustellen. In allem war der Junge Purist. Die erzielten Erträge würden sicher geringer werden, bestätigte Zimmerling, fünfunddreißig bis vierzig Hektoliter erwirtschaftete er pro Hektar, das war eine Menge wie auf den Bordelaiser Spitzengütern üblich. Mehr als das Doppelte war im Rheingau und anderen westlichen Weinbauregionen gestattet.

Zimmerlings Streben nach Qualität hatte ihm auch die

Mitgliedschaft im VDP eingebracht, dem Verband der Prädikatsweingüter. Das hieß in der Praxis, dass er eine Korbpresse nutzte, die Trauben nicht entrappte und sie bei nur einem halben Bar Druck presste, ohne mit weiteren Trauben aufzuschütten und den Pressvorgang zu wiederholen. Es war klar, dass bei diesem Qualitätskonzept künstliche Hefen für die Gärung nicht infrage kamen, sie wären Fremdkörper in diesem Wein, der zusätzlich noch lange auf der Maische blieb.

Das Wohnhaus dieses illustren Paares war ein schlichtes Bauernhaus, gegenüber stand der ehemalige Stall. Und dazwischen, wo einst der Mist gelegen hatte, setzten sie sich zur Weinprobe. Der Weißburgunder, ein Großes Gewächs, war sehr reif mit einem schönen Volumen und zeigte dabei eine feine Säure. Der Grauburgunder war dicht und kräftig, elegant und harmonisch. Der Kerner, eine Kreuzung von Trollinger und Riesling, überraschte mit seiner Fülle fruchtiger Aromen, behielt dabei jedoch eine feine, unaufdringliche Art. Der drei Jahre alte Riesling vom Pillnitzer Königlichen Weinberg, einer Großen Lage, war in sich geschlossen, war rund und gut gealtert. Deutlich spürte Georg hier die rieslingtypischen Aromen, wozu sich Aprikose gesellte. Kilian gab hingegen auf, für ihn und seine ungeübten Nerven war der Wein zu komplex. Der Wein von derselben Lage, nur noch zwei Jahre älter, war ein wunderbarer Wein mit schmeichelnder Frucht, bei all seiner Kraft noch leicht auf der Zunge und zwischen Süße und Säure exakt ausgewogen. Auch Spätburgunder gehörte zu Zimmerlings Repertoire, den er weiß kelterte und einen Blanc-de-Blanc-Sekt daraus machte.

Georg war begeistert und gleichzeitig betrübt. Er würde noch Jahre benötigen, um derartige Weine zu zaubern. Kilian, wenn er sich so weiterentwickelte und sein Interesse so wach blieb, würde es bestimmt schaffen. Das war Georgs Hoffnung. Sicher hing Zimmerlings Erfolg auch davon ab, dass er den Boden, hier Gneis und verwitterter Granit, nicht lediglich als Produktionsfläche sah, die auf den Hektar gerechnet soundsoviel abwarf. Er konnte es sich leisten, er arbeitete allein im Keller, bei der Lese halfen Freunde, und für den Ausschank hatte er Hilfskräfte. Das hatte jedoch zur Folge, dass man immer und ewig selbst präsent sein musste, was zu einem hohen Grad an Selbstausbeutung führte. Aber – lebten er und Susanne denn anders?

Der Blick, als sie sich der Treppe zuwandten, die zur Spitze der Weinpyramide führte, war wunderschön, nicht atemberaubend, dazu war die Aussicht über die Reben und die Ebene hin zur Elbe zu harmonisch. Weiter im Osten, elbaufwärts (sie war schon wieder nicht zu sehen) in Richtung Elbsandsteingebirge, erhoben sich dunkle Bergrücken aus dem Dunst. Hier oben, jetzt weit ins Land schauend, erinnerte Georg sich einmal mehr an Frau Wagners Worte hinsichtlich der Fähigkeit oder Unfähigkeit zu trauern. Was hätte aus diesem Teil Deutschlands werden können ohne eine von Paranoia geplagte Sozialistische Einheitspartei Deutschlands, die wenig von Analyse, Planung und Führung verstanden hatte, dafür umso mehr von Unterdrückung? Welche Kräfte waren gelähmt worden, wie viele Ideen hatten Pieck, Ulbricht und Honecker abgewürgt, wie viele Wohnhäuser hätten mit den Steinen der Mauer gebaut, wie viele Notenständer oder Fahrräder hätten die Arbeiter aus dem Eisen fertigen können, das für Stacheldraht verwendet worden war? Und die Idioten im Westen hatten das Wettrüsten mitgemacht. Oder hatten nicht sogar sie damit begonnen, um den Osten totzurüsten, ihn über die Waffenproduktion in den Bankrott zu treiben? Hatte so das Konzept des »Wandels durch Annäherung« ausgesehen, die Bigotterie derjenigen, die sich für besser hielten? Das Flair dieses Ortes war zu positiv, der Morgen zu leicht, um weiter darüber nachzudenken.

Eine ähnliche Leichtigkeit umspielte die Ausstellung der

Skulpturen von Małgorzata Chodakowska in dem ehemaligen Stallgebäude. Der helle Naturstein der Wände war gereinigt, alles war neu verfugt, und die Bögen des falschen Gewölbes sahen aus wie gerade eingezogen. Auf den ersten Blick hatte Georg das Empfinden, in die Aura einer Wartehalle zu treten, in der die ausschließlich weiblichen Skulpturen der Künstlerin die Wartenden waren und nur für diesen Moment regungslos verharrten. Standen und lagerten sie dort, um zum Leben erweckt zu werden (dabei wirkten sie alles andere als leblos), sehr bald an einem anderen Ort zu posieren, öffentlich – oder existierten sie nur für sich selbst, trotz der sie umgebenden Enge und der Nähe zu den anderen? Grazil und selbstbewusst, verschlossen und nach innen gekehrt die Gesichter, dabei die Augen durchdringend kühl oder selbstvergessen niedergeschlagen. Ebenmäßig die hohen, überschlanken Körper, fast übernatürliche Schönheit und doch wirklich, die Bewegungen und Posen elegisch, mal stehend, einmal liegend, in der Hocke, im Schneidersitz, die Knie umfassend oder die Hände abwehrend vorgestreckt, sich selbst überlassen, ohne Koketterie, und trotz ihrer Nacktheit boten sie nichts für den voyeuristischen Betrachter.

»Die Weine und die Frauen, ich meine die Skulpturen, haben etwas gemeinsam«, sagte Kilian nach langem Schweigen, als sie wieder im Wagen saßen und die schmale Straße in Höhe des Hanges in Richtung Dresden zurückfuhren. »Ich empfinde bei beidem dieselbe Leichtigkeit. Aber sie sind auch grundverschieden. Die Frauen sind alle verschlossen, als hätten sie ein Geheimnis, die Weine dagegen sind offen.«

Georg wollte etwas sagen, empfand die Worte seines Ziehsohnes als altklug, hatte ihm bisher eine solche Wahrnehmung nicht zugetraut, nicht einem Sechzehnjährigen, und er erschrak gleich darauf über seinen Hochmut. Wieso sprach er Kilian ein solches Feingefühl ab? Er erinnerte sich an den

Tag, als er dem Jungen zum ersten Mal begegnet war. Seine Mutter hatte ihre beiden Söhne morgens zur Schule fahren wollen, Kilian war aus dem grünen Hoftor getreten, hatte ihn angeschaut und ihm, dem Fremden, zugewunken. Kilian war es gewesen, der ihn aus seiner Einsamkeit herausgerissen hatte. Georg hatte ihn nie gefragt, was in jenem Moment in ihm vorgegangen war. Aber würde er sich daran erinnern, was er als Achtjähriger in jenem Moment empfunden hatte?

»Wieso kriegen wir überhaupt nichts von der Elbe mit?«, fragte Kilian, geradezu empört, dass ihm Häuser und Mauern sowie die parkähnlichen Gärten den Blick auf den Fluss verweigerten. »Ich hätte gern mal einen Blick auf die Frauenkirche und den Zwinger geworfen.«

»Der muss irgendwo links von uns sein, gleich an der Elbe.«

»Egal, wo du in unserem Tal bist, der Mosel kannst du nirgends ausweichen. Sie ist immer da. Und wenn Nebel herrscht, kriecht er sogar unter dem Hoftor durch, und du hörst die Schiffsmotoren.«

»Das Elbtal ist eben anders, weiter, offener, wie wir vom Königlichen Weinberg aus gesehen haben. Sei froh, dass wir nicht am Rhein leben, da darfst du Tag und Nacht den dreckigen Schiffsdiesel einatmen. Aber ich wundere mich auch, wahrscheinlich habe ich im Navi einen falschen Weg eingegeben. Doch wir hätten sowieso keine Zeit. Wenn deine neuen Freunde dich abholen wollen, müssen wir uns beeilen.«

Während sie dem vorgeschriebenen Weg notgedrungen weiter folgten, diskutierten sie die Frage des Ausschanks. Kilian fand die Idee gut, im Hof eine Art Schänke zu eröffnen. »Dann können wir die Weine genauso teuer verkaufen wie die Winzer hier. Hast du die gesalzenen Preise gesehen? Da fällst du um! Dafür würde uns niemals jemand eine Flasche abkaufen.«

»Wir bewegen uns in anderen Kategorien, Kilian, sowohl bei Aust wie bei Zimmerling.«

»Wir haben viel mehr Steillagen als die hier, ich weiß selbst, wie schwierig es ist, da oben zu arbeiten, ich weiß auch, dass die Erträge geringer sind …«

»Na also, du weißt es ja, genau daran liegt es. Außerdem verteilen sich unsere fixen Kosten wie Anlagen, Kredite und Maschinen auf viel mehr Weine. Also ist der Anteil je Flasche geringer. Dann haben wir höhere Erträge an Trauben!«

»Aber wir könnten doch im Hof einen Ausschank betreiben«, Kilian gab sich nie leicht geschlagen, »zumindest in der Ferienzeit. Ich könnte das in den Sommerferien übernehmen.«

»Brauchst du mehr Taschengeld?« Georg nahm den Vorschlag nicht ganz ernst. »Wie hoch wäre dein Anteil an den Verkäufen? Mindestlohn oder Prozente vom Umsatz?«

»Warum machst du dich über mich lustig?« Kilian klang wirklich beleidigt. Außerdem war er hibbelig. Georg hatte ihn selten zuvor so aufgeregt erlebt, das Mädchen gestern musste ihn sehr beeindruckt haben, bestimmt war er verliebt.

Georg war gezwungen, den Verkehr wie auch das Touchscreen des Navis im Auge zu behalten. Jetzt eine ernste Debatte zu führen verlangte ihm zu viel ab. »Wir reden ein andermal darüber, in Ruhe.« Er wusste, wenn Kilian sich etwas in den Kopf gesetzt hatte, war er wie ein Terrier, der nicht losließ. Dass er sich fürs Geschäftliche interessierte, war neu. Es würde allerdings auch bedeuten, dass er Georgs Geschäftsführung infrage stellen würde. Vielleicht war es sogar gut, vieles neu und anders zu denken. Aber bitte nicht heute. Georg wusste augenblicklich nicht, wohin mit seinen Gedanken – zum Weingut von Studt? Zu den Frauen der Małgorzata Chodakowska? Zu den Weinen von Klaus Zimmerling? »Versteh mich nicht falsch, Kilian, ich fühle mich momentan überfordert. Schreib einfach alles auf, was dir zum Ausschank einfällt, und wir reden darüber, wenn ich zurück bin.«

»Wir müssen uns sputen, in einem Monat beginnen die Sommerferien.«

»Wenn so wenig Zeit bleibt, beeil dich eben. Außerdem rate ich dir dringend, dich mit der Bürokratie vertraut zu machen. Kümmere dich um Gewerbeordnung und ums Ordnungsamt, es gibt das Gaststättengesetz, nötige Umbauten, Zugang, Sauberkeit, und wer von uns das Kochen übernimmt.«

»Rose! Das könnten Rose und ich zusammen machen.«

»Dann leg los. Nur denk dran: Damit Geld zu verdienen ist nahezu unmöglich, außer es geht ganz nebenbei.«

Georg wusste, dass es Kilian ums Helfen ging. Das tat er gern, ganz anders als sein Bruder. In seinen ersten zehn Lebensjahren hatte Kilian nichts anderes gehört, als dass das Geld knapp sei, dass sie kurz davorstünden, das Weingut aufzugeben, schließlich war seine Mutter Geologin und keine Önologin, die nach dem Tod ihres Vaters das Weingut notgedrungen hatte weiterführen müssen und die den Weinbau nicht liebte, anders als Georg, für den er eine Erleuchtung war. Und erst seit er erschienen war und seine betriebswirtschaftlichen Kenntnisse eingebracht hatte, war es aufwärtsgegangen. Er durfte Kilian nicht bremsen.

»Erkundige dich bei Kollegen, wie sie es machen, was die Fehler der ersten Stunde waren und was gut funktioniert.« Bei diesem Rat war ein wenig Taktik dabei, nur so ließ sich die Diskussion beenden. Er brauchte seinen Kopf für anderes, denn er bemerkte, wie er die Ereignisse des gestrigen Tages abtat und dabei wusste, dass er sich auf ein gefährliches Terrain zubewegte.

Sie erreichten die Villa in Radebeul kurz vor der verabredeten Zeit. In der Ferienwohnung stopfte Kilian seine Siebensachen hektisch in eine Reisetasche und rannte wieder nach draußen, um ja rechtzeitig an der Straße zu stehen. Er wartete auf einen silbernen Skoda Kombi. Maries Eltern stiegen aus, um Georg zu begrüßen.

»Machen Sie sich keine Sorgen, Ihr Sohn ist bei uns gut aufgehoben, mein Mann ein zivilisierter Fahrer«, sagte Maries Mutter, während die hübsche Tochter etwas abseits stehend sich von Kilian anschmachten ließ.

»Wir werden uns beeilen müssen«, bemerkte der Vater, Georg die Hand schüttelnd, »Zeit zum Plaudern bleibt uns nicht, wenn Kilian den Zug von Kassel nach Koblenz erreichen will und dann noch den Anschluss nach …«

»Zeltingen-Rachtig«, ergänzte die Tochter, die inzwischen vieles über Kilian zu wissen schien.

Georg beobachtete die beiden jungen Leute und bekam das Gefühl, dass Kilian sich wünschte, dass Marie in den Ferien zu ihnen käme. Wie wollte er das mit seinem Weinausschank vereinbaren? Wir werden es sehen, sagte sich Georg, und als Maries Eltern sich dem Kofferraum zuwandten, nahm er den Jungen beiseite. »Was haben die eigentlich hier gemacht?« Er blickte unauffällig in Richtung Auto. »Weshalb waren sie hier?«

Kilian erzählte, dass Maries Vater ursprünglich aus Kötzschenbroda stamme und sie den Großvater und Freunde besucht hätten. Sowohl die Mutter- als auch die Vater-Familie seien in den Achtzigerjahren aus der DDR abgehauen und hätten sich in Kassel niedergelassen. »Die Eltern, also Maries Großeltern, sind dann vor etlichen Jahren wieder hierher zurückgekommen. Der Großvater lebt noch, der macht irgendwas mit Häusern, Architekt oder so.«

Maries Vater hatte Georgs Frage anscheinend mitbekommen und kam näher. »Kilian hat von Ihrem Weingut berichtet«, sagte er, »und dass Sie hier seien, um sich mit sächsischem Wein vertraut zu machen. Der Vater unserer Freunde hatte bis zur Ausreise auch einen Weingarten. Aber zwischen ihm und der SED hat es nicht geklappt, seine Frage lautete immer – und damit muss er sie höllisch genervt haben –, was dieses und jenes mit Sozialismus zu tun habe. Deshalb hat auch er mitsamt der Familie rübergemacht, wie er sagte. Der kennt sie noch alle, die alten Roten, falls sie nicht gestorben sind … Also, wenn Sie Fragen haben, zögern Sie nicht, besuchen Sie meinen alten Herrn. Der steht mit ihm in Kontakt, außerdem freut er sich über Gesellschaft.« Er schrieb die Telefonnummer seines Vaters auf die Rückseite einer Visitenkarte.

Georg umarmte den Jungen, der sich wand, da es ihm vor fremden Leuten peinlich war. »Du rufst bei Frau Wagner an, wenn du zu Hause bist, okay? Auf keinen Fall auf meinem Smartphone.« Georg waren erste Bedenken gekommen, dass man ihn abhörte, und Kilian musste er von nun an heraushalten. »Alles geht über Frau Wagner. Sie sagt dir dann, wo du mich erreichst.« Ein wenig verzagt winkte er dem Wagen hinterher.

Er war wieder allein, auf sich gestellt. Mit Kilian zusammen hatte er sich stärker gefühlt, und beim jetzigen Alter des Jungen ließ sich bereits vieles mit ihm besprechen. Kilian bot nicht unbedingt Lösungen an, doch im Gespräch und beim Erklären entstanden die Ideen. Der Junge sah manches, was er übersah, so wie das Motorrad mit der 18 auf dem Nummernschild.

»Ihr Sohn ist abgereist?« Frau Wagner war auf die Stufen vor der Haustür getreten. »Ein lieber Junge, wie mir scheint. So war mein Theo damals auch.« Ihr Sohn sei auch unterwegs, allerdings zu einem Treffen mit Gleichgesinnten, wie sie seine Partei- oder Volksgenossen nannte. »Und morgen rennen sie wieder mit Pegida grölend durch Dresden und meinen, nur sie wären das Volk. Die anderen sind es nicht,

Sie nicht und ich auch nicht?« Sie mache sich Sorgen wegen seiner fremdenfeindlichen Einstellung und hoffe inständig, dass er sich nicht zu unüberlegten Taten hinreißen lasse.

»Die überlegten Taten sind gefährlicher, Frau Wagner«, gab Georg zu bedenken. »Bei den unüberlegten werden Fehler gemacht, die zu den Tätern führen, falls die Polizei sich bemüht. Bei den überlegten bleiben weniger Spuren zurück, sie sind für Polizei und Staatsanwaltschaft leichter zu übersehen, unabsichtlich oder mit Absicht, wie beim NSU. Entweder ist die Polizei zu dumm, zu faul oder …«

»… oder sie sympathisiert mit den Tätern?«, ergänzte Frau Wagner. »Bei der Kripo der DDR damals waren tausend gewaltbereite Neonazis sogar namentlich erfasst, aber offiziell gab's keine Nazis im Arbeiter- und Bauernparadies, die waren alle im Westen.«

»Eben, daher gibt's auch keine Rassisten bei der deutschen Polizei«, warf Georg ein. »Doch was nützt es, wenn wir beide hier im Garten lamentieren?«

»Sie haben recht, es ist lächerlich. Also kommen Sie doch mit mir ins Haus, ich hätte einen schönen Kaffee für Sie, und wir sollten über meinen Freund Tischler sprechen, Sie erinnern sich, den von der Weinbaugemeinschaft.«

Die Einladung nahm Georg gern an, ein Kaffee und die Gesellschaft seiner Vermieterin kamen ihm gerade recht.

»Ich habe mich ein wenig umgehört«, sagte Frau Wagner, als sie sich gesetzt hatten. »Sie hatten den Namen Semmering erwähnt. Es soll angeblich einen von Semmering gegeben haben, also Semmering mit Adelstitel, vor elend langer Zeit. Der besaß auch ein Weingut, das wohl später in ein Volkseigenes Gut umgewandelt wurde. Tischler weiß mehr darüber. Es sind nur noch die Alten, die sich an die Umstände damals erinnern. Mein Sohn wurde 1975 geboren, er war fünfzehn bei der Wende, der hat von der DDR wenig mitbekommen. Er war erst bei den Jungen Pionieren, dann in der

FDJ. Da war er Feuer und Flamme, und heute will er davon nichts wissen. Er weiß auch nicht, wer mitgemacht hat, wer Mitläufer war und wer sich totgestellt hat.« Tischler, meinte sie, gehöre in die letzte Kategorie. »Es ist wohl sinnvoller, Sie verschaffen sich selbst einen Eindruck. Sie wissen, was Sie ihn fragen wollen, aber ich bin sicher, er hat Antworten für Sie.«

Der Kaffee war heiß und stark und aromatisch, der Sessel bequem, und Frau Wagner war redselig, erzählte aus ihrem Leben, vom Wiederaufbau Dresdens, besonders vom elf Jahre dauernden Wiederaufbau der Frauenkirche. »Der ursprüngliche Bau hat siebzehn Jahre gedauert, viel schneller sind sie mit ihrer heutigen Technik auch nicht.«

»Etwas wieder aufzubauen kann komplizierter sein, als es neu zu schaffen«, gab Georg zu bedenken, »vor allem, wenn sowohl altes wie neues Material Verwendung findet.«

Der Zwinger, ihr ehemaliger Arbeitsplatz, sei ebenfalls beschädigt worden wie auch die Semperoper, die ausgebrannt sei Besonders interessant fand sie, dass der bürgerliche Revolutionär Gottfried Semper zweimal an gleicher Stelle ein Opernhaus hatte bauen müssen. »Sein erstes wurde 1869 zerstört, das zweite hat er in Österreich entworfen, er durfte damals wegen seiner Beteiligung an den republikanischen Maiaufständen nicht mehr nach Sachsen kommen.«

»Der Feind ist immer das Volk gewesen.« Georg stöhnte, als wäre er selbst betroffen, dabei dachte er an das Hausverbot bei seinem ehemaligen Arbeitgeber. Vergessen hatte er nichts, nicht das Geringste von der seinerzeit hässlichen und gefährlichen Auseinandersetzung. »Wie haben Sie es damals ausgehalten, zwischen all den Potentaten, Herrscherbildnissen, hoch zu Ross, Schlachtengetümmel, der klerikalen Malerei, hundertmal Maria mit dem Kinde?«

»Sie scheinen nicht allzu viel von der Malerei des Barock und der Renaissance zu halten.«

»Das sehen Sie richtig, ich bin mehr ein Freund des Dadaismus, von Braque und Picasso ... statt dieser Gemälde mit Heiligenschein und zum Himmel gerichteten Augen.«

»Die durften nichts anderes malen, damals, so, wie in der DDR alles heroisch-proletarisch zu sein hatte, im Dienste des Aufbaus.«

Sie unterhielten sich noch eine Weile über verschiedene Kunstrichtungen, und Frau Wagner erzählte von ihrer Zeit im Kunstmuseum, bevor sie auf die Uhr schaute und zum Telefon ging.

»Hallo? Bist du es? Ja«, sagte sie nach einer Pause, »er ist jetzt bei mir ... In Ordnung, ich sag es ihm. Bis später, alles Gute.« Sie wandte sich an Georg. »Tischler ist jetzt zu Hause, er hätte Zeit für Sie. Wollen Sie meinen Wagen nochmals ausleihen?«

Nach kurzem Überlegen nickte Georg. »Es wäre sinnvoll ...«

»Er trifft Sie auf dem Parkplatz von Schloss Wackerbarth.«

»Ich könnte ihn von zu Hause abholen.«

»Wackerbarth ist besser, da ist mehr Betrieb, unter den vielen Besuchern fällt man nicht auf. Ich glaube, er fürchtet, mit Ihnen gesehen zu werden.«

»Wäre das so schlimm?«, fragte Georg verwundert. Hier kannte ihn so gut wie niemand.

»Man kann nie wissen, das hat Tischler so entschieden.«

Kaum dass er den Wagen geparkt und einen ersten Blick auf die Anlage der Kellerei geworfen hatte – einen lang gestreckten Flachbau, hinter dem sich das Schloss verbarg –, kam ein mittelgroßer, hagerer Mann mit kurz geschnittenem weißem Haar auf ihn zu, öffnete ungefragt die Beifahrertür, ließ sich auf den Sitz fallen und musterte Georg über den Rand seiner Brille hinweg.

»Soso, Sie also sind der Winzer von der Mosel!«

»So ist es«, sagte Georg, irritiert von der Begrüßung. Was wollte der Mann mit der Feststellung ausdrücken? Schwangen da etwa Zweifel mit?

Um die auszuräumen und eine Gesprächsebene zu schaffen, erzählte Georg von dem Weingut in Zeltingen-Rachtig, zählte ihre Rebsorten auf und sprach über die Mühe, Steillagen zu bearbeiten. Einerseits sei es eine wunderbare Arbeit, andererseits könne es zur elenden Schufterei ausarten. »Ohne Monorackbahn, die einen nach oben bringt, braucht man im Alter neue Kniegelenke. Außerdem ist man nicht nur Winzer, man ist auch Unterhalter. Jeder spielt den, von dem er glaubt, dass er beim Publikum gut ankommt, jeder führt seine eigene Show auf. Wie ist es bei Ihnen?« Reichte die Vorrede, um Tischler den Mund zu öffnen?

Tischler betrachtete Georg misstrauisch über seinen weißen Albert-Einstein-Schnurrbart hinweg, als wollte er sehen, was Georg zuzutrauen und von ihm zu halten war. »Mit diesem Wagen sind Sie aber nicht von der Mosel bis hierher gefahren?«

»Mein Reisewagen ist ein wenig komfortabler.«

Tischler brauchte einen Moment, bis er begriff, und wandte sich unter Schwierigkeiten um, betrachtete den Rücksitz, griff nach einem großen Briefumschlag und las die Anschrift. »Hab's mir gleich gedacht, vermietet Hilde jetzt neben Wohnungen auch Autos?«

»Nur an spezielle Gäste. Ich hatte sie darum gebeten, mein Wagen braucht nach der Reise ein wenig Ruhe.«

Sie stiegen aus und gingen ein paar Schritte bis zu einer nahen Kneipe. Denn rings um Schloss Wackerbarth war ihnen zu viel Betrieb. Sie setzten sich in den Garten, ein Glas Wein war obligatorisch sowie ein kleiner Imbiss.

»Von Semmering, es geht Ihnen um von Semmering, so hießen die«, sagte Tischler mit erhobenem Zeigefinger. »Die waren in der Nazizeit das, was man früher Junker nannte. Sie sind abgehauen, als die Russen einrückten. Gleich 1945 kam die Bodenreform unter der Parole ›Junkerland in Bauernhand‹, und später haben sie dann auch die Bauern enteignet und alles in LPGs umgewandelt.«

Jetzt grinste der alte Herr verschmitzt. »Hier in der Nähe, bei Moritzburg, da haben sie sechs Bauernhöfe in einer LPG zusammengefasst. Eine Freundin von mir wurde zur Vorsitzenden gewählt. Die haben den Sozialismus beim Wort genommen, gemeinsam gewirtschaftet und den Ertrag untereinander geteilt. Das ging zwei Jahre gut. Dann hat sie jemand verpfiffen, und meine Freundin kam ins Gefängnis. Welchen Paragrafen sie dafür benutzt haben, weiß ich nicht. Die fanden immer einen. Angeblich hatte sie Volksvermögen unterschlagen. Aber zurück zu den von Semmering. Die besaßen, soweit ich gehört habe, sehr viel Land, mehr als einhundert Hektar. Wer einen Hektar mehr besaß, verlor alles, Grundstücke, Vieh und Ackergeräte, wer neunundneunzig hatte, durfte alles behalten – einstweilen. Sie sollen auch Weinberge gehabt haben. Weinberge, das hört sich großartig an, allerdings konnte das ein Fleckchen hier sein, ein anderes dort, wie viel es war, ließ sich nicht in Erfahrung bringen. Die gesamte Weinbergfläche im Elbtal betrug bei Kriegsende lediglich sechzig Hektar. Dann sollen sie Ackerland und Wald besessen haben, wie die meisten Junker. Das war in diesen Kreisen ganz normal. Aber jetzt kommt's.«

Tischler machte ein wichtiges Gesicht. »Der von Semmering hat angeblich eine wichtige Rolle als Wegbereiter der Nazis gespielt. Die haben in den Zwanzigerjahren angefangen, den Reichslandbund ideologisch zu unterwandern. Ganz wichtig war ihnen der Landbund Provinz Sachsen, das war seinerzeit der größte in Deutschland und ein wichtiges Mittel, ihre Politik auf dem Land durchzusetzen. Von Semmering wird die Sache der Nazis unterstützt haben, deshalb bekam er von den Nazis einen wichtigen Posten im Reichsnährstand, der Folgeorganisation. Klar, dass er vor den russischen Truppen geflohen ist, der wird gewusst haben, was auf ihn zukommt. Die Besitzer der Güter sind ja alle geflohen.«

Georg hatte sehr genau zugehört. Seinem Eindruck nach beruhte alles, was Tischler sagte, auf Annahmen und Hörensagen. »Gibt es irgendwelche Dokumente, in denen man die Geschichte der Familie Semmering, der Familie *von* Semmering«, korrigierte er sich, »nachlesen beziehungsweise verifizieren kann?«

»Was ist das, verifizieren?«

»Überprüfen, ob das Gehörte der Wahrheit entspricht.«

»Zweifeln Sie etwa meine Worte an?«, empörte sich Tischler.

»Nein, keineswegs, ich weiß nur, dass besonders in Zeiten des radikalen Umbruchs und des allgemeinen Chaos Gerüchte verbreitet werden, und ich weiß, wie man Menschen damit schaden kann, wie ihr Ruf dadurch ein für alle Mal ruiniert wird.«

»Von Dokumenten weiß ich nichts, da müssen Sie einen Historiker fragen oder in irgendwelche Archive tauchen. Das jedenfalls, was ich über von Semmering weiß, habe ich Ihnen gesagt.«

Georg beschloss, in dieser Angelegenheit nicht weiter in Tischler zu dringen. Er durfte ihn nicht verärgern. Aber es beschäftigte ihn weiter. Hatte der gegenwärtige Semmering ihm reinen Wein eingeschenkt? Hatte er ihm etwas vorgemacht, damit er blauäugig für ihn die Chancen auslotete, wieder an das großelterliche Weingut zu kommen?

9. Kapitel

Ein überlegtes Nein

»Wie sind Sie eigentlich durch diese schwierigen Zeiten damals gekommen, Herr Tischler? Welcher Jahrgang sind Sie?« Georg hoffte, dass der Mann sich nicht zierte, sich nicht ausgefragt vorkam und bei ihm nicht das Gefühl entstand, dass er, Georg, seine Antworten moralisch bewertete. Die Frage nach dem Alter machte es ihm möglicherweise leichter, darauf einzugehen.

Statt einer Antwort stöhnte Tischler. »Ich bin Jahrgang 1945«, sagte er dann, »kurz nach Kriegsende geboren. Meinen Vater haben sie zuletzt noch eingezogen, er kam in sowjetische Kriegsgefangenschaft und kehrte erst fünf Jahre später zurück. An ihn habe ich so gut wie keine Erinnerung, zumal meine Eltern sich scheiden ließen und er sofort in den Westen ging. Er konnte nach dem, was er in Sibirien erlebt hatte, angeblich keine sowjetischen Uniformen ertragen, das hat man später mir erzählt. Dabei hat er Glück gehabt, er hat im Lager sehr schnell Russisch gelernt, das hat ihn gerettet: Sonderrationen, eine warme Baracke, und als Übersetzer blieb er vom Holzfällen verschont, das habe ich auch von anderen gehört. Meine Mutter hat schnell wieder geheiratet. Ihr zweiter Mann war ziemlich in Ordnung, menschlich meine ich, auch ideologisch, er war nicht völlig linientreu, aber doch ziemlich.«

»War er in der Partei, in der SED?«

»Gott bewahre, nein, er hat sich aus der Politik möglichst herausgehalten.«

»Und wie war das bei Ihnen?«

»Er hat mir dasselbe geraten, aber ich war bei den jungen Pionieren, wie alle, und stolz damals, als ich in die Schule kam und Jungpionier wurde, als ich mein Halstuch bekam. Ab der vierten Klasse wurde man Thälmann-Pionier, dann Mitglied der FDJ, der Freien Deutschen Jugend. Ja, so ging das, geradlinig. Wir Jungen wollten was aufbauen, was Gutes. Ich habe mich nicht eingezwängt gefühlt, nicht gegängelt, ich fand das alles richtig. Die anderen taten es, also tat ich es auch, das war in Ordnung. Und als ich dann gearbeitet habe, trat ich in den Freien Deutschen Gewerkschaftsbund ein, das war obligatorisch.«

»Haben Sie sich da nicht bevormundet gefühlt? Ihr Leben war vorgezeichnet, vorbestimmt, andere haben entschieden ...«

Tischler starrte vor sich hin, als suchte er die Bilder der Vergangenheit und die dazugehörigen Gedanken. »Vorbestimmt? Nein, durchaus nicht, alles war normal, wir waren eine Gemeinschaft. Man hatte seine Freunde, später die Freundin. Ich kam dann auf die Polytechnische Oberschule und danach zur Volksarmee. Da habe ich als Radiotechniker viel für meinen Beruf gelernt. Wir waren Fachleute, uns hat man nicht schikaniert.«

»Hat Sie der Widerspruch zwischen den beiden deutschen Staaten nicht irritiert oder bewegt?« Das war wieder eine Frage, die Georg ungern stellte.

»Klar hat er das, natürlich, ihr wart die Bösen, die Imperialisten, die Revanchisten, die alten Nazis, und wir waren die Guten, die friedliebenden Arbeiter und Bauern, wenn Sie das hören wollen.« Im letzten Satz schwang Verbitterung mit. War Tischler beleidigt?

»Es geht nicht darum, was ich hören möchte, Herr Tischler.« Georg bemühte sich, versöhnlich zu bleiben, und merkte gleichzeitig, dass ihm das Gespräch entglitt, eine Wendung nahm, die ihm nicht behagte. Er wollte wissen, wollte Schlüsse ziehen können, er begann, sich in seine Aufgabe zu verbeißen, sie als Aufgabe zu begreifen! Bei allem Interesse musste er es sich verkneifen, sich zum Richter aufzuspielen. Er wusste, wie er als junger Mann gewesen war, wie er blind und brav getan hatte, was üblich und von ihm verlangt worden war – bis auf seinen Sport. Er war nichts weiter als ein Mitläufer gewesen, nur auf der Seite des Kapitalismus, auf der anderen Seite der Mauer – bis hin zu seiner persönlichen Katastrophe. Wahrscheinlich muss es immer dazu kommen, dachte er, man muss richtig auf die Schnauze fallen, um zu begreifen, was falsch läuft. »Haben Sie später nie daran gedacht, in den Westen zu gehen, ich meine, als Sie älter waren? Viele sind gegangen.«

»Daran gedacht«, Tischler zögerte einen Moment, »ja, aber ich war sechzehn, als die Mauer gebaut wurde. Ehrlich gesagt, habe ich es niemals ernsthaft erwogen. Hätte ich meine Heimat aufgeben sollen, um irgendwo in einer anonymen westdeutschen Großstadt zu leben? Wozu? Vielleicht wäre ich auf der Flucht erschossen worden oder in Bautzen gelandet. Mein Leben war in Ordnung. Wir hatten ein Haus, ich hatte eine Familie, hatte Freunde, die Weinbaugemeinschaft, hatte meinen kleinen Weinberg, den ich mit meinem Stiefvater bearbeitet habe. Und weil ich mich früh für Informatik interessiert habe, war ich gefragt, verstehen Sie? Ich konnte mich im Beruf austoben. Dann bin ich eben am 1. Mai mitgelaufen, das hat mich nichts gekostet. Und wer zur Wahl ging, eckte auch nicht an. Man tut, als ob, und hat seine Ruhe. Haben Sie gerne Ärger? Aber neidisch war man schon darauf, ›was die da drüben im Westen alles haben‹, wie es hieß«, schob er nach, um es nicht als eigene Meinung erscheinen zu lassen. »Westfernsehen konnte man überall empfangen. Muss man sich im Leben nicht immer darüber verständigen, wie man am besten durchkommt, zusammen mit den anderen? Wie sehen Sie das?«

»Wollten Sie nie reisen, andere Länder sehen, Weinländer wie Spanien und Italien, da Sie doch selbst einen Weinberg hatten?« Es war für Georg schwer vorstellbar, dass ein Freizeit- oder Hobbywinzer nicht den Wunsch hatte, die Toskana zu sehen, die Champagne oder Bordeaux.

Tischler winkte ab. »Wir konnten nach Ungarn und Polen, in Bulgarien bin ich mal gewesen, ja, 1968 bei den Weltfestspielen der Jugend. Was da an Wein getrunken wurde, oh weh, und der war nicht mal schlecht …« Fast genüsslich lächelte er bei der Erinnerung daran und zwinkerte kumpelhaft.

Dort in Bulgarien wird es wahrscheinlich andere, tief greifende Erlebnisse gegeben haben, an die Tischler sich erinnert, dachte Georg. Ihm war jede Vorstellung von diesem Land und seinen Menschen fremd.

»Freiheit – ich weiß gar nicht, was alle immer von Freiheit reden, Herr Hellberger. Was ist das, Freiheit? Ich habe getan, was ich wollte, habe den von mir gewählten Beruf ausgeübt, nun ja, ein Trabi ist kein Golf, aber ist es denn Freiheit, so ein Auto zu fahren? Bei diesem ganzen Gerede von Marx und Lenin und Sozialismus und was sie sich so zusammengereimt haben, um an die Macht zu kommen – Gott, ja, dann hört man eben weg. Ansonsten konnte ich immer sagen, was ich dachte …«

»Auch zum russischen Einmarsch in Prag?« Georg meinte, dass es 1968 gewesen sei, er selbst war erst ein paar Jahre später auf die Welt gekommen.

»Wollen Sie den Russen vorwerfen, dass sie ihre Einflusssphäre verteidigten? Es wäre nicht das erste Mal gewesen, dass der Westen versuchte, ihm genehme Regierungen an die Macht zu bringen und einen Keil zwischen die sozialistischen Länder zu treiben.«

»Trauern Sie etwa der DDR nach?« Der Gedanke war derartig absurd, dass Georg sich überwinden musste, ihn zu äußern. Nach dem bisherigen Verlauf des Gesprächs war er auf die Antwort sehr gespannt.

»Sie verstehen mich falsch, ich sehe es Ihnen an. Es geht nicht um DDR oder BRD, es geht um uns Menschen, es geht darum, wie man sein Leben einrichtet und wo. Ich war mal in Bielefeld, da wäre ich garantiert eingegangen. Um wie viel schöner ist es hier an der Elbe! Nach der Wende herrschte eine andere Situation, und man musste sich anpassen, das Beste daraus machen, das war und ist meine Lebensdevise. Nur wer sich anpassen kann, überlebt. Ich habe nie zu denen gehört noch gehören wollen, die Krawall machen oder die Ansagen.«

Nach dem Essen tranken sie noch einen Kaffee. Das Gespräch schleppte sich mühsam dahin, der Anfang war besser und interessanter gewesen.

Tischler hatte nie die Erfahrung machen müssen wie er, den Boden unter den Füßen zu verlieren, verfolgt und gejagt zu werden, um seine Kinder kämpfen zu müssen. Er war sicher beobachtet worden – nach dem, was man heute wusste, waren in der DDR alle beobachtet worden. Möglich, dass Tischler es nicht hatte wissen wollen, es nicht gesehen oder bewusst weggeschaut hatte, weil sonst seine Welt eingestürzt wäre. Jetzt erst wurde Georg gewahr, dass Tischler nicht eine einzige Flasche des von ihm gekelterten Weines zum Probieren mitgebracht hatte.

»Wo keltern Sie eigentlich, wo bauen Sie Ihren Wein aus?« Das interessierte Georg noch.

»Das mache ich nicht selbst, wir liefern seit jeher die Trauben bei der Weinbaugenossenschaft in Meißen ab, immer schon, auch damals schon.« Damit meinte er die Jahre vor der Wende.

Georg bestellte die Rechnung und zahlte, Smalltalk rettete die Fahrt zurück, bis er seinen Gast auf dem Parkplatz von Schloss Wackerbarth aussteigen ließ.

Als Tischler sich noch einmal zu ihm in den Wagen beugte, um sich für die Einladung zum Essen zu bedanken, stellte Georg die Frage, die er sich eigentlich hatte verkneifen wollen und die er, wäre Kilian noch hier, nicht gestellt haben würde. Ritt ihn der Teufel? »Sind Sie jemals einem Herrn Studt begegnet?«

Tischler verharrte in der offenen Tür und leckte sich einmal über die Lippen. »Wie soll der heißen?«

Mit dieser Gegenfrage ging es nur darum, Zeit für die Antwort zu gewinnen, davon war Georg in diesem Moment überzeugt. Wenn Tischler seit ewigen Zeiten seinen Hobbyweinbau betrieb, musste ihm Studt, falls er sich bereits vor der Wende mit Weinbau beschäftigt hatte, begegnet sein oder ihn vom Hörensagen kennen. Zehn Hektar waren nicht zu übersehen. Und die Winzer, die nach oder seit der Wende Weinbau als Haupterwerb betrieben, waren sicherlich allgemein bekannt. Zumal ihm ja auch von Semmering ein Begriff war.

»Er heißt Studt, Peter Studt«, wiederholte Georg.

»Nein, nein«, sagte Tischler gedehnt. »Studt? Nie gehört.« Das war kein kategorisches, mehr ein überlegt angebrachtes Nein, es klang ganz nach Abwehr. »Dann wünsche ich Ihnen noch einen schönen Abend und eine spannende Zeit hier bei uns. Gute Nacht.« Tischler verschwand in der Dunkelheit.

Georg schaltete das Licht des Wagens aus und beobachtete den Parkplatz, aber bei keinem der wenigen hier noch geparkten Fahrzeuge wurden Scheinwerfer eingeschaltet. Der kennt den Studt, er muss ihn kennen, dachte Georg. Weshalb lügt er mich an? Oder liegt es daran, dass Menschen, wie in diesem Fall Tischler, sich nie objektiv erinnern können oder wollen, die Vergangenheit immer in Bezug auf ihre Gegenwart korrigieren, selbstverständlich zu ihren Gunsten, sodass sie gut oder sauber dabei wegkommen? Schönfärberei war der landläufige Begriff dafür.

Diese Gedanken begleiteten Georg die Fahrt über bis ans

Gartentor der Villa. Als er die Tür zur Ferienwohnung aufschloss, waren sie vergessen, und zum Umfallen müde schleppte er sich ins Bett, dachte an Susanne und hoffte, dass Kilian gut daheim angekommen war.

Schloss Wackerbarth hatte in seiner langen Geschichte mehr als zwanzig Mal den Besitzer gewechselt. Daran, das gelesen zu haben, erinnerte Georg sich, als er am nächsten Morgen bei Tageslicht den Wagen wieder auf den Parkplatz stellte, wo er Tischler im Dunkeln verabschiedet hatte. Auf dem Weg zu den Büros, wo er mit dem Geschäftsführer verabredet war, blieb ihm der Überblick über die gesamte Anlage noch versperrt. Stattdessen begrüßten ihn die Reben, die zu Demonstrationszwecken vor und neben einem lang gestreckten modernen Glasbau gepflanzt waren. Das war schon mal ein gutes Zeichen, denn Großkellereien betrat er immer mit einer gewissen Skepsis. Ihm stellte sich dabei die Frage, ob der Wein oder die Amortisation des Kapitals im Vordergrund stand und wo man sich nach dem Geschmack des Publikums richtete, statt ihm zu vermitteln, was der Boden und die Rebstöcke hergaben und was man daraus zu machen verstand. Ihm war selbstverständlich klar, dass dieses Ziel nur zu erreichen war, wenn man auch wirtschaftlich dachte. Davon war bei einem Weingut, das der Sächsische Staat betrieb, auszugehen.

Die Geschichte Wackerbarths war gleichzeitig ein Gang durch die sächsische Geschichte. Der Name stammte vom Gründer des Projekts, August Christoph Graf von Wackerbarth, der um 1727 sowohl Weinberghänge als auch nahe Felder und Wiesen gekauft hatte und das Schloss Wackerbarths Ruh errichten ließ. Architekt war der als Begründer des sächsischen Rokkoko geltende Johann Christoph Knöffel, der in Dresden als Hofarchitekt wirkte. Der Graf starb, der Adoptivsohn erbte, und nach dessen Tod wurde das Anwesen versteigert und der Erlös den Armen gestiftet. Ein anderes Mitglied der wackerbarthschen Sippe kaufte das Anwesen, das nach seinem Bankrott vom nächsten Käufer in eine Erziehungsanstalt für Knaben umgewandelt wurde. Auch der machte Bankrott, und der vorherige Käufer, wieder ein Wackerbarth, wieder zu Geld gekommen, kaufte das Gut erneut.

1846 trat eine neue Besitzerin auf den Plan und ließ die Gebäude im Stil der italienischen Renaissance umbauen. 1881 wechselte der Besitz erneut zu einem königlichen Hofrat und seiner Familie. Die gab Schloss Wackerbarth Jahre später seinen barocken Charakter zurück. Danach eignete es sich die Sächsische Staatsbank an, bis 1940 die Deutsche Arbeitsfront übernahm und die Wehrmacht Wackerbarth in ein Lazarett umwandelte. Nach der Kapitulation 1945 residierte der sowjetische Marshall Ivan Konew im Schloss. Später wurde es in Staatsweingut Lößnitz umbenannt, mit den Rebflächen wurde die Anlage zum Volkseigenen Gut Weinbau Radebeul. Durch die Wiedervereinigung bekam das vom DDR-Landwirtschaftsministerium recht vernachlässigte Wackerbarth eine neue Gesellschaftsform als Schloss Wackerbarth GmbH, bis es zu einer Tochtergesellschaft der Sächsischen Aufbaubank wurde.

Georg blieb im Durchgang zwischen Parkplatz und Schlossgelände stehen. Im Gebäude links war der administrative Teil untergebracht, daneben erstreckte sich die gläserne Wein- und Sektmanufaktur, von allen Seiten einsehbar, in der Tiefe darunter reiften die Weine im Fasskeller. Rechts tummelten sich erst wenige morgendliche Besucher beim Probieren, dort fand auch der Verkauf der Weine statt. Der helle Platz vor Georg war von Rebanlagen eingerahmt, das quer stehende Gebäude rechter Hand diente als Gasthaus. Und dahinter begannen die Weinterrassen auf ganzer Breite, mal mit zwei, mal mit vier oder sechs Reihen von Weinstöcken bewachsen, leuchtend dazwischen die Trockenmauern, bis der Kamm des Berges ins Blau des Himmels überging. Nach einigen weiteren Schritten wurde der Blick auf das Schloss und den vielstufigen Terrassengarten frei, der die Verbindung zum Belvedere herstellte, und erst die Alte Vinothek, gelbe Mauern und ein rotes Dach wie das Gasthaus, schloss exakt symmetrisch das aus vier Elementen bestehende Ensemble.

Im Büro der Verwaltung begann der trockene Teil des Besuchs: Etwa hundertzwanzig Mitarbeiter beschäftigte die GmbH, fünfzehn davon waren ständig im Keller und im Weinberg tätig. Das waren nicht viele für zweiundneunzig Hektar. Mit dieser bestockten Fläche gehörte Wackerbarth zu den größten deutschen Weingütern. In Zeiten der Weinlese mussten sich auch Mitarbeiter aus Büro und Verwaltung in den Weinberg begeben und sich die Steillagen mit der Lesekiste in den Händen oder auf der Schulter ersteigen. Dazu kamen Lesehelfer aus der Umgebung und packten mit an. Doch nur wenig mehr als ein Viertel der Premiumlagen Goldener Wagen, Wackerbarthberg und Paradies in Radebeul waren Steillagen, der Seußlitzer Heinrichsburg und die Lage Laubach nördlich von Meißen wurden als Hanglagen bezeichnet. Hier war der Arbeitsaufwand lediglich ein Drittel dessen, was auf Steil- und Terrassenlagen anfiel. Begonnen hatte es damit im 17. Jahrhundert, als Winzer aus Württemberg den Terrassenweinbau in Sachsen einführten.

Auf fünfzehn verschiedene Rebsorten musste Jürgen Aumüller als *Head of Oenology* ein Auge werfen. In der Familie des aus Bayern stammenden Önologen hatte es schon immer einen Hang zur alkoholischen Gärung gegeben, Vorfahren waren Bierbrauer gewesen, und als der Bruder mit italienischen Weinen zu handeln begann, entdeckte Aumüller seine Vorliebe für geschmackvolle Tropfen. So waren das Studium von Weinbau und Kellerwirtschaft in Geisenheim am Rhein sowie Praktika bei italienischen Winzern und am Rhein unvermeidlich gewesen. Die Aufgabe, ein so großes Weingut önologisch zu führen, faszinierte den damals zwanzig Jahre jüngeren Mann. Doch bei Entscheidungen von bedeutender Tragweite wurden Weinbau- und Produktionsleiter hinzugezogen.

Die Aufgaben waren vielfältig. Wesentlich war die Veränderung der Bestockungsdichte, denn zu Zeiten als Volksweingut betrug die Breite der Rebzeile 3,50 Meter, angepasst an den Radstand der üblichen Traktoren. Mit den schmaleren Fahrzeugen nach der Wende, eigens für Weinberge konstruiert, ließ sich die Breite auf 2,20 Meter verringern, was mehr Platz für Rebstöcke schuf. Aber grundsätzlich blieb die kleinteilige Struktur erhalten, denn anders als am badischen Kaiserstuhl hatte Sachsen auf eine Flurbereinigung verzichtet.

Weinbergpflege auf Wackerbarth bedeutete auch die Durchführung der sogenannten Grünen Ernte, bei der unerwünschte Trauben weggeschnitten wurden. Wichtig war die Teilentblätterung des Rebstocks, damit Licht an die Trauben gelangte, um die Beerenhaut abzuhärten, denn in ihr waren wesentliche Stoffe wie Farbe, Tannin und Geschmacksstoffe eingelagert. Die Erträge je Hektar betrugen aktuell etwa siebenundvierzig Hektoliter, was in etwa sechstausendzweihundert Flaschen ergab. Das waren halb so viele wie der deutsche Durchschnitt und entsprachen der Maxime des Hauses, Klasse statt Masse zu erzeugen. Das schien Georg generell die Leitlinie der bisher besuchten Winzer zu sein: bei den wenigen Flächen des Weinbaugebietes eine hohe Qualität zu erzeugen. Das war auch Voraussetzung für einen Einstiegswein von immerhin knapp zehn Euro.

Naturnaher Weinbau wurde von Wackerbarth betrieben, nicht ökologischer Weinbau, aber auf das Unkrautvernichtungsmittel Glyphosat verzichtete man, da dieses Totalherbizid wesentlich zum Artensterben von Insekten beitrug. So wurden Schafe zur Unterstockpflege eingesetzt und Pheromonfallen gegen Traubenwickler aufgehängt, deren Lockstoff die Männchen an der Vermehrung hinderte. Man verzichtete möglichst auf den Einsatz von chemischen Spritzmitteln und Dünger, Rebzeilen wurden begrünt, um das Bodenleben zu stärken und den Boden zu belüften. Boden, Erde – das betrachtete Aumüller als lebendigen Organismus und damit als einen Wert, der an die nächste Generation übergeben werden musste.

Wackerbarth schien Georg etwas zu sein wie ein sächsischer Fels in der Brandung der Jahrhunderte, ein Anker wie auch ein Ansporn, noch dazu mit einem Produkt, geradezu eine Standarte mit dem Bild einer Traube, die den Menschen berauschte und Freude machte. Wackerbarth war nicht nur ein Schloss, sondern auch eine Idee, die Systeme nicht nur überdauert, sondern überlebt hatte, von der absolutistischen Monarchie über die Kaiserzeit hin zur Weimarer Republik. Es hatte unter dem Faschismus fortbestanden, dem sowjetischen Besatzungsregime getrotzt, dann die Ein-Parteien-Diktatur mit leichten Schäden hechelnd überstanden und war schließlich in der Demokratie angekommen, ohne von der Treuhandanstalt zerfleddert oder vom Kapitalismus zerfressen zu werden. War es ein Symbol für andere, ein Vorbild, wieder zu Hacke und Rebschere zu greifen?

Es war für Georg eine Selbstverständlichkeit, die Folgen der Wende zu bedenken – egal, ob er dabei in Fettnäpfchen oder jemandem zu nahe trat, er wollte es wissen. Das Gehörte und das, was er noch erfahren wollte, war wichtig, um das Umfeld zu begreifen, in dem der Fall Semmering oder *von* Semmering zu klären war. Wenn das wenige, das dieser bei seinem Besuch in Zeltingen ihm gegenüber angedeutet hatte, stimmte, dann lag einiges im Dunkeln. Was Tischler in Bezug auf die NS-Verstrickung des Großvaters angeführt hatte, gab seinen Nachforschungen möglicherweise eine andere, eine ganz neue Richtung.

Doch nach den vielen Informationen, die Georg, das eine oder andere mitschreibend, gar nicht auf die Schnelle verarbeiten konnte, war er sehr neugierig auf die Weine.

Wie immer begann alles mit einem Basiswein, in diesem Fall einer Scheurebe aus dem vergangenen Jahr. Da sie die Rebsorte nicht selbst anbauten und er keine Vorstellung hatte, wie der Wein sein sollte, und daher keine Erwartung bestand, ging er offen an die Probe heran. Das Wichtigste war Neugier. Bereits das Etikett gefiel ihm, die Belvedere auf grünem Grund, und das auf einer grünen Flasche. Überraschend war, dass ein Weißwein die Note von Cassis, von schwarzer Johannisbeere, aufwies, hinzu kamen grasige Kräuter, darunter vielleicht Brennnessel? Letzteres würde er in einer Beschreibung weglassen, da viele Weintrinker dabei eher negative Assoziationen hatten. Doch hier war die Frucht deutlicher, und der Geschmack blieb lange im Mund.

Aumüller meinte, dass das auf die Cool-Climate-Stilistik zurückzuführen sei, die Temperaturschwankungen zwischen der Hitze des Tages und der Kühle der Nacht. »Das Volumen wie bei den Weinen des deutschen Südens erreichen wir allerdings nicht.«

Noch nicht, dachte Georg, denn auch hier wandelte sich das Klima, die Hitze nahm zu, der Regen nahm ab, und wie an der Mosel trockneten die Steillagen in der Höhe zuerst aus. Künstliche Bewässerung würde das Thema der Zukunft sein, denn es gab keine Flächen zum Ausweichen.

Birne, Heu und gelbe Blüten nahm Georg beim zwei Jahre alten und kalt vergorenen Weißburgunder wahr, der nach Ansicht des Önologen sehr viel Sonne abbekommen hatte – auch wieder ein schöner Wein.

Es folgte ein Riesling von fünfzig Jahre alten Reben, ein Wein der Spitzenklasse, der in der Gesamtheit seiner Aromen wirkte und sich nicht zerlegen ließ. Deutlich wurde jedoch die Mineralität anhand der dezenten Salzigkeit, die seine Frucht begleitete.

Die Riesling Auslese vom Goldenen Wagen empfand Georg als untypisch mit seiner Sanddornnote, wobei er meinte, dass wahrscheinlich nur Weinenthusiasten diesen Geschmack erkennen würden, denn vordergründig waren die Aromen exotischer Früchte wahrzunehmen.

Beim Traminer zeigte die Lage Goldener Wagen einmal mehr, dass sie ihren Namen zu Recht trug. Dieser Wein war stark und leicht zugleich, er zählte zu den besten in Deutschland, und der typische Rosenduft trat deutlich hervor. Aber von welcher der dreißigtausend Rosensorten, die mittlerweile existierten? Georg hätte nicht einmal sagen können, ob von roter oder gelber Rose, wobei er mehr zu Letzterer tendierte.

In dem Moment, als der Blaufränkische eingeschenkt wurde, meldete sich das Smartphone in der Jackentasche. Georg entschuldigte sich, stand auf und trat ans Fenster, weit genug entfernt, dass niemand mithören konnte. Die Rufnummer des Anrufers war ihm unbekannt, zeigte aber mit 0351 die lokale Vorwahl.

»Hier spricht Richard Schmidt.«

Der Name sagte Georg nichts. »Wer bitte sind Sie?«, fragte er leise.

»Ich habe vorgestern Ihren Sohn kennengelernt, wir haben zusammen mit meiner Enkelin und meinen Kindern beim Italiener zu Abend gegessen. Kilian gab mir Ihre Nummer.«

Jetzt verstand Georg. Das war der Mann aus Kötzschenbroda. »Schön, dass Sie anrufen. Ich hätte mich auch bei Ihnen gemeldet.«

»Ihr Kilian sagte mir, Sie wollen mich dringend sprechen. Ich hätte heute Zeit … Er ist übrigens ein feiner Kerl, Ihr Sohn, keiner von denen, die ständig mit dem Smartphone vor dem Gesicht herumlaufen.«

»Das geht in Winzerkreisen auch schlecht, da braucht man beide Hände zum Arbeiten.« Georg bat um einen Moment Geduld und wandte sich an Aumüller mit der Bitte, die Sektprobe auf ein andermal zu verschieben, er müsse dringend zu einer Verabredung.

»Dann müssen Sie leider auf meine Anwesenheit verzichten und allein probieren.«

Das würde er gerade so hinkriegen, meinte Georg lachend und verabredete sich mit Richard Schmidt. Der nannte ihm seine Adresse und bat, den Wagen nicht direkt vor seinem Haus abzustellen und zu Fuß zu kommen.

Was mochte Kilian ihm erzählt haben?

»Ihr Sohn hat lediglich vage Andeutungen gemacht, dass es sich um Politik handeln könnte«, erklärte er, als hätte er Georgs Gedanken erraten. »Beim Thema Politik habe ich mir angewöhnt, vorsichtig zu sein, es sind mir in meiner Umgebung nicht immer alle Leute friedlich gesonnen, Sie verstehen?«

Georg verstand nicht, doch er akzeptierte die Bitte, schließlich nahm sich der Mann Zeit für ihn. »In einer Stunde bin ich bei Ihnen, ist das recht?«

Er kehrte einstweilen zum Tisch zurück, um sich mit dem Blaufränkischen zu beschäftigen. Dieser stammte aus dem vorvorigen Jahr und schien Georg etwas zu jung, trotz der Reife von einem Jahr im Tonneau, einem Holzfass von knapp eintausend Liter. Die Frucht war reif, Blau- und Heidelbeere zeigten sich deutlich, aber die Tannine hätten ruhig noch etwas mehr Ruhe vertragen, um sich zu glätten.

Richard Schmidt bewohnte ein kleines altes Haus in der Straße Altkötzschenbroda im gleichnamigen Ortsteil von Radebeul. Georg parkte den Wagen wie gewünscht einige Hundert Meter entfernt in einer Seitenstraße, und dieser Hinweis hatte ihn aufmerksam in den Rückspiegel blicken lassen. Aber da folgte niemand, oder sie wechselten sich mit mehreren Fahrzeugen ab – für einen derartigen Aufwand hätte es allerdings Gründe geben müssen. Und die konnte Georg bis jetzt nicht entdecken.

Richard Schmidt hätte sein Vater sein können. Sich lichtendes weißes Haar bedeckte den Kopf, eine dunkel gerahmte Brille gab ihm das Aussehen eines pensionierten Chefarztes, und die wenigen Falten sowie das ausgeprägte Kinn ließen auf ziemlich viel verbliebene Tatkraft und Jugendlichkeit schließen. Die Bezeichnung rüstiger Rentner wäre völlig fehl am Platze.

Er bat Georg herein. Er war allein.

»Ihr Junge hat mir gut gefallen«, sagte er und drückte Georg die Hand. »Freude und Energie habe ich bei ihm bemerkt. Und meiner Enkelin hat er schöne Augen gemacht. Sollte aus den beiden was werden, hätte ich keine Sorge um Marie.«

Wer hörte solche Worte nicht gern? Wer die Kinder seines Gegenübers lobte, machte sich bei den Eltern selbstverständlich beliebt. Aber Schmidt – »... meine Freunde nennen mich Rico ...« – wirkte nicht so, als ob er derartige Lobhudelei nötig hätte, eher war ihm Neugier ins wache Gesicht geschrieben.

Georg trat aus dem engen Flur in einen Raum von einer Größe und Helligkeit, die er von den Ausmaßen des Einfamilienhauses nie erwartet hätte. Er füllte das gesamte Erdgeschoss aus. Zwei große Zeichentische nahmen den vorderen Teil ein, an beiden schien jemand gegenwärtig zu arbeiten. In der Mitte stand ein kleinerer Arbeitstisch, ein riesiger Bildschirm hing dahinter an der Wand. Im hinteren Teil war eine Art Besprechungsraum mit einem Sofa eingerichtet, und die Giebelwand zum Garten war gänzlich herausgebrochen und durch Glas ersetzt worden, was den Raum mit Licht durchflutete, zusätzlich zur indirekten Beleuchtung unter der Decke.

»Sie staunen?« Rico Schmidt lächelte. »Ich bin Architekt, das hier ist mein Leben, der Garten und das Zeichnen. Ich liebe es. Häuser entstehen zuerst in meinem Kopf, danach auf dem Papier, dann kommt alles in den Rechner, und zum Schluss bin ich auf der Baustelle und nerve die Arbeiter. Über Ihren Beruf, Herr Hellberger, hat mich Ihr Sohn ins Bild gesetzt. Wenn ich ihn richtig verstanden habe, wird er eines Tages Ihr Weingut übernehmen?«

»Man weiß nie, was den jungen Leuten so einfällt.« Georg war mit Prognosen in Bezug auf Kinder vorsichtig. »Aber vermutlich liegen Sie richtig.«

»Doch Sie sind nicht hergekommen, um sich mit mir über die Zukunft Ihres Sohnes zu unterhalten. Ich nehme an, Sie wollen über die Vergangenheit sprechen.«

Georg pflichtete ihm bei. »Kilian sagte mir, Sie seien hier geboren, hätten irgendwann die DDR verlassen und sich in Kassel niedergelassen, seien aber nach der Wende zurückgekehrt.«

»Allerdings erst zehn Jahre danach. In diesen zehn Jahren haben meine Frau und ich um die Restitution dieses Haus gekämpft. Als wir geflohen sind – auf verschiedenen Wegen, versteht sich, damit zumindest immer einer mit einem Kind durchkam –, hat die Regierung der SBZ, der sowjetisch besetzten Zone, wie ich die DDR zu nennen pflege, alles enteignet und irgendwelche linientreuen Vasallen ins Haus gesetzt. Das waren verdiente Parteikader selbstverständlich, man sorgt schließlich für seine Leute, nicht wahr?«

»Sie haben es letztlich geschafft. Glückwunsch.«

»Geschafft? Ich habe noch immer Albträume. Immer will mich ein Uniformierter mit vorgehaltener Waffe dazu zwingen, über den Todesstreifen zu laufen, meine Tochter an der Hand. Andere, Hiergebliebene, sehen das bis heute anders: ›Weggegangen – Platz vergangen!‹, heißt es in der Nachbarschaft, aber nur hinter vorgehaltener Hand. Offen sagt mir das niemand. Wir, meine inzwischen verstorbene Frau und ich, sind gewiss nicht aus Liebe zurückgekommen, nicht aus Liebe zu den Menschen hier, mehr aus Liebe zu uns. Heimat hat immer etwas Anrüchiges, seit die Nazis das Wort besudelt haben, aber ich liebe das Elbtal, es ist meine Heimat. Ich gehe oft an den Fluss und schau aufs Wasser. Das habe ich als Kind getan, habe geangelt, meine Frau und ich haben uns damals am Elbstrand getroffen – beim Baden … Baden Sie in der Mosel?«

»Es geht wieder, meine Kinder tun es.«

»Sie haben mehrere?«

»Vier! Zwei sind von mir, zwei hat meine Frau in die Ehe gebracht.«

In der nächsten Viertelstunde sprachen beide über ihre Kinder und ebneten damit einen Weg, näherten sich langsam einander, was das Besprechen heiklerer Themen ermöglichte. Als Rico Schmidt die Kaffeemaschine anwarf, fragte ihn Georg, in welchem Jahr er geflohen sei.

»Das war 1982, ich war Mitte dreißig, hätte es kaum einen Tag länger ausgehalten. Ich bin bei dem ständigen Zwang zur Verstellung fast schizophren geworden – wirklich, ich konnte kaum noch unterscheiden, wo und mit wem ich offen sprechen konnte und wo nicht. Andere hatten das Problem nicht. Es macht einen fertig, jedes Wort auf die Goldwaage zu legen, und dieses Gelaber vom Aufbau des Sozialismus, von den Errungenschaften der Diktatur des Proletariats zu wiederholen. ›Brüder zur Sonne, zur Freiheit.‹ Und was ist mit den Schwestern? Sie müssen wissen, dass meine Eltern Sozialisten waren, die wollten das zuerst, zur Sonne und Freiheit, aber selbstbestimmt und nicht das, was uns die Stalinisten aufgezwungen haben. In dem Sinne bin ich erzogen worden. Also habe ich es auch versucht und bin natürlich gescheitert. Das FDJ-Hemd war mir verhasst, ich habe es getragen sieben Jahr, mit Theodor Fontanes Gedicht im Sinn hab ich's ausgehalten. Zur Volksarmee musste ich gehen, weil man mich sonst nicht zum Studium zugelassen hätte. Ich habe den Umgang mit Waffen als Training für den Umsturz aufgefasst, ich bin sogar belobigt worden. Da habe ich mir das Humpeln angewöhnt und hatte wieder Ruhe. Aber was glauben Sie, wie schwer es war, mir das nach der Entlassung wieder abzugewöhnen?«

»Und dann konnten Sie Architektur studieren?«

»Ja, das wollte ich, und es war unpolitisch, da hatte ich endlich Ruhe, Statik ist Statik, auch im sogenannten Sozialismus. Über den Bauhausstil durfte man gerade eben wieder diskutieren.«

Es war Georg ein wenig peinlich, dass er mit Bauhaus wenig anzufangen wusste.

»Ich hatte gerade das Studium aufgenommen, als unsere sowjetischen Waffenbrüder in Prag einmarschiert sind. Danach habe ich in Bezug auf Veränderung jede Hoffnung aufgegeben. Wir wussten durch das Westfernsehen ziemlich gut, was dort geschah.«

Georg sah sich einmal mehr darin bestätigt, sich gegen Pauschalierungen zu wehren, wenn er die Ansichten von Rico Schmidt mit denen Tischlers verglich.

»Mit Mühe konnte ich mir gerade noch die SED-Mitgliedschaft vom Halse halten«, fuhr Rico Schmidt fort. »Aber die grässlichen Bauten, die wir schaffen mussten, haben an mir gezerrt. Nur musste man mit den vorhandenen Mitteln planen, andernfalls hätten wir uns überhoben, was dann auch der Fall gewesen ist, wie Sie sicher wissen. Wer all das hinter sich hat, der schätzt es, frei reden und denken zu können. Heutzutage hagelt es Zehnpunktepläne der Regierung, die nie weiterverfolgt, Eckpunktepapiere, die nie verwirklicht werden, und für jedes Problem wird eine Taskforce aufgestellt. Für meine, für unsere Flucht entscheidend war damals mein Arzt. Ich litt permanent unter Magenschmerzen, und er empfahl mir die radikale Luftveränderung. Ich habe verstanden und den Rat befolgt, es waren die längsten vierhundert Kilometer, die Sie sich vorstellen können. Die Luft drüben war total anders.«

Es sind immer die radikalen Schritte, die einen weiterbringen, dachte Georg, sich des eigenen Bruchs mit seiner Vergangenheit bewusst. Und auch wenn es im Vergleich mit dem Rico Schmidts lediglich ein Schrittchen gewesen war, war es doch eines, das er nie bereut hatte. »Haben Sie im Westen damals rasch Arbeit gefunden?«

»Recht bald, ja, aber erst kamen das Notaufnahmelager Gießen und die Verhöre.«

»Verhöre?«

»Klar, der Westen musste sich versichern, dass keine Agenten eingeschleust werden. Wer die Verhöre durchführte, ob BND oder CIA, das lief letztlich aufs selbe hinaus. Es kursierte nur das Gerücht, dass es Maulwürfe dort gab, Doppelagenten, die uns ausfragten, besonders weil ich bei der Armee gewesen war, und dann die Aussagen der Geflüchteten an die Staatssicherheit weitergaben. Deshalb habe ich nie preisgegeben, wer uns über die Grenze gebracht hat. Ich habe zuerst bei der Baubehörde in Kassel einen Job bekommen, danach habe ich was bei einem Architekturbüro gefunden. Mir liegen Behörden nicht, egal, unter welcher Fahne sie dienen. Die zwanzig Jahre im Westen, im Kapitalismus, waren allerdings eine hervorragende Schule. In gewisser Weise lagen die Ideologen der SED nicht falsch: Der Kapitalismus frisst alles und jeden, den er kriegen kann, und er frisst die Gehirne. Man sollte den Begriff ›alternativlos‹ zum Unwort des Jahrzehnts erklären. Aber mein Wunsch nach Veränderung ist heute so wenig zu realisieren wie damals. Da bleibt kein Politikfeld ausgenommen. Jetzt endlich zurück zu Ihrem Anliegen. Kilian erwähnte, Sie seien auf der Suche nach jemandem: Wie heißt denn der Mann, an dem Sie interessiert sind?«

Die Einstellung, die Rico Schmidt gezeigt hatte, auch wenn es nur Worte gewesen waren, ließ Georg nicht zögern, den Namen zu nennen. »Er heißt Peter Studt, so heißt auch sein Weingut, es liegt hinter Coswig.«

»Wie alt soll er sein?«

Darüber hatte Semmering nie gesprochen. »Ich nehme an, er hat in etwa Ihr Alter, möglicherweise ist er ein wenig jünger.«

»Studt soll er heißen? Wissen Sie, woher er stammt? Kommt er aus unserer Gegend?«

Georg musste lächeln, er habe nie mit ihm gesprochen, sagte er, wisse also nicht, ob er sächsisch klinge. Er könne sich auch nicht an die Stimmen derer erinnern, die er in der Nacht belauscht habe.

»Sie haben ihn belauscht? Klingt abenteuerlich.« Rico Schmidt lehnte sich federnd in seinem modernen Sessel zurück und betrachtete sinnend die leere Kaffeetasse vor sich. »Ich kenne einen Stundt«, sagte er nach langem Schweigen, als hätte er in den Annalen seines Lebens geblättert. »Ich nehme an, dass Sie nach diesem Studt fragen, weil er im Osten geboren wurde. Man müsste die Einwohnermelderegister einsehen. Ein geänderter Buchstabe ändert manchmal das gesamte Leben.«

Georg entschloss sich, mehr zu offenbaren, und erzählte, dass ein Herr Semmering ihn aufgesucht und um Mithilfe gebeten habe zu klären, weshalb er keine Informationen über das Weingut seiner Großeltern bekomme.

»Semmering? Das hört sich spannend an. Sie meinen nicht von Semmering? Es gab mal eine Familie hier, die so hieß. Aber zurück zu unserem Stundt. Ich erinnere mich – wir hatten seinerzeit Besuch von einem Stundt. Er kam vom MfS, dem Ministerium für Staatssicherheit, und war verantwortlich für die Leistungsfähigkeit von Betrieben und die Leistungsbereitschaft von Belegschaften. Man sah ihn, wenn er kam, mit dem Sicherheitsbeauftragten, der gehörte auch der Stasi an. Solche Leute gab es in allen wichtigen Betrieben. Ich glaube, das MfS wollte auf diese Weise seine Kontrolle erhöhen, die Effektivität steigern, mögliche Störer feststellen und dienstliche Auslandskontakte mit dem Westen überwachen. Die waren, obschon nötig, ein Risiko. Gleichzeitig mit der vorsichtigen politischen Öffnung ging die wirtschaftliche einher. Ich weiß ein wenig darüber, weil ich mit Baustoffen und auch Baumaschinen zu tun hatte. Es gab einen festen Stamm von verlässlichen Reisekadern, die waren entweder offizielle Mitarbeiter oder IMs. In unserem Betrieb wussten wir genau, wer welche Rolle spielte – wenn einer von denen den Raum betrat, herrschte Stille. Ja, der hieß Stundt. Könnte es sein, dass das der von Ihnen Gesuchte ist? Vom Wein war damals nie die Rede. Lassen Sie uns nicht weiter spekulieren.« Rico Schmidt schien mit einem Mal sehr aufgeregt zu sein. »Wir fahren direkt zu diesem Weingut. Wenn er es ist, werde ich ihn garantiert erkennen, auch an seine Stimme werde ich mich erinnern.«

10. Kapitel

Ein Blick voller Abscheu

»Weshalb hat dieser Semmering gerade Sie um Mithilfe gebeten?«

Georg fiel auf, dass Rico Schmidt den Namen ohne Adelstitel nannte, und er fragte sich im Stillen nach dem Grund dafür, während der Architekt sich in dem schmalen Flur eine Jacke überzog und seine Brieftasche sowie sein Smartphone einsteckte. Der Architekt wiederholte seine Frage.

»Ich kann Ihnen als Begründung dazu nur das wiedergeben, was er selbst mir sagte. Zum einen sei ich Steillagenwinzer, und bei dem studtschen Weingut und im Elbtal handele es sich um Steillagen. Der andere Grund sei, dass ich bis vor etlichen Jahren in einer Sicherheitsfirma gearbeitet hätte und seiner Ansicht nach mit Ermittlungen vertraut sei.«

Rico Schmidt blieb in der offenen Haustür stehen und blickte Georg fragend an. »In einer Sicherheitsfirma? Was heißt das?« Das Vertrauen schwand aus seinen Augen, er ging auf Abstand.

»Ich erkläre es Ihnen auf dem Weg zum Wagen. Kommen Sie, es ist ein Stück zu gehen. Ich habe mich an Ihre Anweisung gehalten.«

Rico Schmidt blieb zögerlich, als fragte er sich plötzlich, ob er mitkommen solle. War das Wort Sicherheitsfirma der Grund für den Meinungsumschwung?

»Nun kommen Sie schon.« Georg verstand die Bedenken, nicht zum ersten Mal war er mit einer derartigen Reaktion konfrontiert. »Ich war früher Judoka, ich bin ziemlich kräftig und habe dringend einen Job gebraucht, denn meine Eltern hatten kein Geld, mir das BWL-Studium zu bezahlen. Ich habe dann als Security bei Rockkonzerten und anderen Veranstaltungen angefangen, und später hat mein Chef begriffen, dass ich zu mehr zu gebrauchen war, als durchgeknallte Fans von der Bühne fernzuhalten, und hat mich im Büro beschäftigt. Nach dem Studium machte er mich zu seinem kaufmännischen Geschäftsführer. Dann kam der Bereich Detektei dazu, private Ermittlungen und so weiter. Ich habe mir nichts dabei gedacht und einiges gelernt. Auch die Zusammenarbeit mit Sicherheitsdiensten wurde intensiver, Polizei und so, bis schließlich eine US-Agentur uns aufkaufte und die Firma in COS umbenannt wurde, Customers Overseas Service. Ich habe recherchiert wie ein Verrückter, habe jedoch leider nie herausgekriegt, wer genau dahintersteckt, NSA oder CIA oder wer auch immer. Die wollten über den Aufkauf von Sicherheitsfirmen bei uns in den Sicherheitsmarkt, politisch und wirtschaftlich.« Dass er sich vertrauliche Firmenunterlagen angeeignet hatte, um sich zu schützen, verschwieg Georg lieber. »Als ich begriff, wohin das führen würde, bin ich ausgestiegen, mit viel Ärger und Streit, auch Prozesse gab's, ich wusste zu viel. Im Grunde glaube ich, dass es eine Tarnfirma für US-Spionage wurde. Ich war damals mit den Nerven am Ende, meine Ehe ging kaputt, mit einer meiner Töchter bin ich bis heute zerstritten. Ich erholte mich bei einem Freund an der Mosel und fiel Kilian in die Hände.«

Rico Schmidt blieb auf dem Bürgersteig stehen und sah sich um. »Wie ist das nun wieder zu verstehen?«

»Kilian wohnte gegenüber, er suchte den Kontakt, wir freundeten uns an, und er, auf der Suche nach einem Vater – der eigene hatte sich heimlich abgesetzt –, verkuppelte mich mit seiner Mutter. Sie führte ein Weingut. Eine meiner Töchter folgte mir, und wir alle sind glücklich, bis auf Kilians Bruder, der ist noch immer auf der Suche nach dem verlorenen Vater. Meine ältere Tochter blieb bei der Mutter.«

»Hängen die noch immer an Ihnen dran, die Amerikaner?«

Jetzt blieb Georg stehen und blickte an den Autos entlang, die die Straße säumten. Er würde Schmidt nur nervös machen, wenn er ihm von seinen Verfolgern erzählte. »Nein, ich glaube es nicht, aber was weiß man schon?«

»Das ist wahr. Hier sind auch noch etliche obskure Gestalten von gestern unterwegs, denen ich lieber aus dem Weg gehe. Die nehmen ihren Glauben an die Rechtsstaatlichkeit der SBZ mit ins Grab – hoffentlich tun sie es bald«, fügte er leiser hinzu, »als wenn ein Schießbefehl zum Rechtsstaat gehörte.«

»Das ist für diese Leute sicherlich Ansichtssache.«

»Nein, die einen glauben das wirklich, anderen dient es als Rechtfertigung der eigenen Vergangenheit.«

Sie erreichten Georgs roten Alfa Romeo. Rico Schmidt ging bewundernd um den Wagen herum. »Ein wirklich schönes Auto. War bestimmt nicht billig. Verdient man als Winzer so gut?«

Georg schien es, als hätte das anfängliche Vertrauen einen Knacks. »Er ist mein einziges Spielzeug, mein Hobby, ich fahre gern schnell. Alles nur geleast, ist billiger als ein Pferd, nein, aber der Wagen wirft mich nicht ab und beißt auch nicht. Nun ja, ich habe das Weingut vergrößert und ein Haus sowie zehn Hektar dazugekauft.«

»So habe ich das nicht gemeint«, entschuldigte sich Rico Schmidt und hielt Georg am Arm fest. »Wenn Sie nicht gleich identifiziert sein wollen, lassen Sie den Wagen hier stehen. Ich versuche, einen fahrbaren Untersatz aufzutreiben, der diskreter ist und ein weniger verräterisches Kennzeichen hat.«

Georg nickte.

»Ist doch klar«, fuhr Rico Schmidt fort, »die checken das

Kennzeichen und wissen, wer da ist. Ich gehe davon aus, dass die Sicherheitsdienste beider Seiten bis heute zusammenarbeiten. Und welche Stasi-Leute und IMs als informelle Mitarbeiter hinter Pegida stecken und die AfD aufhetzen, wissen wir nicht. Wenn ich die wäre, würde ich es so machen: hetzen und Verwirrung stiften, so wie dieser amerikanische Expräsident Trump. Steigen wir ein, dieses Rot ist zwar eine schöne Farbe, aber ich besorge uns was Unauffälliges.« Er ließ sich auf den Beifahrersitz fallen, das geschmackvolle Interieur bewundernd, dann griff er zum Smartphone. »Fahren Sie los!«

Beim Anfahren bemerkte Georg, dass weiter hinten ein dunkler Wagen ebenfalls ausparkte. Es beunruhigte ihn, dass er sich seit Tagen gezwungen sah, immer den rückwärtigen Verkehr zu beobachten.

»Fahren Sie immer mit einem Auge im Rückspiegel?«, fragte Rico Schmidt, dem Georgs Verhalten aufgefallen war.

»Umsicht zu zeigen schadet niemandem«, antwortete er vielsagend und fragte sich, ob der dunkle Wagen etwas mit ihm zu tun hatte oder ob er wieder Gespenster sah. Aus den Augenwinkeln bemerkte er, dass auch Rico Schmidt etwas gesehen zu haben schien, denn er neigte den Kopf und beugte sich leicht vor, um über den rechten Außenspiegel einen möglichen Verfolger zu entdecken. Während er dabei telefonierte, dirigierte er Georg kreuz und quer durch Kötzschenbroda – oder waren sie längst wieder in Radebeul oder einem anderen Ortsteil angekommen? Georg hatte jegliche Orientierung verloren. War das Absicht? Schließlich hielten sie vor einem Grundstück, das dem von Frau Wagner ähnelte. Es könnte sich fast um eine Nebenstraße handeln. Der Wagen hinter ihnen hatte nicht mithalten können oder wollen, jedenfalls war er verschwunden.

»Aussteigen! Hier wechseln wir das Fahrzeug. Warten Sie einen Moment, ich hole Schlüssel und Fahrzeugpapiere.«

Damit verschwand Rico Schmidt in einem Vorgarten. Kurz darauf trat er mit den Autoschlüsseln für einen älteren VW Golf vor die Haustür und bedeutete Georg, auf der Beifahrerseite einzusteigen, er übernahm das Steuer. Vom freundlichen Wagengeber sah Georg nichts als eine winkende Hand.

»Ich frage mich, ob wir in der Nähe meiner Unterkunft sind«, sagte Georg. »Ich wohne bei Frau Wagner.«

Rico Schmidt zwinkerte ihm zu und fuhr los.

Sie passierten Wackerbarth, kamen an einem Einkaufszentrum vorbei, von dem Georg nachts nichts bemerkt hatte, und fuhren unter einer Bahnlinie hindurch. Bis hinter Brockwitz säumten Häuser die Straße, ein Viertel klebte am nächsten, einem kilometerlangen Straßendorf gleichend. Mehrmals versuchte Georg zu erkennen, ob ihnen jemand folgte, doch auf dieser Straße war ans Überholen nicht zu denken, und erst vor Sörnewitz, wo sie rechts abbogen, war klar, dass niemand an ihnen dranhing.

Jetzt suchte Georg linker Hand nach dem Herzlich-willkommen-Schild. Wenn es so war, wie Semmering angedeutet hatte, war er kaum willkommen. Den Zweck seines Besuchs brauchte er niemandem auf die Nase zu binden. Sie waren zwei der vielen Touristen, die täglich vorbeischauten, es war unverfänglich, um eine Weinprobe zu bitten, zumal das Schild am Straßenrand dazu einlud. Außerdem war er für die Betreiber ein Fremder, niemand hier hatte ihn jemals gesehen, außer den beiden, die mit ihnen bei Aust im Garten gesessen hatten.

Auf Georgs Zeichen hin bog Rico Schmidt in die Einfahrt, fuhr auf den Hof und parkte vor dem länglichen Gebäude, das Georg in der Nacht als Remise identifiziert hatte.

Unter dem überhängenden Dach zerlegten zwei Männer in blauen Overalls das Gebläse einer Weinbauspritze. Er musste sich beherrschen, um nicht hinzugehen und ihnen mit Fragen, die seine Kenntnisse offenbart hätten, auf die

Nerven zu gehen. Das erinnerte ihn daran, zu Hause anzurufen und Klaus zu fragen, ob er allein zurechtkomme. Allerdings hatte er mit Tarek und Kilian tüchtige Gehilfen.

»Ich wusste gar nicht, dass hier ein Weingut existiert«, sagte Rico Schmidt beim Aussteigen und schaute sich neugierig um.

Georg folgte seinem Blick und bemerkte den Baulift neben einer angelehnten Leiter, auf der ein Zimmermann nach oben stieg, während ein Kollege ihm einen Balken anreichte. Ein Dachdecker warf alte Ziegel von oben zielgenau in einen Schuttcontainer. Den hatte er in der Nacht nicht bemerkt, oder man hatte erst heute mit den Arbeiten begonnen. In dem zweistöckigen Gebäude schien das Büro untergebracht zu sein. Durch das Fenster zum Hof sah Georg einen Schreibtisch und die üblichen Papierstapel.

»Seien Sie vorsichtig und kommen Sie hier herüber!« Die energische Stimme gehörte zu einer blonden Frau in einem roten Sommerkleid, die ihnen freundlich zuwinkte. »Unser Probierraum ist momentan nicht zu benutzen, ich nehme an, dass Sie deshalb hergekommen sind.« Mit einladender Geste wies sie auf die Tür der kleinen Kneipe neben der abgesperrten Terrasse, wo in der Nacht die von Georg beobachtete Besprechung stattgefunden hatte.

»Keine Sorge, wir geben selbstverständlich acht.« Georg setzte sein charmantestes Lächeln auf. »Hat Sie die Dame schon mal gesehen?«, fragte er Rico Schmidt leise, »oder sind Sie ihr irgendwo begegnet?«

Doch der schüttelte den Kopf kaum merklich und brummte ablehnend. »Ich wüsste nicht, wo, bemerkt hätte ich so eine gut aussehende Frau in jedem Fall. Ich bin zwar alt, aber nicht blind.«

Beide folgten der Einladung der Dame in Rot in den Gastraum. Sie war mittelgroß, ihr gescheiteltes Haar reichte bis zu den Schultern, die blauen Augen taxierten Rico Schmidt kurz und kalt und blieben an Georg hängen, der dem Blick auswich, denn sie machte keinen Hehl daraus, dass er ihr gefiel. Sie hielt den Kopf ein wenig schräg und öffnete leicht die Lippen, als wollte sie etwas sagen, entschied sich dann jedoch zu einem Lächeln zwischen keck, charmant, neugierig und vielversprechend. Nach den Erfahrungen seiner ersten Ehe war Georg in Bezug auf Frauen sehr zurückhaltend geworden, und es hatte damals lange gedauert, bis er begriffen hatte, wie sehr Kilians Mutter ihm zugetan war, und er die gleichen Gefühle bei sich zuließ. Weibliches Verhalten war für ihn sehr schwer zu deuten, geschweige denn, dass er die Absichten dahinter erkannte. Er merkte allerdings, dass Rico Schmidt ihn verstohlen beobachtete. Hatte er die Reaktion der Dame in Rot bemerkt? Er würde ihn später darauf ansprechen.

Sie wies auf den Tisch am Fenster in der Ecke, entschuldigte sich für einen Moment, trat hinter den kleinen Tresen und schloss den Schrank über der verspiegelten Bar. Mit einer Weinkarte kam sie zurück und legte sie aufgeschlagen vor Georg hin. Es war klar, er war ihr Favorit. »Sie waren noch nie bei uns? Woher kommen Sie?«

Diese Frage hatte Georg erwartet, aber sie wartete nicht auf die Antwort, sondern ging hinaus und sprach mit den Dachdeckern. Durch eines der Fenster zum Hof war zu sehen, wie sie das Absperrband einrollte und über einem Tisch einen Sonnenschirm aufspannte. »Draußen ist es schöner«, sagte sie lächelnd und erkundigte sich, wie auch Georg es bei seinen Gästen tat, wie sie auf ihr Weingut aufmerksam geworden seien.

»Das ist ein Freund von mir«, meinte Rico Schmidt, obwohl Frau Studt Georg angeschaut hatte. Schmidt schien für sie nicht zu existieren. »Ich bin aus Dresden«, sagte er, auf diese Weise seinen sächsischen Akzent erklärend, »mein Freund ist zu Besuch hier, ein Weinfreund – na, einen Weinenthusiasten könnte man dich bestimmt nennen«, sagte er zu Georg gewandt, »fast sogar Experte, er ist aus Hannover.« Das wieder war an die Dame in Rot gerichtet. »Er bat mich, dass ich ihm unsere sächsischen Weine vorstelle.«

»Eine wunderbare Idee, das haben Sie allemal verdient. Ich bin Renate Studt. Mein Mann und ich führen dieses Weingut, seien Sie willkommen!« Wieder folgte ein schmachtender Blick in Georgs Richtung. »Sie haben Glück, dass ich mich um Sie kümmern kann; eigentlich haben wir montags geschlossen, und unsere Sommelière hat ihren freien Tag. Sie können sich kaum vorstellen, wie turbulent die Wochenenden bei uns aussehen.«

»Dann machen Sie wenigstens gute Geschäfte«, meinte Rico Schmidt verbindlich. »Das wird sicher auch an den Weinen liegen.« Auf dieses ins Blaue gesprochene Lob hin bekam auch er, wenn schon keinen schmachtenden Blick, so doch wenigstens ein dankbares Verziehen der Mundwinkel.

»Wir fangen am besten mit unserem Müller-Thurgau an, einem Brot- und Butterwein, wenn Sie wissen, was ich meine.« Ein Weinenthusiast würde mit diesem Begriff etwas anfangen können und wissen, dass mit derartigen Weinen das Geld verdient wurde. »Wir berechnen für jede Probe 2,50 Euro, bei fünf Weinen allerdings nur zehn Euro. Fünf Weine dürften für einen geübten Weintrinker, wie Sie es vermutlich sind, nicht zu viel sein. Ich bin gleich zurück. Wenn Sie später Fragen zu einzelnen Weinen haben – mein Mann wird sich zu Ihnen setzen, im Moment ist er mit einem Mechaniker dabei, dort drüben«, sie wies auf die Remise, »unsere Spritze zu reparieren. In diesem Sommer müssen wir wieder mit plötzlichem Wetterumschwung und sogar Starkregen rechnen, aber ich will Sie nicht länger auf den Wein warten lassen.« Sie hob die Hand wie zum Winken und zeigte dabei ihre langen, knallrot lackierten Fingernägel.

»Gott sei dem gnädig, der ihr in die Krallen gerät«, sagte

Rico Schmidt, sah Georg an und gluckste in sich hinein. »Aber Ihre Ehe scheint ja in Ordnung zu sein, sonst würde ich für nichts garantieren ... Für ihr Alter ist sie recht attraktiv, die wird bei der Wende so um die zwanzig gewesen sein, vermute ich mal, Berlinerin ist sie auch.«

»Vorsicht mit dem, was Sie sagen.« Georg wies Rico Schmidt auf die Kamera im Schatten des vorspringenden Daches hin, die kaum sichtbar über der Tür zum Restaurant auf die kleine Terrasse gerichtet war. »Sie hat uns im Blick.«

Rico Schmidt brauchte einen Moment, bis auch er die Kamera entdeckte. Nichts weiter als das spiegelnde Glas des Objektivs deutete darauf hin. »Sie scheinen ein Auge für so was zu haben, na ja, bei dem Hintergrund kein Wunder. Wahrscheinlich habe ich mich längst an den Frieden gewöhnt, was man nie tun sollte. Aber wollen wir uns nicht duzen? Freunde tun das für gewöhnlich. Ich heiße Richard, den Rico hat man mir in der Kasseler Behörde angehängt, der hat sich gehalten, obwohl ich mich fast zu alt für diesen Namen empfinde. Der passt besser zu einem Rocker in Lederjacke. Und um sicherzugehen – falls wir es mit deinen Freunden von gestern zu tun haben«, er fuhr mit der Hand unter den Tisch und tastete die Platte ab, »bleiben wir beim Du. Man muss seine Legende aufrechterhalten.«

»Mikrofone sind heutzutage in die Tischplatte eingebaut, wenn ich das sagen darf«, erklärte Georg und klopfte die Tischplatte bei der Suche nach einem Hohlraum ab, »die Energiequellen ebenso. Interessanter, als hier die Gäste zu beobachten, sind sicher ihre Gespräche. Wenn kein Fremder zuhört, sagen sie das, was sie wirklich von den Weinen halten.« Wenn sie recht hatten, wurden hier Gespräche abgehört, deren Inhalte in der einen oder anderen Weise nützlich sein konnten. Doch für wen und wozu?

Jetzt starrte Rico konzentriert auf einen Punkt der Tischplatte, als suchte er nach dem versteckten Mikrofon. Als er bemerkte, dass Georg ihn dabei beobachtete, kicherte er in sich hinein. »Ich habe keinen Röntgenblick, aber ich kann Gras wachsen hören.«

Georg verstand den Zusammenhang nicht. »Ich höre nur Vogelgezwitscher und Autos in der Ferne.« Dann klopfte er die Tischplatte ab. »Das ist Vollholz, da ist kein Hohlraum drin.«

»Ich höre auch eine Stimme, hörst du sie nicht? Eine un-ver-kenn-ba-re Stimme.« Rico richtete sich auf und hob den Blick, starrte Georg direkt in die Augen. Es war ein Blick voller Abscheu, die Lippen schmal, ein Strich, als würde er sich ekeln, was man nur verstand und nur dann nicht auf sich bezog, wenn man seine Vergangenheit kannte. Andernfalls wäre Georg zutiefst erschrocken, jetzt aufgestanden und notfalls zu Fuß nach Radebeul zurückgelaufen. So aber hielt er den Augen stand. Was hatte Rico gehört? Nur undeutliches Gemurmel wehte dann und wann von der Remise herüber, Worte waren nicht zu verstehen.

Rico Schmidt war ein guter Schauspieler, er hatte die Verstellung über Jahrzehnte gelernt und praktiziert, und dem Anschein nach nahm er sich das bis heute übel. Von einer Sekunde zur anderen wechselte sein Ausdruck und blickte Frau Studt mit erwartungsvollem Lächeln entgegen, die mit einem voll beladenen Tablett in der Hand auf sie zukam.

»Ich hoffe sehr, dass Sie sich hier wohlfühlen.«

»Und wie, um uns machen Sie sich mal keine Sorgen.« Auch die Rolle des leutseligen Gastes beherrschte Rico. Jetzt war es an Georg, misstrauisch zu werden. Seine einzige Referenz war Kilian, und der besaß dieses untrügliche Gespür für Menschen, das Georg manchmal sogar als unheimlich empfand.

Frau Studt stellte Gläser, Flaschen und Karaffe auf den Tisch und schenkte ein. Dann hielt sie Georg wie im Restaurant das Etikett des Müller-Thurgau entgegen.

Was blieb ihm anderes übrig, als freundlich zu nicken, zu probieren und natürlich Zustimmung zu zeigen wie Rico, da sie auf genau diese Reaktion hoffte? Insgeheim bewunderte er ihn für diese Kunst der Verstellung. Sich zu verstellen, einen anderen Ausdruck zu zeigen als Gleichgültigkeit, als verhaltene Zustimmung, war Georg immer schwergefallen. Hier aber, Rico Schmidts Beispiel vor Augen, brauchte er ihn nur zu imitieren.

Der Müller-Thurgau war nicht schlecht, er war nicht gut, er war schlicht ausdruckslos, flach und dünn, ja, bei gutem Willen mit etwas Frucht. Was für ein gewaltiger Unterschied zu dem von Hoflößnitz. Der Fehler war, ihn zu verwässern, ihn auf Masse zu trimmen, wie die Franken es einst getan hatten. Bevor sie gelernt hatten, vernünftig damit umzugehen, hatten sie sein Ansehen für lange Zeit verdorben, wie es vor Georgs Zeit an der Mosel mit dem Riesling geschehen war. Georg hoffte nur, dass der Kerner, den Frau Studt jetzt ankündigte, besser war. Wie sollte er schöne Worte für etwas finden, das einem die Freude am Wein verdarb?

»Es gibt sicher Tausende, denen dieser Wein gefällt«, sagte Rico Schmidt, als Frau Studt ihnen den Rücken zugewandt hatte. »Es ist spannend, wie wenig manche Menschen aus Weintrauben zu machen vermögen. Dabei haben wir in Sachsen wunderbare Tropfen.« Sein Gesicht hingegen strahlte helle Begeisterung aus. Der Kerner war eine Kreuzung aus rotem Trollinger und dem Riesling. Es wäre schön gewesen, wenn er von beiden lediglich die durchschnittlichen Eigenschaften geerbt hätte, was auch bei gutem Willen leider nicht der Fall war.

Im Glas zeigte sich eine helle, wässrige Flüssigkeit, strohgelb, wenn man dem Wein gut wollte. Er sollte aromatischer sein als Riesling, aber selbst mit seinem Ortswein, der schlichtesten Qualität, hielt er nach Georgs Ansicht nicht mit. Säure? Ja, aber zu spitz. Fruchtig? Ja, vielleicht. Als Schoppenwein oder als Schorle, mit Wasser verdünnt, wäre er geeignet, wenn man nicht betrunken werden wollte. Rico Schmidt entdeckte keine Aromen, Georg fand bei viel Fantasie und bei tiefer Nase im Glas den grünen Apfel vom Riesling und die Sauerkirsche vom Trollinger.

»Eine sehr schöne Säure zeigt sich«, sagte er, als Frau Studt mit einer neuen Flasche auf sie zukam. Doch da trat von rechts ein deutlich älterer Mann im Overall mit weißem Oberhemd und Krawatte darunter an die Terrasse und flüsterte Frau Studt einige Worte zu. Das ersparte Georg und Rico Schmidt weitere Lobhudeleien.

Rico Schmidt erstarrte wieder und wandte sich ab, er nickte kaum merklich, als müsste er sich selbst betätigen. »Er ist es«, zischte er kaum hörbar, »es ist Stundt oder Studt, wie er sich jetzt wohl nennt, Major Stundt. Passt genau auf das, was du sagst, Georg, er ist ein scharfer Hund, man darf ihn nicht unterschätzen. Er galt als Topagent, einer der wichtigen beim hiesigen MfS, ich traue ihm alles zu! Und wenn ich *alles* sage, dann meine ich das auch. Ich verstehe es bis heute nicht, weshalb man diese Typen nach der Wende hat frei herumlaufen lassen. Oder er hat mit dem Westen gekungelt, Freiheit gegen Informationen!« Rico Schmidt klang ernstlich besorgt, er hatte Georg sogar die Hand auf den Arm gelegt. »Ich habe ihn dreißig Jahre oder länger nicht gesehen, er hat sich verändert, klar, wie wir alle, aber ich würde ihn immer und überall wiedererkennen.«

»Fürchtest du nicht, dass er dich erkennt?«

Rico Schmidt beruhigte Georg: »Keine Sorge, ich war damals viel zu unbedeutend.«

Frau Studt kam mit zwei Gläsern zurück an den Tisch, es schien sich um einen Rosé zu handeln. »Mein Mann ist jetzt da, er wird Ihnen auf Fachfragen viel besser Antwort geben können als ich, er macht sich eben nur mal frisch, nicht wahr, Peter?«

Studt hob zustimmend die Hand und verschwand im Wohnhaus.

»Was ist das jetzt, was Sie uns kredenzen? Ein Rosé?«

»Das ist ein Schieler.« Frau Studt lachte, als hätte sie einen Witz gemacht. »Darunter versteht man in Hannover wohl etwas ganz anderes.«

Georg lachte höflich, Rico Schmidt hingegen erklärte: »Früher wurde nicht nur bei uns im Gemischten Satz angebaut, ich nehme an, du weißt, dass dabei verschiedene Rebsorten, auch weiße und rote, in einer Rebzeile nebeneinanderwuchsen, gemeinsam gelesen und verarbeitet wurden.«

In der Tür zur Gaststube erschien Studt und rief mit schneidender Stimme nach seiner Frau: »Renate!«

Sie zuckte zusammen, entschuldigte sich mit einem gequälten Lächeln und beeilte sich, der Aufforderung nachzukommen.

»Kein Zweifel, er ist es, Stundt, sein Ton hat sich bis heute nicht verändert, wer weiß, was er die letzten dreißig Jahre getrieben hat. Aber zurück zum Schieler. Der Name hat was mit unserer Aussprache des Wortes Schüler zu tun, wir sagen in Sachsen Schieler statt Schüler. Weil es ein billiger Zechwein war, konnten die Schüler sich ihn leisten. Die besseren Qualitäten wurden von den Wohlhabenden getrunken, von den Herren. Es gibt noch eine zweite Erklärung ...«

Abrupt stand Georg auf und ging mit raschen Schritten zur offen stehenden Tür der Kneipe und lehnte sich daneben lauschend an die Hauswand. Hier war er außerhalb des Blickfeldes der Kamera.

»... dann lass dir eine Visitenkarte geben oder frag nach der Adresse, sag ihnen, wir schicken gern die eine oder andere Probeflasche. Ich will wissen, wer die beiden sind«, forderte Studt so scharf wie beim Ruf nach seiner Frau. »Verdammt, ich will die hier nicht haben! Heute ist Ruhetag! Sag ihnen das!« Auch er war dem Dialekt nach Berliner. »Wieso hast du die überhaupt reingelassen? Du hättest das Tor schließen müssen.«

»Hab ich doch, du hast es wieder aufgemacht, um den Monteur reinzulassen. Du stellst dich doch sonst nicht so an. Was ist los mit dir, Peter? Warum bist du so nervös, was regst du dich künstlich auf? Mach endlich was gegen deine Paranoia. Es ist seit dreißig Jahren vorbei. Man hat dich bisher in Ruhe gelassen. Weshalb sollte gerade jetzt jemand auf die Idee kommen …«

»Du weißt genau, warum. Ich hab dir gestern lang und breit erklärt, wer heute kommt und wie wichtig das Treffen für mich, für uns ist. Es heißt, S. bringt sich in Stellung, und wir müssen überlegen, wie wir ihm am besten begegnen. Es geht nicht nur um mich, es geht genauso um Ludwig, um … um die Treuhand, ach, wieso erzähle ich dir das. Wenn wir Fehler machen, zieht das Kreise, und wir kriegen höllischen Ärger. Und nicht nur Ärger.«

Der S. – schon wieder die Abkürzung. Meinten sie Semmering oder einen anderen, fragte sich Georg.

»Unsinn, Peter, die Zeiten haben sich geändert.«

»Nichts hat sich geändert. Das Gefüge hat sich lediglich verschoben. Einer hat immer das Sagen.«

»Ach, die beiden am Tisch – die sind harmlos, das sind zwei Touristen, der Alte ist aus Dresden, der andere kommt aus Hannover.«

»Aus Hannover? Das kann jeder sagen. Mach ihm weiter schöne Augen, und quetsch ihn dabei aus. Das hast du ja gelernt. Oder bist du inzwischen zu alt dafür? Du doch nicht. Wir warten einen Moment, ich checke ihr Kennzeichen, dann setze ich mich meinetwegen dazu.«

»Ja, ja, komm nur, mit Verhörpraktiken kennst du dich aus, hast ja reichlich Erfahrung. Soll ich schon mal Licht im Keller machen?«

»Halt dich zurück, sonst …«

»Was – sonst?«

»Halt einfach deine blöde Klappe! Und jetzt geh raus an den Tisch.«

Das war für Georg das Signal, sich umzudrehen. Er klopfte laut an den Türrahmen und trat in den dunklen, kühlen Raum. Den beiden entgegenzutreten war sinnvoller, als zurück an den Tisch zu schleichen und dabei gesehen zu werden.

Zwei überrascht wirkende Gesichter starrten ihn an.

»Entschuldigung, ich wollte nicht stören«, sagte Georg mit dem unschuldigsten Lächeln, dessen er fähig war. »Wo, bitte, finde ich die Toiletten?«

Studt gewann sofort die Fassung wieder, während seine Frau sich abwandte. »Hier entlang, bitte«, er wies mit der Hand auf eine Tür. »Ich weiß, die Toiletten beim Probierraum sind momentan nicht benutzbar. Wie Sie gesehen haben, wird das Dach unseres Bürohauses neu gedeckt, es wäre zu gefährlich.«

»Danke«, sagte Georg nur und verschwand in der Herrentoilette.

Das Paar unterhielt sich jetzt so leise, dass er nichts mehr verstehen konnte. Kaum hatte er die Tür geschlossen, hörte er, dass ihm jemand folgte. Wollte Studt sich überzeugen, dass er tatsächlich das Örtchen aufgesucht hatte? Georg klappte den Toilettendeckel herunter, wischte ihn ausgiebig mit feuchten Papierhandtüchern ab und setzte sich. Der Geruch im Raum war neutral, also konnte er hier einen Moment lang ungestört nachdenken.

Der Peter Studt Semmerings und der Major Stundt von Rico Schmidt waren also ein und dieselbe Person, ehemals beim Ministerium für Staatssicherheit für Wirtschaftsfragen zuständig, aber sicherlich nicht in der ersten Reihe. Damit bin ich ein gutes Stück weiter, dachte Georg. War das der Grund, weshalb Semmering nicht an Dokumente bezüglich des Grundstücks herankam? Zweimal war der Buchstabe S anstelle eines Namens genannt worden. »S. bringt sich in Stellung«, hatte Studt gesagt. Demnach waren sie auch an ihm dran – denn wenn sie Semmering überwachten, stand wahrscheinlich auch er selbst auf der Observationsliste, und seine Beobachtungen der letzten Tage waren keine Hirngespinste. Die Worte, die in der Nacht gefallen waren, als er hinter dem Mäuerchen hockte, waren ihm in guter Erinnerung: »In jedem Fall bleibt S. nach wie vor unser Problem. Wir sollten uns endlich davon befreien.« Was mochte es bedeuten, sich zu befreien? Man befreite sich von jemandem mit Geld, mit Drohungen oder mit ... Gewalt? Georg musste Semmering warnen, ihn dringend so schnell wie möglich erreichen, der Mann war wirklich in Gefahr. Nur wie sollte er das tun, wenn Semmering weiterhin unauffindbar blieb?

Als Georg durch den Gastraum zurückging, stand Renate Studt, ein Weinglas polierend, mit süßsaurem Gesicht hinter dem Tresen. Ihre Miene hellte sich sofort auf, als er zu ihr hinsah. Vom Ehemann auf diese Weise angefahren zu werden musste sehr schmerzhaft sein. Oder hatte sie ein so dickes Fell entwickelt, dass es ihr nichts ausmachte und die Gemeinheiten daran abperlten? Dabei sah sie so aus, als hätte sie sofort Ja gesagt, wenn er sie eingeladen hätte, mit nach Hannover zu kommen.

»Er spricht wie ein gerade geschärftes Küchenmesser, findest du nicht auch?«, fragte Rico Schmidt, während Georg sich wieder an den Tisch setzte. »Ich vergesse niemals, wie er Kollegen von mir befragte.« Rico Schmidt sprach leise, die Tür im Auge behaltend. »Einer von ihnen kam am nächsten Tag nicht mehr zur Arbeit. Es hieß, er sei in den Westen abgehauen. Er war zuerst einige Monate im Stasi-Gefängnis in Berlin-Hohenschönhausen, wegen angeblicher Wirtschaftsvergehen, Arbeitspflichtverletzungen oder anderer an den Haaren herbeigezogener Straftaten. Paragrafen hatten sie für jeden Dreck. Deshalb kamen die meisten auch nach der Wende ungeschoren durch, die konnten sich auf Gummiparagrafen und einen Befehlsnotstand berufen.«

»Dein Kollege wird nicht der Einzige gewesen sein, den er ans Messer geliefert hat«, vermutete Georg.

»Stundt wusste genau, was er tat, zumal damals noch die Todesstrafe existierte. 1981 wurde das letzte Todesurteil vollstreckt. Das Unrechtsbewusstsein zeigte sich auch darin, dass immer Krankheitsgründe als Todesursache angegeben wurden und nicht Kopfschuss oder Guillotine.«

»Was ist aus deinem Kollegen geworden?«

»Der ist in den Westen verkauft worden. Das Schachern mit Menschen war lukrativer, damit haben sie bereits 1963 begonnen. Eduard ist nie wieder hochgekommen, ich hatte später kurz Kontakt mit ihm. Er hat es nie verstanden, dass ich nach der Wende hierher zurückgegangen bin. Ich bin Anhänger der Inklusion, das bedeutet für mich, dass wir uns mischen, die Ostler gehen in den Westen und umgekehrt. Eduard ist, von seinen Mordfantasien völlig zerfressen, vor einigen Jahren in einem Dorf in Südhessen gestorben. Eigentlich verdankt Stundt mir sein Leben, ich habe Eduard davon abgehalten, ihn zu überfahren. Hätte er das getan, wäre Ede noch am Leben, aber wahrscheinlich im Gefängnis. Was da im Stasi-Knast gelaufen ist und ob er Stundt jemals wieder getroffen hat, weiß ich nicht. Er hat sich geweigert, darüber zu sprechen.«

Georg empfand es bei solchen Erinnerungen als äußerst bedrückend, hier im Hause dieses ehemaligen Stasi-Offiziers zu sitzen und den von ihm gemachten Wein zu trinken. Erst jetzt begriff er, wie weit weg von diesem Geschehen er gelebt hatte, dass Zeitungen, Fernsehen und Radio, erst recht nicht das Internet jemals die Intensität erreichten wie die Gespräche mit Zeitzeugen.

»Selbst als Stundt sich nach der Zeit fürs Mittagessen und

dem Weg in die Kantine erkundigte«, fuhr Rico Schmidt fort, »hatte nicht nur ich das Gefühl, zum Verhör einbestellt zu sein. Er war genau das, was man einen Tschekisten nannte, einen von Stalins Geheimdienstlern, gnadenlos, ein Paranoiker, so, wie das gesamte System unter Verfolgungswahn litt. Der Klassenfeind lauerte angeblich hinter jeder Mülltonne. Mich wundert's, dass ihn die Sowjets beim Abzug nicht mitgenommen haben. Im KGB wäre er eine große Nummer geworden.«

»Vielleicht war auch das nur Maskerade, vielleicht wusste er zu viel, und vielleicht hat er damals gleichzeitig für den BND gearbeitet?« Georg sah Rico Schmidt an, als hielte er es tatsächlich für möglich. »Wieso die Namensänderung? Wer weiß, vielleicht gaben sie ihm deshalb eine neue Identität? Und dann haben sie ihn hierhergesteckt …«

»Reden wir über was anderes, das Thema verdirbt mir die Laune. Außerdem kommt deine Lady in Red zurück. Mal sehen, was sie dieses Mal mitbringt.«

Georg strahlte sie an und betrachtete die beiden Gläser auf ihrem Tablett. »Was bringen Sie uns Schönes?«

»Riesling.« Sie strahlte zurück.

»Wir sprachen gerade über den Schieler.« Es war Rico Schmidt anzumerken, dass es ihm unsägliche Mühe bereitete, in die Gegenwart zurückzukehren. »Eine weitere Interpretation des Namens könnte davon abgeleitet sein, dass der Wein im Glas schillert. Aber das tun letztlich alle. Das tut auch dieser Riesling.« Er hob das Weinglas ins Licht und betrachtete die grün-gelben Reflexe.

»Hätten Sie vielleicht eine Visitenkarte für mich?«, säuselte Frau Studt und schmachtete Georg an. »Ich könnte Ihnen einige Proben nach Hause schicken, sofern Sie Interesse hätten.«

Sie machte den Eindruck, als würde sie die Proben am liebsten Georg persönlich überreichen. »Ich möchte Sie nicht drängen, nur haben wir heute noch anderweitige Verpflichtungen. Eigentlich ist heute unser Ruhetag.«

Rico Schmidt entschuldigte sich wortreich, während Georg sich damit herausredete, keine Visitenkarten mitgenommen zu haben. »Schließlich bin ich im Urlaub.«

»Darf ich fragen, was Sie beruflich machen? Hat es mit Wein zu tun?« Frau Studt legte auffordernd Kugelschreiber und Zettel vor ihn hin.

Georg führte das Glas an den Mund und probierte, was ihm ein wenig Zeit zum Nachdenken verschaffte. Es musste etwas sein, wovon er einiges verstand, um eine kompetente Antwort zu geben. Mit Beschallungsanlagen kannte er sich aus, hatte als Security beim Aufbau des Bühnenequipments oft genug ausgeholfen. Sämtliche weltbekannten Bands, die in Hannover aufgetreten waren, hatte er live gehört, nicht nur die Stones im Niedersachsenstadion, von daher war die Antwort einfach. »Ich arbeite bei einer Firma, die Ausrüstung für Bühnen verleiht, Schallanlagen, Lautsprecher, Scheinwerfer, Gerüste und dergleichen.« Er notierte die Adresse eines ehemaligen Nachbarn.

»Das muss spannend sein, sicher kommen Sie viel herum.«

In Rico Schmidts Augen sah er, dass ihm die Antwort gefiel, es war ein unverfängliches Thema.

»Durchaus, bei einer dieser Reisen haben wir beide uns getroffen und sind über die Liebe zum Wein Freunde geworden.«

Unbemerkt hatte Peter Studt sich herangeschlichen und stand hinter Georg.

Rico Schmidt bemerkte ihn zuerst. »Der Herr des Hauses?«, sagte er hocherfreut, geübt in der Kunst der Verstellung. »Sehr schön, dass auch Sie für uns ein wenig Zeit haben.«

»Leider nicht viel, leider nicht viel, andere Verpflichtungen warten, dringende!«, sagte der Mann in Schmidts Alter mit der schneidenden Stimme.

»Wir werden Sie nicht lange aufhalten, aber dieser Riesling war sehr schön«, log Georg. Gegenüber dem Wichtigtuer, der sich jetzt auf die Lehne seines Stuhls stützte, hatte er keine Skrupel. Der wusste sicher selbst, dass sein Riesling nicht zu den besten gehörte. »Wir würden allerdings gern den Traminer probieren, die Gegend ist dafür berühmt. Einige Fragen haben wir natürlich auch. Ihre Gattin verwies uns an Sie …«

Dafür schenkte Studt ihr einen bösen Blick aus dunklen Augen, denen Freundlichkeit fremd sein musste. Stattdessen lag etwas wie verschlagene Neugier in seiner oberen Gesichtshälfte. Die steile Stirnfalte zwischen den Brauen, in Jahrzehnten eingegraben, zeigte Misstrauen, Distanz und Abwehr. Die untere Gesichtshälfte verdeckte ein grauer, gut geschnittener Bart.

»Da wir jetzt den Winzer am Tisch haben, kann ich endlich etwas fragen, das mich seit Langem beschäftigt«, schaltete sich Rico Schmidt wieder ein. »Welchen Einfluss hat ein Fluss wie die Elbe auf Ihren Wein?«

Studt dachte einen Moment lang nach und richtete die nächsten Worte an seine Frau. »Meine Liebe, holst du uns freundlicherweise den Traminer? Für mich bitte auch ein Glas.« Leutseliger ging es kaum. Die Frau beeilte sich, der Aufforderung nachzukommen, während Studt auf seine Uhr sah, für eine Sekunde zu lauschen schien und zu dem Monteur hinüberblickte, der sein Werkzeug zusammengepackt hatte und es in seinen Kombi lud. »Wir sind hier nah an der Elbe. Sie wirkt wie eine Heizung, sie reflektiert das Sonnenlicht und, äh, das Wasser bleibt länger warm als die Umgebung und das umgebende Erdreich, auch wärmer als die Luft im Winter. Durchschnittlich haben wir es immer ein Grad wärmer als im Hinterland.«

Georg wandte ein, dass sie hier gut einen oder anderthalb Kilometer vom Fluss entfernt seien. Zu viel Wissen durfte er nicht durchblicken lassen. Auf die allgemeine Temperatur mochte die Elbe sich auswirken, aber nicht auf die Lagen weiter im Inland.

»So gesehen, ist das richtig, doch kaum jemand besitzt nur Weinberge oder Terrassen am Fluss. Wir haben Flachlagen, Hang- und Steillagen, wir haben Lagen mit Morgensonne und andere, die nach Süden und Südwesten ausgerichtet sind.«

»Was hier ringsherum wächst«, Georg umriss mit einer weiten Bewegung der Hand das Rund der angrenzenden Rebflächen, »gehört das alles zu Ihrem Weingut?« Es gefiel ihm, Studt nervös zu machen, denn der sah wieder gehetzt auf die Uhr und zum Tor hin, wo der Mechaniker gerade den Hof verließ. Wen erwartete er dann?

»Was ist mit Nebel? Müssen Sie bei der deutlichen Feuchtigkeit nicht viel gegen Pilze spritzen?« Er benutzte absichtlich nicht die Fachbegriffe Peronospora und Botrytis, um sich nicht als Fachmann zu entlarven. »Gibt es häufig Nebel? Zieht der bis hierher? Arbeiten Sie ökologisch oder – wie heißt noch diese andere Wirtschaftsweise?«

»Sie meinen sicher integrierten Weinbau. Ja, ja, selbstverständlich, wir arbeiten naturnah und umweltschonend.« Studt sprach schnell und zeigte deutlich, dass ihm jedes weitere Wort lästig war, denn in diesem Moment fuhr ein großer schwarzer Geländewagen auf den Hof. Er stand auf und blickte dem Wagen entgegen. »Wir nutzen alle fortschrittlichen Methoden«, sagte er vor sich hin. »Aber jetzt, meine Herren – besten Dank für den Besuch! Kommen Sie gern ein andermal wieder – jetzt schließen wir!« Wie ein Dirigent nach dem Konzert das Orchester zum Aufstehen auffordert, um sich für den Applaus zu bedanken, hob er die Hände.

Es war Zeit zu gehen.

11. Kapitel

Die 18 im Nummernschild

Der Wagen parkte neben Rico Schmidts Fahrzeug, vier Männer in dunklen Anzügen stiegen aus. Der Fahrer war höchstens dreißig, sportlich untersetzt, Kurzhaarfrisur, Typ Leibwächter, einer aus seiner ehemaligen Branche, wie Georg sofort erkannte. Die beiden Grauhaarigen aus dem Fond mochten in etwa Studts Alter haben, also knapp über siebzig. Als Georg den Mann vom Beifahrersitz sah, drehte er sich sofort zur Seite. Dieser Mann durfte ihn hier keinesfalls entdecken. Am Samstag auf der Terrasse bei Aust hatten sie am selben Tisch gesessen. Georg zog sein Smartphone aus der Jackentasche und fotografierte die Ankommenden aus der Hüfte, er hoffte, dass zumindest die Gesichter erkennbar waren.

Bedeutete die Gegenwart des angeblichen IT-Beraters, dass er doch das Ziel irgendwelcher Ermittlungen war? Ermittlungen von wessen Seite? Dieses erneute Zusammentreffen hier bei Studt alias Stundt konnte kein Zufall sein. Es musste mit Semmering zu tun haben: Semmering schickte ihn nach Sachsen, um etwas über Studt in Erfahrung zu bringen, und Studt schickte diesen Mann zu Aust, um ihn zu beobachten – war es so? All diese Überlegungen und Fragen überfielen ihn als bedrohlicher Wust von Gefühlen, als Georg sich die Sonnenbrille aufsetzte.

»Lass uns sofort gehen«, flüsterte er Rico Schmidt zu und warf einen Zwanzigeuroschein auf den Tisch zwischen die Weingläser, während Studt eilig auf die Männer zuschritt.

Sein Gang entsprach nicht seinem fortgeschrittenen Alter, die aufrechte Haltung ebenso wenig. Seine Gattin tat, als wäre sie über diesen Besuch hocherfreut, und im Weggehen – ihre Hüfte strich wie unbeabsichtigt an Georgs Schulter entlang – raunte sie ihm zu, er habe die besten Weine noch nicht probiert. »Kommen Sie doch morgen vorbei, am Vormittag habe ich Zeit für Sie.«

Rico Schmidt hatte die Veränderung bemerkt, die beim Erscheinen der vier mit Georg vor sich gegangen war, er stellte sich wortlos darauf ein und schirmte ihn gegen die Blicke der neuen Gäste ab, ohne nachzufragen. »Die scheinen alle zum selben Verein zu gehören«, sagte er, als er Frau Studt außer Hörweite wähnte. »Das wird kaum die Caritas sein, nicht einmal das Rote Kreuz. Ich stand damals mit meiner Meinung ziemlich allein da, dass die SED eine Truppe von Erfüllungsgehilfen zur Aufrechterhaltung des sowjetischen Besatzungsregimes war und die Stasi ein Kind des KGB, das die SED an der Macht hielt. Die Westalliierten haben auch die NS-Organisation Gehlen benutzt, um den Bundesnachrichtendienst aufzubauen. Das erinnert mich daran, dass die erste Reise eures frisch gewählten Bundeskanzlers oder der Kanzlerin immer nach Washington führte.«

Zu anderer Zeit hätte Georg zwar nicht widersprochen, doch die Debatte darüber geführt, aber jetzt war es Zeit zu verschwinden. Unauffällig drückten sie sich an der Wand unter der Leiter hindurch, die am Bürohaus lehnte, und auch der Transportaufzug diente als Abschirmung. Im Krebsgang bewegten sie sich auf Rico Schmidts Wagen zu. Georg tat, als erklärte er etwas, wies auf die Weinstöcke hinter dem Zaun und wandte dabei den Neuankömmlingen den Rücken zu. Ein kurzer Blick auf den schwarzen Geländewagen genügte, um sich das Nummernschild mit dem B für Berlin einzuprägen. Aufatmend ließ er sich in den Beifahrersitz fallen und notierte das Kennzeichen.

Rico Schmidt musste wenden. »Duck dich«, sagte er plötzlich beim Verlassen des Weingutes, er hatte instinktiv begriffen, dass sein Beifahrer nicht gesehen werden durfte, dann fragte er doch: »Was war denn da eben los?«

Es war Georg klar, dass Rico eine Antwort erwartete. Er warf einen letzten Blick zurück und wusste, dass er wiederkommen musste oder gleich morgen zurück an die Mosel fahren würde, ach, am besten noch heute. Die vier in dem SUV waren keine gewöhnlichen Gäste.

Georg machte es sich in seinem Sitz bequem, atmete tief durch und schaute nach vorn. »Wenn du ein nettes Restaurant kennst, dann schlage ich vor, ich lade dich ein, und wir reden, okay? Wir bleiben beim Du?«

»Klar, wir fahren zum Italiener, wo wir mit deinem Sohn und meiner Enkelin gewesen sind. Ich brauche jetzt eine Pizza mit Meeresfrüchten.«

»Und ich die Quattro Stagioni, wenn es die gibt.«

»Da bin ich mir ziemlich sicher, außerdem steht mir der Sinn jetzt nach einem schönen Chianti.«

»Aber bitte ein Classico oder ein Super Toscana soll es sein oder auch ein reifer Barolo.«

»Der ist doch viel zu teuer.«

»Egal, was er kostet. Ich lade dich ein. Nach dem, was wir eben vorgesetzt bekommen haben, brauche ich dringend was Vernünftiges.« Georg schüttelte sich bei der Erinnerung. »Ich frage mich, wie Weingüter überleben, die den Gästen solche Weine zumuten.«

»Kommt es nicht darauf an, wer dort verkehrt und weshalb? Vielleicht gibt es geheime Zuschüsse?« Rico Schmidt grinste ihn an. »Jeder Laden hat sein Publikum, wie wir eben gesehen haben. Mit teuren Italienern wird es allerdings schwierig, da müssten wir nach Dresden rein, hier draußen ist alles etwas bodenständiger. Und zu meinen Meeresfrüchten nehme ich vielleicht doch lieber einen unserer Weißweine, einen Weißburgunder oder Pinot Grigio. Ist zwar konventionell, aber ich bin's auch.«

»Dann lieber bodenständig. Aber was meintest du mit – wer dort verkehrt und weshalb?«

Rico Schmidt hielt es für offensichtlich, dass es sich in diesen frühen Abendstunden um ein sehr spezielles Treffen bei Studt oder Stundt handeln musste. »Wer war der Mann, dem du ausgewichen bist?«

»Ich beantworte deine Fragen und du meine, okay?«

»Einverstanden.«

»Ich kenne nur den Beifahrer.« Georg berichtete von dem Zusammentreffen bei Aust und von dem Gefühl, unter Beobachtung zu stehen, seit er mit Semmering zu tun hatte. »Die anderen drei sind mir nicht bekannt. Der Fahrer ist der Leibwächter, die beiden Älteren«, er zuckte mit den Achseln, »da bleiben mir nur Vermutungen. Beide pensioniert, der eine ein Wirtschaftler, der andere ein Beamter. Wer besucht einen ehemaligen Stasi-Offizier am publikumsfreien Tag? Seine Freunde oder Weggefährten. Es war Studt gar nicht recht, dass wir da saßen und die Männer sahen. Ich denke an die Kamera, die auf unseren Tisch gerichtet war. Als ich die Gaststube betrat, hantierte er hinter seinem Tresen an einem Wandschrank mit allerlei elektronischen Anzeigen. Sie haben sich in der lackierten Innenseite der Tür gespiegelt. Ich meine, eine Art Oszilloskop und zwei kleine Bildschirme gesehen zu haben. Ich kenne das nur von alten Abhöranlagen, auf dem Bildschirm siehst du die Lautstärke der Stimme. Aber das ist veraltet. Heute benutzt man Richtmikrofone in der Größe eines Kugelschreibers.«

»Wer ist man?«

»Dienste – Dienste im weitesten Sinne des Wortes.«

Rico Schmidt lachte laut auf. »Wahrscheinlich hat Stundt es nicht lassen können, der ist süchtig danach, Leute abzuhören, heute sind es seine Gäste. Wenn es so ist, wie du sagst, stammt die Anlage noch aus seinen besten Zeiten, er hat sie womöglich nach der Wende aus Stasi-Altbeständen billig gekriegt. In Sachen Elektronik waren die sowieso hintendran. Nur wen und wozu hört er Leute auf seiner Terrasse ab?«

»Vielleicht die, die gerade eingetroffen sind? Wer weiß, was die miteinander am Laufen hatten oder haben. Da fällt mir ein: Was weißt du eigentlich über die von Semmerings? Semmering erklärte mir, seine Großeltern seien beim Vormarsch der Roten Armee geflüchtet und nirgends angekommen.«

Rico Schmidt kannte niemanden aus dieser Familie, er hatte lediglich von ihr gehört, da sie mit landwirtschaftlichen Ländereien zu den Wohlhaben gezählt hatten. Was er über Semmering wisse, habe sein Vater ihm erzählt. Das Besondere an der Familie sei gewesen, dass sie sich immer mit den Ortsbauernführern angelegt hätten und dass sie denunziert worden seien. Da habe wohl jemand Gefallen an ihrem Weingut gefunden. »Sicher irgendeiner ihrer Gauleiter oder Goldfasane, die ihnen zu gern den Besitz abgejagt hätten.« Aber wo Semmerings Weingut und Weinberge gewesen seien, wisse er nicht.

»Seit heute weißt du zumindest, wo das Gut ist«, sagte Georg.

Rico Schmidt sah nur kurz zur Seite, nickte, dann blickte er wieder auf die Straße. »Dann wird es wohl so sein, dass unser Stundt etwas besitzt, das dein Semmering haben will.«

»Je nachdem, woher der Wind weht, von Westen oder von Osten, wird die Geschichte umgeschrieben.«

»Das zieht sich wahrscheinlich immer schon durch die Weltgeschichte«, meinte Rico Schmidt. »aber wir sollten versuchen zu klären, wie es in unserem Fall gelaufen ist.«

Georg dachte schweigend nach, dann fasste er die Ereignisse kurz zusammen, berichtete auch von der Observation auf der Herfahrt und dem merkwürdigen Verhalten des Pärchens bei Aust, von dem er und Kilian sich beobachtet gefühlt hatten. »Ich denke, ich sehe nicht recht, als der Kerl vom Samstag aus diesem Wagen steigt. Der Wagen ist in Berlin zugelassen, Studt und seine Frau stammen wohl auch von dort, man hört es …«

»Damals, als Stundt bei uns im Büro auftauchte, hatte es geheißen, dass jemand aus Berlin-Lichtenberg komme. Wir wussten, dass dort die Zentrale des MfS war, des Ministeriums für Staatssicherheit. Von meiner Seite gibt es keinen Zweifel an seiner Identität. Dann muss *er* sich Semmerings Weingut unter den Nagel gerissen haben?«

»So sieht es aus«, sagte Georg vorsichtig.

»Wo hat er so viel Geld her?«

»Was weiß ich? Aus der alten Stasi-Kasse? Es muss viel gewesen sein, aber ohne Pflanzrechte nutzt das nichts. Und die Liegenschaften, die Gebäude – das kostet Millionen …«

Rico Schmidt winkte ab. »Damals gab's hier fast alles umsonst, du brauchtest Beziehungen.«

»Vom Kriegsende bis zur Wende wurde das Gut offenbar als Volkseigenes Gut bewirtschaftet. Wahrscheinlich gehörten die Weinberge alle zur Meißener Genossenschaft, alles LPG, und die Gebäude werden anderen Zwecken gedient haben. Semmering hat bisher nicht ins Grundbuch einsehen dürfen. Er weiß nicht, wer dort als Eigentümer eingetragen ist.«

»Das sehe ich nicht als großes Problem an.« Rico Schmidt wollte sich darum kümmern, schließlich war er Architekt. »Ich kenne eine Frau im Grundbuchamt, sie hilft mir gern.«

»Kennst du nicht zufällig auch jemanden, der rauskriegen kann, auf wen dieser SUV zugelassen ist?«

»Was würdest du ohne mich anfangen, Georg?«

Das Essen war ausgezeichnet, aber der Chianti enttäuschend. Die Roten von Aust, Hoflößnitz und Wackerbarth waren allemal besser als der Chianti mit garantierter Herkunft, der

Georgs Pizza begleitete. Sicher lag es am Großhändler, der die italienischen Restaurants belieferte, oder die Mafia zwang die Landsleute, diese Weine zu kaufen, statt Schutzgeld zu bezahlen. Rico Schmidt, der sich auf Georgs Anraten zu einem Lugana als Begleiter seiner Meeresfrüchte hatte überreden lassen, war zufrieden.

»Ein Mann namens Tischler hat mir erzählt, die von Semmering hätten den Aufstieg der NS-Bauernorganisationen in Sachsen gefördert, die mit zu den stärksten in Deutschland gezählt hätten.«

»Das ist völliger Unsinn, das Gegenteil war der Fall. Die von Semmering hatten einen guten Ruf. Ich nehme an, da wurde ein Vorwand konstruiert, um sie zu enteignen.« Rico Schmidt fuhr sich mit der Hand zum wiederholten Mal durch sein weißes, kräftiges Haar.

Diese Bewegung war Georg bereits vorher aufgefallen. »Machst du das schon immer?«

»Was?«, fragte Rico Schmidt verblüfft, »was mache ich?«

»Na, dass du dir mit der Hand durchs Haar fährst, wenn du über etwas nachdenkst.«

»Ach so, das, ja, das hat schon meine Frau genervt. Sie wollte es mir immer abgewöhnen, leider aussichtslos. Wieso fragst du?«

»Weil Studt es beobachtet hat, und hinter seiner Stirn hat es gearbeitet. Man sieht Menschen an, ob sie denken oder nur dumm dreinschauen, er hat jede Handbewegung verfolgt. So als würde er in der hintersten Ecke seines Gehirns herumsuchen und hoffen, etwas Bekanntes zu finden.«

»Du … du meinst, er könnte mich erkannt haben?«

»Nein, erkannt nicht, doch er ist auf eine Fährte gestoßen, hat eine Ahnung. Solche Leute haben dafür einen speziellen Sinn.«

»Was soll's, mir kann's egal sein. Ich habe mit ihm nichts zu schaffen, aber du!«

»Du könntest ihn enttarnen, seine ehemalige Rolle publik machen.«

»Dann müsste man bei uns Hunderte enttarnen. Das wird die wenigsten interessieren, die wollen die Leichen im Keller lassen, die waren mit dem System einverstanden, haben sich arrangiert, die hatten nichts zu verbergen bis auf das, was sie in ihren volkseigenen Betrieben geklaut und verschoben haben. Das Recht dazu hatten sie, es war ja sowieso Volkseigentum ...«

»... Staatseigentum«, warf Georg ein.

»Sehr richtig, bis es die Treuhand zu Privateigentum gemacht hat, und die Hälfte aller war arbeitslos. Das war die kapitalistische Revolution, die radikale Umwälzung der Verhältnisse. Gewaltfrei war der Osten, nicht der Westen, der hat mit struktureller Gewalt geantwortet, mit Armut, Perspektivlosigkeit, ab in die Rente und in die Arbeitslosigkeit. Es kommt ganz darauf an, wie man Gewalt definiert.«

Georg zahlte, über ihre Diskussionen war es spät geworden, und sie fuhren zurück zu Rico Schmidts Haus, in dessen Nähe Georg seinen Alfa Romeo abgestellt hatte.

»Willst du wissen, weshalb so viele Leute hier unzufrieden sind?«, fragte der Architekt, als er Georg bei seinem Wagen absetzte.

»Du wirst es mir sagen, Rico.«

»Die Antwort ist ganz einfach: Weil der Osten zweimal erobert wurde: einmal durch die Rote Armee, zum zweiten Mal durch die Kapitalisten. Denk beim Einschlafen darüber nach. Gute Nacht.«

Während der Rückfahrt dachte Georg über Rico Schmidt nach. Er hatte sich überaus interessiert an der Sache mit Studt und dem Weingut gezeigt und würde gern helfen. Hatte er mit Studt – oder Major Stundt, wie er ihn ab und zu nannte – noch eine Rechnung offen? Fast schien es so. Wenn

Georg ihn mit seinem beinahe gleichaltrigen Vater verglich, wunderte er sich, wie Letzterer sich und sein langweiliges und angepasstes Leben aushielt.

Als Georg vor Frau Wagners Villa hielt, sah er sich um. Dort stand das Motorrad mit der 18 im Nummernschild. Alles war in Ordnung. Übermorgen wollte er Rico wiedertreffen, bei ihm zu Hause, die Wohnung gefiel Georg ausnehmend gut. Er würde einige Flaschen Sekt von Wackerbarth mitbringen, um sie gemeinsam zu verkosten, denn das Weingut war berühmt für den prickelnden Schaum. Der war für Georg noch immer ein schwieriges Thema, da hatte er gern eine zweite Meinung, auch die eines Laien war wertvoll. Dieser Laie würde für sie am Abend kochen.

Bevor er in seine Ferienwohnung ging, betrachtete Georg noch einmal sein Auto. Er hatte das ungute Gefühl, dass das Kennzeichen dem einen oder anderen Wessi-Hasser missfallen könnte. Doch der Wagen schien unbeschädigt, kein Kratzer im Lack. Er war tatsächlich sehr auffällig, nur bei Nacht knallte das Rot nicht so stark, das Licht der Straßenlaternen ging gnädig mit der Farbe um. Er musste sich bezüglich des Wagens etwas einfallen lassen, eventuell einen unauffälligeren Wagen mieten und den Alfa in einer Garage abstellen, wo er nicht gesehen wurde.

Erst als er sein Zimmer betrat, fiel ihm ein, dass er sein Smartphone beim Essen ausgeschaltet hatte, um ungestört und für eventuelle GPS-Tracker unauffindbar zu sein. Als er es jetzt wieder anmachte, sah er, dass Susanne angerufen hatte. Doch er wollte sie nicht mehr stören, das Gespräch würde zu lange dauern, wenn er ihr alles erklärte. Außerdem war ihm klar, dass sie dann auf seiner sofortigen Rückkehr bestehen würde.

Eine zweite Nachricht war von Semmering und enthielt eine Handynummer: Er solle sich dringend bei ihm melden. Das traf sich gut, denn er wollte ihm unbedingt von den Ereignissen der vergangenen Tage berichten und endlich mehr über die Hintergründe erfahren. Andernfalls war seine Zeit hier beendet. Obwohl er das Gefühl hatte, heute vorangekommen zu sein, fragte sich Georg, ob er nicht in jedem Fall den Koffer packen und verschwinden sollte. Aber da stand noch die Einladung von Frau Studt im Raum …

Trotz der späten Stunde meldete sich Semmering sofort. Er zeigte sich hocherfreut, dass Georg seiner Bitte um Nachforschungen nachkam, und war äußerst begierig, den Bericht vom Besuch auf dem Weingut Peter Studt zu hören.

»Haben Sie den Mann seinerzeit gesehen, mit ihm gesprochen?«

»Es war nicht Studt, der mich des Hofes verwiesen hat, ich bin kaum dazu gekommen, mein Anliegen vorzutragen. Sofort war die Stimmung feindlich.«

»Also haben Sie Studt selbst noch gar nicht getroffen? Erstaunlich!« Georg hätte einen möglichen Widersacher sofort aufgesucht. »Von der Weinbereitung scheint er, gelinde gesagt, nicht allzu viel Ahnung zu haben.« Georg berichtete von der Probe. »Aber die unterdurchschnittliche Qualität scheint Herrn Studt nicht allzu viel auszumachen.« Georg schilderte die Ereignisse des Nachmittags und was zum Abbruch der Weinprobe geführt hatte. »Ich würde gern wissen, was auf diesem Weingut vor sich geht«, sagte er, »sonst mache ich nicht mehr mit. Meinen Sie wirklich, es reicht, mich mit einem Umschlag mit Geld anzufüttern?« Georg wählte bewusst diesen Begriff aus dem Wörterbuch der Korruption.

»Durchaus nicht. Ich hatte Ihnen gesagt, dass ich mich nach Ihnen erkundigt habe, und man hat mir bestätigt, mit wie viel Engagement und Einfühlungsvermögen Sie den Mord an dem Restaurantbesitzer Peter Albers geklärt haben.«

»Alles schön und gut, aber das hilft mir nicht bei der Beantwortung der Frage, was dort vorgeht. Plötzlich taucht ein Wagen mit vier Männern auf, einer davon ist ein Bodyguard, mit einem anderen habe ich zwei Tage zuvor im Garten eines Winzers am selben Tisch gesessen, er und seine Begleiterin scheinen mich zu beobachten. Die beiden älteren Männer erinnerten mich an pensionierte Politiker oder Vorstände. Ich habe den Eindruck, verfolgt zu werden – also versucht jemand, sich ein Bild von meinen Bewegungen zu machen, von *meinen*«, wiederholte Georg, um das Gesagte zu unterstreichen, »nicht von Ihren. Wozu? Will jemand wissen, was ich weiß? Wer kann das sein? Ich nehme an, dass Sie es wissen und mich vorschicken. Offenheit, lieber Herr Semmering, ist die Voraussetzung einer fruchtbaren Zusammenarbeit.«

»Der Eindruck, dass ich Sie vorschicke, Herr Hellberger, kann entstehen, doch er ist falsch. Wenn ich komme, gehen die Türen zu. Und Sie sind nach den wenigen Tagen in Sachsen bereits weiter als ich. Ich wusste nicht, dass Studt früher Stundt hieß und beim MfS in der Wirtschaftsabteilung arbeitete. Das wirft ein ganz anderes Licht auf die Angelegenheit und zeigt Gegner, die über deutlichen Einfluss verfügen können.«

Georg sprach den Vorwurf an, dass Semmerings Großvater Wegbereiter der NS-Bauernorganisation gewesen sei und die entgegengesetzte Darstellung durch Rico Schmidt, dessen Namen er jedoch für sich behielt. »Der Herr wird sich um den Grundbucheintrag kümmern, dann wissen wir, wer Eigentümer des Weingutes ist. Und wenn wir ferner wissen, auf wen der Wagen zugelassen ist, sind wir ein Stück weiter.«

»Ich bin sehr zufrieden. Genau deshalb habe ich Sie engagiert«, sagte Semmering ein wenig zu gönnerhaft, was Georg ärgerte.

»Mich engagiert man nicht, Herr Semmering. Ich mache mit, weil mich Ihre Sache inzwischen interessiert und ich auf diese Weise mehr von Deutschlands Weinen verstehen werde. Können Sie mir sagen, wer auf dem Weingut verkehrt?

Es ist das Erste, soweit ich weiß, das eine Kamera auf seine Gäste richtet und sie möglicherweise abhört.«

Semmering lachte. »Wundert Sie das, wenn es sich um einen ehemaligen Stasi-Mann handelt? Das hat sich bei denen eingefressen, die sind paranoid.«

»Aber doch heute nicht mehr.« Die Antwort war Georg zu simpel. Es musste sich um etwas anderes handeln als krankes oder zwanghaftes Verhalten. Und er musste Semmering nicht auf die Nase binden, wo und wer heutzutage alles abgehört wurde: Rechte, Linke, Islamisten, Gefährder, Unternehmen, Politiker, befreundete Nationen …

»Dann arbeitet Studt womöglich für einen anderen Geheimdienst und schneidet die Gespräche mit. Oder könnte Erpressung im Spiel sein?«

War das jetzt Semmerings Versuch, ihn bei der Stange zu halten? Das Weingut Peter Studt als Zentrum krimineller Machenschaften? Darauf war Georg bisher nicht gekommen. Wenn er jedoch an die Abhöranlage hinter dem Tresen dachte … »Wen sollte Studt erpressen?«

»Das war lediglich ein Gedanke. Aus dem Impressum auf der Homepage des Gutes wird man auch nicht schlau. Im Grunde ist es das, was mich verbittert, dass man an nichts und niemanden rankommt.«

»Vielleicht versuchen Sie es mal bei der Treuhand. Wenn man vorn rausgeworfen wird, muss man durch die Hintertür wieder reingehen. Die Treuhand müsste wissen, wer das Volksweingut nach der Wende übernommen hat und was sich dort abspielte.«

Schlecht gelaunt und viel zu früh wachte Georg am nächsten Morgen auf. Das wenig hilfreiche Gespräch mit Semmering steckte ihm in den Knochen. Es hatte ihn keinen Zentimeter weitergebracht. Statt auf die Treuhand zu verweisen, hätte er ihm raten müssen, jemanden aufzutreiben, der dort gearbeitet hatte. Einen Insider finden, das war das Stichwort, einen, der bereit war, den Mund aufzumachen trotz aller unterschriebener Vertraulichkeitserklärungen und Vorschriften zwecks Geheimhaltung. Leider war die Whistleblower-Kultur in Deutschland nicht sehr ausgeprägt, und vermeintliche Nestbeschmutzer waren meistens ungeliebt. Von Tischler würde er nichts mehr erfahren, von Rico Schmidt vielleicht. Blieb noch die Einladung von Frau Studt. Dann jedoch müsste er sich auf ihre Wünsche einlassen, ihre Augen hatten keinen Zweifel gelassen, worum es ihr ging. Sollte er zumindest so tun, als würde er ihr entgegenkommen? Bei dem Gedanken war ihm nicht wohl, aber was blieb ihm übrig? Er merkte, dass Semmering ihn geärgert hatte mit seinem Gerede, ihn engagiert zu haben. Nein, jetzt wollte *er* wissen, welche Rolle *Semmering* spielte.

Es war nicht gut, den Tag mit negativen Gedanken zu beginnen. Deshalb verwandte Georg viel Mühe auf sein Frühstück, wohl wissend, dass Rührei mit Speck seine Lebensgeister in Fahrt brachte. Frau Wagner wuselte bereits mit der Rebschere in ihrem Weingarten herum. Sprach sie mit sich selbst oder mit den Reben? Georg wünschte einen guten Morgen und lud sie zu einem Kaffee ein.

Sie setzten sich an das Tischchen vor dem Gartenhaus. Es war klar, dass Frau Wagner sich erkundigen würde, ob das Gespräch mit Tischler ihn weitergebracht habe.

»Ein wenig schon«, entgegnete er vorsichtig. »Leider kann ich seine Antworten nicht richtig einschätzen. Er scheint mir jemand zu sein, der gewohnt ist, den Weg des geringsten Widerstandes zu gehen, und der damit ganz gut durch schwierige Zeiten gekommen ist.«

Frau Wagner fand Tischler damit treffend charakterisiert. »Ist er auf Ihre Fragen eingegangen?«

»Mehr oder weniger. Dass er sich totgestellt hat, wie Sie sagten, kann ich nicht bestätigen. Er hat bei allem mitgemacht, was von offizieller Seite angesagt war: Jugendorganisationen, Militär, Berufsausbildung, als Radiotechniker war er gefragt, also ging es ihm gut. Er machte zwar abfällige Äußerungen zum Marxismus-Leninismus, aber gleichzeitig war für ihn hier alles in Ordnung. Zu dem Weingut, um das es mir geht, brachte er eine neue Variante ins Gespräch. Er meinte, dass die Familie von Semmering mit den Nazis paktiert habe und deshalb habe fliehen müssen. Aus anderem Munde hörte ich, dass er beliebt gewesen sei und sich mit den Nazis angelegt habe. Weil das Ehepaar in den Wirren der letzten Kriegstage wahrscheinlich umgekommen ist oder umgebracht wurde, war die Übernahme oder Enteignung der Ländereien durch den neuen Staat problemlos. Dann ging es noch um den Namen des jetzigen Betreibers des Weingutes. Tischler behauptet, ihn nicht zu kennen.«

»Aber Sie glauben ihm nicht.« Frau Wagner starrte sinnierend auf die leere Tasse, als läse sie im Kaffeesatz. »Es war eine schwierige Zeit. Anderen sein Vertrauen zu schenken, wenn man nicht mit der Mehrheit und der Partei übereinstimmte, konnte schlimme Konsequenzen haben. Was früher richtig war, wird heute als falsch kritisiert.«

»Das nennt man wohl den Wandel der Zeiten.«

»Menschen ändern sich nicht – oder selten.«

»Ich glaube, dass es den Menschen geht wie den Weinstöcken: Es kommt immer auf den Boden an, in den man sie pflanzt, ob er steinig ist oder lehmig. Und längst nicht alle Klone sind gleich, der eine mag mehr Nässe, der andere gedeiht bei Morgensonne besser, ein dritter entwickelt mehr Blattwerk und verträgt mehr Kälte als andere. Ich sehe das bei meinen Töchtern: Die eine wächst bei mir auf, die andere bei der Mutter. Die beiden Mädchen haben sich jetzt schon nichts mehr zu sagen.«

Georg schwieg, er bemerkte, dass dieses Thema Frau Wagner wenig behagte, sie mochte anscheinend nicht daran erinnert werden, wie verschieden ihre Kinder waren. Auch die hatten sich auseinandergelebt. Mit seiner nächsten Frage brachte er sie auf andere Gedanken. »Ich brauche ein Fernglas. Wo bekomme ich so was?«

Frau Wagners Erstaunen verwandelte sich in Neugier. »Wen wollen Sie ausspähen? Nun gut, es geht mich nichts an.« Sie nannte ihm die Adresse eines Fotoladens in der Innenstadt von Dresden. »Haben Sie es eilig? Ich fahre Sie hin, keine Widerrede.«

Unterwegs fragte er sich, ob er sie nicht über Gebühr belastete, doch was ihn wirklich beschäftigte, war die Frage, ob er ihr gegenüber nicht zu viel erzählt hatte. Der Name Rico Schmidt war nicht gefallen. Auf der Rückfahrt zerstreute sie jedoch seine Bedenken.

»Menschen, denen man glauben darf, findet man selten, vielfach ist es gerade in diesem Teil Deutschlands eine Frage des Alters. Ich kenne Menschen, denen war ihr eigenes Handeln und die Folgen für andere – wie sie ihnen geschadet haben – durchaus bewusst. Manche taten es aus Kalkül, andere der Karriere wegen und dritte aus Überzeugung. Die glauben bis heute an ihren Sendungsauftrag. Ich denke dabei an das, was in der Bautzener Straße geschah, der Stasi-Zentrale hier in Dresden«, fügte sie auf Georgs fragenden Blick hinzu. »Manche haben es später eingesehen, manche erst viel später, manche überhaupt nicht.«

Es ging auf Mittag zu. Heute benutzte Georg weder seinen Wagen noch den von Frau Wagner, sondern ließ sich von einem Taxi zum Weingut Studt bringen, stieg einige Hundert Meter vorher aus und ging zu Fuß weiter. War er beim letzten Mal gegen den Uhrzeigersinn um das Weingut herumgelaufen, so schlug er heute den entgegengesetzten Weg ein, suchte sich in den dicht belaubten Rebstöcken oberhalb des

Zauns einen gut geschützten Platz, von dem aus er das Geschehen im Hof überblicken konnte.

Es standen drei Fahrzeuge im Hof, der silberne Mercedes und der blaue Fiat hatten auch gestern dort gestanden, neu war ein verschmutzter Kombi, in dem ein junger Mann in Arbeitsmontur das Gut verließ. Eine junge Frau fegte in aller Ruhe die Terrasse, auf der sie gestern gesessen hatten, lehnte den Besen an die Wand und verschwand im Schankraum. Die Dachdecker waren mit ihrer Arbeit nicht weitergekommen, eine Plane bedeckte den offenen Teil des Daches.

Das Dröhnen von Motoren ließ Georg aufhorchen. Es erinnerte ihn an seinen Freund, den Rocker Pepe aus Hannover, wenn er mit seinen Kumpels Ritze und Keule bei ihnen vorfuhr und vor dem Absteigen das Gas noch einmal kräftig aufdrehte. Der Lärm von der Straße nahm ab, und hintereinander wurden drei Motorräder in der Einfahrt sichtbar, sie rollten bis vor die Terrasse, wo die Motoren erstarben. Die Fahrer stiegen ab, entledigten sich der Helme und zogen die Reisverschlüsse der Lederkombis herunter. Georg war keineswegs erstaunt, in einem der Fahrer Frau Wagners grauhaarigen Sohn zu erkennen.

Das Fernglas ließ sich gut scharf stellen, Georg war besonders an den Kennzeichen der anderen beiden Motorräder interessiert. Auch sie zeigten die 18 sowie den ersten und den achten Buchstaben des Alphabets. Dann war das hier ein Nazi-Treff? Waren die Männer, die Studt gestern empfangen hatte, Mitglieder von rechten Parteien, die Köpfe, ideologische Führer von AfD oder NPD, und die Motorradfahrer gehörten zu ihrer Kampfgruppe? Das war eine völlig neue Wendung. Aber Georg glaubte irgendwie nicht an einen Treffpunkt der Rechten oder Neonazis, das passte nicht zum Wein. Diese Leute tranken Bier. Die Biker und die Männer aus dem Geländewagen mussten nicht zwangsläufig zusammengehören, auch wenn beide Gruppen hier verkehrten.

Doch *irgendwie* war keine Gewissheit – die musste er sich verschaffen.

Studt erschien in der Tür des Schankraums und winkte die Biker zu sich. Einer nach dem anderen trat ein und entzog sich Georgs Beobachtung. Ab und an passierte ein Fahrzeug das Weingut, ein Lieferwagen fuhr vor, der Fahrer entlud Wasserkästen, dann herrschte wieder Stille bis auf das Rascheln der Vögel im Weinlaub. Eine Eidechse huschte geräuschlos vorbei, blieb stehen, betrachtete mit ruckartig bewegtem Kopf den Fremdkörper Georg und huschte weiter.

Nach den Tagen voller Fragen empfand Georg die Stille in den Ohren und in seinem Kopf als befreiend, als erholsam und entspannend. Die Rebstöcke ringsum gaben ihm ein Gefühl von Geborgenheit, es war eine Freude, sie zu betrachten – vielleicht auch von ihnen betrachtet zu werden? Doch das war ihm zu metaphysisch, jenseits von Erfahrung und Erkenntnis. Aber weshalb sollte man den Pflanzen die Wahrnehmung absprechen, da sie auf so vieles reagierten? Die Luft war klar, und die Wärme des späten Vormittags hielt sich in Grenzen. Ähnlich wie jetzt saß er manchmal oben im Steilhang zwischen seinen Reben und schaute hinab auf die Mosel. Als diese Erinnerung in ihm aufkeimte, wäre er am liebsten aufgestanden, nach Radebeul zurückgefahren, hätte gepackt, Frau Wagner bezahlt und die Heimfahrt angetreten.

Da ließen die drei schwarz gekleideten und behelmten Männer unten im Hof die Motoren ihrer Maschinen aufbrüllen und rissen Georg aus seinen Gedanken. Studt verschwand in seinem Mercedes und folgte den Bikern, als wären sie seine Eskorte. Wie ein Vorhang senkte sich erneut die Stille über die Szenerie, die junge Frau, die zuvor die Terrasse gefegt hatte, bestieg ihr Fahrrad und radelte davon.

Georg stand auf, klopfte sich die Erde von der Hose, rückte seine Jacke zurecht und wischte sich mit Gras den Staub von den Schuhen. Die Lage war noch verwirrender als zuvor.

12. Kapitel

Sauerkirsche und Holunder

»Wie ich sehe, haben Sie sich an meine Einladung erinnert«, sagte Frau Studt überrascht, als Georg ihren kleinen Büroraum betrat. »Das freut mich sehr.« Sie klappte einen Aktenordner zu und schob eilig Papiere zusammen, als sollte niemand sehen, womit sie beschäftigt war. »Das ist wunderbar, ich habe Zeit, wir sind ungestört, und ich kann mich Ihnen gänzlich widmen.« Sie kam hinter ihrem Schreibtisch hervor und sah Georg an, als könnte ihr heute nichts Besseres passieren als sein Besuch. Die Jeans und die bunte, über der Hose getragene, weit geschnittene Bluse ließen sie weniger elegant, dafür aber jugendlicher erscheinen. Das blonde Haar wurde im Nacken von einer Haarspange zusammengehalten und fiel locker bis auf die Schultern.

Hatte Georg vorher nicht bemerkt, dass sie eine gut aussehende Frau war? Erst jetzt fiel ihm auf, dass sie mindestens zwanzig Jahre jünger war als ihr Ehemann, sprich Herr und Meister, wenn er sich an den Ton erinnerte, den Studt ihr gegenüber angeschlagen hatte.

»Wir waren vor dem Traminer stehen geblieben«, sagte Georg jovial, was ihm nicht schwerfiel, da er Frau Studt als wesentlich sympathischer und aufgeschlossener empfand als beim ersten Besuch. Lag es an der Abwesenheit des Ehemannes, oder spielte sie heute besser? Was war der Grund für ihr Entgegenkommen? Dass Studt sie beauftragt hatte, sich an ihn ranzumachen und ihn auszuhorchen? Er erinnerte sich an Studts nachdenklichen Blick, als Rico Schmidt sich mit der Hand durchs Haar fuhr. Sei auf der Hut, sagte sich Georg, die Freundlichkeit täuscht und macht dich unvorsichtig. Er fühlte sich bedeutend wohler, wenn er offen und freundlich sein durfte und genauso behandelt wurde, statt sich zurückhalten und sich jedes Wort genau überlegen zu müssen. Das allerdings hielt er hier und heute für absolut notwendig. Und der Satz, dass S. sich in Position bringe, ging ihm nicht aus dem Kopf. Er konnte nur hoffen, dass Semmering bald selbst auf der Bildfläche erschien.

»Den Schieler, den Riesling und den Müller-Thurgau haben wir bereits probiert«, sagte Georg, um den Grund für seinen Besuch in Erinnerung zu bringen.

»Aber nicht den Riesling von unserer Steillage«, unterbrach Frau Studt begeistert. »Und Ihr Freund? Was ist mit ihm? Wollte der heute nicht mitkommen? Ich dachte zuerst, er wäre Ihr Vater.«

Das könnte man von deinem Ehemann auch annehmen, dachte Georg und lachte, sich auf ihren kleinen Spaß einlassend, hütete sich jedoch, diesen Gedanken laut zu äußern. Studt war auch zu konventionell, um nicht zu sagen: spießig. Aber auch der Unterschied im Wesen des ungleichen Paares zeigte sich überdeutlich.

Frau Studt dirigierte ihn in einer bestimmenden Art an den Tisch der Terrasse neben der halbhohen Mauer, hinter der er des Nachts gehockt hatte, und ging den Wein holen. Dabei bewegte sie sich gewollt weiblich, als wüsste sie seine Augen im Rücken. Ihn aber interessierte viel mehr, welchen Bereich die unter dem Dach installierte Kamera erfasste. Doch warum sollte man ihn heute filmen, wenn nur sie und sonst niemand dabei war? Er stand auf und folgte ihr. Der in Deutscher Eiche gehaltene Schankraum lag im Dunkeln, der Wandschrank mit den elektronischen Geräten war geschlossen, die Tische waren weiß eingedeckt, vor den Plätzen lagen

Papierbögen mit aufgedruckten nummerierten Kreisen, in denen leere Weingläser blitzten.

»Sie planen eine Weinverkostung?«

»Ah, Sie kennen sich aus, ich vergaß, ja, heute Abend, das machen wir für unsere Gäste, die Weine stellt unsere Sommelière vor. Ich helfe nur im Notfall.« Sie hielt Georg den gekühlten Traminer und den Riesling hin. »Wir machen es uns unkompliziert. Einverstanden?« Ihr Lächeln versprach mehr als nur eine Weinprobe.

»Selbstverständlich«, sagte er, doch erstaunt über ihren vertraulichen Ton. »Was ist mit Flaschenkühlern?« Es hörte sich formell an und signalisierte ihr eine gewisse, nicht übertriebene Kompetenz. Wenn man es Menschen zu leicht machte, würdigten sie es nicht, dachte er.

»Ach, wie konnte ich die vergessen?« Sie kehrte um.

Er ging nach draußen und füllte zwei Gläser mit dem Traminer zwei Finger breit.

Kurz darauf brachte sie die Flaschenkühler. Sie hatte die Gelegenheit genutzt, den Lippenstift nachzuziehen und ihr Haar aufzustecken. »Jemand muss sie benutzt haben«, sagte sie. »Ich musste sie ausspülen.«

»Ich hoffe, Sie trinken mit?« Er hielt ihr eines der beiden Gläser mit dem goldgelben Wein entgegen, er wollte ihren Kommentar hören, das würde ihm etwas über ihren Weinverstand sagen.

»Das ist zwar mein Lieblingswein – aber ist es nicht ein wenig zu früh? Mein Mann bleibt länger fort, und es wird wahrscheinlich nicht Ihre oder meine letzte Probe heute sein.«

»Für einen guten Wein ist es selten zu früh«, sagte Georg, davon überzeugt, dass dieser der beste des Hauses war: Er zeigte eine schöne Aromenfülle, was nicht jedermanns Sache war, dazu Honig, Veilchen und ein schwacher Rosenduft, vielleicht Muskat und Marzipan? Er war nicht ganz im Gleichgewicht, die Süße überwog, eine etwas stärkere Säure hatte ihn lebendiger gemacht.

»Er stammt von unserer besten Lage vom Spaargebirge. Wir haben dort einen Hektar – mit Elbblick. Das ist eigentlich keine Gebirge«, fügte sie mit Augenaufschlag hinzu, »es ist ein Hügel, höchstens zweihundert Meter hoch und drei Kilometer lang, unten Granit, obenauf liegt Lössboden. Die schroffe Felswand an der Straße nach Meißen gibt einen falschen Eindruck. Der Löss, der macht den Wein so rund, glaube ich zumindest.«

Der Gedanke war nicht falsch. Das gab Georg die Möglichkeit, weitere Fragen zu stellen. »Wer ist bei Ihnen der Önologe, Ihr Mann oder Sie, wer ist vom Fach?«

Sie holte Luft, nahm die Flasche in die Hand und betrachtete sinnierend das Etikett, was ihr Zeit gab, so interpretierte Georg die Geste, über die passende Antwort nachzudenken. »Wir kommen beide aus anderen Berufen, uns haben die Liebe und die Liebe zur Natur hierher verschlagen, die Liebe zum Wein und zur Landschaft. Und die Ruhe ist himmlisch, finden Sie nicht? Sie sollten öfter kommen und sie genießen.«

»Von der Großstadt werden Sie sicherlich genug eingeatmet haben. Sie sind beide aus Berlin?« Georg verkniff sich zu fragen, ob aus Ost oder West. Bei Studt wusste er es längst, und heute spielte es keine Rolle mehr. Oder doch? Für das, was damals geschehen war, zur Zeit der Wende und davor, war es entscheidend.

»Hört man das Berlinerische so deutlich?«, fragte sie mit gespieltem Entsetzen. »Den Dialekt wird man ein Leben lang nicht los, das ist wie bei den Sachsen. Sie haben keinen Akzent, aber Sie kommen ja auch aus Hannover, wenn ich mich richtig erinnere. Ich habe Sie auch noch gar nicht nach Ihrem Namen gefragt«, bemerkte sie kokett, »wie unaufmerksam von mir.«

Georg hatte die Frage erwartet und sich darauf vorbereitet. Er bediente sich wieder seines ehemaligen Nachbarn. »Max, Max Liebig ist meine Name, und Hannover ist richtig. Ja, und verheiratet bin ich auch.« Er hatte bemerkt, wie ihre Augen auf seinem Ehering ruhten. »Zum zweiten Mal«, fügte er hinzu und deutete einen Seufzer an.

»Nach dem ersten Mal nicht klüger geworden?« Ihr Lachen klang wie die Suche nach einem Verbündeten im gemeinsamen Elend.

Er stieg darauf ein, es konnte sie dazu veranlassen, mehr über sich preiszugeben. »Geht es nicht immer darum, mit dem anderen den gemeinsamen Nenner zu finden? Sie und Ihr Mann haben ihn allem Anschein nach gefunden.«

»Ja, allem Anschein nach. Aber Sie wissen sicher aus eigener Erfahrung, wie es ist: Manches im Leben ist längst nicht so, wie es nach außen hin scheint.«

Was für eine Binsenweisheit, dachte er – und stimmte selbstverständlich zu, er musste sie dazu bewegen, sich auszujammern. Oder war es ihre Strategie, damit auch er es tat und sie weiter an ihn herankäme? Oder war es eine von ihrem Stasi-Ehemann übernommene Methode, das Opfer in Sicherheit zu wiegen, es dazu zu bringen, sich zu solidarisieren und sich zu öffnen? Er würde die Rollen vertauschen. »In welcher Branche waren Sie tätig?«

»Wir kommen beide aus der Wirtschaft, Industrie- und Unternehmensberatung.«

Das deckte sich mit der Aussage von Rico Schmidt. Georg vermutete, dass Studt beim MfS so etwas wie ein Revisor, ein Controller gewesen war. »Das dachte ich mir, denn die Herren, die uns gestern vertrieben, machten den Eindruck von Männern aus der Wirtschaft, wahrscheinlich längst im Ruhestand. Solche Leute können schlecht stillsitzen.«

Sie lachte zustimmend, als würde der Sachverhalt auch sie amüsieren. Das seien Geschäftsfreunde gewesen, die ab und an vorbeikämen. Man pflege die freundschaftlichen Kontakte, unterhalte sich über Politik und diskutiere über Aktienkurse. Sie wundere sich, wie man bei derartigen Pensionen das Bedürfnis haben könne, weiterzuarbeiten und zu spekulieren. »Ich glaube, sie halten es nicht aus, unbedeutend geworden zu sein. Was früher war, interessiert keinen, sie haben nichts mehr zu sagen, und keiner hört auf sie.« Ihr Mann leide darunter, daher übernehme er noch den einen oder anderen Beratungsauftrag. »Aber leider funktioniert die Wirtschaft häufig nicht so, wie man es sich wünscht.«

»Spielen Sie damit auf Investitionen in diesem Teil Deutschlands an?«

»Es waren schwierige Zeiten damals, niemand wusste, wie es weitergehen würde« – also stammte sie aus dem Osten Berlins, denn für die Westler war alles so weitergegangen wie zuvor – »was oben war, kam nach unten, was vorher rechtens war, war plötzlich falsch. Was einmal einen Wert besaß, schien über Nacht wertlos geworden zu sein. Wie und woran sollte man sich orientieren? Ehemals verdiente Leute galten anderntags nichts mehr, andere, die man im guten Glauben verfolgt hatte, stiegen zu … zu Helden auf, sie waren gefragt, bekamen Raum, sich als Opfer zu stilisieren, sich in den Medien auszum…«, sie brach im Satz ab, zögerte, dann fand sie einen neutraleren Begriff, »… sich in den Medien auszubreiten.«

Hatte sie »auszumären« sagen wollen? In dem Fall war ihre Haltung klar. Hatte Studt seine oder eine Sekretärin aus dem Ministerium geheiratet? Und was hatte »verfolgt in gutem Glauben« zu bedeuten? Dass es richtig war, zumindest für sie, die Gegner oder Feinde des Systems, den sogenannten Klassenfeind, zu bekämpfen, der hinter jeder Litfaßsäule lauerte? War das nicht in jedem System der Fall? Buhmänner wurden aufgebaut, der aggressive Imperialismus, die gelbe Gefahr, der Russe – eine Bevölkerung in Angst war leichter zu kontrollieren. Es kam darauf an, auf welcher Seite man stand. An Runden Tischen hatte sie vermutlich nie gesessen.

»Über die Wendezeit weiß ich nichts«, sagte Georg in der Hoffnung, dass sie mehr von ihrer Sichtweise offenbaren würde. »Ich war gerade mal fünfzehn Jahre alt, mich interessierte damals nur der Sport, wie die Wende ablief, wie das Zusammengehen organsiert wurde, ist an mir vorbeigegangen.«

»Sehen Sie, mein lieber Herr Liebig, das ist die Krux. Heute meint jeder, er könnte über die ehemalige DDR herfallen und ihre Bewohner verurteilen. Dabei haben sie keine Ahnung von der damaligen Lebenswelt. Mit der Wende kam der Absturz, die Hälfte aller Menschen verlor ihre Arbeit, davon wurde die eine Hälfte in Rente geschickt, die andere bekam Arbeitslosenunterstützung. Wie fühlen sich Millionen von Menschen, die sich vom Westen alles erhofften und dann von ebendiesem Westen aufs tote Gleis eines stillgelegten Bahnhofs abgeschoben werden? War die ursprüngliche Idee der Treuhand nicht, noch unter Modrow, falls Ihnen der Name was sagt, das Staatsvermögen in Volksvermögen umzuwandeln? Jedem Bürger stand ein Anteil davon zu, schließlich hatten sie es erarbeitet.«

»Darüber kann ich mir kein Urteil erlauben, das weiß ich nicht.« Genau genommen hätte man dann die Schulden und Kosten für Aufräumarbeiten gegen die vorhandenen Werte aufrechnen müssen, sagte sich Georg, doch diese Debatte vermied er lieber.

»Aber ich erlaube mir ein Urteil! Meine Eltern waren ebenfalls betroffen. Dann feuerten sie in der Treuhand alle Manager, die von hier kamen, statt ihr Wissen zu nutzen. Die wurden als SED-Seilschaften diffamiert. Die Maxime hieß Privatisierung oder Liquidation statt Sanierung und Investition. Aber wir reden zu viel, ich rede zu viel, wir kommen vom Thema ab. Sie sind schließlich zum Probieren hergekommen, oder?«

»Ja und nein«, sagte Georg, sah Frau Studt mit großen Augen an und hoffte, dass es begehrlich wirkte. »Ich finde es hochinteressant, was Sie sagen. Wo haben Sie die Wende erlebt, oder wo hat sie Sie erwischt? Sie werden damals noch sehr jung gewesen sein.«

»Gerade mal zwanzig. Es war viel zu kompliziert, alles zu verstehen, was geschah. Und es ging zu schnell. Trotzdem wird niemand, der diese Zeit mitgemacht hat, sie jemals vergessen.«

»Und waren Sie noch in Berlin?«

Sie nickte nachdenklich. »Ein braves Mädchen aus unpolitischem Hause.«

Wie hielt das brave Mädchen aus unpolitischem Hause es dann mit diesem Stasi-Ehemann aus? Für einen Geheimdienst zu arbeiten hielt Georg für eine Charakterfrage. Damals, nach dem Zweiten Weltkrieg, wollte auch niemand dabei gewesen sein, und keiner hatte von etwas gewusst. Musste man zum Lügen oder zur Falschheit geboren sein? Immer auf der Hut, enttarnt zu werden, in permanenter Anspannung zu leben? Oder waren diese Leute von Natur aus so gestrickt, dass sie es locker nahmen?

Frau Studt holte neue bauchige Gläser und brachte den Dornfelder mit. Unter den Roten war das nicht unbedingt Georgs Lieblingssorte. Cabernet Sauvignon, auch die daraus gezüchteten Piwis – die Pilzresistenten – lagen ihm weitaus mehr, ebenso Spätburgunder und Merlot oder Sankt Laurent. Es war beim Dornfelder recht schwierig, gute Qualitäten zu erarbeiten, und die Rebsorte war anfällig für Spät- und Nachtfröste.

Leider öffnete Frau Studt die Flasche mit dem Drehverschluss erst am Tisch, dabei brauchte dieser Wein Zeit zum Belüften.

»Haben Sie eine Karaffe? Ich glaube, er fällt besser aus, wenn man ihn dekantiert.«

»Da sagen Sie etwas sehr Richtiges, ich sag es meinem

Mann auch immer wieder, aber seit Sonntagabend haben wir keine Flasche mehr geöffnet. Warten Sie. Ich hoffe, Sie haben genügend Zeit mitgebracht, ich hole die Karaffe.« Beschwingt eilte sie in den Schankraum. Mit den Worten »Wir nutzen sie selten« kehrte sie mit dem Dekanter in der Hand zurück, und Georg, charmant wie selten, nahm ihr das Eingießen ab, ließ langsam den Wein aus der Flasche durch den langen Hals der Karaffe fließen. Der intensive Kontakt des Weines mit Sauerstoff war das Ziel. »Sie scheinen das häufiger zu tun.«

Hörte er da ein gewisses Misstrauen heraus? »Ich trinke mehr Rotwein als Weißwein, und ich dekantiere alle Weine aus meinem Keller, auch die Weißen. Der Geschmack zeigt sich deutlicher.«

Georg empfand den Dornfelder immer als etwas ordinär, als gewöhnlich. Der einzige, der ihm jemals wirklich geschmeckt hatte, stammte aus Franken vom Zehnthof Luckert, doch Luckert hatte sich längst vom Dornfelder verabschiedet. Dieser hier war typisch, Sauerkirsche und Holunder, leider zu hartes Tannin, etwas von seiner Säure hätte er dem vorher probierten Traminer abgeben können. Wieder haperte es mit der Harmonie. Das wunderte Georg auf diesem Weingut nicht.

»Es ist eine Kreuzung aus Helfensteiner und Heroldrebe.« Frau Studts Erklärung hörte sich beinahe wie eine Entschuldigung an, sie schien Georgs Abneigung gegen diesen Wein bemerkt zu haben. »Die Krönung ist unsere drei Jahre alte Riesling Spätlese, die ist nur besonderen Gästen vorbehalten.« Jetzt schenkte sie ein und sah gespannt Georgs Kommentar entgegen.

Es war der einzige Wein, bei dessen Bewertung er sich nicht verstellen musste. Endlich einer, bei dem alles stimmte, er war harmonisch, Dichte sowie Frische waren vorhanden, Fülle und Volumen brachte der höhere Alkoholgehalt, und ein Hauch von Petrol zeigte sich. Es war ein Wein, der seine Laune hob.

Vielleicht wagte er deshalb noch einen Versuch. »Wie sind Sie eigentlich an das Weingut gekommen? Es gab, soweit ich weiß, in Sachsen nach dem Ende der DDR wenig geeignete Gebäude und kaum frei verfügbare Flächen, sprich Weinberge, und heute sind gar keine Pflanzrechte mehr zu bekommen, außer es gibt jemand auf.«

Sofort war Frau Studt hoch konzentriert. Sie richtete sich auf, als wollte sie die Frage abwehren. »Wir haben glücklicherweise zu einer Zeit mit dem Wein begonnen, als hier vieles im Umbruch war. Da wir uns beruflich mit Wirtschaft beschäftigt haben, mit Unternehmensberatung, kannten wir viele Leute in den Behörden und kannten Projekte, Unternehmen, bei denen es sich nicht lohnte, sie weiterzuführen. Man muss das Prozedere kennen, die Abläufe, man muss voraussehen, wohin die Reise geht.« Sie breitete die Arme aus, als wäre es das Einfachste der Welt, als hätten sie sich verhalten wie jedermann. »Wer sucht, der findet, und wir bekamen die entsprechenden Angebote. Alles im Leben, wie Sie wissen, Herr Liebig, ist Vitamin B, B wie Beziehungen.«

»Und wer wird Ihr Weingut in Zukunft führen? Haben Sie Nachfolger, die es übernehmen? Herr Studt ist nicht mehr der Jüngste.«

»Kinder sind uns nicht vergönnt gewesen, und die Kinder aus meiner ersten Ehe« – sie seufzte tief und ließ für einen unkontrollierten Moment die Schultern hängen – »die leben in Westdeutschland, die zog es mehr an den Rhein als an die Elbe.« Sie sah Georg in die Augen, als wollte sie wissen, wer er wirklich war und ob sie ihm vertrauen konnte. »Würden Sie hier einsteigen? Ich glaube, wir wären ein gutes Gespann.«

Sie lachten beide ob des gelungenen Witzes, wobei ihre Frage den absurden Wunsch, der dahinterstand, deutlich werden ließ und das Lachen Georg einer Antwort enthob.

»Haben Sie Kinder?«

»Ja, zwei Jungen und zwei Mädchen.« Es kam Georg leicht über die Lippen.

»Und – sind sie aus erster Ehe?«

Diese Frage war wieder in einer Weise gestellt, beinahe lauernd, die ihre Aussage bezüglich des guten Gespanns vergessen ließ und mehr als nur ihre Neugier verriet. Jetzt konnte er wahrheitsgemäß antworten, dass zwei aus erster Ehe stammten und zwei angeheiratet waren.

Dann probierten sie gemeinsam den Kerner und unterhielten sich über die Folgen des Klimawandels, der auch in Sachsen zu spüren sei.

Frau Studt zeigte sich verwundert, als Georg sie bat, ihm ein Taxi zu bestellen, gab sich aber mit der Erklärung zufrieden, dass er auch mit einem Taxi gekommen sei, da der Freund ihn heute nicht hatte fahren können.

»Wo müssen Sie hin? In Ihr Quartier? Wo sind Sie untergekommen?«

Auf diese Frage hatte er gewartet. War es Neugier, war es Interesse an ihm, oder gehörte es zum Fragenkatalog? Es sei ein Privatquartier in der Weinbergstraße in Radebeul, antwortete Georg. Er erinnerte sich, den Namen in der Anschrift des Weingutes Drei Herren gelesen zu haben. Er glaubte nicht, dass sie jetzt alle Pensionen durchtelefonierte, um seine Bleibe in Erfahrung zu bringen.

»Sehen wir uns denn noch mal wieder?«, fragte sie mit großen Augen, als er die Tür des Taxis öffnete. »Es würde mich sehr freuen. Wir haben noch andere schöne Weine – im Keller, für ganz besondere Gäste.«

Zum Abschied erhielt er noch diese Auszeichnung? Oder war es ein Hinweis auf Studts Leichen im Keller? Wie viele seiner Mitbürger, Arbeiter und Bauern, mochten er denunziert haben? Vorausgesetzt, es stimmte, was Rico Schmidt über ihn erzählt hatte. Aber niemandem mehr Glauben zu schenken grenzte an Selbstaufgabe.

»Ich habe einige Weingüter auf dem Plan, Dresden will ich mir anschauen, da wird sich anschließend sicher eine Gelegenheit ergeben. Ich melde mich. Vielleicht ist dann auch Ihr Mann zu Hause?«

Der Blick, der ihn jetzt traf, sagte ihm, dass das nicht unbedingt nötig wäre. »Ende der Woche wäre es mir recht, da hätte ich Zeit, mich Ihnen ganz zu widmen.« Die Art des langen Händedrucks zum Abschied konnte nicht missverstanden werden.

Vom Rücksitz aus war im Rückspiegel kaum zu sehen, ob sie ihm nachwinkte oder sich sofort anderem zuwandte. Es hätte beides bedeuten können, sowohl persönliches Interesse wie auch den Wunsch, ihn unter Kontrolle zu behalten. Wenn Semmering beobachtet wurde, von dem man wusste, dass er »sich in Position brachte«, dann war auch er längst ins Fadenkreuz geraten. Dieser Satz, dass er sich »nach dem Treffen mit S. auf den Weg gemacht« habe, drang ihm erst jetzt voll ins Bewusstsein. Nein, sie winkte nicht, aber sie notierte etwas. War es die Nummer des Taxis?

»Wohin soll's denn gehen?« Der Taxifahrer war langsam in Richtung Elbe gefahren.

»Dresdner Straße 71 in Meißen.« Sollte die ach so sympathische und ihm zugewandte Renate Studt bei der Taxizentrale nachfragen, wohin er gefahren sei, dann war die Dresdener Straße 71 eine gute Adresse, denn es war das Weingut von Martin Schwarz, da wollte er wirklich hin, und Georgs Beziehung zum Wein war bestätigt.

»Da ist der Wein auch wirklich besser«, sagte der Taxifahrer vor sich hin. Es hörte sich wie ein Tadel an.

»Was meinten Sie?«

Der Fahrer antwortete nicht und tat so, als konzentrierte er sich auf den Verkehr.

Georg fragte sich, ob es ihm nicht egal sein konnte, was Frau Studt über ihn wusste. Konnte sie oder ihr Mann ihm schaden? Weshalb sollte sie das tun? Die einzige Verbindung war Semmering. Wenn sie und Studt etwas gegen den hatten, dann würden sie sich auch gegen ihn wenden. Letzten Endes ging es um ihren Besitz.

Alles Spekulation, sagte er sich und dachte darüber nach, was er heute überhaupt herausbekommen hatte, außer dass es irgendeine Verbindung von Studt zu rechtsradikalen Bikern gab, dass man Kontakte mit der Treuhand gehabt und Industrieunternehmen beraten hatte, diese alten Kontakte anscheinend pflegte und die Methoden der Stasi als im guten Glauben geschehen rechtfertigte. Blieb zu klären, woher das Geld stammte, mit dem Studt das Weingut und die Weinberge gekauft hatte. Parteigelder der SED? Oder hatte er es gar nicht gekauft, sondern waren Weingut und Weinberge wie so vieles nach der Wende verramscht oder zugeteilt worden?

»Und – heute mal wieder was ausgeheckt?« Die raue Stimme des Fahrers riss Georg aus seinen Gedanken, zwei graue Augen musterten ihn kalt und böse im Rückspiegel. »Alte Seilschaften sprengt nur der Tod, nicht wahr?«

»Ausgeheckt? Was? Wie meinen Sie das?«, fragte Georg, ob der Verachtung in der Stimme erschrocken. »Wer soll was ausgeheckt haben?«

»Na, ihr heckt da doch immer was aus. Gibt's wieder was billig zu kaufen? Halten Sie mich nicht für blöd«, sagte der Mann mit einem Naserümpfen. »Ich habe schließlich Augen im Kopf. Ich bin aus Weinböhla, ich fahre mein Leben lang Taxi und komme hier oft genug vorbei, seit Jahrzehnten. Ich fahre sie alle, die Gäste und die ganz speziellen Gäste. Bildet euch bloß nicht ein, dass wir vor euch noch Angst hätten. Das ist vorbei.«

»Ich weiß überhaupt nicht, was Sie meinen«, entrüstete

sich Georg und wusste es doch. Wenn der Taxifahrer es wusste, dann wussten es auch andere. Oder sie wollten es nicht wissen und schon gar nicht darüber reden.

Der Mann, bestimmt in den Siebzigern, lachte abfällig. »Eigentlich wäre ein Kollege gefahren, der immer hierherfährt, das hat er bereits früher getan, der war schließlich in der Partei.«

»Was hat Taxifahren mit der Partei zu tun? So, wie Sie es sagen, meinen Sie sicherlich die SED.«

»Das wissen Sie nicht? Viele Taxifahrer waren, wenn nicht in der Partei, so doch beim MfS oder zumindest als IMs tätig. Da wusste Erich immer, wer wohin fuhr oder woher jemand kam.«

»Wer ist Erich? Ich bin nicht von hier«, sagte Georg arglos.

»Erich, das ist Erich Mielke, Chef des Ministeriums für Staatssicherheit, ein Parteisoldat wie Hans-Georg Wieck.«

»Sie werfen mit Namen um sich, die mir nichts sagen.« Diese Art, mit seinem Wissensvorsprung aufzutrumpfen, machte Georg ärgerlich.

»Sie kennen den nicht, Sie?! Der war bis zur Übernahme Präsident des BND, des westdeutschen Geheimdienstes, falls Sie davon mal gehört haben sollten.«

»Vom BND ja, von dem Mann nicht. Ich genieße die Gnade der späten Geburt, bei der Übernahme der DDR, wie Sie es nennen, war ich in der neunten Klasse. Und wenn das alles so ist, wie Sie sagen, weshalb fahren Sie mich heute und nicht dieser Kollege?«

Wieder traf ihn der skeptische Blick aus dem Rückspiegel. »Dem geht es heute nicht so gut, er bat mich, die Fahrt zu übernehmen. Deshalb. Tun Sie nicht so, als wüssten Sie nicht, wer sich hier trifft. Sie sind doch nicht zufällig hier. Nichts gegen Sie persönlich, aber ich kann gut unterscheiden zwischen Leuten und Leuten, zwischen hiesigen und Westdeutschen. Das Gesindel verkehrte schon vor der Wende hier.

In meinem Beruf kommt man viel herum und sieht viel. Damals traute sich keiner, was zu sagen – wem auch? Damals fragte keiner, und heute müssen die so tun, als würden sie Wein machen. Haben Sie den probiert?«

»Ja«, antwortete Georg konsterniert und wusste nicht, was er sagen sollte. Wieso traf er den Taxifahrer erst jetzt? Er hätte sich vieles sparen können, wenn er diese Quelle früher gehabt hätte.

»Dann wissen Sie ja, wie diese großartigen Kresenzen schmecken«, meinte der höhnisch. »Da, wo Sie hinwollen, macht man besseren, richtig guten Stoff, glauben Sie mir.«

»Ich begreife nicht, was Sie mir damit sagen wollen, ich komme aus Westdeutschland.«

»Eben, deshalb, daher kamen die anderen auch«, unterbrach ihn der Taxifahrer. »Geschäftsleute, wie sie sich nannten. Sind Sie auch einer von denen? Habt ihr neue Veteranenverbände aufgestellt, wie früher die von der Wehrmacht oder der Waffen-SS, heute Stasi und BND? Das ist alles dasselbe Kaliber.« Die letzten Worte sagte er mehr zu sich selbst.

»Nein, ich bin Winzer.« Georg war irritiert, verstört und gleichzeitig beleidigt, für jemand aus diesen Kreisen gehalten zu werden.

»Und dann gehen Sie zu denen hier? Das soll ich Ihnen glauben?«

Sie bogen in die Landstraße ein, die an der Elbe entlang auf Meißen zuführte. Endlich hatte er den Fluss vor sich, eingefasst von grünen Ufern, ruhig dahinfließend, auf der anderen Seite ein leichter Anstieg, oder war es ein Streifen Wald? Es war ein Anblick, der ihn an das leichte Heimweh erinnerte, das ihn hier überfiel, wenn er mal an nichts dachte, sich nach Susanne sehnte und nichts mit deutsch-deutscher Vergangenheit zu tun haben wollte. Wenn er mal nicht gezwungen war, auf jedes Wort zu achten, sich zu verstellen, vorzugeben, ein anderer zu sein. Leider war dieser Blick auf die Elbe viel zu schnell vorbei, er würde noch einmal herkommen, sich ans Wasser setzen und flache Kieselsteine über die glitzernde Fläche springen lassen.

Auf dieser Seite fuhren sie auf das Gebirge zu, von dem Frau Studt gesprochen hatte. Vor sich sah er eine Steilwand, es mochte ein ehemaliger Steinbruch sein, kurz dahinter sah er eine Parkbucht an der Straße und bat den Fahrer, dort zu halten. »Beleidigen Sie Ihre Fahrgäste denn immer? Aber von deren Geld zu leben sind Sie sich nicht zu schade, was?«

»Wissen Sie, eigentlich habe ich die Fahrt übernommen, um meine Vorurteile zu bestätigen.«

»Sind Sie ein Wessi-Hasser?«

»Nein, ich bitte Sie, im Gegenteil, ich bin ein Stasi-Hasser. Als ein Freund von mir abgehauen ist, haben sie mich eingesperrt, mich tagelang verhört und mir unterstellt, ich hätte von den Vorbereitungen nicht nur Kenntnis gehabt, sondern mitgeholfen. Und diese Bande trifft sich dort, wo ich Sie abgeholt habe. Ich war mir sicher, Sie hätten was mit denen zu tun.«

»Dieselben Leute?«

»Teils, teils, derselbe Verein, die Veteranen.«

»Wie ich Ihnen bereits sagte, ich bin Winzer von der Mosel.«

Der Taxifahrer grinste Georg frech an. »Und die hier haben ein Weingut an der Elbe. Worin liegt der Unterschied? Übrigens, die Uhr läuft.«

Georg ignorierte den unverschämten Einwand. »In den Menschen und im Wein liegt der Unterschied. Sie können nicht jeden, der hier auftaucht, für die Vergangenheit verantwortlich machen.«

»Das tue ich auch nicht, aber welchen Eindruck soll ich haben, wenn ich Sie dort abhole, was schon zu DDR-Zeiten ein konspirativer Treff war? Da öffnete sich das Tor, natürlich immer nachts, die fuhren rein, auch die mit West-Kennzeichen, und das Tor ging wieder zu. Haben Sie die Aufhängung für die Windnetze an der Remise nicht gesehen? So eine Art Rollo, dahinter verschwanden die Autos, unsichtbar. Jetzt stehen da Ackergeräte. Auch nur zur Tarnung.«

»Und wer hat sich da getroffen?«

Der Fahrer lachte wieder. »Ja, wer wohl? Das wissen Sie nicht?«

»Genau das möchte ich rauskriegen.«

»Na, viel Spaß dabei, und passen Sie bloß gut auf sich auf. Alte Männer können böse werden. Die haben allerlei Gesindel an der Hand.« Er ließ den Motor an und fuhr schweigend weiter an der Elbe entlang bis zur angegebenen Adresse. Ein Trinkgeld nahm er nicht an.

Es dauerte eine Weile, bis Georg wieder zur Besinnung kam. Er tat das, wovon er während der Taxifahrt geträumt hatte, ging die wenigen Schritte hinab zur Elbe und starrte aufs Wasser, um die Ruhe zu genießen, das Gehörte erst einmal zu verdauen und um nicht in schlechter Stimmung bei dem Winzer aufzukreuzen. Auf das Steinchenwerfen verzichtete er. Das Bild wurde deutlicher und gewann Konturen. Das Weingut Studt war allem Anschein nach bereits vor der Wende ein konspiratives Haus sowie ein Treffpunkt von West- und Ostagenten, die hier ihre Geschäfte besprachen und dabei nicht gesehen werden wollten. Das erklärte die Schwierigkeiten, die Semmering gehabt hatte, etwas über die Besitzer zu erfahren. Die Geheimhaltung ergab für die Zeit vor 1990 einen Sinn, aber welchen sollte sie heute haben? Wer war Studt wirklich? Was war seine Funktion gewesen? Für einen normalen Exmitarbeiter des MfS im Bereich Wirtschaft würde niemals dieser Aufwand betrieben, also musste er in der Hierarchie hoch angesiedelt gewesen sein. Und welche Rolle hatte der BND dabei gespielt? Oder spielte er noch immer?

Georg rief bei Semmering an, doch diesmal erklang nur eine Ansage, dass eine Benachrichtigung per SMS möglich sei. Als er sich wieder aufnahmebereit fühlte, ging er zum Weingut auf der anderen Straßenseite, direkt unterhalb eines Weinbergs. Dem Weinführer ›Gault & Millau‹ nach gehörte Martin Schwarz zur Spitze der sächsischen Winzer.

Der Sohn eines Richters war 1996 nach Sachsen gekommen, als einer der ersten Önologen überhaupt. Der Mittfünfziger, in Kassel geboren, hatte in Geisenheim am Rhein Weinbau und Kellerwirtschaft studiert. Frühe praktische Erfahrung sammelte er am Kaiserstuhl auf dem Weingut Heeger, einem der deutschen Spitzenbetriebe. Einige Zeit arbeitete er auf dem Weingut Drei Herren, bis er auf Schloss Proschwitz, dem größten Privatgut Sachsens, als technischer Betriebsleiter begann.

Der Winzer und Georg gingen hinauf zu einem Rasenplatz oberhalb des Hauses; unterhalb der Stützmauer des Weinbergs mit Blick hinüber zum anderen Elbufer hatten sie Ruhe zum Plaudern. Martin Schwarz war jemand, der gern über Weine sprach, besonders über die eigenen. Das tat eigentlich jeder Winzer, und es galt auch für Georg, aber heute ging es nicht um ihn. Ein Gespräch über Wein, nur über Wein, welche Erleichterung. Georg war froh, diesen gut gelaunten und sympathischen Mann mit einem interessanten Lebenslauf vor sich zu haben, hier brauchte er kein Blatt vor den Mund zu nehmen, zumal Schwarz von sich aus das heikle Thema des Ost-West-Konflikts aus einer gänzlich anderen Perspektive ansprach. Er habe hier quasi ein neues Leben angefangen und die Sachsen gar nicht richtig wahrgenommen, zumal er in den ersten Jahren nur gearbeitet habe.

»Bis dato habe ich mich nicht mit Politik beschäftigt. Erst hier wurde mir das nach der Wende begangene Unrecht bewusst. Der Osten war den Profiteuren aus dem Westen in keiner Weise gewachsen, das hat die Menschen hier verbittert gemacht.«

Es lag sicher nicht daran, dass sie damals »schlichte Weine getrunken« hätten, wie er sagte, jedenfalls habe sich jede Kontaktaufnahme schwierig gestaltet, Freundschaften seien gar nicht entstanden. Aber das kannte Georg aus eigener Erfahrung. Wenn die Hannoveraner wie er gemeinhin als trocken galten, was waren dann erst die Moselaner – so eng und gewunden wie ihr Fluss? Die Elbe, obwohl weniger Wasserstraße als die Mosel, wirkte offener. Vielleicht lag es daran, dass sie in die Nordsee mündete und nicht in den Rhein?

Siebzehn Jahre lang arbeitete Schwarz bei Proschwitz für den Prinzen zur Lippe als Betriebsleiter, danach begann er in Eigenregie mit dem Weinbau auf gepachteten Flächen und konnte zum Ausbau die Infrastruktur seines ehemaligen Arbeitgebers nutzen. Inzwischen waren drei Hektar Steillage sein Eigen, eine Arbeit, die man eigentlich nur der Leidenschaft wegen auf sich nahm. Nur wer es gern tat, machte es gut. Aber hinter einer handgeführten Raupe zwischen den Rebzeilen herzugehen und im Vollschutz mit Atemmaske im Gesicht und dem schweren Tank auf dem Rücken Rebstock für Rebstock mit Pflanzenschutzmitteln einzunebeln brachte wenig Spaß. Und das zehn Mal im Jahr. Dabei, so Schwarz, werde man getrieben von den Forderungen des Kreditgebers und davon, was man besser machen könnte. Bei dem Weinbau, wie er ihn praktizierte, lag der Ertrag bei fünfundzwanzig Hektoliter je Hektar, also auf hundert mal hundert Meter, während von Amts wegen fünfundachtzig Hektoliter gestattet waren. Entsprechend hoch waren seine Preise, besonders für diejenigen, die ihren Weinbedarf sonst im Supermarkt für 2,49 Euro die Flasche deckten. Schwarz erlaubte sich jedoch, für Basisweine Trauben zuzukaufen, die nicht seinen eigenen harten Kriterien entsprachen.

Zur Weinprobe gingen sie wieder hinunter ins Haus und

betraten eine kleine Küche, Martin Schwarz räumte den Küchentisch frei, Georg nahm zwischen E-Herd und Küchenschrank Platz und probierte. Es war eine der unkompliziertesten Weinproben, die er je mitgemacht hatte, dafür eine der interessantesten und auf hohem Niveau. Georg hielt nicht viel von Weinführern, doch was im ›Gault & Millau‹ geschrieben stand, war absolut berechtigt.

Wieder im Taxi, nahm er seine Aufzeichnungen der Probe zur Hand und überflog das Geschriebene. Wie immer gab es Favoriten, Weine, die ihm besonders gefallen hatten, Weine, die herausragten, seinen Geschmack und nicht unbedingt den anderer trafen, Weine mit bisher für ihn unbekannten Geschmacksbildern und Cuvées in einer ihm bisher neuen Kombination von Rebsorten, wie der vier Jahre alte Spätburgunder und Portugieser, in einem Mischungsverhältnis von acht zu zwei. Auch die Verbindung von Riesling und Traminer im Verhältnis sieben zu drei war gelungen, wobei sich erst der Traminer zeigte, bis der Riesling sich durchsetzte.

Der Meißner Kapitelberg, eine fünfundvierzig Hektar große Spitzenlage, bestand aus Granit und Syenit, beides Gesteine, aus tiefster Tiefe heraufgebracht. Eine ähnliche Tiefe fand Georg auch im dort gewachsenen Riesling, im Fünfhundert-Liter-Holzfass ausgebaut, der neun Monate auf der Hefe verbracht hatte und alle Qualitäten aufwies, die ein Spitzenriesling mitbringen sollte.

Regent (sechzig Prozent) und Spätburgunder (vierzig Prozent) kamen in schöner Verbindung mit Erdbeere, Sauerkirsche und Johannisbeere daher, ein frischer, mittelkräftiger Wein und wieder eine geglückte Assemblage. Innerliche Abbitte musste Georg in Bezug auf den im Holzfass vergorenen Müller-Thurgau leisten. Nicht nur Bernhard Huber aus Malterdingen hatte verstanden, aus einem MT einen grandiosen Wein zu machen.

Vom zwei Jahre alten Pinot Noir – Schwarz unterschied bewusst zwischen Spätburgunder und Pinot Noir von französischen Klonen – hatte Georg lediglich eine Fassprobe bekommen, doch die hatte ihn begeistert. Nur der Ablaufmost und ein wenig aus der Presse waren verwendet worden. Der Wein hatte sich trotz der relativ kurzen Reife von zwei Jahren gut entwickelt. Er wirkte elegant, war deutlich heller und filigraner als ein Spätburgunder, der an sich bereits sehr fein war.

Semmering war für eine Weile vergessen. DDR und BRD waren unwichtig, belanglos, nebensächlich. Der Besuch bei Schwarz war ein Ausflug in seine Welt, in die des Weines, nur für sich, zum Lernen und Genießen und sich beinahe für das schämend, was er bisher fabriziert hatte – und er träumte davon, was er in Zukunft machen würde. Zurück an der Mosel, würde er diese Weine bestellen und sie mit Susanne, Kellermeister Klaus und Sohn Kilian probieren und diskutieren. Es wäre doch gelacht, wenn …

Das Telefon riss ihn aus dem Traum. Es war Rico Schmidt. Er hielt Wort. »Man hat mir, frage nicht, wer, den Blick ins Grundbuch gestattet. Als Eigentümer des Weingutes ist eine Firma eingetragen, die Ludwigsthal GmbH; der Eintrag stammt von 1993.«

»Und was war davor?«

»Die Liegenschaften waren vom Chef einer LPG der Treuhand übereignet worden. Die Genossen galten als anteilslose Gemeineigentümer des Vermögens der LPG. Der eingebrachte Boden blieb Eigentum der Mitglieder. Wem der Geländewagen gehört, dessen Kennzeichen du mir gegeben hast, kann ich noch nicht sagen. Man müsste einen Unfall fingieren, eine Beule reicht, dann kämen wir sehr schnell an den Namen des Besitzers.«

»Darum soll Semmering sich selbst kümmern.« Georg würde es ihm vorschlagen, auch bezüglich des Eintrags im

Handelsregister, um die Namen der Gesellschafter dieser Ludwigsthal GmbH zu erfahren.

»Ich hätte noch eine spannende Nachricht«, unterbrach Rico Schmidt. »Ein Freund von mir hat eine interessante Person in Dresden aufgetrieben.« Er machte es wieder geheimnisvoll. »Es ist jemand, der Studt von der Treuhand her kennt.«

Plötzlich sah Georg auf der linken Seite der Meißner Straße das Schloss Wackerbarth, und ohne das Gehörte wirklich zu verstehen, bat er den Taxifahrer, am Shop dort zu halten. »Ich besorge jetzt den Sekt, wie versprochen – bis morgen.« Da Rico Schmidt sich für seine Mühe sicher nicht bezahlen ließ, sah Georg hier eine Möglichkeit, sich zu revanchieren.

Während er mit dem Sekt im Kofferraum weiterfuhr, versuchte Georg erneut, Semmering zu erreichen. Diesmal hatte er Erfolg und berichtete in groben Zügen, was er jetzt wusste.

»Das alles müssen wir unbedingt persönlich besprechen«, meinte Semmering. »Wir müssten sehen, wie sich das mit meinen Informationen deckt. Ich fahre noch heute Nacht los, morgen zum Frühstück bin ich bei Ihnen. Ich bringe frische Brötchen mit.«

13. Kapitel

Feuerteufel

War es die Sirene einer Feuerwehr oder die der Polizei? Träumte er noch, oder hörte er die Sirenen wirklich? Er war todmüde, weil er spät ins Bett gekommen war, denn er hatte die halbe Nacht im Internet verbracht, um mehr über die Treuhand, die Stasi und die Neonazis zu erfahren. Dass es Nazis, alte wie junge, auch im Osten gab, war in der DDR immer vertuscht und mit Rowdytum verharmlost worden. Aber dann war herausgekommen, dass die Stasi sogar westdeutsche Neonazi-Gruppen unterwandert hatte, um sie für sich nutzbar zu machen. Nach dieser Lektüre war es kaum verwunderlich, dass Sirenen ihn aus seinem Traumen aufschrecken ließen. Was für eine beschissene Art, ihn zu wecken.

Jetzt klopfte jemand sehr energisch an seinen Kopf, nein, an die Tür der Ferienwohnung, und dieses Klopfen war sehr real.

»Herr Hellberger!« Frau Wagners Stimme klang eindringlich und besorgt. »Herr Hellberger?«

Georg schwang die Beine aus dem Bett, wickelte sich in seine Decke und taumelte schlaftrunken zur Tür.

Draußen stand tatsächlich Frau Wagner und schien ziemlich aufgeregt zu sein. »Die Polizei ist hier, an meiner Wohnungstür, ich glaube, es geht um Ihren Wagen.«

Georg begriff nicht, was die Polizei mit seinem Wagen zu schaffen hatte. Er hatte ihn seit gestern gar nicht benutzt. Womöglich hatte ihn jemand beim Einparken angefahren und sich davongemacht. Deswegen brauchte er sich nicht zu sorgen, er war gut versichert.

»Die Beamten wollen Sie dringend sprechen.« Sie blickte an ihm hinunter, wie er in der Decke eingewickelt und barfuß vor ihr stand. »Ich sage denen, dass Sie – oh, da sind sie schon.«

Zwei Polizisten waren Frau Wagner eilig in den Garten gefolgt, der Ältere sprach ihn an.

»Sind Sie der Besitzer des Alfa Romeo mit dem Kennzeichen …«, der Beamte blickte auf einen Zettel, »BKS-RJ 823?«

Georg überlegte einen Moment, doch die Buchstaben und Zahlen kamen ihm bekannt vor – und wer sonst sollte hier ein Kennzeichen von Bernkastel-Kues haben? »Ja, das ist mein Kennzeichen. Was ist mit meinem Wagen?« Er war mehr verwirrt als besorgt.

»Würden Sie uns bitte begleiten?!«

»Was ist denn mit dem Alfa?« Erst jetzt wurde Georg nervös.

»Es ist ein Schaden entstanden, ein Brandschaden.«

»Und es ist nicht der erste in unserer Region«, schob der jüngere Beamte nach.

»Ich habe den Wagen seit gestern nicht angerührt.« Ungewollt klang es wie eine Verteidigung. Georgs Blick ging hinauf zum zweiten Stock des Hauses. Ein schemenhaftes Gesicht verschwand in einem der Fenster, und eine Gardine bewegte sich, aber nicht vom Wind.

Frau Wagner war seinem Blick gefolgt und hatte wohl auch noch die Bewegung an der Gardine mitbekommen, denn sie starrte Georg erschrocken an. »Es gibt seit Jahren hier Brandanschläge, von links wie von rechts …«

»Ob es sich um vorsätzliche Brandstiftung oder um einen technischen Defekt handelt«, fuhr der ältere Beamte dazwischen, »das werden Ihnen die Spezialisten mitteilen.«

»Sind Sie politisch aktiv?«, fragte der Jüngere der beiden,

doch der Ältere stieß ihn diskret mit dem Ellenbogen an und schüttelte kaum sichtbar den Kopf, als wollte er sagen: Halt den Mund! »Bitte ziehen Sie sich an«, forderte er Georg auf, »und begleiten Sie uns zur Brandstelle, beeilen Sie sich.«

»Ist der Wagen hin?«

Keiner der Polizisten antwortete, nur Frau Wagner nickte und schaute wieder nach oben. Der jüngere Polizist bemerkte es, woraufhin sich sein Gesicht verschloss. Das war zumindest Georgs Eindruck.

»Ich komme sofort«, sagte er und wandte sich ab, betrat die Ferienwohnung, trank ein Glas Wasser und zog sich rasch an. Nach fünf Minuten trat er zu den beiden Polizisten, die vor dem Haus warteten und die MZ von Frau Wagners Sohn bewunderten. Sie wandten sich ab und gingen voran zur Brandstelle.

In der Straße hing der Geruch von Plastik, von Asche, verbranntem Lack und Gummi. Seinen wunderschönen roten Alfa Romeo Giulietta gab es nicht mehr – vom Wagen war nicht mehr übrig als schwarz verkohlter Schrott und ein Rest der verbrannten Reifen auf den Felgen in einer Wasserlache. Auch das Heck des Fahrzeugs, das vor dem Alfa stand, hatte gelitten, bei dem Wagen dahinter waren der Kühlergrill und die Motorhaube angekokelt. Der Lack hatte Blasen geworfen. Der Besitzer und einige Nachbarn hatten sich daneben versammelt, ihre Unterhaltung brach ab, als Georg erschien, und sie sahen ihm böse entgegen, als hätte er die Autos angezündet. Er schaute ihnen geradewegs in die Gesichter, es war möglich, dass der Brandstifter oder sein Helfer darunter war, obwohl er ihn im zweiten Stock des wagnerschen Hauses vermutete. Besonders interessant waren für ihn die beiden etwas abseits stehenden Männer in der Motorradkombi. Ihre Maschinen mussten sie außer Sichtweite geparkt haben.

Ein behelmter Feuerwehrmann in gelber Sicherheitsmontur kam auf Georg zu: »Sie sind der Halter? Es tut mir sehr leid. Muss ein ganz spezielles Auto gewesen sein. Wir waren schnell hier, aber wegen der zugeparkten Straßen kamen wir nicht durch. Wirklich schade um Ihr Auto. Leider sind wir wegen derartiger Brände häufiger unterwegs, allerdings längst nicht so häufig wie die Berliner Kollegen.« Er lachte verschämt, andere Schaulustige lachten laut, als hielten sie das für einen Witz, ein Gaffer meinte, dass es kein Wunder sei, dass es einigen nicht gefalle, wenn Wessis meinten, mit ihren dicken Kisten hier herumprotzen zu müssen.

Doch Georg empfand keine Wut gegen die Gaffer, gegen niemanden. Er starrte den verkohlten Schrott nur traurig an, ein Auto war das nicht mehr, ein neues würde ihm die Versicherung schon stellen müssen.

Was würde Susanne sagen? Würde sie ihn auffordern, sofort zurückzukommen, würde sie ihn darum bitten? Es war zu spät, Semmering war auf dem Weg hierher, und er selbst steckte jetzt bis zum Hals in der Sache. Er musste bleiben, um die Zusammenhänge zu klären, und sich voll in die Sache reinhängen. Er musste die Brandstifter finden. Susanne würde es verstehen, sie kannte ihn. Von der Polizei jedenfalls erwartete er bei diesem »Bagatellschaden« nichts, zumal er ein Fremder war. Und Fremde schienen hier nicht sonderlich beliebt zu sein, gleichgültig, ob Deutsche aus anderen Landesteilen oder Menschen aus anderen Erdteilen. Er musste vorsichtig agieren.

Erst jetzt entstand etwas in ihm, das stärker war als Wut. Er sah die drei Motorradfahrer auf den Hof des studtschen Weingutes einbiegen, die 18 im Nummernschild. Also waren die Hetzer unterwegs auf Kriegspfad, und demnach war er auf der richtigen Spur. Aber zu welchem Preis?

»Hellberger ist wieder auf dem *highway to hell*«, würde sein Freund Pepe sagen, wenn er ihn nachher anrufen würde, und im Hintergrund würde der den gleichnamigen Song von AC/DC hören. Das hier war keine Sache der Polizei, bei der man nie wusste, welcher Beamte in rechtsradikalen Chatgruppen herumhing, was angeblich bedeutungslos war. Hier waren Leute erforderlich, auf die er sich verlassen konnte, und das waren Pepe, Ritze und Keule. Sie alle waren älter geworden, aber sie waren weder feige, noch hatten ihre Kräfte sie verlassen. Sie würden die Brandstifter stellen.

»Wenn Sie ein Auto brauchen, können Sie meins gern wieder nehmen«, sagte Frau Wagner, die leise hinzugetreten war. »Es tut mir wirklich leid.«

Der ältere der beiden Polizisten forderte Georg auf, mit zum Kleinbus zu kommen, um ein Protokoll aufzusetzen. »Da sind wir ungestört. Was sind Sie von Beruf?«, fragte er im Gehen.

»Winzer.«

Der Beamte starrte ihn ungläubig an. »Was sind Sie?«

»Wie ich schon sagte: Winzer! Klingt das so unwahrscheinlich? Haben Sie was dagegen?«

»Nein, nein, aber …«

»Aber was?«, fuhr Georg wütend auf. »Sehe ich nicht danach aus?« Er blickte an sich hinunter, streckte die Arme aus und betrachtete die Ärmel seiner hellen Jacke. »Wer ermittelt in diesem Fall?«

»Wir wissen noch gar nicht, ob es …«

»Aber ich weiß es. Das hier ist eine Sache für den Staatsschutz.«

»Da wissen Sie anscheinend mehr als wir, Herr Hellberger. Was veranlasst Sie zu der Annahme? Ich denke, Sie sind Winzer. Oder sind Sie politisch aktiv? Haben Sie Feinde?« Das hörte sich an, als nähme er Georg nicht ernst.

»Als anständiger Mensch macht man sich täglich neue. Jetzt nehmen Sie schon Ihr Protokoll auf.«

Der Beamte des Landeskriminalamtes erschien erst nach elf Uhr. Wieder klopfte Frau Wagner bei Georg, um ihn zu informieren, dass er am ausgebrannten Fahrzeug erwartet werde.

Semmering war bislang nicht eingetroffen und hatte auch nicht von sich hören lassen, was Georg sehr beunruhigte. Seine Laune befand sich inzwischen auf einem Tiefpunkt. Er nahm den Anschlag so, wie er gemeint war: als eine harte, äußerst brutale Warnung. Als Nächstes würde keine Warnung mehr erfolgen, sondern ein Angriff. Er meinte, die Gründe zu kennen, und wusste auch, aus welcher Richtung der nächste Schuss zu erwarten war. Dem werde ich zuvorkommen, sagte er sich, als er zur Brandstelle ging. Er würde nicht darauf warten, schon gar nicht darüber sprechen, besonders nicht mit dem Mann, der ihm jetzt gegenüberstand und sich mit Kramer vorstellte. Dann bat er ihn, in den Kleinbus einzusteigen, weil sie dort ungestört über das Geschehene sprechen könnten.

Georg schaute auf die Uhr. Zum Frühstück hatte Semmering sich angemeldet, jetzt ging es bereits auf Mittag zu. Er sah Kramer wieder ins Gesicht und spürte die gegenseitige Abneigung. Diesem Mann vertraute er nicht im Geringsten. Es war reine Gefühlssache. Offenheit war hier fehl am Platze, er würde sich damit lediglich verdächtig machen, als hätte er die Täter verleitet, ihm das Auto abzufackeln.

Erst letzte Nacht hatte Georg gelesen, dass es zu viele Übergriffe aus der rechten Szene gebe, die nicht aufgeklärt worden seien, außerdem zu spätes und zögerliches Eingreifen gegen nazistische Aktionen, Aufmärsche und Anschläge – er hatte wenig Grund, der Polizei zu vertrauen. Leute wie dieser Kramer waren ihrem Dienstherren gegenüber verpflichtet und nicht gegenüber dem Bürger, auf den hatten sie keinen Eid geleistet.

In Sachsen war wegen der Brandanschläge auf Autos eine Sonderkommission gegründet worden, die Soko LinX, natürlich gegen militante Linke. Auf dem rechten Auge war das Innenministerium wie alle Behörden schon immer blind, auf eine Soko Rechts wartete man vergebens. Und wenn der Innenminister verhinderte, dass rechte, nein, neofaschistische Tendenzen in der Polizei untersucht wurden, musste es vieles zu verheimlichen geben. Ein friedlicher Mensch war schwerlich bereit, mit einem Knüppel und einer Pistole am Gürtel herumzulaufen und für Ordnung zu sorgen – was war das dann für eine Auffassung von Ordnung?

Ob Kramer dieser Soko angehörte, sagte er nicht, lediglich dass er Ermittler des LKA sei. Georgs Einstellung war die schlechteste Voraussetzung für das Gespräch, aber er nahm sich vor, mitzuspielen, sich dem zu stellen, nur so würde er mehr erfahren, als wenn er in Opposition verharrte.

Das Gespräch glich mehr einem Verhör und bestätigte Georgs Befürchtungen. Es ging um ihn, um seinen persönlichen Hintergrund, seine politische Haltung, seine Kontakte, es ging um das, was er in den letzten Tagen getan und wen er getroffen hatte. Georg zählte die besuchten Kellereien auf, sprach vom Wochenende mit seinem Sohn. Aus unerfindlichen Gründen nahm ihm der LKA-Beamte das Interesse an den Weingütern nicht ab und vermutete, seine Winzerbesuche dienten lediglich als Vorwand.

»Als Vorwand wofür denn? Wollen Sie mir unterstellen, ich hätte mein Auto selbst angezündet? Bin ich jetzt angeklagt? Vielleicht kümmern Sie sich darum, wer hier nachts den Feuerteufel spielt, und suchen nach Spuren.« Georg sah keine Veranlassung, seinen Zorn zu verheimlichen.

»Es wird Gründe geben, weshalb jemand Ihren Wagen angezündet hat, und darüber wissen Sie am besten Bescheid. Haben Sie einen Verdacht? Niemand zündet aus Spaß fremde Autos an.«

»Nein? Was ist mit Pyromanen? Gibt's die hier nicht?«

Kramer rümpfte die Nase und sah ihn an, als würde Georg

ihn zum Narren halten, was allerdings auch der Fall war. »Sind Sie parteipolitisch aktiv?«

»Ich bin Winzer, und sonst interessiert mich Politik einen Dreck.«

»Wenn es so wäre, würde es mich wundern – bei Ihrem Hintergrund.«

»Was wissen Sie über meinen Hintergrund?« Jetzt war klar, dass Kramer vor dem Gespräch in den Polizeicomputer geschaut hatte. Georg hätte sich an dessen Stelle kaum anders verhalten. Gespeichert waren sicher seine Auseinandersetzungen mit COS, schließlich war Customer Overseas Service ein Sicherheitsunternehmen, dann sein Engagement, den Mord an dem Vorsitzenden der Bürgerinitiative gegen den Bau der Hochmoselbrücke und den am Restaurantbesitzer aufzuklären. Einmal aktenkundig – immer aktenkundig.

»Na ja, sagen wir so: Es war sicher kein Zufall, dass es ausgerechnet Ihren Wagen erwischt hat.« Kramers Geduld war begrenzt.

»Sie denken also an einen politischen Hintergrund. Ich sage es nochmals, ich habe mit Politik nichts zu tun, Herr Kramer.«

»Weshalb stehen Sie mir derart feindlich gegenüber? Sie müssten doch ein brennendes Interesse an der Aufklärung haben!«

»Ein brennendes, sicher, das habe ich auch, aber ich vermute, dass Sie nichts unternehmen werden. Ihr Staatsanwalt wird den Fall als Bagatelle einstufen und zu den Akten legen.« Wenn es so war, wie Georg befürchtete, würden Studts Beziehungen und Machenschaften nach der Wende der Grund für die Einstellung der Untersuchung sein, besonders wenn die Treuhand involviert war. Der Staatsanwalt würde den Teufel tun und weiter ermitteln, wenn das Justizministerium ihm die entsprechende Anweisung gab.

Es trat eine längere Pause ein, in der beide Männer sich

mit Blicken maßen. »So kommen wir nicht weiter«, sagte Kramer kurz angebunden. »Sie kooperieren nicht.«

»Sehr richtig«, bemerkte Georg, »beginnen Sie erst einmal mit Ihren Ermittlungen – ich wundere mich sowieso, wo die Spurensicherung bleibt. Ich habe noch niemanden gesehen. Und Zeugenbefragungen in der Nachbarschaft: ob jemand den oder die Täter gesehen hat. Die finden offenbar auch nicht statt.«

In diesem Augenblick sah er Rico Schmidt vorübergehen. Als ginge ihn das hier nichts an, schlenderte er bis zur Brandstelle und blieb dort konsterniert stehen.

Georg erhob sich, schob Kramer die Visitenkarte des Weingutes Berthold & Hellberger zu und bat ihn um Nachricht: »Falls Sie den oder die Brandstifter fassen.« Er wünschte einen guten Tag und kletterte aus dem Fahrzeug, in das jetzt der Polizeimeister einstieg und mit Kramer tuschelte.

Es waren nur wenige Schritte zur Brandstelle, wo Georg rein zufällig neben Rico Schmidt stehen blieb. »Was für ein trauriger Anblick, nicht wahr? Kaum zu glauben, wie wenig von einem derartig extravaganten Wagen übrig bleibt.«

»Ja, das ist erstaunlich. Dass man so rasch reagiert hat, wundert mich. Sichert denn hier niemand die Spuren? Da sind wohl Brandbeschleuniger zum Einsatz gekommen.«

»Ich las in der Zeitung, dass manche Täter brennende Grillanzünder auf die Reifen legen«, sagte Georg. »Ich würde Benzin drüberschütten, Spiritus, vielleicht einen Molotowcocktail? Nicht gerührt, sondern geschüttelt?«

Rico Schmidt lachte verhalten. »Manchmal bleibt einem nur Sarkasmus oder schwarzer Humor. Du wirkst auf mich nicht so, als hätte dir der Wagen sehr viel bedeutet.«

»Da irrst du dich, Rico. Außerdem war das eine Kriegserklärung.« Er blickte Rico Schmidt ernst in die Augen. »Und ich nehme sie an.«

»Diesbezüglich habe ich Neuigkeiten, die dich interessieren werden.«

Georg hob abwehrend die Hand, schaute auf die Uhr und tippte auf Semmerings Nummer. Und wieder antwortete die Telefonstimme, dass eine Benachrichtigung per SMS möglich sei. »Semmering hat sich bei mir zum Frühstück angemeldet. Jetzt ist es elf Uhr, und er ist … Moment, ich habe inzwischen die Nummer seiner Frau. Bin gleich zurück.« Er rannte zur Ferienwohnung und fand die Nummer in seinem Tagesplaner.

Im Gegensatz zu ihrem Mann meldete sich Frau Semmering sofort, und Georg erläuterte kurz den Grund seines Anrufs. Er sei trotz ihres Protestes noch in der Nacht losgefahren, meinte sie und schien ernstlich besorgt, es seien fünfhundert Kilometer, er müsste längst dort sein, er sei ein versierter Fahrer.

Georg wollte sie nicht unnötig beunruhigen. Außerdem wusste er nicht, inwieweit Semmering sie in seine Angelegenheiten eingeweiht hatte. Er versprach, sie sofort zu verständigen, sobald ihr Mann eingetroffen sei.

Rico Schmidt wartete vor der Villa. Er sah Georg an, dass ihn etwas beunruhigte. »Schlechte Nachrichten?«

»Keine Nachrichten können auch schlecht sein. Semmering meldet sich nicht, er ist seit Stunden überfällig. Ich habe ihn gestern darüber informiert, wer sich vermutlich auf dem Weingut trifft, er wollte sich noch in der Nacht auf den Weg hierher machen.«

»Das klingt nicht gut«, meinte Rico Schmidt nachdenklich. »Dafür habe ich den Mann aufgetrieben, von dem ich gestern sprach. Er hat damals bei der Treuhand gearbeitet, sowohl unter Rohwedder, den angeblich die Rote Armee Fraktion erschoss, wie auch unter dieser CDU-Bankierstochter Breuel. Die hat sowohl ihn wie auch alle wichtigen Mitarbeiter aus dem Osten gefeuert. Aber Studt ist weiter dort gesehen worden.« Rico Schmidt zögerte einen Moment. »Dieser Bekannte meines Freundes hat die Seite gewechselt. Früher Stasi, heute bei der SPD. Mein Freund musste lange auf ihn einreden, bis er sich zu einem Treffen mit uns bereit erklärte – morgen oder übermorgen. Passt dir das?«

Georg schaute die Straße entlang, wo noch immer der Kleinbus der Polizei stand. »Verdammt, wo kann man hier ungestört reden? Man sollte dich nicht mit mir sehen, Rico. Wenn mich jemand auf dem Kieker hat – und so sieht es aus –, könnte es dich in Gefahr bringen.«

»Wir setzen uns in meinen Wagen, er steht hinter der nächsten Ecke, gleich links. Ich gehe vor.«

Georg wartete, bis Rico Schmidt verschwunden war, dann folgte er langsam. Der Kleinbus der Polizei, in dem er eben noch gesessen hatte, schien verwaist, er fand Kramer im Gespräch mit zwei Beamten und dem Halter des beschädigten Fahrzeugs, das hinter seinem stand.

Der Mann, deutlich jünger als Georg, sprach ihn feindselig an: »Was haben Sie angestellt, dass man Ihnen das Auto abfackelt? Welches Gesindel ziehen Sie hier an? Und ich bin der Leidtragende! Jetzt muss ich mich Ihretwegen mit der Versicherung herumärgern, habe Ärger und Kosten!«

Aus welchem Grund sollte Georg darauf eingehen? Nur um sich beschimpfen zu lassen? Er ignorierte die Frage, der Mann wollte sowieso keine Antwort haben. Stattdessen fragte Georg den LKA-Beamten nach dem ermittelnden Staatsanwalt.

Kramer wirkte einen Moment unentschlossen. »Das … das kann ich noch nicht sagen, der … der ist noch nicht benannt. Ich rufe Sie an.« Damit wandte er Georg den Rücken zu.

Rico Schmidt hingegen sah ihm mit Bedauern entgegen, als er auf den Beifahrersitz rutschte. Doch sein Bedauern entsprach seinem Mitgefühl. »Der Verlust des Wagens schmerzt dich, nicht wahr? Du willst es dir zwar nicht anmerken lassen, aber manchmal hängt man an den Dingen.«

»Er ist lediglich zur Hälfte bezahlt. Und ich habe darin mit meiner Frau eine wunderschöne Reise nach Italien gemacht. Wir waren im Piemont, in den Marken, sind über die Alpenpässe gefahren und nicht über die Autobahn …«

»Es war nur ein Auto. Es ist ersetzbar.« Rico Schmidt sah Georg in die Augen. »Ich vermute, dass du weißt, was oder wer dahintersteckt? Eigentlich ist es klar bei dem, was du hier tust und wo du dich bewegst. Ich hoffe, dass du den Sekt von Wackerbarth nicht bereits in den Kofferraum gepackt hast und er mit verbrannt ist.«

»Nein, der liegt sicher im Kühlschrank.«

»Hast du einen Verdacht, wer da gezündelt haben könnte?«

Georg berichtete von seinem zweiten Besuch bei Studt und den drei Motorradfahrern, die mit ihm gemeinsam als Eskorte das Weingut verlassen hatten. »Alle hatten die 18 auf dem Nummernschild. Du weißt sicher, was das bedeutet.« Ohne auf Zustimmung zu warten, sprach er weiter. »Und einer von denen wohnt hier gleich um die Ecke im Haus meiner Wirtin, er ist ihr Sohn, und sogar sie hält ihn für eine gescheiterte Existenz …«

»So wie die meisten Rechtsradikalen«, warf Rico Schmidt ein. »Was die Serie von Brandanschlägen angeht, so meinte der Ministerpräsident – wenn ich das richtig im Ohr habe –, dass nur zwanzig bis dreißig von hundert Tätern zum linksextremistischen Spektrum gehören. Der Rest seien angeblich Chaoten, Pyromanen, notorische Randalierer und Trittbrettfahrer. Auch Versicherungsbetrüger seien darunter.«

»Aber keine Rechtsradikalen?«

»Nein, davon ist nie die Rede. In der Hauptstadt haben die Behörden in diesem Zusammenhang wohl das eine oder andere Aufklärungsproblem. Verfahren gegen rechte Polizisten werden sowieso eingestellt. Wie sich das in Zukunft entwickelt, weiß ich nicht. Das ist allerdings im Moment nicht unser Problem.«

»In erster Linie wohl meines«, sagte Georg.

»Da irrst du dich, Georg. Ich kenne eine Menge Leute hier, die sind anständig, weltoffen und hilfsbereit. Es gibt auch welche, die vom rechten Glauben an die Partei und den Scheinsozialismus abgefallen sind. Einer von denen ist Kalle. Er stammt aus Pirna und lebt, seit sie ihn kaltgestellt haben, wieder dort. Ich kenne ihn von der Aktion Zivilcourage, einem Verein gegen rechten Stumpfsinn. In DDR-Zeiten hat Kalle in Berlin gewohnt, hat zuletzt unter de Maizière im Ministerium für Wirtschaft gearbeitet – unter dem Staatssekretär Gunter Halm, der später in den Vorstand der Treuhand wechselte. Kalle verstand sich als Retter, er wollte, dass beide Teile zusammenwachsen, der Osten und der Westen, dass man nicht alles über Bord wirft und etwas Neues schafft, statt dass die DDR einfach übernommen und abgewickelt wird.«

»Ein Idealist?«

Rico Schmidt senkte den Kopf und dachte nach. »Blauäugig für mich«, sagte er schließlich, »retten, was zu retten ist, ohne zu bedenken, dass die Grundlagen nicht stimmten, ein neues Hause auf einem alten Fundament – neben einem aggressiven und übermächtigen Nachbarn, dessen Haus mit riesigen Lichtreklamen lockt, die das Paradies verheißen. Wenn du willst, besuchen wir ihn. Pirna ist ein wunderschönes Städtchen mit ähnlich langer Geschichte wie Meißen. Der Besuch lohnt allemal.«

Es könnte helfen, das Bild zu vervollkommnen, dachte Georg und hatte dabei die vier Männer im Sinn, die aus dem Geländewagen gestiegen waren. Er könnte diesem Kalle, sicher ein Deckname, das Foto zeigen, das er an jenem Tag gemacht hatte, als Studt sich willfährig sofort ihnen zugewandt hatte. Vielleicht würde dieser Kalle einen der beiden alten Männer wiedererkennen. Und er erinnerte sich, dass ein kleiner Privatwinzer aus Pirna auf seiner Besuchsliste stand. So ließe sich das Notwendige mit dem Nützlichen verbinden. Notwendig war es, diesen Kalle zu befragen, nützlich war es, einen weiteren sächsischen Winzer aufzusuchen, einen, der nicht aus dem Westen in den Osten »rübergemacht« hatte.

»Was ist eigentlich bei Frau Studt gelaufen? Hast du mehr erfahren können?«

Georg spürte zum ersten Mal an diesem Tag etwas wie Appetit und hatte Lust auf Kaffee und ein kräftiges Frühstück. Der Katzenjammer über den Verlust des Wagens, das wusste er, würde einsetzen, wenn er allein wäre. Und er fürchtete Susannes Vorwürfe. Sie würde – sogar mit Recht – auf seine Rückkehr drängen. Dann beunruhigte ihn wieder Semmerings Ausbleiben. Dass er sich nicht meldete, war kein gutes Zeichen. So war ihm Rico Schmidts Gesellschaft an diesem Mittag besonders lieb. Bei einem guten, wenn auch späten Frühstück ließ sich besser über alles nachdenken. Und Rico vermittelte ihm ein Gefühl von Ruhe.

Auf dem Weg zum Café Radebeul erzählte Georg vom Besuch bei Renate Studt, der im Grunde wenig erbracht hatte, bis auf den Umstand, Herrn Studt mit der Motorradgang beobachtet zu haben.

»In Anbetracht dessen, dass vermutlich sie mein Auto abgefackelt haben, glaube ich, dass sie für Studt die Drecksarbeit machen. Das Dumme ist nur, dass der Sohn meiner Wirtin dabei ist.« Georg hatte ihn erkannt, als er auf dem Hof kurz den Helm abgenommen hatte. »Die alte Dame halte ich für integer. Zu erfahren, dass ihr Sohn ihrem Gast das Auto angezündet hat, würde sie garantiert zur Verzweiflung bringen. Ich möchte ihr nicht wehtun. Dass er zu den Neonazis gehört, weiß sie sowieso.«

»Wie alt ist er?«

»Er ist ein Graukopf mit Vollbart, ein typischer Biker. In dem Maß, wie die Kräfte nachlassen, nimmt die PS-Zahl der Maschine zu.« Georg berichtete von dem Gespräch, das Kilian und er unter dem Wohnzimmerfenster belauscht hatten. Schließlich erwähnte Georg noch, dass ihm Studts Frau weiter schöne Augen gemacht und ihn erneut eingeladen habe. »Ob sie es von sich aus tat oder er sie dazu aufgefordert hat, weiß ich nicht.«

Rico Schmidt grinste abfällig, was ihm zum ersten Mal einen bösen Ausdruck verlieh. Oder hatte Georg diesen Zug an ihm bislang übersehen? Dabei strich er in aller Ruhe Butter auf sein Brötchen. »Ich vermute mal, dass sie es nicht aus freien Stücken tat. Ein gewisses Maß an Übereinstimmung ist doch notwendig, sonst halten es Leute gar nicht miteinander aus. Geld ist zwar der beste Klebstoff, doch es muss noch anderes geben, das verbindet – zum Beispiel gemeinsam begangene Schandtaten, um nicht von Verbrechen zu sprechen. Wenn sie allerdings um seine Vergangenheit weiß, wenn das Weingut ein Treffpunkt war und weiterhin ist, dann wird sie eingeweiht sein und nicht mit irgendwelchen Liebeleien ihren Status und das Projekt riskieren. Allerdings muss er ihr einen gewissen Freiraum gestatten.«

»Weshalb hilfst du mir eigentlich, Rico?« Georgs Frage kam so unvermittelt, dass Rico Schmidts Hand mit dem Brötchen auf dem Weg zum Mund erstarrte. »Was ist das für eine Frage?«

Es dauerte einen Moment, bis Georg sich zu einer Antwort durchrang. »Du kennst mich kaum, du recherchierst im Hintergrund, gibst Kontakte preis, wirst mit mir gesehen, und wie der Brandanschlag zeigt, könntest du dadurch in Gefahr geraten.«

Rico Schmidt hob den Arm, und als die Bedienung herübersah, bestellte er einen weiteren Cappuccino. »Das ganze Leben ist gefährlich. Das habe ich früh begriffen. Ich helfe dir, weil ich deinen Sohn kennengelernt habe. Wer einen Sohn wie Kilian hat, kann kein schlechter Mensch sein. Ich tu's auch, weil nach der Wende so verflucht viele ungeschoren davongekommen sind, Militärs, Agenten, Politiker, Richter, Vorsitzende, Gefängniswärter, genau wie nach der Befreiung von den Nazis. Das gefällt mir nicht. Gefällt es dir?«

»Ich bin kein Richter.«

»Niemand wurde erschossen, weil er den Dienst bei den Grenztruppen verweigert hat. Die Konsequenzen waren unter Stalin schlimmer. Dann diese Sprüche von wegen, dass nicht alles schlecht gewesen sei. Das erinnert mich an den Satz, dass unter Hitler auch nicht alles schlecht gewesen sei, er habe schließlich die Autobahn gebaut. Sicher, es gab in der DDR genug zu essen, niemand hat gehungert, jeder hatte ein Dach über dem Kopf, einen Job, auch wenn er beschissen war, niemand musste frieren, und geschossen wurde nur, wenn einer abhauen wollte. Aber da waren auch die Gefängnisse, die Erziehungsanstalten, die Stasi. Allein dass ein Staat Kindern oder jugendlichen Sportlern Chemikalien einflößt, um international aufzutrumpfen, ist ein Verbrechen. Aber Freiheit, mein lieber Georg? Erst kommt das Fressen, schrieb Brecht in der ›Dreigroschenoper‹, dann kommt die Moral. Das stimmt nach wie vor. Vergiss nicht, dass wir andere Ausgangsbedingungen hatten, bei uns half kein Marshallplan. Die Panzer der Russen waren ein Trauma, diejenigen, die Kritik hatten, sind abgehauen, mehr als drei Millionen, die Opposition war weg, dann der Mauerschock.«

»Immerhin kam es dann zur friedlichen Revolution.«

Rico Schmidt lachte auf. »Friedliche Revolution, was ist das? Revolution in Deutschland? Das hört sich großartig an, als wäre sie vom Volk gemacht. Klar, von den zwei- bis dreihunderttausend, sogar eine halbe Million Demonstranten sollen in Dresden auf die Straße gegangen sein. Doch die sechzehneinhalb Millionen, die zu Hause geblieben sind, na, seien wir großzügig, ziehen wir die Kinder und Gebrechlichen ab, die waren mit den vier F zufrieden, Fußball, Fernsehen und Flaschenbier …«

»Und das vierte F?«

»Das kannst du dir wohl denken«, meinte Rico böse grinsend. »Wie die Leute ticken, siehst du daran, dass die CDU, die wahrlich kaum Interesse am Wohl der Bevölkerung hat, außer wenn sie für sie arbeitet, anschließend von der Mehrheit gewählt wurde. Die wollte kein eigenes Projekt, das hätte Einsatz, Arbeit und Hirnschmalz erfordert. Nein, die wollten zu Aldi. Ja, danach blühten die Landschaften auf. Hätte Kohl ihnen die Wahrheit gesagt, dass die Treuhand drei Millionen Menschen arbeitslos macht, fünfzigtausend Immobilien verscherbelt, dazu zehntausend Firmen und mehr als fünfundzwanzigtausend Kleinbetriebe, dann wäre der Kanzler in Halle mit etwas Härterem als nur mit Eiern beworfen worden.«

Rico Schmidt starrte böse vor sich hin. »Und als ich in Kassel war und die Mauer fiel, da meinte ein Bekannter, Republikflüchtling wie ich, dass jetzt all die in den Westen kommen, vor denen wir abgehauen sind. Die geistern hier weiter herum, ihre Seilschaften, ihre Kinder, im alten Geist erzogen, und genau deshalb helfe ich dir.«

Georg fragte sich, ob Menschen zu verstehen waren, die unter gänzlich anderen Bedingungen ihre Lebenserfahrung gewonnen hatten. »Waren diese Bedingungen tatsächlich so dramatisch anders?«

»Mein lieber Georg, die Frage ist nicht, weshalb Hunderttausende geflohen sind, die Frage ist vielmehr, warum die anderen geblieben sind und heute – zumindest unter Gleichgesinnten – denen Vorhaltungen machen, die ein anderes Leben wählten und dazu auf einer Luftmatratze die Ostsee überquerten.«

Für den Augenblick war es Georg zu viel, er wollte nichts

Neues mehr hören, bevor er das Gehörte nicht verdaut hatte, und das konnte dauern. Er hatte nicht damit gerechnet, in diese Debatte hineingezogen zu werden, sich mit Fragen zu beschäftigen, wie Rico Schmidt sie stellte. Er hatte Semmering helfen wollen, er hatte ihn neugierig gemacht, auch auf diesen Teil Deutschlands, von dem er so gut wie nichts kannte, weder die Menschen noch die Wirklichkeit. Alles, was er hier erlebte, stand in einem anderen Kontext. Wenn er sich mit den Amis und ihren deutschen Helfershelfern hatte beschäftigen müssen, so hatte Ricos Auseinandersetzung mit den Russen und ihren deutschen Helfern stattgefunden.

»Fürs Erste habe ich genug«, sagte Georg ermattet und verlangte nach der Rechnung. »Fährst du mich ein Stück zurück? Ich will sehen, wie weit die Polizei mit ihren Ermittlungen gekommen ist. Fahr bitte nicht vors Haus, man muss dich nicht mit mir sehen, setze mich besser in einer Nebenstraße ab. Ich komme dann heute Abend zu dir und bringe den Sekt mit.«

Kramer war verschwunden, die Uniformierten mit ihrem fahrbaren Bürobus auch, lediglich zwei Männer in grauen Schutzanzügen stocherten in den verbrannten Resten seines Wagens herum und blickten nicht einmal auf, als er neben ihnen stehen blieb. Er würde sie nicht fragen, ob sie vorangekommen waren, sie würden ihm nicht antworten. Er griff nach seinem Smartphone und rief bei der Versicherung an, um den Fall zu schildern. »Ich stehe hier neben den Resten meines verkohlten Fahrzeugs, viel ist nicht übrig, eigentlich so gut wie nichts, und wollte fragen, ob …«

Erst in diesem Moment sahen die beiden Männer auf, als fühlten sie sich ertappt.

Georg winkte freundlich ab. »Machen Sie ruhig weiter … Ja, ich wollte fragen, ob Sie die Kosten für ein Leihfahrzeug übernehmen, bis ich einen neuen Wagen habe.« Er setzte das Gespräch mit der Versicherung fort, die den Sachverhalt zuerst einmal klären wollte, und sah dabei den beiden Kriminaltechnikern auf die Finger. Georg wurde auf den nächsten Tag vertröstet, einen derartigen Fall habe man hier noch nicht bearbeitet, er solle sich gedulden. Also bestellte er ein Taxi, ließ sich vom Fahrer hinsichtlich einer günstigen Mietwagenfirma beraten und dorthin bringen. Mit einem unauffällig grauen Golf kam er zurück.

In der Wohnung versuchte er vergeblich, Semmering zu erreichen, und rief bei seiner Firma an. Dort wollte man ihm keine Auskunft geben, versicherte ihm aber, sich mit seiner Frau in Verbindung zu setzen. Das konnte er selbst. Auch sie hatte nichts von ihm gehört, vermutete ihn eigentlich bei Georg und zeigte sich äußerst besorgt. Man versicherte sich gegenseitig, sich sofort zu informieren, sobald Semmering sich meldete. Man konnte nichts anderes tun, als zu warten, was Georg besonders schwerfiel.

Um sich abzulenken, nahm er noch einmal den Weinführer zur Hand und ging die Liste der zu besuchenden Güter durch. Bei Weinbau Winn in Pirna hatte er für morgen Nachmittag bereits einen Termin vereinbart, die sächsische Winzergenossenschaft in Meißen und Schloss Proschwitz des Prinzen zur Lippe in Zadel würden noch folgen. Ob dann noch Zeit oder Gelegenheit für andere Güter war, würde sich zeigen, wenn Semmering hier wäre.

Rico Schmidt nahm Georg an der Haustür die Sektflaschen aus den Händen und brachte sie im Kühlschrank unter. Dann ging er zu einem der großen Tische auf der Grenze zwischen Wohn- und Arbeitsbereich, räumte die Papiere beiseite, Bögen und Rollen, Zeichnungen, Blaupausen, die drei bronzenen Affen als Briefbeschwerer: Einer sagt nichts, einer sieht nichts, und einer hört nichts. Er nahm ihn in die

Hand und betrachtete ihn. »Das darf man nie vergessen. Ein ganzes Land hat so funktioniert. Nicht sagen, was man für besser hält, sich bei den Parolen die Ohren zuhalten und nicht hinsehen, was die Staatsorgane treiben. Es ist einfach, die Unwahrheit zu sagen, sich zu verhören und sich so lange mit TV zuzuknallen, bis man nichts mehr sieht. Wer sich anders verhält, macht sich das Leben schwer und handelt sich Ärger ein. Das galt damals, das gilt heute. Gibt's was Neues? Hat man die Brandstifter schon gefasst?«

»Das ist kein dringender Fall, Rico«, sagte Georg. »Ich glaube, es interessiert die Polizei nicht wirklich, es ist nur ein abgefackeltes Auto mehr. Es kommt immer darauf an, wem es gehört hat, deshalb auch die Fragen, was ich hier treibe. Mir ist klar, was der Anschlag bedeutet. Früher bekam man einen Brief, darin stand nur ›erste Warnung‹, die Buchstaben aus Zeitungen ausgeschnitten. Heute kommen sie gleich mit Feuer. Jemand will mich von hier vertreiben. Studt weiß, dass ich hier bin, und kennt auch den Grund. Womöglich verfügt er auch über andere alte Kanäle.«

»Das wird sich klären – jetzt lass uns den Sekt genießen.« Rico holte Gläser und zeigte Georg eine Schale mit einem Muschelsalat, er war mit einer Vinaigrette aus Zitrone, Öl, Petersilie, Schnittlauch und Dill mit einer Prise Cayennepfeffer auf Salatblättern angerichtet. »Ich habe mich extra erkundigt, was zum Sekt passt. Austern hätte ich lieber gehabt, die sind hier schwer zu kriegen, außerdem ist es kein Monat mit einem R. Was hast du mitgebracht?«

Georg hatte sich die technischen Daten notiert. »Einen trockenen, drei Jahre alten Traminer, einen fünf Jahre alten Pinot, *brut* selbstverständlich, die drei Burgundersorten. Der Rosé vom Spätburgunder ist vier Jahre alt und – das soll angeblich die Krönung sein – eine Spätburgunder Beerenauslese. Hommage au Bussard steht auf dem Etikett, dazu die Jahreszahl 1836. Keine Ahnung, was es bedeutet.«

»Aber ich weiß es«, Rico triumphierte in gespielter Sieger-pose, »das ist der Vorteil von uns Eingeborenen, wir kennen die Geschichte.« Er erzählte, dass sich um 1836 einige Guts-besitzer an einer Art Champagner versucht und eine Manu-faktur für moussierende Weine gegründet hätten. Das sei nur möglich gewesen, da die Kellermeister aus der Cham-pagne stammten und die *méthode champenoise* mitgebracht hätten, die Flaschengärung bei der Sektherstellung. Aus der Manufaktur sei später die Kellerei Bussard hervorgegangen. Sekt im Tankgärverfahren habe Wackerbarth bereits seit 1958 praktiziert, aber erst in den Siebzigerjahren und nach-dem Bussard in Volkseigentum übertragen worden sei, habe man mit Wackerbarth fusioniert und ebenfalls auf Flaschen-gärung gesetzt. »Was ist eigentlich das Besondere daran?«, fragte er zuletzt.

Georg gab einen kleinen Teil seines Weines an die Kellerei St. Laurentius in Leiwen an der Mosel ab, die für ihn die Ver-sektung vornahm. Theoretisch wusste er, wie es funktio-nierte. »Wir liefern den Grundwein, der sollte früh gelesen werden wegen der Säure. Der Wein wird gepresst und vergo-ren und gegebenenfalls mit anderen Weinen verschnitten, je nachdem, was für eine Geschmacksrichtung man ansteuert. Das wird auf die Flasche gezogen, hinzu kommt die Füll-dossage, das sind Hefe und Zucker. Die Flasche wird nur mit einem Kronenkorken verschlossen. Die Kombination führt zur erneuten Gärung, dabei entstehen Kohlensäure und Al-kohol. Jetzt steckt man die Flaschen kopfüber in ein Rüttel-brett und dreht sie immer ein bisschen mehr und im steile-ren Winkel, damit die abgestorbenen Hefebakterien in den Flaschenhals rutschen. Nach der gewählten Reifezeit, das können Jahre sein, steckt man den Flaschenhals in ein Eis-bad, die Hefe und ein wenig Wein gefrieren, und wenn man die Kapsel abnimmt, treibt die Kohlensäure den Hefepfrop-fen raus. Anschließend kommt eine Fülldossage in die Fla-

sche, sie gibt dem Champager oder dem Sekt seinen indivi-
duellen Geschmack und den Süßegrad.«

»Eine Wissenschaft?«

»Nein, mein Freund, ein Vergnügen, wenn man nicht jeden Tag im Keller zwanzigtausend Flaschen um dreißig
Grad drehen muss. Jetzt lass uns endlich probieren.«

»Wie macht man das bei so viel Kohlensäure?«

Georg lachte. »Das hat mir ein italienischer Sekthersteller
erklärt.« Georg ließ sich ein Stück Klarsichtfolie geben und
füllte ein wenig Sekt ins Glas, dann zog er die Folie darüber
und schüttelte die Kohlensäure heraus. »Jetzt probierst du,
beurteilst das Zeug wie einen gewöhnlichen Wein, erst die
Farbe, dann den Duft und schließlich Geschmack und Harmonie. Aber wir lassen die Perlen heute drin.«

Der Traminer hatte schöne, fruchtige Aromen, Pfirsich,
Rosen und einen Hauch Muskat, es war ein Wein mit Volumen, ohne beißende Kohlensäure wie bei billigen Sekten,
dazu ein ausgewogenes Verhältnis zwischen Zucker und
Säure mit einer weichen Perlage. Kleine, feine Bläschen stiegen wie an Schnüren gezogen auf.

Die Pinot-Cuvée war ähnlich überzeugend, ein leichter,
feiner und herber Sekt, ein *brut* eben, bei dem ein Nuss-
aroma anklang und der auf Georg auch etwas grasig wirkte
und einen langen Nachklang zeigte.

Der Rosé begeisterte ihn wie auch Rico, ein toller Sekt,
mineralisch und strahlig, es gab einen Hauch von Johannisbeere und anderen Waldfrüchten. Aber es war müßig, so ein
Gewächs in seine organoleptischen Bestandteile zu zerlegen,
den hier musste man trinken und genießen, gerade heute,
denn diesen Tag hätte Georg gern aus seinem Lebenskalen-
der gestrichen. Und von Semmering hatte sich noch immer
nicht gemeldet.

Der 1836 Hommage war etwas für Fachleute, die weniger
das Besondere liebten – denn das kannten sie – als vielmehr

das Ausgefallene. Früchte, Zimt und Erdbeere, eine herbe Note kombiniert mit Eleganz. Das war der Sekt für Georg, bei dem würde er bleiben, während Rico sich den Traminer reservierte.

»Jetzt kannst du die Muscheln holen«, sagte Georg. Es war ihm einen Freude, den Sekt und die Muscheln in Gesellschaft dieses aufgeschlossenen und hilfsbereiten Mannes zu genießen. Selten hatte er jemanden getroffen, mit dem er sich spontan so gut verstanden hatte und der ihm absolut integer erschien. Den Mietwagen würde er hier stehen lassen und am nächsten Tag holen. Er hatte die erste Muschel noch nicht im Mund, als das Smartphone surrte. Einen Moment lang dachte er daran, es auszuschalten, griff dann aber doch danach.

»Herr Hellberger?« Es war die verzweifelte Stimme von Frau Semmering. »Sind Sie es?«

»Ja«, antwortete er unwirsch.

»Er ist tot! Mein Mann ist tot. Herr Hellberger – wer war das? Was geht da vor?«

14. Kapitel

Muldental Süd

Er hörte die Frau schluchzen. Ihre Sätze waren zusammenhanglos und brachen in der Mitte ab, sie atmete schwer.

Georg starrte mit dem Smartphone am Ohr Rico an, der ihn fragend ansah. Georg schaltete das Telefon auf laut, doch das Einzige, was sie verstanden, war, dass Semmering nicht mehr lebte. Erst nach wiederholtem Nachfragen erfuhren sie, dass man ihn tot in seinem Wagen sitzend auf dem Parkplatz der Autobahnraststätte Muldental Süd gefunden hatte – vor etwa einer Stunde.

»Ich weiß, wo das ist«, flüsterte Rico, »bei Grimma, nicht weit von hier, es sind höchstens achtzig oder neunzig Kilometer. Du sagtest, er war auf dem Weg hierher?«

Georg nickte und bedeutete Rico zu schweigen.

»Wer hat da gesprochen, wer ist bei Ihnen?«, fragte Frau Semmering verstört zwischen zwei Seufzern.

»Es ist ein Freund, der mir hilft, die Lage hier zu klären.«

»Kennt er meinen Mann?«

»Nein, er kannte ihn nicht. Aber Herr Schmidt ist zuverlässig und ortskundig.« Georg musste sich auf jedes Wort konzentrieren, denn seine Gedanken überschlugen sich, hängen blieb nur jenes Bild vom eilfertigen Studt, der fast unterwürfig auf den Geländewagen mit den vier Männern zueilte. »Wer hat Sie benachrichtigt, Frau Semmering?«

»Die Polizei.«

»Von welcher Dienststelle?«

»Mein Gott, Sie stellen Fragen!«

»Wo sind Sie jetzt?«

»Ich? Ich bin zu Hause. Mein Sohn wird gleich hier sein, er lebt in Norddeutschland und holt mich ab, wir fahren dann nach Grimma zum Bestatter, warten Sie, die Adresse ist in der Schulstraße …«

»Ich werde sofort losfahren, es sind von hier aus nur achtzig Kilometer. Der Rastplatz heißt Muldental Süd? Ich werde sehen, was ich klären kann. Es tut mir sehr leid, was geschehen ist«, sagte er, und für sich dachte er: Wir waren nicht schnell genug, nicht vorsichtig genug, nicht misstrauisch genug, ich konnte es nicht verhindern …

»Was ist da los bei Ihnen? Was wollte mein Mann dort? Ich denke, Sie wohnen an der Mosel. Er war gesund, er hatte nichts am Herzen. Warum musste er noch in der Nacht losfahren, direkt nach Ihrem Anruf? Was haben Sie ihm gesagt, was war so wichtig?«

Rico Schmidt winkte energisch ab, drohte sogar mit dem Zeigefinger. »Nicht am Telefon, bloß nicht … Die hören mit. Red dich irgendwie raus«, flüsterte er.

Georg nickte, er hatte verstanden. »Wir werden ausführlich darüber sprechen, wenn Sie hier sind, dann weiß ich mehr. Ich fahre jedenfalls sofort nach Muldental. Wir treffen uns später beim Bestatter in Grimma.« Georg beendete das Gespräch und schaltete das Gerät ab.

»Ich begleite dich natürlich«, erklärte Rico Schmidt, und sein Blick ließ keinen Zweifel daran, dass er es ernst meinte.

»Ich möchte dich da auf keinen Fall weiter mit reinziehen.«

Rico Schmidt lachte. »Sei nicht albern, weiter rein geht gar nicht. Aber schade um den schönen Abend. Wie schade es um diesen Semmering ist, kann ich nicht beurteilen. Ich finde, es ist oder war von ihm unverantwortlich, dass er dich unvorbereitet in diese Sache hat hineinstolpern lassen, denn mehr als ein Stolpern kann man deine bisherige Suche kaum bezeichnen.«

»Wenn Semmering mir gleich reinen Wein eingeschenkt hätte, wäre ich gar nicht hergekommen. Das nur dazu!« Georg legte sein Smartphone auf den Tisch neben den Muschelsalat. »Das Ding lasse ich hier, sie wissen sonst, wo wir sind. Oder habe ich schon zu viel gesagt? Ich bin es nicht gewohnt, abgehört zu werden. Euch scheint es in der DDR in Fleisch und Blut übergegangen zu sein, dass immer jemand die Leitung anzapfte. Und was machen wir mit dem schönen Salat?«

»Den gönnen wir uns noch vor dem Fahren und einen Schluck von diesem wunderbaren Zeug.« Rico griff nach einer Sektflasche. »Das wird nicht mehr gut sein, wenn wir zurückkommen. Besonders diese hübschen kleinen Perlen werden sich verdünnisiert haben.«

Es war noch hell, als sie mit Georgs Mietwagen losfuhren, die Sonne war erst vor einer halben Stunde untergegangen. Zuerst fuhr Georg am wagnerschen Haus vorbei, das Motorrad mit der 18 stand nicht dort. »Also ist der Kerl unterwegs. Dass er jemanden umbringt, glaube ich nicht, dazu ist er zu schlau, außer Studt hat ihn in der Hand. Aber mit Streichhölzern wird er umgehen können.«

»Du bist überzeugt, dass Semmering …«

»Ja, ganz einfach – ja! Und garantiert wird die Polizei nichts finden. Studt und seine Truppe werden unser Gespräch abgehört haben und mussten aus irgendeinem Grund sofort reagieren.« Auf der Meißner Straße bog Georg rechts ab.

»Links, du musst links fahren, über die Autobahn geht's schneller, ich kenne mich hier aus.«

Georg erklärte, dass er erst bei Studt vorbeifahren wolle, um zu sehen, ob auch er unterwegs sei. Er wisse jedoch, dass das wenig aussagekräftig sei, solange sie nicht wüssten, wann Semmering gestorben sei. Wenn er noch in derselben Nacht losgefahren sei, dann hätte er wahrscheinlich in Muldental getankt, sich ausgeruht, vielleicht sei er auf dem Rastplatz eingeschlafen.

»Dann müssen sie ihm von Dortmund aus gefolgt sein«, gab Rico Schmidt zu bedenken.

»Keineswegs, du musst ihm nur einen Tracker unter den Kotflügel klemmen und ihn per Smartphone verfolgen. Studt und Konsorten werden sicher genauer darüber Bescheid wissen. Die finalen Methoden werden sie vom KGB oder der CIA übernommen haben.« Im geeigneten Moment könne man zuschlagen, der Rastplatz sei so eine Gelegenheit.

Den Weg zum studtschen Weingut würde Georg inzwischen im Schlaf finden. Er hielt außer Sichtweite und bat Rico zu warten. Dann lief er los. Heute machte er eine Runde gegen den Uhrzeigersinn. Im Haus brannte Licht, der Hof war erleuchtet. Niemand saß auf der Terrasse. Die Rolltore waren hochgezogen, in der Remise standen nur Maschinen, Studts Wagen hingegen fehlte. Demnach war er unterwegs. Ansonsten herrschte Stille.

Als Georg zwischen den Reben und dem Zaun des Weingutes an die Straße trat, näherte sich ein Wagen und bremste ab, Georg trat zurück und hockte sich zwischen die Weinstöcke. Der Wagen hielt vor dem Tor, es rollte zurück, und Studt bog in die Einfahrt. Der Lichtschein der Lampe am Tor hatte für eine Sekunde das Gesicht des Stasi-Majors erhellt. Als er aus dem Wagen stieg, ging er gebeugt und wirkte zehn Jahre älter als tagsüber.

»Er war es, kein Zweifel«, sagte Georg, als er wieder im Auto saß. »Kann sein, dass er von seinem Einsatz zurück ist. Sollten wir nochmals bei Frau Wagner vorbeifahren?«

»Du vermutest, dass der Sohn von Frau Wagner mit Studt unterwegs war und sein Motorrad jetzt auch wieder da ist? Nun gut, das liegt sowieso fast auf unserem Weg.« Er übernahm das Steuer und fuhr durch stille Seitenstraßen zurück.

Die Maschine stand wie erwartet vor dem Haus. Georg stieg kurz aus und berührte den Motorblock. Er erinnerte sich daran, wie Kilian hier an die Motorhaube gefasst hatte. Der Motor war noch nicht abgekühlt. Es wurde Zeit, sich mit Pepe in Verbindung zu setzen. Um der Bande und dem Major allein entgegenzutreten, war er zu schwach. Dabei hatten sich die aus Westdeutschland stammenden Hintermänner noch nicht einmal gezeigt, geschweige denn geoutet. Er hoffte, dass Ricos Informant etwas Licht in die Sache bringen würde.

»Wenn Semmering bereits gestern Nacht losgefahren ist, dann werden sie auch in der Nacht zugeschlagen haben und nicht erst heute tagsüber. Wäre das nicht viel zu auffällig?« Georg versuchte, aus dem wenigen, was er bislang wusste, eine Theorie zu basteln.

Derartige Überlegungen hielt Rico Schmidt zu diesem Zeitpunkt für verfrüht und daher überflüssig. »Zuerst müssen wir wissen, was wirklich geschah.«

»Allein das rauszukriegen wird nicht leicht werden.«

Die A14 war leer und ruhig, Rico Schmidt war ein guter Fahrer, gänzlich auf hundertdreißig Stundenkilometer eingestellt, »in Vorwegnahme der hoffentlich bald auf uns zukommenden allgemeinen Geschwindigkeitsbegrenzung«, wie er bemerkte.

Trotz des gesetzten Fahrstils wurde Georg von Minute zu Minute unruhiger, er spürte zum ersten Mal, seit er die Elbe überquert hatte, etwas wie Beklemmungen und eine leichte Übelkeit, die sicherlich nicht von den Muscheln stammte. Insgeheim fragte er sich, ob Semmering noch am Leben wäre, wenn er sich weniger auffällig verhalten und die Bande, so nannte er sie im Stillen, nicht aufgescheucht hätte. Aber Semmering hatte sich an ihn gewandt und ihn schlecht oder gar nicht auf sein Anliegen vorbereitet. Dann war er tagelang abgetaucht. »Dass sie ihn umgebracht haben, zeigt mir, dass es um weit mehr gehen muss als um das verdammte Weingut«, sagte er in die Stille hinein.

»In einer halben Stunde wissen wir mehr«, antwortete Rico Schmidt, »oder auch nicht. Womöglich lassen sie uns ins Leere laufen und verweigern jede Auskunft, du bist schließlich nicht mit ihm verwandt. Dann müssen wir warten, bis seine Frau erscheint.«

»Oder sie führen uns an der Nase herum, sie machen uns was vor, ein Ablenkungsmanöver …«

»Dazu sind wir nicht wichtig genug, Georg. Oder doch? Ich weiß es nicht. Was damals geschah, ist verjährt. Sollte es um die Treuhand gehen, werden sich die Medien darauf stürzen. Jemand, der als Erster lautstark dementiert, hat meistens Dreck am Stecken. Wir müssen das Ding nur anstoßen und die Tür des Zwingers öffnen, die Hunde rauslassen, die Verfolgung überlässt man besser der Meute.«

Vor ihnen tauchte das Hinweisschild nach Grimma auf. Rico nahm kurz den Fuß vom Gaspedal, sie passierten Muldental Nord, doch sie mussten bis zur nächsten Ausfahrt weiterfahren und auf der Gegenfahrbahn zurück, um Muldental Süd zu erreichen. »Was für einen Wagen fährt Semmering?«, fragte Rico und ließ den Wagen auf die Tankstelle zurollen.

Unter dem quer über mehrere Zapfsäulen reichenden Flachdach stand zu dieser Zeit nur ein einziges Fahrzeug im Halbschatten. Inzwischen war es völlig dunkel geworden, hoch über den Wiesen rechter Hand leuchtete schwach die schmale Sichel eines gelben Neumonds, und nicht weit von hier warf das Städtchen Grimma einen hellen Schein, der sich im dunklen Himmel verlor. Von einem Polizei- oder Leichenwagen oder Ähnlichem war von hier aus nichts zu bemerken. Nur die hell erleuchtete Tankstelle mit Kasse, Buffet und Café schien wie ein surreales Raumschiff im Dunkel zu schweben.

Sie hielten direkt neben dem Eingang, betraten den steril wirkenden Raum, in dem der Dunst von abgestandenem Essen hing, und gingen zur Kasse. Was wird sich im Leben eines Menschen ereignet haben, dass eine sechzigjährige Frau mit grauem Gesicht und im weißen Kittel hier um Mitternacht Teller mit Kartoffelsalat und prallen Bockwürstchen füllen muss? Georg lächelte besonders freundlich, bevor er die Frage nach der Polizei stellte.

»Die sind weiter hinten«, sagte die Frau und wies mit ihrem Finger über die Schulter, »da, wo die Lastwagen stehen, nu? Vorhin waren se noch da. Ob se jetzt noch da sind, weiß ich nicht.«

»Wann war das ungefähr?«, fragte Georg und meinte, Unwillen im Gesicht der Frau zu bemerken.

»Na, vorhin, was soll ich sagen?« Sie schien sich zu keiner genaueren Zeitangabe durchringen zu können. »Sind Sie auch von der Polizei? Der Mann, der gestorben ist, war vorher hier, nu, das sagte mein Kollege, den ich abgelöst habe. Der hatte Frühdienst. Wir arbeiten in drei Schichten. Aber entdeckt haben sie den Toten erst am Nachmittag. Ich hatte noch keinen Dienst. Der soll ganz normal gewesen sein. Einer von den Polen hat ihn gefunden.«

»Welche Polen, bitte?«

»Na, die Fahrer eben, einer von denen, von ganz hinten, die da schlafen, was weiß ich.«

»Wären Sie so nett, uns zwei Kaffee zu machen, liebe Frau?«

Ein Ausdruck des Erstaunens glitt über ihr Gesicht. War sie es nicht gewohnt, so freundlich angesprochen zu werden?

Wortlos drehte sie sich um und zeigte auf eine Tafel mit den Kaffeeangeboten. »Se müssen mir schon sagen, was Se wollen.«

»Zwei mittlere Café Crème, bitte.«

Das Geräusch vom Mahlwerk der Kaffeemaschine wirkte

in der Stille des auch akustisch sterilen Raums beinahe unheimlich.

»Ist das unsere schöne neue Welt?«, fragte Georg, als die Tür der Tankstelle sich hinter ihnen schloss.

»Sieht zumindest so aus, und die Frau scheint mir ein Opfer der Treuhand zu sein oder der Übernahme generell. Wie alt mag sie sein? Sechzig? Älter? Dann war sie bei der Wende dreißig und hatte vielleicht einen guten Job. Dann kamen Rohwedder und die Breuel, und dann war Ende.«

»Der Rohwedder wurde erschossen, nicht wahr? Weiß man genau, dass es die RAF war? Wenn es um die geht, ist es ja immer unklar.« Georg hatte sich als Jugendlicher nicht für politische Themen interessiert.

»Entweder die Rote Armee Fraktion oder irgendein Geheimdienst. Er wollte eine ganz andere Politik als die Breuel. In den Zeitungsberichten tauchten die Wörter *angeblich* und *wahrscheinlich* viel zu oft auf. Ich glaube, dass die Art des Attentats mit Präzisionsgewehr nur auf einen Geheimdienst schließen lässt. So, wir lassen den Wagen am besten hier stehen und laufen die Parkplätze ab. Dann übersehen wir nichts.«

Sie schritten Reihe für Reihe sämtliche Parkstreifen ab, mussten zum Teil um die Lastzüge herumgehen. Fast am Ende des Parkplatzes, eingerahmt von zwei Sattelschleppern, stand ein BMW mit Dortmunder Nummer, das war Semmerings Wagen. Noch während sie versuchten, im Inneren etwas zu entdecken, hielt hinter ihnen geräuschlos ein Wagen. Zwei Männer stiegen aus, beide in Zivil, einer hatte eine Taschenlampe in der Hand, leuchtete sie von oben bis unten ab und musterte sie schamlos. Der andere hatte die rechte Hand auf einer Tasche liegen, in der womöglich eine Pistole steckte.

Georg fixierte die Männer und nahm sofort seine Verteidigungsstellung ein; wenn die Angreifer nicht mit Schusswaffen drohten, würde er auch mit zwei Gegnern fertig. Rico Schmidt hingegen machte einen großen Schritt nach hinten. Einer der Männer hob die Hand. »Autobahnpolizei! Was machen Sie hier? Wo steht Ihr Fahrzeug?«

»Autobahnpolizei? Das kann jeder sagen. Ist das Ihre Masche? Und Ihre Ausweise?!«

Der mit der Taschenlampe trat auf sie zu, zückte den Ausweis und ließ den Strahl der Taschenlampe darüberhuschen. Sein Kollege, zwei Schritte hinter ihm, deckte ihn. »Was haben Sie hier zu tun? Darf ich Ihre Papiere sehen?«

Rico Schmidt ergriff das Wort, erklärte ausführlich und äußerst freundlich den Grund ihres Hierseins. Sie hätten auf diesen Freund gewartet und würden jetzt auf die Ehefrau und den Sohn des Toten warten, das alles sei für sie sehr unerfreulich, wie sie sich vorstellen könnten.

»Der graue Golf gleich neben der Tankstelle, dort, wo der Wasserschlauch an der Wand hängt, das ist unser Fahrzeug«, fügte Georg hinzu, seinen Personalausweis in der ausgestreckten Hand. Mit Erleichterung bemerkte er, dass der Beamte mit der Pistole sich entspannte.

Die Durchsuchung des Golf gestaltete sich natürlich ergebnislos, wegen des Leihfahrzeugs stellte keiner eine Frage, erst danach waren die Beamten bereit, Auskunft zu geben. Ein Arzt sei hier gewesen zwecks Ausstellung des Totenscheins, als Todesursache sei Herzversagen diagnostiziert worden. »Wir waren nicht dabei, es waren Kollegen, die gerufen wurden, nachdem der reglose Mann im Wagen aufgefunden worden war«, erklärte der Beamte.

»Können Sie uns sagen, wann das gewesen ist?« Rico Schmidt blieb überaus freundlich.

»Leider nein, die Überwachungskameras zeichnen lediglich auf, wann ein Fahrzeug ein- und wann es wieder ausfährt. Wenn er getankt hat, müsste man an der Tankstelle Bescheid wissen, die haben auch Kameras. Es tut uns leid, mehr können wir Ihnen nicht sagen. Noch ein guter Rat: Halten Sie sich von jetzt an besser im Licht auf, man könnte vermuten, dass Sie sich für die Lastwagen interessieren.«

Rico dankte ihnen und behauptete, sie würden sofort nach Grimma fahren.

Die Beamten wünschten eine gute Nacht, stiegen in ihren Wagen und rollten wieder in die Dunkelheit.

»Das mit den Kameras der Tankstelle war eine gute Idee. Vielleicht kriegen wir die Kaffeefrau dazu, uns an die Aufzeichnungen zu lassen.«

»Wie willst du das bewerkstelligen? Die haben alle ihre Vorschriften und Angst um ihre Jobs.«

»Mit Geld«, sagte Rico Schmidt, »sie scheint mir dafür empfänglich, und außerdem mag sie mich. Hast du nicht bemerkt, wie sie mich ansah? Du hältst dich bitte zurück! Bei den Polizisten hat's mit Freundlichkeit auch funktioniert.«

Die Küchenfee dazu zu bewegen, das Chefbüro für zwei Fremde aufzuschließen, dauerte länger. Es war nur möglich, weil die Frau zu dieser nächtlichen Stunde allein hier arbeitete. Es kostete Rico Schmidts gesamte Überredungskunst und Georg hundert Euro. Die Kameraeinstellung zeigte eine Übersicht der Zapfsäulen, und aus der Zeitzeile des Überwachungsvideos war ersichtlich, dass Semmering vergangene Nacht um 3:28 Uhr hier getankt hatte. Als er danach zum Bezahlen zur Kasse gegangen war, hielt am rechten Bildrand eine Limousine, es sah aus, als führte der Fahrer ein Fernglas an die Augen. Das Kennzeichen war nicht zu erkennen, ebenso wenig die Insassen, aber es waren drei Personen, das sah man deutlich. Das Merkwürdige an Semmerings Tankstop war, dass er bis 3:52 Uhr dauerte. Kurz nachdem er losgefahren war, fuhr auch das andere Fahrzeug weiter.

»Jetzt müsste man wissen, was er in der Zwischenzeit gemacht hat und wann dieser zweite Wagen den Rastplatz verlassen hat. Aber das werden wir leider nie erfahren«, unkte

Rico Schmidt, »obwohl es an der Ausfahrt sicher eine Kamera gibt.« Er schlug vor, erst nach Grimma zum Bestattungsinstitut zu fahren und dann weiterzusehen. »Ich glaube nicht an einen Herzinfarkt, nicht unter diesen Umständen.«

Mit dem Zweifel rannte er bei Georg offene Türen ein. Der setzte sich ans Steuer, da Rico telefonieren wollte. Er benutzte sein altes Mobiltelefon, ein Prepaidhandy, vollkommen aus der Mode und wahrscheinlich nicht registriert. Und wieder zeigte sich, dass Georg hier allein nicht weiterkommen würde, denn sein Begleiter kannte einen Arzt, der mit einem anderen Arzt befreundet war, und der wieder war mit einem Pathologen bekannt, der eventuell Semmering anschauen könnte. Jetzt hing alles davon ab, wie der Bestattungsunternehmer, der Frau Semmering genannt worden war, sich verhielt und ob er ihnen entgegenkommen würde.

Bis zur Ausfahrt Grimma waren es zwei Kilometer, von dort aus etwa doppelt so weit bis ins Stadtzentrum zum Bestattungsunternehmen in der Schulstraße. Es war also noch Zeit, das weitere Vorgehen zu besprechen.

Georg war beruhigt, da er sowohl Frau Wagners Sohn in Radebeul beziehungsweise Studt auf dem Weingut wusste. »Die jedenfalls werden uns heute nicht mehr in die Quere kommen. Ich frage mich jedoch, was man dem Bestatter erzählt hat, was er weiß, was er ahnt oder sich denkt.«

»Der denkt sich gar nichts, wenn er schlau ist«, meinte Rico. »Der schläft oder denkt ans Geschäft. Der hat täglich mit dem Tod zu tun, der Sensenmann schreckt ihn längst nicht mehr. Ich mach mir vielmehr Sorgen, ob er dem Pathologen Zugang gestattet. Ich kenne die Gesetze nicht. Es wird nicht alle Tage passieren, dass nachts Leute aufkreuzen, die eine Leiche untersuchen wollen. Einen Totenschein gibt es ja, also muss ein Arzt da gewesen sein. Herzversagen? Wenn daran Zweifel bestünde, hätte der Arzt die Polizei gerufen – ach, die war ja hier –, die hätten ihn in die Gerichtsmedizin bringen lassen, außer … jemand hat etwas zu vertuschen. Möglich, dass Studt gleich einen Arzt zum Mord mitgenommen hat, das MfS hatte Spezialisten für jede Sauerei.«

»Mir scheint, dass du mit denen noch längst nicht fertig bist.«

»Damit werde ich nie fertig, das ist mir klar. Und wenn einer sagt, er hätte damit abgeschlossen, dann lügt er.«

»Sie müssen dir übel mitgespielt haben.«

»Anderen erging es weitaus schlimmer. Mein Problem ist, dass ich mir Vorwürfe mache, so lange das Maul gehalten zu haben. Das verzeihe ich mir nicht.«

Da war wieder etwas, das wir gemeinsam haben, Rico und ich, dachte Georg, auch ich habe das Maul gehalten, aber nicht zu lange. Nur statt einen Ausreiseantrag stellen zu müssen, hatte ich's wesentlich leichter, ich habe den Job hingeschmissen, bin an die Mosel gefahren und habe mein Burn-out auskuriert.

Im Schaufenster mit dem Palmzweig und der schwarz lackierten Urne brannte Licht, dahinter waren schemenhaft zwei Gestalten sichtbar. So war es nicht nötig, jemanden um ein Uhr nachts aus dem Bett zu klingeln. Ein Mann im schwarzen Anzug um die dreißig öffnete erstaunt die Tür.

Georg trat schnell vor, um nicht draußen abgefertigt zu werden. »Sie haben heute meinen Freund Alexander Semmering beim Rastplatz – wie sagt man – aufgenommen, abtransportiert …?«

»Abgeholt, ja, ein Mann wurde uns von der Polizei übergeben, er war tot aufgefunden worden. Ein Arzt war auch zugegen.«

»Frau Semmering hat uns benachrichtigt, wir sind hier mit ihr verabredet, sie müsste bald eintreffen. Ich weiß, wir kommen total ungelegen, wir sind gleich in Dresden losgefahren …« Jetzt kam es darauf an, ob der Bestatter, der trotz der vorgerückten Stunde recht aufgeweckt erschien, sich darauf einließ.

»Wie Sie sehen, sind wir noch wach, gestorben wird zu jeder Zeit.« Er bat, an der Tür zu warten, ging in einen hinteren Raum. Was er dort mit der zweiten Person besprach, war nicht zu verstehen. Die fremde Stimme kam näher, sie gehörte zu einem hageren Menschen, dem man seinen Beruf ansah. Dürers Bildnis eines bartlosen Mannes fiel Georg dazu ein, nur war dieser hier deutlich älter. Georg erzählte, seine Hilflosigkeit deutlich machend, dass sie von der Frau des Verstorbenen informiert worden seien, dass der Tote hierhergebracht worden sei. Und es gebe da gewisse Ungereimtheiten.

Die beiden Bestatter wirkten mit einem Mal hellwach, wie sich herausstellte, waren es der alte Inhaber Strecker und sein Schwiegersohn, der in das Geschäft eingestiegen war.

»Kommen Sie rein, wir sollten derart persönliche Angelegenheiten nicht auf der Straße bereden.«

Im Raum hinter der Glasscheibe stand ein Tisch mit vier Stühlen, ein Tresen versperrte den Zugang zu den hinteren Räumen, Schränke säumten die Wände, in einer Vitrine wurden die zur Verfügung stehenden Urnen ausgestellt. Strecker wies auf den Tisch, man setzte sich. Georg legte die Visitenkarte vom Weingut Berthold & Hellberger auf die kalte Glasplatte. Das Wort »Weingut« über den Namen schuf stets Vertrauen.

»Der Leichnam von Herrn Semmering ist momentan bei uns, wir sollen gleich morgen früh dafür sorgen, dass er nach Dortmund überführt wird. Deshalb sind wir noch beschäftigt.«

»Haben Sie mit seiner Frau darüber gesprochen?«

»Selbstverständlich, mit ihr auch, aber von der Überführung war schon an der Raststätte die Rede.«

»Das Wort führte ein älterer Herr«, warf der Schwiegersohn ein, »es wunderte mich, dass er recht gut über den Verstorbenen Bescheid wusste, obwohl er nicht mit ihm verwandt ist.«

Jetzt kam es darauf an, den Schwiegersohn zu gewinnen, er hatte Georg das Stichwort geliefert. »Sehen Sie, Ihr Gespür war ganz richtig. Wir haben ein ähnliches Problem. Uns geht das alles viel zu schnell. Hat der Arzt ihn gründlich untersucht?«

»Das kann ich nicht beurteilen, wir kamen erst, als alles gelaufen war. Der Arzt übergab uns den Totenschein, die Polizei war zugegen, alles schien korrekt abgelaufen zu sein, wir hatten keinen Anlass, uns noch Gedanken zu machen. Wenn wir das immer täten, kämen wir nie ins Bett.« Er gähnte demonstrativ.

Rico Schmidt mischte sich wieder in seiner diplomatischen Art ein. »Ich weiß nicht, ob es gegen Ihre Gepflogenheiten verstößt, wir würden gern morgen mit einem richtigen Pathologen aus Dresden diese Untersuchung wiederholen, um sicherzugehen …«

»Heißt das, Sie glauben, dass etwas nicht stimmt?« Strecker und sein Schwiegersohn waren plötzlich hellwach und sahen sich erschrocken an. Damit stand eine schwerwiegende Vermutung im Raum.

»Genau das meinen wir.« Rico Schmidt machte eine lange Pause, die Worte durften ihre Wirkung nicht verfehlen. »Wir glauben, aber wir wissen es nicht. Es sind die Umstände und das, was vorher geschah, was uns zu einem solchen Schritt veranlasst, ja geradezu zwingt.« Aufmerksam beobachtete er die Reaktion der Bestatter.

Nachdenklich rieb sich der Ältere am Kinn und forderte seinen Schwiegersohn auf, ihn in einen Nebenraum zu begleiten. »Wir müssen uns besprechen. Sie werden verstehen … Wir kennen Sie nicht, Sie schneien hier einfach rein und konfrontieren uns mit einem Verdacht … Wir glaubten, alles wäre geregelt.« Die beiden Männer verließen den Raum und schlossen die Tür hinter sich.

Aus dem Nebenraum drang nur noch Gemurmel. Georg war im Begriff aufzustehen, um an der Tür zu lauschen, doch Rico hielt ihn am Arm fest. Er war der Ansicht, dass sie einen guten Schritt weiter seien, wenn die Bestatter sich beraten würden und den Vorschlag nicht kategorisch abgelehnt hätten. »Ich glaube, sie haben Vertrauen zu uns, wir sollten ihnen mehr Informationen geben, aber diplomatisch, Georg. Ich merke, dass du am liebsten auf alle losgehen würdest. Doch das hilft uns nicht. Wir müssen die beiden gewinnen. Mit Studt und mit den Brandstiftern musst du dann klarkommen.« Er grinste, als würde er sich darauf freuen.

Als sich die Tür wieder öffnete und der Schwiegersohn ein Tablett mit einer Thermoskanne und mehreren Tassen auf den Tisch stellte, wusste Georg, dass sie einen weiteren Schritt vorangekommen waren.

»Sie werden verstehen, dass wir keine Schwierigkeiten haben wollen. So, wie Sie die Sache jedoch schildern, könnte hier ein Mord vertuscht werden. Bis Sie kamen, schien uns auch alles in Ordnung zu sein. Einer korrekten pathologischen Untersuchung werden wir uns nicht verweigern, vorausgesetzt, Frau Semmering stimmt dem auch zu und Ihr Pathologe kann sich als solcher ausweisen. Außerdem haben wir in Grimma auch einen Pathologen. Hätten Sie etwas dagegen, ihn ebenfalls hinzuzuziehen?«

Rico Schmidt dachte einen Moment nach. »Sie kennen ihn persönlich? Wie alt ist der Herr?«

»In Grimma kennt man sich, es gibt nur dreißigtausend Einwohner, und speziell in unserem Beruf muss man ihn kennen.« Der Bestatter sah Georg an. »Er ist etwa in seinem Alter, Mitte vierzig, schätze ich. Warum?«

»Dann kann er sich nicht durch obskure Dienstleistungen für die Stasi kompromittiert haben.«

Auch Georg war einverstanden. »Umso besser, vier Augen sehen mehr als zwei.«

Die Bestatter waren beruhigt. »Ich bin noch nie auf die Idee gekommen, dass ein Totenschein gefälscht sein könnte«, sagte der Schwiegersohn mit einem Kopfschütteln, »dann muss auch der Arzt kein Arzt gewesen sein. Nur, wozu das Ganze? Worum geht es?«

Rico Schmidt erklärte es ihm: Georg als Winzer sei beauftragt worden, ein Weingut in Augenschein zu nehmen, dann hätten die Dinge ihre eigene Dynamik entwickelt ... Schließlich habe Semmering letzte Nacht seinen Besuch angekündigt, gleichzeitig sei Georgs Wagen angezündet worden, und nach vergeblichem Warten auf Semmering hätten sie seine Frau verständigt.

»Wollen Sie den Verstorbenen sehen? Wir schauen ihn uns besser an und verschaffen uns Gewissheit, dass wir von derselben Person sprechen. Bei all den Ungereimtheiten könnte es sein ... Sie verstehen meine Bedenken?«

Sie standen auf, Strecker und sein Schwiegersohn gingen voraus, der öffnete die Tür zum Kühlraum, um den Leichnam zu holen, und kam mit einem braunen Transportsarg auf einem Rollwagen zurück. Langsam nahm er den Deckel ab.

Bei all den Wirrnissen der letzten Tage hielt Georg es für möglich, dass eine andere Person im Sarg lag, doch der Tote, bei dessen Anblick es ihn schauderte, war eindeutig Alexander Semmering.

Die beiden Bestatter blickten Georg an, gespannt auf seine Reaktion. Rico Schmidt wirkte eher neugierig und nachdenklich und weniger betroffen, während Georg den Anblick des Toten entsetzlich fand, zutiefst beklommen, dass diese Bekanntschaft ein derart schauriges Ende genommen hatte. Das Gesicht, das er als freundlich und offen, ja sogar als siegesbewusst in Erinnerung hatte, war wachsfarben geworden und verkniffen, als erlitte der Tote noch immer Schmerzen. Er war mit einem eleganten hellgrauen Anzug bekleidet, dazu mit einem weißen Hemd mit offen stehendem Kragen, als hätte er sich in den letzten Momenten seines Lebens Luft zu verschaffen versucht.

»Er ist es, zweifellos.« Erschüttert wandte Georg sich ab, verwirrt auch darüber, wie nahe ihm der Tod dieses ihm kaum bekannten Mannes ging. »Bitte schließen Sie den Sarg.« Er verließ den Raum, schenkte sich einen Kaffee ein, den er hastig hinunterschüttete, dann setzte er sich und stützte den Kopf in die Hände. Er war todmüde und gleichzeitig zutiefst empört darüber, was man diesem Menschen angetan hatte. Da hatte sich jemand das Recht genommen, einem anderen das Leben zu nehmen, nicht im Kampf, nicht im Krieg, was an sich schon schlimm genug war. Dieser hier war anderen bei ihren dunklen Machenschaften oder postsozialistischen Aufräumarbeiten lediglich im Wege gewesen. Dass es ein Mord war, davon war Georg überzeugt, dafür brauchte er keinen Pathologen. Aber Studt als Mörder? Nein, der wäre mit diesem Mann in dem Sarg nie fertiggeworden. Der Sohn von Frau Wagner? Auch nicht, diese Typen schlugen zu, verprügelten andere, warfen Scheiben ein und legten allenfalls Feuer. Wer kam dann infrage?

In diesem Moment öffnete sich die Tür, Georg zuckte hoch, Rico Schmidt, der sich gerade neben ihn gesetzt hatte, sprang auf, und der Schwiegersohn des Bestatters stürzte in den Raum. Sie alle benahmen sich, als würden sie angegriffen, als stünde der Tod leibhaftig vor der Tür, um sich den Nächsten zu holen.

Von dieser unerwarteten Reaktion auf ihr Erscheinen überrascht, erstarrte die Frau in der Tür und wich zurück. Georg fasste sich als Erster, denn bei der nächtlichen Besucherin konnte es sich nur um Frau Semmering handeln. Der junge Mann, der ihr folgte, musste ihr Sohn sein.

Georg kannte beide nicht, hatte weder sie noch den Sohn gesehen, noch hatte Semmering ein Wort über beide verloren. Seine Frau, vielmehr seine Witwe, war eine dunkelhaarige Schönheit. Auch wenn man ihr die Müdigkeit ansah, wirkte sie zutiefst gefasst, strahlte Energie und Leidenschaft aus, die sich jetzt im Leiden erschöpfte und die sie auf ihren Sohn übertragen haben musste. Welche Gefühle ihn bewegten, ließ er nicht nach außen dringen. Sie trug einen hellen, offenen Lodenmantel, darunter einen schwarzen Hosenanzug und flache schwarze Schuhe. Ohne Scheu musterte sie die Runde der Männer, zu der sich jetzt auch der ältere Bestatter gesellte. Die geschäftige Sorge, dass jeder Kaffee oder Wasser bekam, half dabei, den anfänglichen Schrecken zu überwinden, ebenso die Frage, wie die Fahrt gewesen sei, und es begann die gegenseitige Vorstellung. Wieder übernahm Rico Schmidt die Darstellung der Situation, und ein jeder steuerte aus seiner Sicht seinen Anteil daran bei.

»Selbstverständlich kommen wir für den Brandschaden auf«, sagte Frau Semmering abschließend. »Schließlich waren Sie in unserem Auftrag unterwegs, und das darf nicht Ihr Schaden sein.« Nur ein leichtes Vibrieren in der Stimme ließ ihre Erregung erkennen. Georgs Einwand mit der Versicherung und einem möglichen Gerichtsverfahren gegen die Täter wischte sie beiseite. »Wir werden also morgen hoffentlich in der Frühe erfahren, ob und wann ein Pathologe hier erscheint. Können wir ... meinen Mann ... nicht mitnehmen, ich meine, dass Sie ihn nach Dortmund bringen und wir uns um alles Weitere kümmern?«

Das hielt der Bestatter für unklug. »Wir sollten ihn so wenig wie möglich bewegen. Wenn es um tödliche Substanzen geht oder um physische Spuren am Körper, könnte es schwierig werden, sie später nachzuweisen. Auch hätten wir dann zwei hier, die sich gegenseitig assistieren und sich beraten könnten, wobei unser hiesiger Pathologe über ein Labor verfügt. Wir dürfen mit der Untersuchung keine Zeit verlieren. Damit wir alle wenigstens noch eine Mütze voll Schlaf bekommen, rufe ich bei einer befreundeten Pension an, die haben sicher noch Zimmer frei. Es ist gleich um die Ecke. Ich nehme an, Frau Semmering, auch Sie wollen den Verstorbenen sehen?«

15. Kapitel

Die Hand über der Kaffeetasse

Zu müde, um sich zu unterhalten, saßen Georg und Rico Schmidt beim Frühstück in der Pension, als sie gegen halb neun der Anruf des Bestatters erreichte, dass der Pathologe eingetroffen sei; der Kollege aus Dresden werde in einer halben Stunde erwartet. Georg eilte sofort ins Beerdigungsinstitut, um nicht allein dem Bestatter die Einweisung des Pathologen zu überlassen. Strecker begann mit seinem ausführlichen Bericht der gestrigen Ereignisse erst, als Georg eintraf, und hielt sich äußerst korrekt an das, was er von ihm und Rico Schmidt erfahren und selbst erlebt hatte. Er übergab den abgestempelten und unterschriebenen Totenschein, es war das richtige Formular, woraufhin Streckers Schwiegersohn sich an den Rechner setzte und den Namen des Arztes eingab. Ein Dr. Ullrich Überwerth aus Leipzig war im Netz zu finden! »Sehen Sie, alles hat seine Richtigkeit.«

»Rufen Sie ihn in der Praxis an, ob er tatsächlich hier war.« Georg blieb weiter misstrauisch.

Der Pathologe hielt Georgs Vorsicht für übertrieben, betrachtete kopfschüttelnd den Totenschein von vorn und hinten mit äußerstem Interesse.

»Tun Sie's einfach, dann wissen wir etwas mehr«, bat er den Schwiegersohn.

Die Stempel auf dem Dokument trugen die Rufnummer der Praxis. Der Bestatter stellte sein Telefon auf dem Schreibtisch auf laut. Es meldete sich eine Sprechstundenhilfe, der Pathologe fragte, ob Dr. Überwerth gestern einen Totenschein ausgestellt hatte. Die Sprechstundenhilfe sagte, sie werde den Doktor fragen, und es dauerte einen Moment, bis der Arzt selbst sich meldete.

»Wie kommen Sie darauf, dass ich einen Totenschein unterschrieben habe?«

Der Pathologe erklärte, dass ihm ein entsprechendes Dokument vorliege, mit Adresse, Unterschrift und sogar einem Stempel.

»Unmöglich, das soll letzte Nacht gewesen sein? Unsinn, da hat sich jemand einen sehr makabren Scherz erlaubt. Könnte ich eine Kopie des Scheins haben?«

Der Pathologe versprach, es ihm in den nächsten Tagen zukommen zu lassen. Als er den Hörer aufgelegt hatte, schaute er ernst in die Runde. »Das war eindeutig, nicht wahr?«

Kurz nachdem auch Rico Schmidt erschienen war, traf dessen Kontakt aus Dresden ein, der vertrauenswürdige Pathologe. Beiden Pathologen wurde erklärt, weshalb in diesem Fall zwei Fachleute gefragt seien, da man aufgrund der vorangegangenen Ereignisse in Bezug auf den möglichen Befund unbedingt sichergehen müsse, bevor die Polizei eingeschaltet werde. Noch immer nicht recht überzeugt, machten sich beide Männer an die Leichenschau, wie sie es nannten.

»Aber Sie werden ihn doch nicht aufschneiden, so, wie man es in den Kriminalfilmen sieht?«, fragte Frau Semmering voller Entsetzen, die mit ihrem Sohn ebenfalls eingetroffen war. Sie machte heute einen deutlich überforderten und wesentlich erschöpfteren Eindruck als in der Nacht zuvor, auch ihr Sohn blieb in sich gekehrt und schien entmutigt zu sein.

Der Bestatter beruhigte beide, man nehme nur eine äußere Leichenschau vor und suche nach Anhaltspunkten für äußere Einwirkungen.

Die fanden sich bereits nach oberflächlicher Untersuchung. Es waren kaum sichtbare Druckstellen an den Schultern und Beinen, wie der lokale Pathologe fast begeistert berichtete, hocherfreut, Beweise gefunden zu haben, was seinen Ehrgeiz anstachelte, weitere Hinweise auf eine Gewalttat zu finden. Rico Schmidts Pathologe fand am linken Bein die Einstichstelle und war mit dem Kollegen einer Meinung, dass Semmering festgehalten worden sei, um die todbringende Substanz zu verabreichen.

»Um zu klären, was es gewesen ist, muss eine genauere Untersuchung vorgenommen werden«, sagte er, »aber die muss offiziell sein. Wir sind verpflichtet, unter den vorliegenden Umständen die Polizei zu verständigen!«

»Freut es dich, dass dein Verdacht bestätigt wurde?«, fragte Rico Schmidt so leise, dass es niemand außer Georg hören konnte. Er machte einen Schritt zurück und zog ihn mit sich.

»Im Grunde ja, aber generell nein. Jemanden umzubringen und Leid über die Angehörigen zu bringen, das alles, um verbrecherische Ziele zu verwirklichen, das kann man nur verabscheuen. Möglich, dass Semmering noch dreißig schöne Jahre vor sich gehabt hätte.« Anfangs, das musste Georg zugeben, habe er den Auftrag nur als eine Art Ferien gesehen, als eine Art Weinbildungsurlaub in Sachsen. »Zuerst erschien die Polizei bei uns, dann wurden wir auf der Fahrt hierher observiert, dann kam die Brandstiftung und jetzt ein Mord. Was geschieht als Nächstes, Rico? Es kann auch für dich saugefährlich werden.«

»Für dich nicht?«

Georg ging nicht darauf ein. »Wir sind nur sicher, wenn wir die Angelegenheit möglichst schnell publik machen. Hier geht es um den Staat, um die Treuhand, darum, dass Studt sein schönes Weingut behält. Die Schweine haben sich schon immer gut eingerieben. Nur, wofür hat er es bekommen? Hier geht es um alte Ost-West-Seilschaften und um ihre Zusammenarbeit.«

»Dann sollten wir von jetzt an keinerlei elektronische Medien mehr benutzen«, mahnte Rico Schmidt. »Absolutes Sendeverbot! Wie ich gelesen habe, fängt der BND täglich Zigtausende Nachrichten ab, die auf Stichworte hin überprüft werden. Und irgendwo wird der Kram gespeichert. Wahrscheinlich schreiben sie von uns längst ein Bewegungsprotokoll. Vielleicht haben sie dir bereits eine stille SMS auf dein Smartphone geschickt oder einen Staatstrojaner? Du kriegst sie, und du merkst nichts davon, der Empfang wird nicht angezeigt. Wieso waren sie bereits auf deinem Herweg hinter dir?«

»Du scheinst ein durch und durch negatives Weltbild zu haben. Mich interessiert im Moment mehr, wie unsere beiden Pathologen denken und was sie tun.« Georg gesellte sich zu ihnen.

»An den Mageninhalt kommen wir nicht heran, eine Blutprobe haben wir bereits, vorsichtshalber.« Der Dresdner grinste, sein Kollege aus Grimma war vorsichtiger. »Wir kennzeichnen die Entnahme.«

»Würde ich nicht tun«, meinte der Kollege, »aber wir vermerken es vorsichtshalber im Protokoll, doch mich interessiert mehr, wie sie reagieren – bei der Vorgeschichte!«

»Liest man so ein Protokoll nicht vor der Untersuchung?«, fragte Georg.

»Wir reichen es nach, nachträglich, erst wenn sie fragen.«

»Und ich rufe jetzt in Leipzig bei der Kripo an, die werden uns hoffentlich nicht gleich mit dem SEK überfallen.«

Mit dieser Nachricht ging Georg zu Rico Schmidt, der Frau Semmering und ihren Sohn Andreas informierte und sie in ein nahes Café einlud. »Wir müssen unsere Aussagen absprechen. Bei dem, was wir der Polizei mitteilen, sollte es keine Widersprüche geben.«

»Wir bleiben am besten so lange, bis sie sich ausgetobt haben und uns holen lassen.«

»Wäre es nicht sinnvoll zu hören, was die Pathologen sagen?« Der Einwand von Andreas Semmering war berechtigt.

»Also reden wir zuerst untereinander, dann sollen sie uns holen, wenn die Kripoleute da sind.«

Zum Café am Markt waren es lediglich fünf Minuten zu Fuß. Bis auf einige Rentner waren sie die einzigen Gäste, was allen Beteiligten lieb war, und unter den Fotos der Beatles an den Wänden fühlten sie sich trotz des schaurigen Anlasses und der kurzen Nacht einigermaßen lebendig.

Die spärlichen Fakten machten es schwer, daraus eine Analyse zu zimmern. Als Handelnder war bisher lediglich Studt bekannt, aber weder die Brandstifter noch die Mörder Semmerings. Sein Tod war in den Vordergrund gerückt, denn bei dem, was sich wirklich auf dem Weingut abspielte, konnte ihnen nur Ricos Informant, der Insider, helfen. Das Gespräch mit ihm sollte erst am Abend stattfinden, doch Rico Schmidt war sich nicht ganz sicher, ob der Informant ihnen wirklich helfen wollte.

»Also bleibt uns nichts anderes übrig, als uns mit dem zufriedenzugeben, was wir bislang wissen.«

»Wir müssen versuchen, heute an der Raststätte jemanden zu finden, der Dienst hatte, als mein Vater dort getankt hat«, meldete Andreas Semmering sich zu Wort »Vielleicht kommen wir auch an die Aufnahmen dran, die zeigen, wer sich dort gestern herumgetrieben und den Totenschein ausgestellt hat. Sollten tatsächlich, so, wie Sie meinen, Herr Hellberger, irgendwelche Geheimagenten verwickelt sein, dann müssen wir dafür sorgen, dass sie den Film nicht in die Finger kriegen, denn sonst ist er weg, und wir erfahren nichts.« Man beschloss, so bald wie möglich wieder zur Raststätte zu fahren.

»Wie sollen wir plausibel machen, dass wir gleich zwei Pathologen eingeschaltet haben?«, fragte Georg in die Runde.

Frau Semmering hatte die Idee. »Mein Mann hat erst vor drei Wochen ein EKG machen lassen, daher hielt ich es für unwahrscheinlich, dass er an einem Herzinfarkt gestorben sein könnte. Die Einstichstelle haben wir alle gesehen, die können sie nicht verschweigen, und über den falschen Arzt auf dem Totenschein werden wir erst später sprechen. Hauptsache, die Pathologen spielen mit. Das Problem scheint mir der hiesige zu sein, der hat Angst.«

Georg und Rico Schmidt beschlossen, nach Muldental Süd zu fahren, sobald sie ihre Aussage gegenüber der Kripo oder Mordkommission gemacht hätten.

Sie trafen fast gleichzeitig mit der Kripo im Beerdigungsinstitut ein, hatten aber noch Gelegenheit, mit dem hiesigen Pathologen einige Worte zu wechseln und ihn zu bitten, sich auf das rein Fachliche zu beschränken, gerade bevor die Kripoleute das Institut betraten.

Herr Strecker, der als Bestatter nach Muldental Süd gerufen worden war, sozusagen als Erster mit dem Fall in Berührung gekommen war, stellte die Anwesenden den beiden Kripobeamten vor und gab einen ersten Überblick. Danach leitete er zu Georg über. Kritisch war der Moment, als nachgefragt wurde, weshalb zwei außenstehende Pathologen herangezogen worden seien. Frau Semmering hielt sich an die vorbereitete Antwort. Anschließend nahmen die Beamten den Leichnam in Augenschein, bestätigten die Druckstellen und nahmen auch die winzige Einstichstelle zur Kenntnis. Die Beamten stellten ihre Fragen nach den Beziehungen zum Verstorbenen, wer wann und wo dazugestoßen sei, und äußerten sich nicht zu dem Tatbestand, dass hier offensichtlich ein Mord vertuscht werden sollte. Erst als der Bestatter sie über den gefälschten Totenschein informiert hatte und sie sich bei Dr. Überwerth rückversichert hatten, ging ihr feindliches in ein professionelles Misstrauen über.

Rico Schmidt drängelte. Georg, der sich äußerst kooperativ zeigte, tat, als ginge er ihm auf die Nerven, erklärte dann aber, auf die Wünsche seines Freundes eingehen zu müssen, da dringende Verabredungen in Pirna auf sie beide warteten. Rico Schmidt erklärte, den Toten nicht zu kennen, und nur mitgekommen zu sein, da er in der Region zu Hause sei und seinem Freund eine Stütze sein wolle.

Nach Feststellung der Personalien und einem eiligen Protokoll wurden sie entlassen. Von Frau Semmering verabschiedeten sie sich mit dem Hinweis, sie telefonisch auf dem Laufenden zu halten.

Eine Viertelstunde später erreichten sie die Tankstelle Muldental Süd. Sie fragten sich zu dem Mann durch, der in der fraglichen Nacht Dienst gehabt hatte. Ja, er erinnerte sich an einen Mann, groß, kräftig, etwa sechzig Jahre alt, er sei nach drei Uhr gekommen, habe getankt, dann einen Kaffee bestellt und sich an einen Tisch gesetzt. Ein anderer Gast, ebenfalls allein, habe sich dann zu ihm gesetzt, die beiden hätten sich unterhalten, worüber sie gesprochen hätten, sei nicht zu verstehen gewesen, der Tisch sei zu weit von der Kasse entfernt gewesen.

»Was ist denn nun mit dem Mann, hat er was verbrochen? Sind Sie von der Polizei?«

Georg hatte den Eindruck, dass der Kassierer sich gern in den Fokus gerückt hätte oder in seinem Einerlei von Pommes, Cola und Milchkaffee dringend etwas Abwechslung nötig hatte. Georg tat ihm den Gefallen. »Wir ermitteln privat, sozusagen nebenher. Der Mann muss kurz nach dem Besuch hier ermordet worden sein.«

Damit hatte der Kassierer nicht gerechnet und stierte Georg verständnislos an. »Ermordet? Wieso das?«

»Wenn wir das wüssten, wären wir ein Stück weiter.«

»Von dem Typ, mit dem er am Tisch saß?« Der Mann

schien begierig zu sein, sich auf die eine oder andere Art in die »privaten Ermittlungen« einzuklinken. »Vielleicht habe ich was für Sie«, sagte er und tat geheimnisvoll, zeigte an die Decke hinter der Vitrine mit den Sandwiches auf die dort installierte Kamera. »Sie läuft die ganze Nacht, allein aus Sicherheitsgründen. Ich könnte Ihnen die Aufnahmen zeigen, im Büro, der Chef ist nicht da.«

Er sah sich um, dann ging er voran in das enge, rückwärtige Büro, das Georg vom Vortag bereits kannte, und setzte sich an den Rechner. »Hier speichern wir die Aufnahmen drei Tage lang. Sie wollen doch nicht die ganze Nacht ansehen?«

»Sie sagten ja, er sei nach drei Uhr morgens gekommen, also ab diesem Zeitpunkt.« Georg erinnerte sich an die Zeitanzeige auf dem Video der Tankstelle.

»Ich lasse Sie allein, die Arbeit ruft.«

»Lässt sich davon eventuell eine Kopie ziehen?«, fragte Rico Schmidt.

»Wenn Sie einen Datenstick brauchen: So was haben wir im Shop.«

Georg ließ das Video anlaufen: Gegen halb vier war Semmering an die Kasse getreten, hatte die Tankrechnung bezahlt und sich einen Kaffee geben lassen. Dann hatte er sich ans Fenster gesetzt.

Kurz darauf war ein Mann mit einem Basecap hereingekommen, hatte sich umgeschaut, dann den Kopf gesenkt und sich auch einen Kaffee und ein belegtes Brötchen geben lassen. Das Gesicht blieb im Schatten der Mütze, auch als er an Semmerings Tisch trat und sich zu ihm setzte. Dem Anschein nach unterhielten sich die beiden, bis Semmering aufstand und in Richtung der Toiletten verschwand. Der Unbekannte nestelte etwas aus seiner Jackentasche hervor, dann glitt seine Hand über Semmerings Tasse und wieder zurück.

»Da, siehst du es? Er hat ihm was in den Kaffee getan«,

meinte Rico Schmidt aufgeregt, »man muss seinen Mageninhalt untersuchen, verdauen hat er es nicht mehr können. Vielleicht ein Nervengift wie Nowitschok?«

Georg lachte. »Du und deine Geheimdienstparanoia. Du meinst, sie könnten es machen wie Putin? Nein, dann wäre die Spritze überflüssig gewesen. Aber spul noch mal auf den Anfang zurück, nur da hat man das Gesicht von dem Kerl gesehen. Sagt dir der Mann irgendwas?« Sie ließen das Video zurücklaufen.

Georg war sich nicht sicher, ob es einer der Männer sein konnte, die mit dem Geländewagen bei Studt vorgefahren waren. »Ich müsste das Gesicht mit meinem Handyfoto vergleichen, aber das Smartphone habe ich ja vorsichtshalber bei dir liegen lassen. Wir brauchen auf jeden Fall eine Kopie vom Video.« Er verließ das Büro und kehrte kurz darauf mit einem Datenstick zurück. »Wir müssen jetzt schnell machen, bevor unser Freund von der Tankstelle es sich anders überlegt.«

Nun ließen sie das Video noch ein Stück weiterlaufen: Als Semmering von der Toilette an den Tisch zurückkam, war für einen Moment das Gesicht des Unbekannten zu erkennen, und zwar deutlich genug. Es war der Mann vom Beifahrersitz!

Gespannt saßen sie vor dem Bildschirm und warteten, ob sich bei Semmering nach dem nächsten Schluck Kaffee eine Reaktion zeigte. Und tatsächlich, beim Aufstehen stützte er sich auf die Lehne des eigenen Stuhls und holte tief Luft, als wäre ihm unwohl. Der Fremde packte ihn am Arm, als wollte er helfen, aber Semmering machte sich los und ging allein weiter, etwas unsicher, ganz anders als beim Hereinkommen – als hätte er statt Kaffee zu viel Alkohol getrunken.

Georg trieb zur Eile. »Besprechen können wir das Ganze später. Irgendwann taucht die Kripo hier auf. Dann sollten wir weit weg sein.« Da er sich mit Rechnern auskannte, war es ein Leichtes, die Kopie zu ziehen. Er steckte den Stick in die Hosentasche. »Was geben wir unserem Freund hier?«

»Kommt darauf an, was er verlangt.« Rico Schmidt verließ als Erster das Büro.

Georg blieb und überschrieb die Aufnahmen von heute, auf der er mit Rico Schmidt und dem Kassierer zu sehen war. Dass sie hier Pause gemacht hatten, war kein Geheimnis, doch dass sie im Büro gewesen waren, ging niemanden etwas an.

»Sie haben uns sehr geholfen«, sagte er zu dem Kassierer und gab ihm die Hand, in der ein zusammengefalteter Fünfziger lag. Als er die Hand zurückzog, hatte der Schein den Besitzer gewechselt. »Sie wissen nur, dass wir hier waren. Lassen Sie sich von denen nicht ins Bockshorn jagen. Sie müssen nicht unbedingt erwähnen, was wir uns angesehen haben.«

»Ich werde mich hüten, das fällt nur auf mich zurück. Es könnte mich den Job kosten. Gute Weiterfahrt und viel Erfolg bei Ihren privaten Ermittlungen.«

»Wenn's Ärger gibt, wenden Sie sich an mich, wir brauchen auf meinem Weingut immer fleißige Leute.« Georg kannte die beruhigende Wirkung seiner Visitenkarte und reichte sie dem Mann. »Für den Fall, dass Ihnen noch was einfällt.«

Auch wenn es sehr ungelegen kam, stand für Georg und Rico zunächst einmal der Besuch bei Winzer Winn an. Den Termin abzusagen brachte Georg nicht über sich. Danach waren sie mit dem Informanten in einer Kneipe in Dresden verabredet.

Sie entschieden sich, zuerst nach Kötzschenbroda zu fahren, um Georgs Handy aus Ricos Wohnung zu holen. Er musste dem Informanten später unbedingt das Foto von den vieren aus dem Geländewagen zeigen. Direkt zum Winzer nach Pirna zu fahren wäre kürzer gewesen. So aber quälten sie sich durch Dresdens östliche Wohnviertel, umfuhren gesperrte Straßen und schlichen in Pillnitz durch ewige Dreißigerzonen. Immerhin fanden sie dadurch Gelegenheit, ein Resümee der letzten beiden Tage zu ziehen.

Der Mord war nach dem Brandanschlag für Georg ein Zeichen, wie hart es zur Sache ging und dass lebenswichtige Interessen bedroht schienen. »Ich vermute, dass bei dieser Ermittlung vonseiten der Kripo zuerst alles wie üblich ablaufen wird. Irgendwann sickert durch, dass es kein normaler Mord war, wenn es so was gibt, und auch, dass anderes und andere dahinterstecken, im weitesten Sinne Leute von ihnen. Wenn es Studt war, dann kriegt er Panik und macht Dummheiten. Wenn es der BND war, werden sie die Untersuchung zwar nicht direkt behindern, das wäre zu auffällig, aber sie lassen sie einschlafen. Wenn dem Staatsanwalt von der Politik gesagt wird, dass er nicht ermitteln soll, dann lässt er es bleiben. Das nennt man bei uns Weisungsbefugnis und Staatsräson.«

»Und bei einer Mischung von beidem?«, fragte Rico Schmidt und gab selbst die Antwort. »Dann holen sie sich unseren Arsch.«

Georg war immer aufs Neue überrascht über die drastische Ausdrucksweise des neuen Freundes, die so gar nicht zum Auftreten eines distinguierten älteren Herrn passte.

»Wir werden uns wehren. Die Öffentlichkeit ist noch immer der beste Schutz. Ich habe einen Presseverteiler, ich denke auch an den Rechercheverbund von Radio und Zeitungen, außerdem kenne ich einen Ressortleiter beim Trierischen Volksfreund. Ich bin im Nahkampf erprobt, Kilian und ich sind einmal wöchentlich beim Judotraining. Ich selbst mache das seit meiner Jugend. Soll ich's dir zeigen?«

Rico Schmidt winkte dankend ab.

Bei der Bewertung der Videoaufnahme waren sich beide einig. Die Hand über der Kaffeetasse war zu deutlich. Da hatte der Unbekannte etwas hineinfallen lassen.

Wer konnte schon von sich sagen, er sei von einer Königin in den Weinbau eingeführt worden? Winzer Wolfgang Winn konnte das. »Es war die Sächsische Weinkönigin von 1996, Ines Hofmann, die auch zur Deutschen Weinkönigin gekürt wurde. Sie brachte mich mit dem Weinbau in Berührung, sie nahm mich mit in den Weinberg zur Lese«, erklärte der ehemalige Lehrer, heute Personalentwickler und Freizeitwinzer auf der gemütlichen Terrasse seines Hauses am Rande Pirnas, eingerahmt vom Grün üppig wuchernder Büsche und Bäume. Ein grüner Daumen für den Garten hieß auch, einen für den Weinberg zu haben.

»Die Mutter der Weinkönigin war eine Kollegin, durch sie kam der Kontakt zustande.« Und aus dieser einmaligen Teilnahme an der Lese wurde nicht nur ein Hobby, sondern eine Leidenschaft. Anders ließen sich die Intensität und der Mitteleinsatz, mit der Winn bis heute bei der Sache blieb, nicht bezeichnen. Er hatte nicht Blut, sondern Wein geleckt. Damals, im Jahr der Entdeckung, bekam der Weinneuling fünfhundert Quadratmeter Rebland zugeteilt und begann mit der Arbeit. Der Wein wurde nicht von ihm vinifiziert, die Trauben wurden an die Genossenschaft geliefert, alles Weitere geschah dort. Wie üblich bei den Hobby- oder Freizeitwinzern baute Winn genau die Rebsorten an, die er später als Wein zurückkaufen wollte. Heute vinifizierte er selbst zehn Rebsorten auf einer Fläche von sechstausend Quadratmeter Pachtland.

Von seiner besten Terrassenlage, dem Schlossblick, schaute man hinab auf die Elbe und jenseits des Flusses hinauf zum Schloss Sonnenstein. Der Venezianer Canaletto hatte die ehemalige Schlossfestung gemalt, so, wie er sich in seiner ersten Dresdener Phase von 1747 bis 1758 intensiv sowohl mit Dresen wie auch mit Pirna beschäftigt hatte.

Sandstein, Muschelkalk und Schwemmsand hier im Urstromtal der Elbe boten den besonderen Reben von Winns umfangreichem Portfolio einen guten Boden: der Goldriesling, eine Kreuzung des Riesling mit Früher Malingre, dann der Elbling, von dem die weitaus meisten Stöcke an der Mosel standen, dazu Muskat und Scheurebe, hinzu kam das in Sachsen Übliche, vom Müller-Thurgau bis zu den Burgundersorten. Von allem kelterte Winn zwischen sechzig und fünfhundert Liter. Sicher gab es Menschen in der Weinbranche, die derart geringe Mengen mit einem mitleidigen Lächeln betrachteten, die es im Vergleich mit den Mengen eines Peter Mertes in Bernkastel-Kues als putzig erachteten, der in der Stunde einundzwanzigtausend Flaschen abfüllen ließ, während Winn im Keller seines Hauses jede einzelne Flasche abfüllte, verkorkte und mit dem Etikett beklebte. Georg selbst kam seit der Verdopplung ihrer Rebfläche auf zweihunderttausend Flaschen pro Jahr. Von dem Ertrag lebten seine Frau, er selbst, vier Kinder und drei Mitarbeiter, während Winn von der Weinbergs- bis zur Kellerarbeit alles mit seiner Frau gemeinsam machte, nur bei der Lese halfen Freunde.

Der Verkauf seines »Pirnaer Unikats« geschah auch »über den Gartenzaun hinweg«, wie er sagte, denn die Lage Schlossblick lag direkt am sächsischen Weinwanderweg, der von Pirna über Dresden und Meißen bis nach Diesbar-Seußlitz führte. Da konnte der ermattete Wanderer nicht widerstehen. Dort fanden auch die Weinproben mit bis zu zwanzig Teilnehmern statt.

»Wenn sie in Pirna losgewandert sind«, bemerkte Rico Schmidt leise nebenbei, »kamen sie wahrscheinlich nicht viel weiter. Und wenn sie in Diesbar-Seußlitz aufbrachen und überhaupt bis hierher kamen, dann war auf jeden Fall hier ihr Weg zu Ende.«

»Dafür war der Rückweg bestimmt lustiger«, vermutete Georg.

Chemie fand in Winns Weinberg nicht statt, das Totalherbizid Glyphosat, den umstrittenen Bienenkiller, von Winzern zur Unterstockpflege genutzt und Gärtnern gut bekannt als Roundup, hatte Winn durch die Sense ersetzt. Die Verwendung von Reinzuchthefe zur Gärung kam seinem Interesse nicht unbedingt entgegen, wenn er, wie er sagte, den Jahrgang abbilden wollte, da sich mittels Hefen der Geschmack des Weines steuern ließ und für Puristen die Aromen verfälschte. Aber dieser Streit durchzog die gesamte Branche, wie auch die Verwendung von Most als Süßreserve, um eine größere Harmonie des Weines zu erreichen.

Winn nahm seine Gäste mit in seinen Keller, zuerst zeigte er ihnen das Flaschenlager, er nannte den winzigen Raum das Gefängnis der Gitterpaletten, danach besichtigten sie seine Abfüllkammer mit fünf kleinen Holzfässchen in einer Ecke. Fünfzigtausend Barriques waren es gewesen, die Georg zwei Jahre zuvor in der spanischen Kellerei Marco Real besichtigt hatte. Da waren mehr als elf Millionen Liter Rotwein drin! Nach seinem Verständnis war das eine genauso bedeutend wie das andere. Jedes Tun, das einem guten Zweck oder dem Genuss diente, hatte den gleichen Respekt verdient. Aber dieses Ensemble hier gefiel ihm besser.

Georg und Rico Schmidt waren spät dran, sie wollten den Informanten in Dresden nicht warten lassen, deshalb fehlte ihnen die Zeit für eine große Probe.

Da war einmal der Goldriesling, ein frischer leichter Wein für den Einstieg, für den warmen Sommernachmittag am Elbhang oder die Terrasse. Dem konnte der Rosé aus Spätburgundertrauben gut folgen, er war einfach nur gut, war voll, kräftig, keine provenzalische Plörre, ein Wein mit schöner Frucht und einem für einen Rosé untypischen Tanningerüst. Für Spätburgunder schien Winn sowieso ein Händchen zu haben, auch der zwei Jahre alte, im Holzfass gereifte und als Sächsischer Landwein deklarierte Tropfen hätte ein deutlich besseres Prädikat verdient. Das Beerenaroma, etwas Kirsche und ein Hauch vom Barrique ergaben ein angenehmes Geschmacksbild.

Die Scheurebe konnte Georg sich gut zum Salat mit kräftiger Vinaigrette und auch zu Fischgerichten vorstellen, wobei die Frucht nicht störte, im Gegenteil. In dieser Ausprägung passte er sicher auch gut als Begleiter von Geflügel.

Der Ruländer hatte viel mehr das wässrige Rosa eines dünnen provenzalischen Rosé. Georg nahm an, dass Winn ihn kurze Zeit auf der Schale vergoren hatte, denn das Rot konnte nur aus den Beerenhäuten der anderswo Grauburgunder genannten Rebsorte stammen. Er empfand ihn als gut trinkbar, jedoch untypisch mit dem Aroma reifer weißer Johannisbeere und überreifer Orange. War es Ananas, die das Bouquet abrundete?

In dieser sehr freundschaftlichen Atmosphäre wagte es Georg, das Gespräch auch auf die damalige Deutsche Demokratische Republik und die Wende zu bringen, was hier nach Winns Ansicht eigentlich kein Thema mehr sei, denn ihre große Bedeutung sei klar. »Sie brachte uns die Demokratie, und das ist das Beste«, meinte er, »dann die Reisefreiheit und das freie Denken.« Ein Teil des Gemeinschaftsdenkens sei leider verloren gegangen, beklagte er, jetzt gebe es mehr Zwietracht als früher und auch als im Westen, vermutete er. Die Gemeinschaft diene mehr als Bühne für die Selbstdarstellung. »Aber wer aus der DDR oder jenen Zeiten etwas zurückhaben will, muss krank sein.«

Rico Schmidt stieg nachdenklich in den Wagen. »Mit dem, was Winn zum Gemeinschaftsgefühl sagte, bin ich nicht ganz einverstanden, ich sehe das anders. Man brauchte damals die anderen, klar, aber weshalb? Weil man sonst nicht an die neuen Felgen für den Trabi kam und auf die Steinplatten für den Weg zur Datsche Jahre hätte warten müssen.«

Georg schwieg vorsichtshalber dazu, er konnte und durfte

sich kein Urteil erlauben. Außerdem bewegten sich seine Gedanken längst auf das Treffen mit Ricos Informanten zu, und er fragte sich, ob es nützlich sein könnte und ob oder wann die entsprechende Behörde von der Leipziger Kripo erfahren würde, was sich auf dem Rastplatz Muldental Süd und in Grimma ereignet hatte.

Sie trafen Henning Leufert – so jedenfalls stellte er sich vor – in einer gewöhnlichen Kneipe in der Dresdner Neustadt. Bei der Fahrt dorthin hatte Georg wieder nichts von der Altstadt mitbekommen, außer einigen über die Dächer in den blauen Himmel und die Nachmittagshitze ragenden Türmen, wobei er lediglich den der Marienkirche hatte zuordnen können. Im Wetterbericht wurde für morgen eine krasse Wetteränderung vorausgesagt. Es sei um die Mittagszeit mit Gewittern, Hagelschauern, Starkregen und orkanartigen Böen zu rechnen und einem vorläufigen Ende der Hitzeperiode. Es war eine Vorhersage, die Georg normalerweise den Angstschweiß auf die Stirn getrieben hätte, aber hier, weit weg von der Mosel, konnte er der Schlechtwetterfront gelassen entgegensehen. Der anderen Front, die sich wahrscheinlich im Stillen gegen ihn und Rico Schmidt formierte, sah er weniger gelassen entgegen. Er war nur froh, dass Pepe und seine Freunde, die längst auch seine geworden waren, sich im Anmarsch befanden. Das ließ ihn die bevorstehenden Ereignisse gelassener betrachten.

Obwohl Rico Schmidt und Leufert etwa gleichaltrig waren, wirkte Leufert im Gegensatz zu Rico zwar nicht wie ein alter Mann, aber deutlich älter, blass, mit wässrig blauen Augen hinter einer starken Brille, ernst, verknittert, etwas steif in seinen Bewegungen, offensichtlich mit seinem Leben nicht sonderlich zufrieden.

Doch das Gehirn und die Erinnerung funktionierten, und er war umsichtig. Als Rico Schmidt ihn bat, sein Mobiltelefon abzuschalten, entgegnete er, er habe es vorsichtshalber zu Hause gelassen. Er machte keinen Hehl daraus, sich nach der Wende nicht mehr richtig erholt zu haben. Da gab es die Vergangenheit und die gemachten Fehler, die späte Einsicht und den Selbstvorwurf, blind gewesen zu sein. Sein Vater sei Sozialdemokrat gewesen, er selbst in diesem Sinne erzogen und später mehr dem Kommunismus (»beziehungsweise dem, was ich dafür gehalten habe«) verhaftet. Als er begriffen habe, wie das System funktioniere, sei er zu weit drin gewesen (»ich war selbst zum System geworden«), als dass er ohne gewaltige Probleme hätte aussteigen können. »Sie hätten mich niemals ausreisen lassen. Vor Stacheldraht, Grenztruppen und Selbstschussanlagen hatte ich zu viel Schiss, und leider war ich nicht kreativ genug, mir eine Flucht im Fesselballon einfallen zu lassen oder in Berlin durch den Teltowkanal zu tauchen.«

Haderte er seit dreißig Jahren mit sich selbst? Das Lamento klang in Georgs Ohren zwar lobenswert, doch gleichzeitig ein wenig armselig, es klang für ihn zu sehr nach Selbstmitleid und Ausrede, wobei er hoffte, Henning Leufert nicht Unrecht zu tun. Doch um sich dessen späte Beichte anzuhören, war er nicht hergekommen.

Leufert war, als MfS-Offizier und Ökonom in Wirtschaftsfragen bewandert, kurz vor der Wende zur Treuhand gegangen. »Mir und einigen anderen ging es darum, das angebliche Volkseigentum dem Volk zurückzugeben, bevor es der Kapitalismus und die BRD in die Finger bekamen. Pustekuchen! Wir haben nichts dergleichen erreicht. Damals wurden Weichen gestellt, die heute …«

Rico Schmidt unterbrach ihn. »Lieber Herr Leufert, das betrifft nicht unser Anliegen. Was geschah, ist uns nur zu gut bekannt. Unsere Frage zielt auf eine ganz bestimmte Person, einen gewissen Herrn Studt – seines Zeichens Major – und seine Westkontakte.« In seiner ernsten und überzeugend integren Art erklärte Rico Schmidt den Grund ihrer Ermittlungen und Georgs Rolle. Das Niederbrennen seines Autos deutete er als Versuch, Georg einzuschüchtern und ihn von weiteren Untersuchungen abzubringen.

»Da seht ihr, wie weit zu gehen sie bereit sind. Sie kennen euch.« Leufert sah das Repertoire möglicher Gegenschläge lange nicht erschöpft. »Macht euch das klar.«

Darin pflichtete Rico Schmidt ihm bei. »Der Mord an Semmering zeigt, wie recht Sie haben.«

»Mord? Was macht euch so sicher?«

»Die Fakten. Es sollte wie ein normaler Herzstillstand aussehen.« Dieser Plan sei nur durch sein und Georgs sofortiges Eingreifen noch in der Nacht durchkreuzt worden, indem sie sowohl Bestatter wie auch Pathologen vom tatsächlichen Geschehen hatten überzeugen können. »Wir haben erreicht, was wir wollten, der Fall ist offiziell, die Polizei ermittelt, sie kann nicht hinter den Befund zurück.«

»Sie kann die Ermittlungen einstellen, sie verschleppen«, gab Leufert zu bedenken, »die Staatsanwaltschaft entscheidet.«

Dass Georg Kopien der Videoaufnahmen von der Tankstelle besaß, behielt Rico Schmidt für sich und signalisierte Georg, dazu auch zu schweigen, obwohl er in allem anderen für Offenheit plädierte.

»Er soll wissen, weshalb wir ihn kontaktieren«, hatte Rico Schmidt noch auf der Herfahrt bekräftigt. »Wir müssen jedoch auch damit rechnen, dass er unsere Informationen unkontrolliert weitergibt. Garantieren kann ich nicht für den Mann. Aber mein Freund hat mir versichert, dass er kooperiert.«

Leufert zeigte wegen des Mordes ehrliches Entsetzen. »Ich konnte mir bis heute kaum vorstellen, dass sie noch immer so weit gehen«, sagte er mehr zu sich. »Leider muss man in diesen Kreisen mit allem rechnen, vor allem, dass bei euren

Recherchen nichts rauskommt. Irgendwann bleibt ihr in Sackgassen stecken, die Suche versandet … einfach so. Zeugen sind alt, schweigen, haben alles vergessen, haben Angst, oder sie verschanzen sich hinter Alzheimer. Die Behörden decken sich gegenseitig.«

»Das ist kein Grund für mich, gar nicht mit der Suche anzufangen. Wer ist mit *sie* gemeint?« Georg mischte sich zum ersten Mal in das Gespräch ein.

»Die Beteiligten beider Seiten natürlich. DDR und BRD haben riesige Geschäfte miteinander gemacht. Hätte es den Handel und die Billigproduktion auf unserer Seite nicht gegeben und den von Franz Josef Strauß eingefädelten Milliardenkredit, dann wären wir zehn Jahre früher pleite gewesen. Hätte es damals ein Lieferkettengesetz gegeben, dann hätte in DDR-Gefängnissen auch nicht für die BRD produziert werden dürfen. Eine verfrühte Wiedervereinigung wäre für die BRD wohl zu kostspielig geworden. Mit Strauß' Milliardenkredit konnten sie die Wende noch so lange rausschieben, bis sie sich ihr gewachsen sahen. Das war nur bei einer erfolgreichen Zusammenarbeit möglich. Da sind wir bei eurer Frage angekommen.«

»Eine scharfe These«, meinte Rico Schmidt, »unter diesem Gesichtspunkt habe ich die deutsch-deutsche Politik noch gar nicht betrachtet. Aber dass es sich so abgespielt hat, wird niemals jemand zugeben. Die Politik wäre demnach auf den Zusammenschluss gar nicht vorbereitet gewesen?«

»So sehe ich das im Nachhinein. Sie wollte ihn noch gar nicht. Es gab in der DDR etliche konspirative Häuser wie euer Weingut. Dort trafen sich die Vertreter beider Lager zu Besprechungen und zu sonstigen Veranstaltungen.« Er deutete mit beiden Händen die Umrisse einer Frau an. »Wo sind die Protokolle dieser Treffen? Bei der Stasi-Unterlagenbehörde?« Leufert selbst gab die Antwort: »Nein, bislang nirgends aufgetaucht. Was diese Zusammenarbeit angeht, so wird auch nichts weiter an die Öffentlichkeit gelangen. Entsprechende Akten wurden vom Wendemob vernichtet, wird es heißen, oder von der Stasi sicherheitshalber geschreddert. Und wen interessiert das alles noch nach dreißig Jahren?«

Georg hörte gespannt zu, er war von der Glaubwürdigkeit, dessen, was Leufert sagte, überzeugt. Dieser Mensch hier am Tisch, der jetzt sein drittes Bier bestellte, hatte nichts mehr zu verlieren, da er bereits alles verloren hatte, den Glauben, die Hoffnung auf bessere Zeiten. »Jetzt zurück zu diesem Studt. Lasst mich sein Foto sehen.«

Georg schaltete sein Smartphone ein (auch wenn mögliche Verfolger dann erfuhren, wo er sich befand) und zeigte Leufert die Aufnahme von Studt. Die Aufnahme der vier SUV-Fahrer hielt er einstweilen zurück.

»Das ist er, eindeutig, Stundt, so hieß er damals. Es wundert mich, dass man ihm einen so ähnlichen Namen gegeben hat. Er war einer von den Hundertfünfzigprozentigen, ein messerscharfer Hund.« Das habe Leufert immer gedacht, aber erst nach der Wende auszusprechen gewagt. »Er war ein OibE, ein Offizier im besonderen Einsatz und mit der Überwachung der Planerfüllung in mehreren Betrieben betraut. Außerdem hatte er unter den Informellen Mitarbeitern seine Zuträger und damit seine Spitzel in jeder Belegschaft.«

Leuferts ohnehin schmale Lippen waren zuletzt zu Strichen geworden. »Stundt wusste ziemlich genau, was in den Betrieben lief, kannte die überkommenen Strukturen, die veralteten Produktionsanlagen, hatte Einblick in die Kostenstruktur und in Auslandskontakte und durfte selbst in den Westen reisen. Ja, und dann traf ich ihn bei der Treuhand wieder. Wenn er uns nicht ausfragte, hielt er sich von uns fern. Er hatte seine Kontakte auf der anderen Seite. Wir kannten sie nicht, sie kamen aus dem Westen, auch vermeintliche Unternehmensberater.«

Jetzt hielt ihm Georg das Foto der vier Männer hin, wie sie aus dem SUV ausstiegen. »Ist es einer von denen hier?«

Leufert zog leicht den Kopf ein. »Wo haben Sie das Bild gemacht?«

»Auf Studts Weingut, vergangene Woche.«

»Dieser hier«, Leufert zeigte sichtlich erregt auf einen der beiden älteren Männer: »Der hier kam vom Bundesnachrichtendienst, mit ihm schwänzelte Studt, wie er sich jetzt nennt, herum. Er war sein Kontaktmann, vielleicht auch sein Agentenführer? Die beiden waren ziemlich vertraut miteinander. Fuchs hieß er, Matthias, vermutlich ein Deckname. Er hat mir nie seinen Ausweis gezeigt, aber alle wussten, wo er hingehört. Damals haben wir schon gedacht, dass Studt so was wie ein Doppelagent war, dass er für beide Seiten gearbeitet hat, ein verdammt gefährliches Spiel. Offen konnten wir darüber nie reden, keiner sagte, was er dachte, alle hielten sich bedeckt, einer misstraute dem anderen. Sieht aus, als hätten Stundt und Fuchs alle Widrigkeiten überstanden.«

»Ein Doppelagent?« Georg dachte, das gäbe es nur im Kino. »Wie soll das funktionieren, zwei Herren gleichzeitig zu dienen?«

»Das ist tatsächlich eine seltene Konstellation. Vielleicht hat Studt in der BRD Industriespionage für die DDR betrieben, so wird es angefangen haben, wahrscheinlich hat ihm der BND später ein gutes Angebot gemacht, um für den ach so freien Westen die Maßnahmen der DDR im Bereich Politik auszuforschen und Berichte über unsere maroden Fabriken zu liefern. Daher rührt sicher das gute Verhältnis zu Fuchs. Der BND hat selten Spione bei uns einschleusen können, und wenn, dann sind sie bald enttarnt worden. Von jemandem wie dem Kanzleramtsspion Günter Guillaume, der sogar an den damaligen Bundeskanzler Brandt herankam, werden die in Pullach und Bonn geträumt haben. Stundt muss gut gewesen sein.«

»Haben Sie jemals gehört, dass er etwas mit Wein zu tun gehabt hatte?«

Leufert dachte einen Moment nach und bestellte ein weiteres Bier, bevor er antwortete. »Ja, er rannte oft mit einer Flasche oder einem Karton unter dem Arm herum, der Angeber. Einmal kam er aus Fuchs' Büro mit dieser Holzkiste aus Bordeaux. Sie ist ihm im Flur runtergefallen, oder der Boden ist ausgebrochen, es war jedenfalls eine riesige Schweinerei, überall Scherben und Rotwein, und seinen Anzug hat er sich dabei versaut. Fuchs hat ihn ausgelacht, und Stundt bekam einen irren Wutanfall. Jetzt betätigt er sich als Winzer? Was für eine Wendung!« Leufert schüttelte den Kopf. »Winzer? Der? Niemals. Gehört ihm das Gut?«

Rico Schmidt erklärte, dass es sich im Besitz einer GmbH befinde. »Unter anderem ist er als Gesellschafter eingetragen.«

»Davon hast du mir noch gar nichts gesagt«, fuhr Georg auf.

»Ich hab's bei all der Hektik vergessen, entschuldige bitte.«

»Und wer sind die Mitgesellschafter?« Leufert wollte es genau wissen.

»Das sind Namen, die mir nichts sagen, und eine Firma in Andorra. Ich bleibe dran.«

Da das MfS geheime Firmen betrieben hatte, wird der BND sich ähnlich verhalten haben, davon war Leufert überzeugt. »Wenn das Weingut schon immer ein konspiratives Haus war, dann haben sie es Studt gegeben, damit er das Maul hält, sozusagen ein Weingut für sein Schweigen. Und diesen Semmering haben sie umgebracht, damit die Nachfragen aufhören und alles so bleibt, wie es ist. Mit Ihnen, meine Herren, haben sie nicht gerechnet. Dann passt in Zukunft mal schön auf euch auf.«

»Das werden wir«, sagte Rico Schmidt, »verlassen Sie sich darauf!«

16. Kapitel

Ein Tritt mit Wucht

Hätte Georg gewusst, wie anstrengend und aufreibend die Tage werden würden, hätte er sich den Terminkalender nicht derart vollgeknallt. Sie hatten in der Kneipe noch eine Kleinigkeit gegessen, bevor er Rico Schmidt nach Hause fuhr. Er hätte auch Henning Leufert an seiner Wohnung abgesetzt, aber der bestand trotz seiner vier Halben darauf, zu Fuß zu gehen, wohl auch, um seine Adresse geheim zu halten. Sollten sich weitere Fragen ergeben, so sollte der Kontakt wie bisher über einen Mittelsmann erfolgen. Obwohl Georg todmüde war, machte er sich die Mühe, den Wagen zwei Straßen von seinem Quartier entfernt abzustellen, sein Bedarf an brennenden Autos war einstweilen gedeckt. Als er im Begriff war, zu Bett zu gehen, rief ihn Susanne an und beklagte sich bitterlich über die Nachrichtensperre, wie sie Georgs Schweigen nannte. Eine solche Behandlung habe sie nicht verdient. Weder vom Brand seines Wagens noch vom Mord an Semmering sagte er ein Wort, wohl wissend, wie sie darauf reagieren würde. Irgendwann würde er ihr die Katastrophen erzählen müssen, doch das Wie verdrängte er einstweilen. Mit Verständnis hatte er kaum zu rechnen.

»Ich kann dich nur bitten, dich nicht zu verrennen nach dem, was ich Kilian habe aus der Nase ziehen müssen. Ich gehe davon aus, dass du weißt, was du tust. Anders als damals kannst du dich nicht mit einem Burn-out rausreden, schließlich trägst du für etliche Menschen Verantwortung –

und für unser gemeinsames Weingut. Das setzt man nicht leichtfertig aufs Spiel.«

Georg wusste, dass sie recht hatte, und als er erwähnte, dass ihn Pepe, Keule und Ritze hier unterstützen würden – eigentlich war die Bemerkung zu Susannes Beruhigung gedacht –, fachte das ihre Besorgnis nur weiter an. »Wenn du glaubst, ich lasse Kilian am Wochenende zu dir fahren, dann irrst du dich. Außerdem ist er mehr an dieser jungen Dame in Kassel interessiert, als sich auf deine Detektivspiele einzulassen. Das erscheint mir weitaus ungefährlicher.«

Da irrte Susanne, aber er ließ sie in dem Glauben und schob das klärende Gespräch weiter vor sich her. Abschließend sprach sie noch davon, dass es Schwierigkeiten mit einer Lieferung gebe, es sei ihr unmöglich, die Eventagentur zu erreichen, der sie drei gemischte Paletten verkauft hätten.

Danach war er, viel zu müde, weiter darüber nachzudenken, in traumlosen Tiefschlaf gefallen, bis ihn der Wecker aus dem Schlaf riss.

Um zehn Uhr war er mit Bernd Kastler verabredet, einem Mainzer, den es nach Dresden verschlagen und weiter nach Radebeul getrieben hatte, wo er letztlich ein schönes Haus oben am Hang mit einem Traumblick über Radebeul und das Elbland erstanden hatte. Von seiner Terrasse aus blickte er auf ein Stück Land mit Reben, den Wächterberg, der das Interesse des Weinliebhabers weckte. Ursprünglich hatte der für Sachsen wichtige Weinbaupionier Carl Pfeiffer diesen Weinberg anlegen lassen, Müller-Thurgau hier eingeführt und die Sachsenkeule erfunden, eine Flasche mit unverwechselbarer keulenartiger Form, die von einigen Winzern und der Genossenschaft bevorzugt wurde.

Im Besitz dieses Landes lernte Bernd Kastler, wurde Präsident des lokalen Weinbauverbandes, wälzte Fachliteratur, befragte und informierte sich bei hiesigen und weiter westlich tätigen Winzern über Weinbautechniken und lernte *by doing*, indem er den pfeifferschen Weinberg wiederbelebte. Mit einem knappen Hektar begann er, nach dem Zusammengehen mit dem Partner Enrico Friedland wurden es drei, und zwanzigtausend Flaschen wurden abgefüllt. Inzwischen pensioniert, konnte sich Kastler gänzlich auf den Weinberg und die Kellerarbeit konzentrieren. Drei bis vier Stunden seien es täglich, meinte er, in denen er sich der Scheurebe und dem Riesling und den anderen Reben widmete. Ertragsreduzierung sei eine Methode zur Verbesserung der Qualität, das Ausdünnen der Blätterwand wichtig zum Gesunderhalten der Reben. Mehltau bekämpfe er neben Stärkungsmitteln mit Schwefel, doch in einem warmen und regenreichen Sommer lasse sich schlecht auf chemische Spritzmittel verzichten.

Jetzt, in diesem Mai und der Phase des Austriebs, machte der Zustand des Weinbergs auf Georgs fachmännischen Blick einen fabelhaften Eindruck. Auch auf mögliche Regenfälle, wie gestern im Wetterbericht angekündigt, schien der Weinberg vorbereitet zu sein. Der Blick aus der Höhe nach Westen zeigte Georg, dass der Wetterbericht für heute ernst zu nehmen war. Am Horizont hatte sich der Himmel mit einem gefährlichen Blau überzogen.

Zum Probieren der kastlerschen Weine fuhren sie hinunter an die Coswiger Straße ins Restaurant Gaumenkitzel. Das Haus hatte Bernd Kastler gekauft und verpachtet, in den Kellergewölben vinifizierte er seine Weine. Sie begannen die Probe im modern gestalteten Gastraum mit einem Sekt einer Weißburgunder-Einzellage, dafür war ein Kellermeister der Sektkellerei Herres in Trier verantwortlich. Mit fünf Gramm Restzucker war es ein *extra brut* und für den fruchtigen Geschmack, die erfrischende Säure und die feine Perlenbildung gut gewählt. Der dezente Duft weißer Blüten und gelber Rosen begleiteten den feinfruchtigen Weißburgunder mit einem zarten Hauch vom Holz des Ausbaus.

Der Grauburgunder, obwohl erst zwei Jahre alt, zeigte bereits jetzt eine schöne Reife, hatte Volumen, was von ihm zu erwarten war, und ein volles Fruchtspektrum von Aprikose bis zur reifen Melone. Die Rebsorte Kerner, gezüchtet aus Riesling und Trollinger und in Sachsen gerade mal auf achtundzwanzig Hektar angebaut, erinnerte Georg in Bezug auf Säure und sein Apfelaroma an Riesling, Birne und Aprikose passten eher zum Trollinger. Aber mit dieser Rebsorte kannte er sich nicht aus. Beim Regent war das anders, Kirsche und Cassis, auch Waldfrüchte bestimmten seinen Charakter, die achtzehnmonatige Reife im Holzfass hatte ihm nichts von seiner Kraft genommen, aber die Tannine nicht verstärkt.

Alle diese Weine würden angenehm zu trinken sein, was Georg sich wieder einmal verkneifen musste: Das Auto stand vor der Tür, außerdem erforderte die Situation, wie sie außerhalb dieses momentanen Schutzraums existierte, seine volle Aufmerksamkeit. Jederzeit war mit einem Schritt der Gegenseite zu rechnen. Dass er und Rico ihre Pläne durchkreuzt hatten, würde ihnen nicht gefallen und durfte ihnen auch nicht gleichgültig sein. Niemand konnte damit rechnen, dass Semmerings Interesse am Weingut zu einem Enttarnen früherer Seilschaften führen würde.

Georg musste sich dieser Situation stellen, ein Zurück gab es nicht mehr. Wie viel angenehmer wäre es gewesen, jetzt mit dem Verkosten weiterzumachen. Für ihn war es normalerweise das reine Vergnügen, neue Erfahrungen zu machen, zu erleben, welche Düfte und Aromen Weine hervorbrachten, welches Bukett ihm aus dem Glas entgegenkam. Doch nicht nur das Probieren faszinierte ihn, dazu gehörte ebenso, die Macher kennenzulernen, ihre Beweggründe, ihre Techniken, ihre Philosophie. Gleichzeitig kam man sich dabei persönlich näher. Am spannendsten waren stets die Quereinsteiger, ihre Lebensläufe, die Motive oder Zufälle, die sie in die Weinberge getrieben hatten. Bernd Kastler war ein gutes Beispiel eines Mannes, dem der Weinbau ans Herz gewachsen war, der selbst die Rebschere in die Hand nahm oder die Sense, wie Wolfgang Winn, oder selbst die Gärbottiche und den Keller schrubbte wie Martin Schwarz. Das waren die wirklichen Weinmacher und keine Imagebastler wie international bekannte Schauspieler oder TV-Moderatoren, die andere die Rebläuse für sich einsammeln ließen.

Dass Rico ihm versprochen hatte, in den nächsten Tagen einen Freund zu sich einzuladen, um nicht allein zu sein, falls Studt oder dieser Fuchs etwas gegen ihn unternehmen sollten, beruhigte Georg ein wenig. Um sich selbst sorgte er sich weniger, beinahe automatisch fädelte er sich in den Verkehr in Richtung Meißen ein. Wenn ich schon mal hier bin, sagte er sich, dann kann ich auch bei Studt vorbeifahren und sehen, was sich dort tut. Im Fahren schaltete er sein Smartphone ein, damit *sie* wussten, wer immer das war, wo er sich befand und dass er auf dem Weg zu Studt war. Das würde sie nervös machen. Eine Ausrede für den Besuch hatte er, denn noch stand die Einladung von Renate Studt im Raum, die ihm angeblich ihre Premiumlinie vorstellen wollte. Rauswerfen konnten sie ihn immer noch.

Den Wagen stellte er in sicherer Entfernung ab und ging das letzte Stück zu Fuß. Der Himmel hatte sich weiter bezogen, die Sonne schien glasig, das Licht wirkte fahl, und der Wind hatte sich gänzlich gelegt, kein Blatt bewegte sich mehr in der dumpfen Schwüle. Es würde ein Unwetter geben, er musste sich beeilen.

Studt war nicht da, zumindest sah Georg seinen Wagen nicht. Nachdem auch drei Männer in einem Pick-up den Hof verlassen hatten, ging er geradewegs auf die Terrasse zu.

Renate Studt schien über sein Erscheinen hocherfreut zu

sein. Wenn ihn seine Menschenkenntnis nicht gänzlich verlassen hatte, war sie es wirklich, und er spürte auch keinerlei Vorbehalte wegen der Ereignisse in Grimma und Muldental Süd. Anscheinend wusste sie nichts davon. Oder war sie die perfekte Schauspielerin, wie Rico Schmidt es angedeutet hatte? Doch ihr gegenüber freundlich zu sein und sich charmant zu zeigen bereitete ihm keine Schwierigkeiten, sie behandelte ihn zuvorkommend, und einer gut aussehenden Frau gegenüberzusitzen war immer eine Freude. Nur – und das warf jede andere Überlegung über den Haufen – was war das für eine Frau, die mit einem Ex-Stasi-Offizier zusammenlebte, der gerade jemanden hatte umbringen lassen? Um selbst dem Verein angehört zu haben, war sie zu jung. Diente sie dann als Lockvogel? War sie der Köder in der Falle?

»Was ist mit den Weinen, die Sie mir versprochen haben?« Georg setzte sich auf den Platz, von dem aus er sowohl den Hof wie auch den Eingang zum Gastraum im Auge behalten konnte, und durch die Lücke zwischen Gasthaus und Büro, dessen Dach noch immer nicht gedeckt war, ließ sich zumindest ein kleiner Teil der Straße überblicken.

Frau Studt warf einen kritischen Blick in den Himmel, dann lächelte sie wieder. »Wenn's regnet, gehen wir eben rein«, sagte sie, Zuversicht ausstrahlend. »Lassen Sie mich nachdenken – wir nehmen die Riesling Spätlese, vier Jahre alt, es sind nur noch wenige Flaschen vorhanden, und der Traminer, bei dem wir radikal die Erntemenge begrenzt haben, der dürfte Ihnen gewiss auch gefallen. Eigentlich ist Sachsen ja ein Weißweinland, aber bei dem von Jahr zu Jahr wärmeren Wetter kommt auch der Rotwein inzwischen ganz gut. Die Cuvée von Dornfelder und Spätburgunder ist schön geworden, wir haben erst vor vier Jahren damit angefangen, ich hole uns den Dreijährigen, der ist inzwischen gut trinkbar.«

Glücklicherweise kein Verschnitt mit Domina, dachte

Georg und sah ihr nach, als könnte das zu ihr passen. Vielleicht ist es genau das, was Studt braucht, zweimal täglich eine Tracht Prügel? Die kann er auch von mir haben. Er hätte sie ihm zu gern verabreicht, nur endete das wahrscheinlich mit einer ausgekugelten Schulter, sagte er sich, und beim O-Goshi-Wurf würde ich ihm die Hüfte brechen. Dummerweise würde das nur Georg in den Knast bringen, denn Studt würde der Auftragsmord an Semmering kaum nachzuweisen sein.

Genau in dem Moment, als Frau Studt den Riesling und den Traminer im Flaschenkühler auf den Tisch stellte, sah Georg aus den Augenwinkeln Studts Wagen auf der Straße. Sekunden später rollte er auf den Hof. Das war ihm einerseits recht, andererseits hätte er gern mit Frau Studt noch ein wenig gepläckelt. Sich mit ihr im Ungewissen zu bewegen konnte reizvoll sein, doch keinesfalls mit ihm. Da war jetzt alles eindeutig.

Studt stieg aus dem Wagen, schlug die Tür ein wenig zu heftig zu und starrte Georg feindselig an, die Falten in seinem Gesicht waren schärfer geworden, und er sah müde aus. Also hatte der Lockruf mittels Smartphone gewirkt, und Georg war endgültig überzeugt, dass seine Bewegungen überwacht wurden. Studt trat auf ihn zu, seine Frau mit sachter Gewalt beiseitedrängend. »Was führt Sie schon wieder zu uns?« Der Vorwurf war nicht zu überhören.

Seine Frau antwortete an Georgs Stelle: »Ich hatte ihn eingeladen, unsere Premiumlinie zu probieren. Dazu sind wir leider nicht gekommen. Du hättest mir sagen können, dass es sich um einen Mann vom Fach handelt, der ...«

Es traf sie ein vernichtender Blick, den sie stolz erwiderte, der ihr aber den Mund verschloss.

»Wir brauchen dich hier nicht mehr, meine Liebe! Besten Dank, ich übernehme jetzt den Gast.« Und an Georg gewandt sagte er: »Ich widme mich Ihnen sofort, nur einen Moment, ich hole noch einen anderen, einen sehr schönen

Wein. Ich weiß schließlich, wen ich vor mir habe und was jemand wie Sie verdient.« Sein Ausdruck bei diesen Worten war eiskalt. Georg wusste, was er meinte. Studt folgte seiner Frau ins Haus und zog trotz der drückenden Schwüle die Tür hinter sich ins Schloss.

Jetzt kriegt sie drinnen ihren Anschiss, dachte Georg, dabei stellte sich lediglich die Frage, was Studt als Grund dafür anführen mochte. Dann würde er die Kamera einschalten und seine Verbündeten über Georgs Anwesenheit informieren. Die Frage war nur, wann sie hier aufkreuzen würden – vielleicht seine mobile Truppe mit der 18 – und mit welchem Ziel, mit welchem Auftrag?

Mit dem Prepaidhandy rief er Rico Schmidt an, um ihm seinen Standort mitzuteilen. Den Anruf bei Pepe machte er vom Smartphone aus, da war die Nummer gespeichert, unter der sein Freund auch auf der Maschine sitzend Gespräche entgegennahm.

»Wir sind jetzt kurz vor Halle, in einer Stunde sind wir da«, versicherte Pepe. »Wir können auch schneller, sollen wir?«

»Ja, ihr sollt!« Georg gab ihm Studts Adresse. »Bleibt aber cool, mein Alter, fahrt über Meißen, dann schaut ihr hier bei Studt vorbei, und wenn nichts los ist, fahrt weiter zum Quartier. Wir sehen uns spätestens dort.«

Pepe war im Bilde über die bisherigen Ereignisse, und Georg fühlte sich einigermaßen sicher, da er sich hundertprozentig auf Pepe, Ritze und Keule verlassen konnte und wusste, dass sie sich auf einen Fall wie diesen entsprechend vorbereitet hatten. Die Glock G44 hatte Pepe sich angeschafft, nachdem er in seinem Laden von zwei Rockern überfallen worden war, von Typen, wie er selbst einmal einer gewesen war. Die beiden waren im Krankenhaus gelandet, im Prozess war er aufgrund der Notwehrsituation vom Vorwurf der schweren Körperverletzung freigesprochen worden, zumal er allein gewesen war, und den Waffenschein hatte man ihm genehmigt.

Studt kam mit einem bösen Grinsen zurück.

Georg steckte das Smartphone betont langsam in die Tasche. Sollte der Herr Major ruhig sehen, was er tat.

Der Hausherr stellte den Rotwein zu den anderen, entkorkte die Flasche und dekantierte den Wein. »Den hat Ihnen meine Frau bereits empfohlen. Es ist wirklich ein ausgezeichneter Tropfen. Aber wir beginnen mit den Weißen.« Er schenkte zuerst den Riesling ein, für eine Probe war das Glas viel zu voll, als dass sich die Aromen beim Schwenken hätten entfalten können. Es zeigte Georg, dass mehr Touristen und Studts spezielle Gäste zum Trinken herkamen als Weinkenner zum Probieren.

»Wer trifft bei Ihnen die Entscheidungen über den Wein, sowohl in Bezug auf Erntemengen, Lesezeitpunkt und Vinifikation?« Georg wusste noch immer nicht, ob Studt hier der Weinmacher war oder ob ihm jemand die Arbeit abnahm. Ob er hier das Sagen hatte, war ihm inzwischen nicht mehr klar. War es überhaupt wichtig, ob er die Kunst des Weinmachens verstand?

Das Räuspern vor der Antwort war ein Zeichen, dass Studt sich die Antwort überlegen musste. Er hob den Kopf. »Selbstverständlich treffe ich hier die endgültigen Entscheidungen! Für die Alltagsarbeit habe ich einen Önologen.« Das war etwas zu abfällig dahingesagt, um wahr zu sein.

Georg probierte, der Riesling war tatsächlich besser als der, den man ihm neulich vorgesetzt hatte. Ihm fiel eine gute Frage ein, um Studt zu testen: »Mir scheint, dass Sie einen Teil des Weines dem biologischen Säureabbau unterzogen haben.« Georg schloss es aus dem leicht cremigen Charakter des Weines. Hätte dieser Riesling diese Gärung nicht durchgemacht, wäre die Säure deutlicher gewesen. »Wie groß war der Teil mit der malolaktischen Gärung?«

»Das weiß ich nicht mehr, aber Sie haben recht, ja, wir haben nur einen Teil dieser ... Gärung unterzogen, aber keinen biologischen Säureabbau.«

Die malolaktische Gärung und der biologische Säureabbau waren ein und dasselbe, was eigentlich jeder Winzer wissen sollte. »Wie leiten Sie die Malo ein? Rühren Sie den Wein nach der alkoholischen Gärung auf, lassen ihn warm werden, oder verschneiden Sie ihn mit anderen? Man kann auch Leuconostoc-oenos-Bakterien einsetzen.« Er sprach etwas lauter, da er gesehen hatte, dass Frau Studt in der Tür zum Schankraum stand und zuhörte.

Studt konnte keine vernünftige Antwort geben, er schien zu merken, dass Georg ihn bloßstellen wollte. »Das ... äh, das ... kommt ganz drauf an. Wie das in jenem Jahr war, erinnere ich nicht. Wir hatten da auch einen anderen Önologen.«

»Entscheiden Sie bei der Lese nach Öchslegraden, also dem Zuckergehalt, oder eher nach der physiologischen Reife?«

»Das ist Sache des Önologen, der ist draußen, der kennt die Rebstöcke besser. Ich hingegen führe das Weingut«, antwortete Studt mit unterdrückter Wut.

Georg ließ das Glas mit Riesling stehen und griff zum Traminer vom vorletzten Jahr. »Der scheint mir ebenfalls sehr cremig, sehr weich, das ist das Ergebnis einer langen Reife auf der Hefe, nicht wahr?«

Obwohl Studt nickte, merkte Georg ihm an, dass ihm dieses Thema genauso wenig behagte und er einmal mehr begriff, wie Georg ihn aufs Glatteis führte. Er schien ihn für einen leichteren Gegner gehalten zu haben.

»Wie lange lassen Sie ihn auf der Hefe, wie oft wiederholen Sie die Bâtonnage, oder verzichten Sie ganz darauf, den Wein aufzurühren?« Georg hatte bemerkt, dass Frau Studt immer noch zuhörte.

»So was wird bei uns von Fall zu Fall entschieden. Ich habe nicht die Zeit, Ihretwegen im Kellerbuch nachzuschauen.« Sein Ton verschärfte sich.

»Haben Sie denn im letzten Jahr auf den Traminer verzichtet? «

Studts Blick verfinsterte sich weiter. »Was wollen Sie von mir? Mich hier vorführen? Geben Sie hier den Besserwessi? Ich weiß von Ihrem Weingut an der Mosel. Klugscheißer haben wir selbst genug. Ich empfehle Ihnen, sich besser auf den Weg zu machen, verschwinden Sie, am besten so weit weg wie möglich.«

»Meinen Sie, Herr Studt, dass die Mosel weit genug weg ist? Ich glaube kaum, dass wir uns nach dem Mord an Herrn Semmering aus den Augen verlieren werden.«

»Verschwinden Sie endlich!« Studts Stimme war heiser, er räusperte sich wiederholt, was die Aufforderung lächerlich wirken ließ. »Lassen Sie sich hier nie wieder blicken, sonst …«

»Sonst was? Drohen Sie mir?«

»Wir sind schon mit anderen Leuten fertiggeworden!« Angriffslustig hatte Studt sich erhoben und sah auf Georg herab.

Der grinste und breitete die Arme aus. »Das glaube ich Ihnen gern, war auch einfach, solange es eine Mauer drumherum gab und keiner wegkam. Stacheldraht und Minen, hat Ihnen das gefallen?«

»Arschloch! Was wissen Sie schon davon?« Hass und Angst standen gleichermaßen in seinen Augen, beides verleitete dazu, Fehler zu machen.

Um ihn dahin zu bringen, war Georg hergekommen. »Und jetzt agieren Sie im Schutz des BND? Imperialismus statt Sozialismus, wo die Partei Schild und Schwert an den Westen verkauft hat? Und immer hintenherum?« Georg stand ebenfalls langsam auf und leerte das Glas mit dem Riesling in einem Zug. »Schöner Wein, leider mit dem falschen

Namen auf dem Etikett. Sollte eigentlich Semmering draufstehen. Wie heißt Ihr Önologe? Der sollte seinen eigenen Namen draufschreiben, statt sich für Sie herzugeben.«

»Ich habe gesagt, Sie sollen sich verpissen … Verlassen Sie mein Grundstück. Ihre Unverschämtheiten … werden Ihnen leidtun.«

Georg zeigte sich wenig beeindruckt. Freundlich lächelnd winkte er Frau Studt zu, die kurz die Hand hob, sie dann aber fallen ließ, als wäre es sinnlos, und sich abwandte. Er griff nach seiner Tasche und schickte sich an zu gehen. »Wir sehen uns bestimmt wieder, Herr Studt – oder besser Stundt? Man begegnet sich immer zweimal, im Zweifelsfall bei den Ermittlungen, die auf Sie zukommen werden.«

»Das würde mich sehr wundern.« Studt hatte zu seinem höhnischen Ton zurückgefunden.

Mit wenigen Schritten hatte Georg den Hof verlassen und tat, als machte er sich auf den Weg zu seinem Wagen. Aus dem Torweg kommend, schlug er sich links in die Reben – der Austrieb war in den letzten warmen Tagen gewaltig gewesen, das Blattwerk verbarg ihn vollständig. Geduckt eilte er zwischen den Rebzeilen die leichte Anhöhe hinauf, machte gegen den Uhrzeigersinn einen Bogen um die Gebäude und befand sich an der Rückfront des Weingutes. Er musste noch ein Stück weitergehen, denn die Remise verdeckte ihm die Sicht auf den Hof und die Terrasse. Er war gespannt, ob sein Plan aufging, ob das heraufziehende Unwetter ihn vertreiben würde und ob außer Studt noch andere auf das Einschalten seines Smartphones reagierten. Der diskutierte unten mit seiner Frau. Es endete damit, dass sie im Haus verschwand und ein lautes Türenknallen zu hören war, das wie ein Warnschuss klang.

Inzwischen hatte sich der Himmel vollständig bezogen, es war dunkel geworden wie an einem Herbstnachmittag, Böen fuhren in die Bäume und ins Weinlaub, schüttelten es durch und ließen erste Blätter fliegen. Die Plane, mit der ein Teil des Daches von Studts Bürohäuschen abgedeckt war, schlug im Wind, die Stricke, mit der sie befestigt war, hatten sich offenbar gelockert.

Irgendwann wird sie sich losreißen, dachte Georg und sah einen schwarzen Geländewagen auf das Grundstück fahren. Er konnte nicht erkennen, ob es der Wagen war, dessen Kennzeichen Rico hatte checken lassen. Es begann allerdings wie bei dem anderen mit einem B für Berlin. Erst als er den Mann erkannte, von dem Ex-Stasi-Offizier Leufert gesagt hatte, dass er dem BND angehört und eng mit Studt zusammengearbeitet habe, war er sich sicher, dass es sich dort unten um diesen Fuchs handelte.

Er schien zornig zu sein, ging geradewegs auf Studt zu, fast war es, als wollte er ihn am Kragen packen, dann schienen sie sich anzuschreien, aber der heftige Wind ließ Georg kein Wort verstehen. Als erste Regentropfen fielen, wies Studt auf die Plane, die laut auf die Dachziegel schlug und sich jeden Moment losreißen konnte. Die Aluminiumleiter der Dachdecker lehnte noch dort. Studt bedeutete Fuchs, sie festzuhalten, kletterte steifbeinig nach oben und bemühte sich vergeblich, den Strick am losen Ende der Plane zu fassen, der ihm wie eine Peitsche um die Ohren schlug.

Georg hatte die Kamera längst in der Hand. Das werden spannende Aufnahmen, freute er sich und hoffte, dass die Regentropfen ihm nicht das Objektiv verschmierten.

Da ließ Fuchs die Leiter los, machte einen Schritt zurück, schaute nach oben, nahm Anlauf und trat mit äußerster Wucht von der Seite dagegen.

Genau in diesem Moment drückte Georg auf den Auslöser.

Die Leiter schwankte, Studt klammerte sich angstvoll an die Holme. Georg fotografierte weiter. Fuchs trat nach, und die Leiter rutschte mit einem Kreischen an der Regenrinne entlang zur Seite und kippte wie in Zeitlupe nach links. Studt verlor vollends den Halt und stürzte rücklings zu Boden. Neben ihm knallte die Leiter scheppernd auf den gepflasterten Hof.

Scheinbar ungerührt trat Fuchs zu Studt, der die Arme ausgebreitet hatte und sich nicht mehr rührte. Regungslos blickte Fuchs auf ihn hinab. Dann zog er ein Tuch aus der Tasche und wischte die Holme an den Stellen ab, die er berührt hatte.

Auch das war ein Foto wert. Georg hatte sich nur mit Mühe beherrschen können, einen Schrei auszustoßen, Fuchs hätte ihn dadurch sicher bemerkt. Dann drückte er wieder auf den Auslöser.

Fuchs stieß den Liegenden mehrmals mit der Fußspitze an, als handelte es sich um einen Tierkadaver.

Major Stundt regte sich nicht mehr.

Wolkenbruchartig setzte der Regen ein. Georg hatte das Gefühl, angezogen unter der Dusche zu stehen, und auch Fuchs bewegte sich nicht und starrte wie gebannt auf den vor ihm Liegenden. Dann schien er sich zu besinnen und lief nach Hilfe rufend auf die Gaststube zu, riss die Tür auf, schrie und gestikulierte.

Frau Studt trat in die Tür, und als sie ihren Mann auf dem Boden entdeckte, drängte sie Fuchs beiseite, stürzte hinaus und kniete sich ungeachtet des strömenden Regens neben ihn, nahm seinen Kopf in die Hände und bemerkte erst jetzt die Blutlache, die der Regen um ein Vielfaches vergrößerte. Entsetzt schaute sie auf ihre vom Blut gefärbten Hände, wandte sich Fuchs zu, sprang auf, stieß ihn vor die Brust und schrie ihn an. Er, etwa einen Kopf größer, sah an sich herab, sah das Blut auf seinem Sakko und schlug ihr ins Gesicht. Frau Studt taumelte, fing sich und wich entsetzt zurück.

Georg hatte die gesamte Szene fotografiert, als gingen ihn die Menschen dort unten nichts an. Wie schön wäre es, wenn sich all diese Politgangster gegenseitig umbrächten, war sein Gedanke. Zufrieden verstaute er die Kamera in der Tasche, er hatte alle Bilder, die er brauchte, um diesen Mord zu beweisen. Da wandte sich Fuchs abrupt um und entdeckte ihn zwischen dem Zaun und den Rebstöcken. Georg duckte sich, aber es war zu spät, Fuchs hatte ihn gesehen. Hatte er ihn auch erkannt? Da hatte Fuchs bereits sein Mobiltelefon am Ohr – und Georg spurtete zu seinem Wagen. Jetzt wurde es in der Tat brenzlig für ihn. Fuchs würde es unter keinen Umständen zulassen, dass es einen Zeugen für seinen Mord gab. Ob er genau in dem Moment abgedrückt hatte, als der Fuß die Leiter traf, wusste Georg nicht mehr. Würde der Ex-BND-ler seine Kumpane aus alter Zeit mobilisieren oder seine Nazi-Freunde? Um selbst etwas gegen ihn zu unternehmen, war er sicherlich zu feige. Das war letztlich auch egal, Georg musste sich und die Speicherkarte der Kamera sofort in Sicherheit bringen.

Die nächste Postfiliale fand Georg in Radebeul in der Bahnhofstraße. Dass er triefte, vor Kälte zitterte und eine nasse Spur hinter sich ließ, interessierte ihn im Moment wenig. Er kaufte Briefumschläge, Schreibpapier und einen Stift und schickte drei Briefe an verschiedene Adressen: Die Speicherkarte erhielt Kellermeister Klaus per Einschreiben als Expressbrief nebst einigen Anweisungen, was zu tun sei. Klaus würde sich vierteilen lassen, bevor er irgendetwas preisgab. Der zweite Brief ging an seinen Steuerberater in Bernkastel, der dritte an Stefan Sauter, den Nachbarn, der ihm den Weg zum Wein gezeigt hatte.

Handschriftlich erklärte Georg, dass ein gewisser Matthias Fuchs, BND-Agent im Ruhestand und 1990 bei der Treuhand tätig, den Ex-Stasi-Major Studt alias Stundt durch einen Tritt gegen die Leiter zu Fall gebracht habe, woraufhin dieser gestorben sei. Zuvor habe der Ex-Stasi-Major den Auftrag gegeben, Alexander Semmering aus Dortmund am

Rastplatz Muldental Süd mittels einer Injektion zu ermorden. Weitere Zeugen seien vorhanden. Diese Fakten müssten so breit und so bald wie möglich ihren Weg an die Öffentlichkeit finden, damit die Taten nicht vertuscht würden.

Bis auf die Haut durchnässt, setzte Georg sich in den Wagen, stellte die Heizung an und fuhr zurück zu seiner Ferienwohnung. Beim unruhigen Hin und Her des Scheibenwischers dachte er kurz daran, dass ihm die Einmischung nichts außer Ärger einbringen würde, dazu Kopfschmerzen, und vielleicht befand er sich auch in Lebensgefahr. Aber der Wunsch nach einem heißen Bad drängte jeden anderen Gedanken beiseite. Eine schwere Erkältung mit Fieber, die ihn ans Bett fesselte, fürchtete er momentan mehr als einen entfesselten pensionierten Agenten des BND in seinen letzten Zuckungen.

Da sein Sicherheitsbedürfnis noch nicht erlahmt war, stellte er den Wagen wieder in der nächsten Querstraße ab und legte die letzten Meter im Dauerlauf zurück. Erleichtert nahm er wahr, dass seine Freunde Pepe, Ritze und Keule aus Hannover eingetroffen waren, sie hatten ihre Maschinen vor Frau Wagners Haus aufgebaut. Erst beim Näherkommen offenbarte sich ein gravierender Irrtum. Eine 18 auf dem Nummernschild ihrer Bikes war so unmöglich wie eine Kuh auf dem Mond. Da standen Frau Wagners Sohn und zwei seiner rechtslastigen oder kriminellen Kumpane. Fuchs hatte schnell reagiert.

Georg hatte nie Angst vor einem Kampf gehabt, das wäre auch beim Judo wenig hilfreich gewesen. Aber nass und verfroren im strömenden Regen gegen drei knallharte Männer zu kämpfen, die wahrscheinlich den Auftrag hatten, ihn verschwinden zu lassen oder zumindest mundtot zu machen, war mit wenig Siegeschancen verbunden. Und wenn jemand eine Waffe trug, war an Gegenwehr sowieso nicht zu denken. Unter anderen Bedingungen hätte er sich eine Chance ausgerechnet, so jedoch sah es finster für ihn aus. Auch einfach wegzurennen war keine Option. Die drei mit ihren Maschinen waren schnell und beweglich.

Frau Wagners Sohn kam ihm entgegen. Mit ihm allein hätte er es sofort aufgenommen, aber seine beiden Kameraden, wie sie sich wohl untereinander nannten, bauten sich rechts und links hinter ihm auf.

»Wir haben gehört, dass du eine sehr schöne Kamera besitzt«, sagte Frau Wagners Sohn und streckte die Hand nach Georgs Tasche aus. »Ich möchte mir so was auch zulegen. Soll recht gute Bilder machen, besonders von Weingütern. Zeig her das Ding!«

»Ich glaube kaum, dass Sie damit umgehen können, Herr Wagner«, sagte Georg lächelnd, obwohl ihm gar nicht danach zumute war. Er musste Zeit gewinnen, um seine Gegner abzuschätzen und sich eine Kampfstrategie zu überlegen. Er würde an Wagner vorbeisprinten, den Mann links unschädlich machen, er schien der am wenigsten gefährliche zu sein, und Wagner von hinten aus der Drehung heraus angreifen. Dann blieb der Dritte …

»Ich denke, das ist eine Digitalkamera. Da wird doch ein so dummer Sachse, für den ein arroganter Wessi wie du uns hält, auch einigermaßen mit klarkommen. Gib her das Ding.«

»Sie werden sich die Kamera holen müssen, Herr Wagner. Wer sehen will, muss bieten, das ist wie beim Poker.« Georg war inzwischen zu dem Schluss gekommen, dass der Dritte im Kopf etwas schwerfällig war. Wenn er schnell genug angriff, konnte er es schaffen. Die Frage war nur, wie viel sie einstecken konnten.

»Halt's Maul, gib schon her, sonst gibt's ordentlich was auf die Fresse!«

»Sind Sie nicht ein wenig zu alt, um sich zu prügeln?« Wagner war der Älteste, die beiden anderen deutlich jünger.

»Außerdem wird es Mutti kaum gefallen, wenn Sie ihre Gäste verprügeln. Wie soll ich dann bei ihr meine Rechnung bezahlen?«

»Darüber mach dir keine Sorgen, die Rechnung zahlst du in jedem Fall und hör auf zu quatschen, du Drecksack, jetzt ist meine Geduld zu Ende.« Die Männer fächerten sich auf und kamen auf Georg zu.

Er hob abwehrend die Hand. Die drei blieben stehen, und Georg griff in die Tasche. Wozu sollte er einen Kampf mit ungewissem Ausgang provozieren? Die Speicherkarte war in Sicherheit.

Wagner nahm die Kamera entgegen. »Du bist anscheinend vernünftiger, als ich dachte, Mann.« Er öffnete die Kamera, dann sah er auf. »Wo ist die Speicherkarte? Meinst du, du kannst uns reinlegen? Für wie dumm hältst du uns?«

Jetzt wird es wirklich hart, dachte Georg und fühlte sich urplötzlich ausgeliefert. Da hörte er von fern her die Musik näher kommen, es war ein Dreiklang von Yamaha, Moto Guzzi und BMW, ein Akkord von dreimal fünfhundert Kubikzentimeter: Pepe, Ritze und Keule waren im Anmarsch.

Pepe stoppte neben Georg auf dem Bürgersteig, Ritze und Keule hielten mit laufenden Motoren im Rücken der anderen. Georg atmete erleichtert aus, nie zuvor war er einer Niederlage so nah gewesen.

Pepe nahm den Helm vom Kopf. »Ärger, mein Freund? Immer wenn wir kommen, hast du Ärger. Wie kriegst du das hin, Alter?« Er schlug Georg auf die Schulter. »Mit dem Penner da?« Er fuhr auf Wagner zu, der sich mit einem raschen Sprung in Sicherheit brachte. »Bist du der Feuerteufel von Radebeul? Wer verkauft hier Kindern eigentlich Streichhölzer? Das ist unverantwortlich. Haben deine Freunde auch mitgemacht? Die beiden Irrlichter da?«

Wagners Begleiter sahen sich bereits nach einem Fluchtweg um.

»Eh, ihr Nullen, macht euch vom Acker, geht spielen, Hakenkreuze malen, am besten auf den Arsch.« Pepe tippte sich an die Stirn.

Er war auf Krawall aus, das merkte Georg. Auch Ritze und Keule stiegen ab und entledigten sich der Helme. Es schien, als hätten sie Lust, sich zu prügeln, was bei dem fortgeschrittenen Alter aller Beteiligten zweifelsohne zu einigen Schäden führen würde.

In diesem Moment erschien Frau Wagner. Die alte Dame erfasste sofort die Situation und baute sich vor ihrem Sohn auf. »Bist du total verrückt geworden? Haben dir deine Ideen völlig den Kopf verdreht, dass du jetzt sogar meine Gäste bedrohst? Gib ihm die Kamera zurück. Los!«

Wagner gehorchte.

»Was willst du? Hier eine Straßenschlacht anzetteln?«, fragte sie, während ihr Sohn die Kamera aufs Pflaster fallen ließ. Sie wandte sich an seine Begleiter: »Verschwinden Sie freiwillig, oder soll ich die Polizei rufen?«

»Hör mal gut zu, Alte, du gehst jetzt Strümpfe stopfen oder bastelst was für die Enkelkinder. Misch dich nicht in Angelegenheiten, die dich nichts angehen. Das hier ist was für Männer …«, ließ sich nun einer von Wagners Kumpeln vernehmen.

»Hör zu, du Würstchen«, ereiferte sich Frau Wagner, die nicht im Geringsten eingeschüchtert war, »wir haben hier die Russen und die SED ausgehalten, dann werden wir mit Leuten wie dir erst recht fertig. Setz dich auf dein Moped und mach den Bürgersteig frei. Meine Gäste wollen ins Trockene.«

Frau Wagners Sohn versuchte, mit einer Handbewegung seinen Kameraden zu beruhigen, der ein Abzeichen mit einem Totenkopf auf dem Ärmel trug. Dass es ein Ablenkungsmanöver war und aus der Handbewegung ein Angriff werden sollte, bemerkte Georg rechtzeitig. Seine blitzschnelle

Wendung ließ Wagner ins Leere laufen, und Ritze stellte ihm ein Bein. Wagner stürzte, Keule beugte sich über ihn, grinste und fragte, ob er ihm aufhelfen solle, während Pepe mit Blick auf die Kameraden die Hand in die Jacke seiner Kombi steckte, als wäre dort seine Glock versteckt. Gut möglich, dass es so war.

Frau Wagner half ihrem Sohn auf. Georg half mit, denn Wagner musste sich verletzt haben. Anscheinend war er auf sein rechtes Knie gefallen, was ihm höllisch wehtat, obwohl er versuchte, sich den Schmerz nicht ansehen zu lassen.

Seine Mutter, inzwischen hing ihr das schüttere nasse Haar ins Gesicht, baute sich vor ihm auf, eine Hand in die Hüfte gestützt, mit der anderen wies sie auf den zweiten Stock des Hauses wie eine Mutter, die ihr ungezogenes Kind vom Spielplatz nach Hause schickt. »Du gehst sofort rauf und kümmerst dich um dein Knie! Essigumschläge helfen. Du bist zu alt, deine Zeit scheint vorbei zu sein. Und ihr«, sie wandte sich an die Begleiter ihres Sohnes, »ihr verschwindet auf der Stelle, lasst euch nie wieder hier sehen! Nie wieder, habe ich gesagt!« Inzwischen war auch sie klatschnass und ihr Gesicht vor Wut rot angelaufen.

Georg schlotterte mittlerweile vor Kälte und Nässe, außerdem war die Situation längst nicht entschärft, denn Wagner war stehen geblieben, und die Angesprochenen grinsten.

»Spiel dich nicht auf, Oma«, sagte der Neonazi mit dem Totenkopfabzeichen, »genieß besser die letzten Tage, es ist sowieso bald vorbei.«

Ritze baute sich vor ihm auf. »Für dich ist auch alles vorbei, wenn du jetzt nicht verschwindest! Und noch so 'n Spruch – dann Kieferbruch. Klar?«

In diesem Moment, der in eine allgemeine Keilerei hätte ausarten können, hielt ein dunkler Mercedes neben den Motorrädern, die Warnblinkanlage wurde eingeschaltet, und zwei Männer mittleren Alters stiegen aus. Der Ältere trug einen Anzug, der Jüngere eine kurze Lederjacke, unter der ein Pistolenhalfter hervorragte.

»Die Bullen«, zischte Wagner, »besser, ihr haut ab.« Er selbst verschwand im Haus.

»Wir kommen wieder, verlasst euch drauf.« Der Totenkopf ließ als Zeichen der Stärke den Motor seiner Maschine aufheulen.

»Dann kriegst du eben später was aufs Maul«, meinte Keule leichthin, als wäre es das Normalste von der Welt.

Im Lärm der Motoren waren die Fragen der Polizisten nicht zu verstehen, erst als das Dröhnen verklang, zückten sie ihre Ausweise und stellten sich als Beamte des Landeskriminalamts vor.

17. Kapitel

Kaliumchlorid wurde auch genannt

»Wohnt hier ein Georg Hellberger oder ein Richard Schmidt?«

»Hellberger bin ich«, sagte Georg nass und fröstelnd. »Schmidt wohnt in Kötzschenbroda. Können wir nicht reingehen? Kommen Sie mit, ich muss mir dringend was Trockenes anziehen.« Ohne auf die Zustimmung der beiden LKA-Beamten zu warten, wandte er sich Frau Wagner zu. »Sind Sie bitte so freundlich und zeigen den neuen Gästen, meinen Freunden«, das betonte er deutlich, »ihr Apartment?« Ihm gelang trotz seiner Verfassung ein Lächeln. Als er Frau Wagners entsetzten Blick sah, fügte er hinzu: »Später erkläre ich Ihnen alles.«

Er ging durch den Garten voran, die Kriminalbeamten folgten und sahen sich dabei suchend um. Frau Wagner tippelte niesend hinterher, Pepe, Ritze und Keule schlossen sich im Gänsemarsch an. Ihre Ferienwohnung lag direkt neben der von Georg.

Er bat die Beamten, Platz zu nehmen und sich zu gedulden, nahm kurz eine heiße Dusche und kam in trockener Kleidung wieder, fror aber trotz der Wolldecke, die er sich umgelegt hatte, noch immer. Ungeachtet des Besuchs der ungebetenen, jedoch nicht unerwarteten Gäste, ging er zum Herd, um Tee zu bereiten. Er brauchte dringend etwas Heißes. Von draußen trommelte der Regen weiter gegen die Scheiben. Die Temperatur war innerhalb von wenigen Stunden von über dreißig Grad auf achtzehn gefallen.

»Was führt Sie zu mir? Wie kann ich helfen? Dürfte ich Ihre Namen erfahren?«

»Mein Name ist Hueck«, sagte der Polizist im Anzug, er war älter, freundlich und seriös. »Mein Kollege hier ist Werner Witt. Was für eine Versammlung war das da eben vor der Einfahrt? Wer sind diese Leute?«

»Dazu muss ich ausholen, wenn Sie gestatten«, erklärte Georg und versuchte, sich klar zu werden, wieso dieser Witt derart unsympathisch auf ihn wirkte. War die sichtbar getragene Waffe ein Zeichen für Anmaßung und Überheblichkeit? Gab er den coolen Sheriff? »Ich werde versuchen, Ihnen die Zusammenhänge darzustellen, dann können Sie sich die Mühe sparen, mir weitere Fragen zu stellen.«

Verblüfft über derart viel Selbstvertrauen, nickten die Beamten, Witts Ablehnung gegenüber seiner Person schien zuzunehmen.

»Es ist eine nicht so lange, dafür aber umso komplexere Geschichte, sie erfordert ein wenig Geduld. Die drei Motorradfahrer auf den Maschinen sind Freunde von mir. Der Mann, der ins Haus geschickt wurde, ist der Sohn der Vermieterin. Er und die beiden, die anschließend wegfuhren, gehören anscheinend zur lokalen rechten Szene, sie haben – aus welchen Gründen auch immer, darauf kommen wir später – vor ein paar Tagen meinen Wagen abgefackelt, einen wunderschönen roten Alfa Romeo. Davon wussten Sie nichts, obwohl ein LKA-Kollege von Ihnen da war?«

»Um möglicherweise politisch motivierte Branddelikte kümmert sich eine andere Abteilung.«

»Sie werden gleich merken, dass es auch Sie etwas angeht, Herr Hueck.«

»Sie äußern diese Beschuldigung, als hätten Sie dafür Beweise. Haben Sie die?«

»Nein. Noch nicht.«

»Also lediglich eine Vermutung?«

»Einstweilen ist es so.« Georg erzählte, dass er in der Nacht des Brandes auf Alexander Semmering gewartet habe. Der habe ihn beauftragt, Informationen über ein Weingut hier in der Nähe zu beschaffen, das er kaufen wolle. Es habe bei Kriegsende seinem Großvater gehört. Semmering habe ihn angesprochen, da er Winzer und Mitbesitzer eines Weingutes an der Mosel sei und es bekannt sei, dass er früher – »als kaufmännischer Geschäftsführer in einem Sicherheitsunternehmen« – einen recht verworrenen Mordfall an der Mosel geklärt habe. »In Ihrem Computer müsste das alles zu finden sein. Vielleicht haben Sie sich bereits informiert und wollen sehen, wie ich mich verhalte?«

Das war sicher der Fall, denn Witt wich in diesem Moment seinem Blick aus.

Georg holte drei Tassen aus dem Küchenschrank, schenkte den dampfenden Tee ein und fasste weiter zusammen.

Nachdem Frau Semmering ihn telefonisch informiert habe, dass ihr Mann tot aufgefunden worden sei, sei er mit Rico Schmidt, einem befreundeten Architekten, nach Muldental Süd gefahren. Sie hätten den Wagen gefunden, anschließend den Bestatter aufgesucht, der sich um die Überführung des Leichnams kümmern sollte. Sie seien über den Totenschein gestolpert, ein offizielles Dokument, angeblich von einem Arzt in Leipzig ausgestellt, der am Telefon erklärt habe, niemals etwas dergleichen unterschrieben zu haben. »Wer also hat den Totenschein ausgestellt? Einer der Mörder? Ein Behördenmitarbeiter? Das müssten Sie wissen, meine Herren.«

Eine Antwort bekam Georg nicht, stattdessen stellte Hueck eine weitere Frage: »Sie haben sofort einen Mord vermutet. Wieso?«

»Das hängt mit dem Weingut zusammen. Aus den Besitzverhältnissen wurde ein Geheimnis gemacht, Semmerings Nachforschungen brachten Unruhe in den Laden, und dann tauchte ich dort auf, stellte Fragen, fing an zu graben. Das Gut gehört einer Firma, wie wir inzwischen herausgefunden haben, ich nehme an, mit SED-Kapital gegründet ... Bereits zu DDR-Zeiten war das Gut ein konspirativer Treff.«

Die Blicke der beiden LKA-Beamten, mit denen sie Georg maßen, wurden von Mal zu Mal finsterer. Die Blicke, die sie untereinander tauschten, waren eher Ausdruck von Hilflosigkeit, von Verunsicherung, wie weiter zu verfahren war, und es zeigte Georg auch die Befürchtung, Fehler zu machen. »Sie haben die Pathologen beauftragt?«

»Sicher, weil uns die Erklärung vom Herzversagen in Hinsicht auf die Begleitumstände des Todes wenig plausibel erschien.«

»Und was erschien Ihnen daran, wie Sie sagten, wenig plausibel?« Hueck stellte die Frage, Kollege Witt schrieb fleißig mit.

»Na, das Herzversagen. Semmering war noch nicht so alt, laut Auskunft seiner Frau hatte er nie zuvor Herzprobleme.«

»Der plötzliche Herztod ist nichts Ungewöhnliches«, bemerkte der mit dem Schreibblock.

»Herr Semmering war diesem Major Stundt im Wege, der hatte Angst, dass sein altes Stasi-Projekt, das konspirative Haus, enttarnt werden könnte. Aber darum war es Semmering nie gegangen. Er wollte nur aus familiären Gründen das Weingut kaufen. Deshalb schickte er mich, ich stellte Fragen – und mein Auto ging in Flammen auf. Als Nächstes ist Semmering tot, im Grunde eine Katastrophe, hervorgerufen durch Geheimniskrämerei. Heute kamen die drei Neonazis wieder, sie wollten meine Kamera haben. Das erste Mal sah ich sie auf dem Hof des Majors im Gespräch mit ihm. Es sind wohl seine Jungs fürs Grobe.«

»Wozu die Kamera?«

»Ich habe etwas fotografiert, was nicht an die Öffentlichkeit und auch nicht in die Hände der Polizei gelangen sollte.«

»Und das wäre?« Die Beamten warfen sich Blicke zu, als hätten sie einen durchgeknallten Verschwörungstheoretiker vor sich, der nicht ernst zu nehmen war.

»Der Mord.«

Einen Moment herrschte Schweigen. Witt rang sich zu einer Frage durch, es war mehr eine Anklage. »Sie behaupten, Sie hätten einen weiteren Mord beobachtet, ihn fotografiert und nicht der Polizei gemeldet?« Georg wurde ihnen offenbar immer suspekter. Oder hatten sie nichts anderes erwartet? Gleich würden sie fragen, ob und wo Georg in psychotherapeutischer Behandlung sei. »Einerseits beauftragen Sie Pathologen bei einem Todesfall auf bloßen Verdacht hin, einen anderen Mord verschweigen Sie?« Witts Kopfschütteln zeigte sein Unverständnis.

»Der Mord geschah vorhin, als der Regen einsetzte. Ich hatte vor, ihn zu melden, er wird wahrscheinlich als Arbeitsunfall hingestellt. Ich musste zuerst allerdings die Beweise in Sicherheit bringen.«

»Vor wem?«

»Vor den Beteiligten, vielleicht vor einer Behörde und davor, dass alles vertuscht wird.«

»Sie machen sich strafbar, wenn Sie Ermittlungen behindern.« Witt übernahm wieder die Rolle des Drohenden.

Georg reagierte entnervt. »Ich wusste, dass Sie mir damit kommen würden, Herr Witt.«

»Haben Sie diese angeblichen Beweise, die Fotos, in Sicherheit bringen können?« Hueck versuchte, die Frage so zu betonen, als wünschte er, dass Georg erfolgreich war.

»Ja, das habe ich sofort getan und bin direkt hierhergefahren. Als ich eintraf, standen da die drei Neonazis.«

»Woher wollen Sie deren Gesinnung kennen?«

»Fragen Sie Frau Wagner, ihr Sohn ist einer von denen, und sehen Sie sich die Nummernschilder an, die 18 spricht Bände, der Totenkopf auf der Jacke …«

»Die 18 ist in Sachsen nicht verboten«, warf Witt ein.

»Außerdem haben mein Sohn Kilian und ich nach unserer Ankunft hier ein aufschlussreiches Gespräch zwischen Mutter und Sohn verfolgt.«

»Was wollten die Motorradfahrer von Ihnen?«

»Sie wollten die Kamera und viel lieber noch die Speicherkarte.«

Witt stieß hörbar genervt die Luft aus. »Wo soll Ihr angeblicher Mord bitte stattgefunden haben?« Hueck schien verwirrt, als fragte er sich, ob ihn seine Vorgesetzten nicht ausreichend über den Fall informiert hätten oder ob ernstlich an Georgs Geisteszustand zu zweifeln sei.

»Auf dem Weingut Studt, kurz vor Meißen.«

»Und wer wurde Ihrer Ansicht nach ermordet?«

»Peter Studt beziehungsweise der ehemalige Stasi-Major Stundt.«

»Stasi? Lächerlich. Woher wollen Sie wissen, dass er ein Stasi-Major war?«

»Ich weiß es von Leuten, die mit ihm zu tun hatten. Informanten eben.«

»Und den Mörder kennen Sie natürlich auch?« Der Schriftführer verbiss sich mit Mühe sein Grinsen.

»Ja, es ist ein gewisser Matthias Fuchs, Studts früherer westdeutscher Agentenführer. Zumindest trug er während seiner Tätigkeit bei der Treuhandanstalt diesen Namen.« Georg merkte, dass die beiden Beamten mit seinen auf Stasi und BND abzielenden Aussagen wenig anfangen konnten oder nicht wagten, den Gedanken weiterzuverfolgen. Denn wenn ihr Gegenüber die Wahrheit sagte, befanden sie sich gerade auf dem Weg in einen riesigen Schlamassel.

»Fahren Sie hin«, sagte Georg, »überzeugen Sie sich, man wird Ihnen sagen, Studt sei von der Leiter gefallen. Ich zeige Ihnen gern, von wo aus ich die Fotos gemacht habe, aber erst, wenn sie veröffentlicht sind. Ist Herr Semmering eigentlich in der Gerichtsmedizin bei Ihnen angekommen?«

»Wieso fragen Sie?«

»Ganz einfach, weil ich wissen will, ob dem Mord nachgegangen wird. Es würde mich nicht wundern, wenn der Leichnam vor der Bestattung eingeäschert würde.«

»Halten Sie Ihren Einwand nicht für lächerlich? Wir sind immerhin ein Rechtsstaat.«

»Sie haben mir nicht geantwortet. Die Pathologen vermuteten eine Überdosis Insulin. Kaliumchlorid wurde auch genannt. Hat man in der Gerichtsmedizin den Mageninhalt untersucht? Das sollten Sie unbedingt tun, sagen Sie es Ihrem Gerichtsmediziner. Ich glaube, dass man Herrn Semmering ein Schlaf- oder Betäubungsmittel verabreicht hat.« Georg dachte an das Video von der Hand, die etwas in die Tasse hatte fallen lassen. Semmering war groß und kräftig, der Kampf im Auto mit seinen Mördern hätte deutlichere Spuren hinterlassen. »Also – was ist mit dem Mageninhalt?«

»Führen Sie die Ermittlungen oder wir?«

»Ich weiß nicht, ob Sie wirklich ermitteln oder eher die Personen festsetzen wollen, die tatsächlich an einer Aufklärung interessiert sind.«

»Über den Stand der Ermittlungen, das werden Sie bei Ihren Vorkenntnissen verstehen, dürfen wir keine Auskunft geben.«

»Aber mich dürfen Sie ausfragen?«

»So ist das nun mal. Wer waren die anderen drei Biker, die jetzt nebenan wohnen? Freunde, sagten Sie.«

»Das sind alte Freunde von mir, sie sind zu meinem Schutz gekommen. Wenn einer von uns ein ernstes Problem hat, dann kommen wir vier zusammen und denken gemeinsam nach. Erstaunlich, nicht wahr, dass es diese Form der Freundschaft noch gibt.«

Die Polizisten enthielten sich jeden Kommentars. »Vor

wem haben Sie Angst, von wem fühlen Sie sich bedroht, dass Sie beschützt werden müssen?«

»Ist das so schwer zu erraten? Vor Matthias Fuchs natürlich und vor denen, die hinter ihm stehen … Fuchs hat gesehen, wie ich fotografierte.«

»Wen vermuten Sie als Hintermänner?«

»Dreißig Jahre alte Seilschaften, BND und MfS. Mir scheint, Sie müssen sich in den Fall erst einarbeiten. Ich hingegen bin mittendrin. Passen Sie auf, je weiter Sie vordringen, desto schwieriger wird es, desto mehr Anweisungen kommen von oben, und am Ende verliert sich alles im Nebel, und Ihnen wird ein anderer Fall zugeteilt.«

»Werden Sie in den nächsten Tagen hier zu erreichen sein?«

»Je nach Wetterlage und wie dicht der Nebel wird. Mein Sohn kommt morgen, wir haben noch einiges in Sachen Wein zu erledigen. Im Übrigen – Herr Semmering ist tot, und damit ist meine Recherche beendet.«

Georg erklärte den Beamten noch, wo das Weingut Studt zu finden sei, dann machten sie sich auf den Weg. Ohne seine drei Freunde im benachbarten Apartment, die über sein eingeschaltetes Mobiltelefon alles hatten mithören können, wäre er niemals derart offen gewesen.

Er hatte den LKA-Leuten nicht auf die Nase binden müssen, dass er seine Recherche noch lange nicht als beendet ansah. Ihm war klar, dass er weitermachen musste. Semmerings Tod berührte ihn weitaus mehr, als er geglaubt hatte. War Fuchs der Auftraggeber oder Studt? Eine gewisse Befriedigung über Studts Tod konnte Georg nicht verhehlen.

Aber Fuchs wurde zur Gefahr.

Georg musste davon ausgehen, dass die LKA-Beamten Rico die gleichen Fragen wie ihm stellen und dann nach Widersprüchen suchen würden. An den Widersprüchen würden sie weitermachen, wenn überhaupt. Es war die Frage, worauf sie aus waren. Wollten sie den Mord aufklären, oder wollten sie, ähnlich wie Fuchs und Studt, den Mord vertuschen und die Vergangenheit einnebeln? Und aus dem zweiten Mord, dem an Studt, würden sie einen Unfall konstruieren, nein, sie brauchten ihn nicht einmal zu konstruieren, Fuchs hatte ihnen die perfekte Vorlage geliefert – wenn seine Fotos nicht wären. Einen Moment überlegte Georg, was geschähe, wenn die Speicherkarte nicht ankäme, aber es war nur ein Gedanke, der wie ein Schemen an seinem Gehirn vorbeihuschte.

Die drei von nebenan kamen herein und machten sich über Georgs Lebensmittelvorräte her. »Du kochst heute Abend was Schönes, du kannst es am besten von uns, und die Weine stellst du auch.«

»Die kriegen wir von Frau Wagner.«

»Sind die hier direkt vor der Tür gewachsen?«, fragte Ritze.

Obwohl Georg die Winzergenossenschaft Meißen noch nicht aufgesucht hatte, das wollte er gemeinsam mit Kilian tun, konnte er Ritze erklären, dass Hobbywinzer ihre Trauben dort ablieferten, der Kellermeister oder Önologe die Chargen je nach Qualität zusammenstellte und die Freizeitwinzer später dann die fertigen Weine kauften. Da musste nicht eine Einzige ihrer Trauben enthalten sein, es musste sich nur um gleiche Rebsorten handeln. »Aber ich bin sicher, dass Frau Wagner uns nur was Gutes verkaufen wird.«

Ritze blieb skeptisch. »Trotz des missratenen Sohnes?«

»Gerade deshalb«, antwortete Georg. Er bat die Freunde, noch für ein Weilchen Ruhe zu geben, er müsse erst von Frau Semmering erfahren, was sich nach ihrer Abreise in Grimma und in Leipzig ereignet habe.

Sie und ihr Sohn waren bereits wieder nach Dortmund zurückgekehrt. »Ich habe Ihren Anruf gestern Abend erwartet.« Der Vorwurf war deutlich, Georg musste ihr die Umstände schildern, die den Rückruf verhindert hatten, zuerst jedoch wollte er von ihr erfahren, was vonseiten der Kripo unternommen worden war.

»Nichts«, sagte sie, »nichts, sie haben Alexander nach Leipzig mitgenommen, er liegt jetzt dort in der Gerichtsmedizin und soll untersucht werden. Andreas und ich sind direkt nach Hause gefahren. Es gibt so fürchterlich viel zu regeln, zu organisieren, ich bin heilfroh, dass mein Sohn bei mir ist.«

Angestrengt, müde und verzweifelt, so hörte sie sich an. Ihre Stimme war belegt, sie räusperte sich ständig und schnappte beim Sprechen deutlich nach Luft, als bereitete ihr das Thema Schmerzen, was nicht verwunderlich war. Georg kannte sie kaum, hatte sie nur kurz erlebt, Semmering hatte kein Wort über sie verloren, auch nicht über den Sohn. Beide werden lange brauchen, um über seinen Tod hinwegzukommen, dachte Georg, besonders wenn womöglich nichts aufgeklärt wird. Sollte er ihr gegenüber bereits jetzt diesen Gedanken äußern? Nein, sie würde es noch früh genug mit dem härtesten Gegner zu tun bekommen, den es gab: dem Staat. Der besaß alle Mittel, alle Gesetze, und wenn Staatsvertreter (-diener) nicht das Wichtigste vorsichtshalber vergessen hatten, wurde ihnen vor Gericht das Aussagerecht verweigert.

Mit seinen Bedenken war er Frau Semmering gegenüber vorsichtig, ähnlich zurückhaltend war er auch mit den Informationen, die er an sie weitergab. Was er den Polizisten gesagt hatte, durfte sie wissen, aber über die Aufnahmen von Muldental Süd und den nächtlichen Tischnachbarn ihres Mannes schwieg er lieber. Den Datenstick hatte er in Frischhaltefolie gewickelt und in die Butter gedrückt.

Kaum war das Gespräch beendet, fuhr er in Begleitung von Keule zu Rico Schmidt und erzählte ihm, was er den Kripobeamten gesagt hatte, damit sich ihre Aussagen nicht widersprachen, wenn Hueck und Witt bei ihm auftauchen würden. Da sie sich weitestgehend an die Wahrheit hielten, sollte es keine Probleme geben – nur über ihre Beweismittel, da waren sie sich einig, sollten sie Stillschweigen bewahren. Mit einer Umarmung verabschiedete er sich rasch von Rico Schmidt, »heute Abend kommen wir mit der gesamten Mannschaft«, sagte er mit einem Lachen und einem Seitenblick auf Keule, »die Jungs haben einen Mordshunger, und Wein trinken sie auch.«

»Det hat er uns beijebracht«, fügte Keule in seinem breiten Berliner Dialekt hinzu, der Rico Schmidt ein wenig befremdete, wie auch Keules Gestalt und das Gebaren des Altrockers.

Georg musste sich beeilen, um rechtzeitig zum Weinhaus des Prinzen zur Lippe in Zadel einige Kilometer hinter Meißen zu kommen. Einen Adligen ließ man genauso wenig warten wie einen Bürgerlichen. Was ein Prinz war, wusste er nicht, auch Keule, der zur Sicherheit und auch aus Interesse mitkam, hatte nie zuvor einen getroffen und sich Gedanken darüber gemacht, wie man ihn ansprach. Herr Prinz? Prinz Georg? Herr zur Lippe? Ihn als größten privaten Weinproduzenten Sachsens nicht aufzusuchen und seine Weine nicht zu probieren wäre eine Unterlassungssünde. Vielleicht verbindet uns der gemeinsame Vorname, dachte Georg, oder ich nehme ihn einfach als Kollegen, wie die Herren Molitor, Trossen oder Löwenstein an der Mosel. Das würde das Gespräch und die Weinprobe einfacher machen. Dass er sich mit dem Besuch ein wenig schwertat, zeigten ihm die Gedanken, die er sich sonst niemals machte.

Eine halbe Stunde später standen Keule und er dem Prinzen in dem wunderbar erhaltenen Vierseitenhof gegenüber. Er war ein freundlicher und zuvorkommender Unternehmer, jemand, der positive Energie ausstrahlte, ohne durch die verachtende Aggressivität des modernen Managers Distanz zur Umgebung zu schaffen. Prinz von der Lippe war niemand, der sich erst beweisen musste – das hatte er längst getan. Hinzu kam sicherlich, dass er sich bewusst war, in der Tradition einer seit zweieinhalb Jahrhunderten existierenden Familie zu stehen. In dieser Hinsicht war er Georg meilenweit voraus. Wenn Georg sich objektiv betrachtete, dann hatten ihm seine Eltern lediglich sein Leben mitgegeben und eine gerade mal nötige Schulbildung. Gelehrt hatten ihn nur die Notwendigkeiten und die Straße. Aber heute war er mit dem, was gewesen war, und so, wie es jetzt war, zufrieden.

Wie er hatte auch der Prinz sich das Studium der Agrarwissenschaft selbst finanziert und den Wirtschaftsingenieur angeschlossen. Bereits der Großvater war Diplom-Landwirt und hatte nach der Reblausplage die Weinberge der Familie wiederbelebt, statt idyllische Lagen mit Blick auf den Meißner Dom, die Albrechtsburg und die Elbe meistbietend als Bauland für Villengrundstücke zu verkaufen.

1945 besaß die Familie etwa zwanzig Hektar Rebland, daneben Weide, Wald und Felder, und auch in Böhmen gab es einige Rebflächen. Schloss Proschwitz war bereits unter den Nazis beschlagnahmt worden, die NSDAP hatte eine Parteischule daraus machen wollen. Nach der Befreiung durch die Russen ließen diese den Großvater erst einmal werkeln. Als die in Moskau geschulten, hundertprozentigen deutschen Genossen das Heft in stalinistischer Manier übernahmen, musste der »Prinz« weichen, der gesamte Besitz wurde enteignet, und es folgten diverse Gefängnisaufenthalte, bis er mit fünf Kindern in den Westen ausreiste und die Familie über Jahre als Gärtner durchbrachte.

Die Weinländereien wurden zur Landwirtschaftlichen Produktionsgenossenschaft. Unter der Ägide der LPG wurden dann bis zur Wende Riesling, Traminer, Goldriesling, Elbling und die Burgundersorten angebaut, die Trauben von der Weinbaugenossenschaft in Meißen übernommen. In jener Zeit gehörten nur die Reben der LPG, Grund und Boden war Staatseigentum. Wie sich nach dem Kauf herausstellte, so der Prinz, hatte man im Weinbau kaum mit vernünftiger Technik, dafür umso mehr mit Chemie gearbeitet.

»Zurückkaufen – sanieren – einen Markt finden«, so der Prinz, das sei über lange Zeit seine Aufgabe gewesen. »Bei der Auswahl der Böden habe ich in erster Linie nach Löß und Urgestein gesucht. Mir half eine uralte Landkarte, gezeichnet etwa ums Jahr 1500, die mir ein Freund beschafft hatte, auf der verzeichnet war, wo entlang der Elbe überall Wein angebaut worden war.« Und er hatte in seine Überlegungen miteinbeziehen müssen, dass es links der Elbe deutlich mehr regnete als auf der anderen Seite des Flusses.

Es hatte ihn fast sieben Jahre gekostet, die Böden zu rekultivieren und zu beleben. Außerdem gab es Flächen, die mit Reben bestockt waren, die sich für dieses Klima als ungeeignet erwiesen.

Keule hörte mit offenem Mund zu, er hatte das Glas mit dem Elbling vor sich nicht einmal angerührt. Georg genoss es, Fragen zu stellen, die Antworten zu hören, sich mit seinem Lieblingsthema zu beschäftigen und für die eigene Praxis zu lernen. Er hatte Semmering vergessen. Major Stundt, dem niemand eine Träne nachweinen würde, war sowieso tot. Fuchs war auf der Flucht – oder auf der Jagd nach ihm? Egal. Und die Polizisten Hueck und Witt saßen wahrscheinlich bei Rico und gingen ihm mit Fragen, die sich kaum beantworten ließen, auf den Geist. Um wie vieles angenehmer war hier die Atmosphäre in dem rustikal gestalteten Raum in der Erwartung schöner Weine. Dass sie schön sein würden, war klar, denn sonst wäre Schloss Proschwitz nicht im VDP aufgenommen worden, dem Verband der Prädikatsweingüter mit seinen Ansprüchen. Georg wusste, dass Berthold & Hellberger da nicht hineingehörte, noch nicht, sagte er sich, aber Kilian wird es eines Tages schaffen – wenn er es will. Und er freute sich, den Jungen morgen wiederzusehen.

Die Frage nach Stasi-Aktivitäten konnte Georg sich nicht verkneifen. »Die alten Kader der Stasi werden Sie kaum in Ruhe gelassen haben?«

Der Prinz stimmte ihm zu. »Da ging nachts das Telefon, ich solle mal unter meinem Wagen nachschauen, ob da nicht eine Bombe sei, und Unbekannte hatten mir alle vier Reifen meines Wagens zerstochen. Wir brauchen hier keine Prinzen, hieß es, ich solle verschwinden, das war noch eine der vornehmsten Drohungen. Im ersten Jahr, als ich allein hier lebte und im Weinbergshäuschen schlief, lag die Schrotflinte immer griffbereit unter dem Bett.« Ob er tatsächlich geschossen hätte, war ihm nicht klar – und Georg auch nicht. Nur gut, dass es nicht zur Eskalation gekommen war. »Die ehemaligen Stasi-Leute waren leicht zu erkennen, sie traten mir gegenüber meist arrogant und respektlos auf.«

Wen wundert das, dachte Georg, hatten sie sich doch bis dato als Herren des Landes gefühlt. Doch eine Waffe in Griffweite beruhigte, Georg kannte das aus eigener Erfahrung. Auch die Gewissheit, sich mit seinen Judokenntnissen gegen mehrere Gegner verteidigen zu können, ließ ihn ruhiger schlafen. Aber was jetzt auf ihn zukam, nach dem Mord an Studt und dem Gespräch mit den Leipziger LKA-Leuten, war mehr als ungewiss. Es war nicht hilfreich, immer wieder abzuschweifen, denn er merkte, wie sehr ihn diese Umstände doch beunruhigten. Er hoffte, dass Fuchs sich nicht zu einer Kurzschlussreaktion verleiten ließ.

»Aus gerührter Scheiße Kuchen backen«, diesen Spruch hatten dem Prinzen seine Mitarbeiter aus dem Osten beigebracht. Sie konnten jede Maschine reparieren, wussten, wo das eine oder andere Ersatzteil zu beschaffen war, wer von diesem oder jenem etwas verstand und helfen konnte.

Prinz Georg übernahm mit dem Land der Genossen auch die alte Brigade Wilhelm Pieck, benannt nach dem Präsidenten der DDR von 1949 bis 1960. »Man rechnete mir hoch an«, im Gegensatz zu vielen Wende-Gewinnlern, »dass ich eine Beschäftigungsgarantie aussprach und die Löhne pünktlich zahlte. Schließlich waren es die Arbeiter, von denen ich lernte und die sich hier auskannten. Die Mangelwirtschaft hat sie gelehrt und zusammengeschweißt.« Es hatte dem Prinzen viel ausgemacht, lange Zeit als Fremdkörper angesehen zu werden, als »Frustableiter« gedient zu haben für alles, was nach der Wende angeblich vom Westen falsch gemacht worden war.

Georg fragte sich natürlich, welchen Anteil die ehemalige DDR und ihre Bürger selbst daran hatten. Es war zu billig, dem Westen alles in die Schuhe zu schieben. Aber Deutsche begehrten nun mal nicht auf, das hatte bereits Wladimir Iljitsch Lenin gewusst. Das hatte Kilian erst neulich erwähnt und ihm Erich Mühsams Gedicht vom Revoluzzer-Lampenputzer vorgelegt. Das, was staatstragende Politiker als friedliche Revolution bezeichneten, definierten andere als feindliche Übernahme.

Aber Politik war ein schmutziges Geschäft. Ihn interessierte der Wein, er wollte an die Probe, wollte wissen, was nach diesen vielen Worten kam, denn im Wein sollte angeblich die Wahrheit liegen. Ja, es war die Wahrheit, aber nur die über den Wein, außer man war betrunken, auch dann sagte man angeblich die Wahrheit. Siebzig Hektar gehörten inzwischen zu Proschwitz, dreißig weitere waren für zukünftige Projekte vorgesehen. Fünfundsechzig Leute kümmerten sich um die Landwirtschaft, um die Restauration, die Brennerei und um Veranstaltungen im Schloss. Bis zu vierhunderttausend Flaschen Wein wurden jährlich produziert, und die Perspektive des Prinzen im Weinbau war die Umstellung auf ökologischen Betrieb.

Sie begannen mit dem leichtesten Wein, dem Elbling, den der Prinz als »gelebtes Mittelalter« bezeichnete. Die Erntemenge war reduziert, und er war reduktiv ausgebaut, wodurch die Aromen frühlingshafter Blumen und einer frischen Wiese deutlicher wurden, unterstrichen von einer frischen Säure. Die sächsische Spezialität des Goldriesling zeigte sich im Glas in hellem Gelb, das Aroma grüner Äpfel stach hervor, das von Ananas und Zitrusfrüchten weniger. Der rebsortenreine Riesling aus dem Vorjahr gefiel Georg besser, die leichte Süße betonte die feine Frucht, hier stand gelber Apfel im Vordergrund.

Mineralität und Struktur zeigte der Grauburgunder, beides war dem Prinzen wichtig, es sollte ein leicht trinkbarer Wein sein, der in die Kategorie des Ortsweines gehörte. Doch was für ein Unterschied zum Großen Gewächs: Da zeigte der Grauburgunder, was er an Dichte, Wärme, Klarheit und Länge zu bieten hatte. Der drei Jahre alte Weißburgunder aus der Ersten Lage zog mit, Aromen einzelner Früchte ließen sich nicht sezieren, und das Holz, in dem er ausgebaut worden war, befand sich im Schwinden. Dieser Wein konnte noch viele Jahre liegen, was ihn verändern, aber nicht verbessern würde, es wäre schade, ihn jetzt nicht zu trinken.

Vier Jahre war der als Ortswein deklarierte Spätburgunder alt, er machte Freude, für Georg war er ein Beispiel, ein Ansporn für die eigene Arbeit. Prinz Georg ließ ihn lesen, wenn die Kerne der Beeren sich vom hellen in ein dunkleres Braun verfärbten. Zwei bis drei Jahre blieb er im Barrique und reifte, brachte Eleganz und gut gereiftes Tannin mit ins Spiel und blieb so leicht, wie ein Spätburgunder sein sollte. Es war der siebte Wein dieser Probe, Georg konnte damit umgehen, Keule hingegen hielt sich im Hintergrund, nickte zustimmend, war begeistert und trank, anstatt zu probieren, wobei Georg hoffte, dass er nicht aus der Rolle fiel.

Der Frühburgunder war fast zu schade zum Spucken, trotzdem griff Georg nach dem Restweinbehälter. Er schnupperte lediglich, statt zu trinken, prüfte hauptsächlich mit der Nase und nahm nur so viel in den Mund, um Zucker und

Säure und mögliche Misstöne wahrzunehmen. Doch die kamen hier nicht vor.

Das Große Gewächs des dreijährigen Spätburgunders war noch zu jung, noch nicht offen genug, und das Holz des neuen Barrique kam zu deutlich hervor, um diesen Wein jetzt schon zu bewerten. Zumindest war er ohne jeden Zweifel auf einem guten Weg.

Die folgende Riesling-Auslese versöhnte ihn wieder mit der Welt. Trotz des hohen Zuckeranteils blieb er leicht, aromatisch und saftig, da er mit der Säure gut ausbalanciert war und die Riesling-Aromen trug. Den Abschluss bildete eine Cuvée aus Traminer und Riesling, wie Georg sie nie zuvor probiert hatte. Es war ein gemischter Satz aus Terrassenlagen und ein wunderbares Erlebnis, der Kaffee danach eine Notwendigkeit.

Der Regen hatte längst aufgehört, die Front war weitergezogen, die Erde dampfte unter der zurückgekehrten Sonne des Nachmittags. Keule hatte keinen Sinn für die Umgebung, er ließ sich wie ein Sack auf den Beifahrersitz fallen. »Dass du jetzt noch fahren kannst?«, wunderte er sich und stützte den Kopf in die Hände.

»Es ist wie bei allem«, sagte Georg amüsiert, denn in diesem Zustand kannte er den Freund nicht. Sie hatten in ihrem früheren Leben zwar manche Nacht durchzecht, aber dass Keule dabei den Kopf hängen ließ, war neu. »Es kommt immer auf das Maß an.«

»Du bist eben in Übung, und ich werde alt«, sagte Keule mit Mühe, stellte die Lehne des Sitzes nach hinten und machte es sich bequem.

»Bevor du einschläfst, leih mir dein Telefon.« Georg streckte die Hand danach aus. »Wir sollten Ritze und Pepe treffen und nur mit ihnen gemeinsam zu Studt fahren, allein will ich mich da nicht zeigen. Es ist mir zu gefährlich, solange ich nicht weiß, was dieser Fuchs ausbrütet. Dem Kerl muss man alles zutrauen. Ich dachte, ich sehe nicht recht, als er gegen die Leiter trat, eiskalt und genau wissend, was er tat, nach einem Blick nach oben. Ich war keine dreißig Meter von ihm entfernt und so entgeistert, dass ich immer wieder auf den Auslöser gedrückt habe. Erst hinterher wurde mir klar, was ich da gesehen hatte.«

Georg blickte zur Seite und sah, dass Keule bereits schlief. Er hielt am Straßenrand, wie immer den Blick im Rückspiegel, zog Keule das Mobiltelefon aus der Tasche und rief Ritze an. Er ging nicht davon aus, dass dessen Telefon oder das von Keule abgehört wurde, bei Pepe war er sich nicht mehr sicher, ihr Kontakt war viel enger, und sie telefonierten häufiger miteinander.

Nach einer halben Stunde tauchten die beiden mit ihren Maschinen am Treffpunkt auf, sie besprachen sich kurz, ignorierten den schlafenden Kumpel auf dem Beifahrersitz und setzten sich in Bewegung. So nervös, um nicht zu sagen besorgt wie jetzt war Georg in den vorangegangenen Tagen zu keinem Moment gewesen, trotz der zu allem bereiten Begleiter, die auf ihren Maschinen vor ihm herfuhren und in die Einfahrt zum Hof einbogen. Weiter kamen sie nicht, mehrere Autos, darunter ein Polizeiwagen und der dunkelgrüne BMW der Leipziger LKA-Leute, versperrten den Weg. Die Stelle, an der Studt auf den Boden geprallt war, hatte der Regen gesäubert, das Blut war weggewaschen, die Leiter hingegen lag noch da.

Pepe machte ihn auf drei Motorradfahrer aufmerksam, die ihre Maschinen unter der Remise abgestellt und sich selbst auf die Terrasse gesetzt hatten. Als die Nazi-Biker Georg entdeckten, stand einer nach dem anderen auf. Drohend gingen sie auf ihn zu.

»Da ist er! Das ist er! Er war's, er hat meinen Mann umgebracht!« Hysterisch schreiend, diesmal in der Rolle des Klageweibes, trat in diesem Moment Frau Studt völlig aufgelöst aus der Tür des Gastraums, das Haar wild vom Kopf abstehend, die weiße Bluse hing über der Hose, die Arme streckte sie wie in der griechischen Tragödie theatralisch in die Höhe. »Er!«, schrie sie wieder, »er war's, da steht der Mörder!«

»Aus welchem Film hat sie das?«, fragte Pepe leise. »Hat sie das vorher eingeübt?«

Auch für Georg war das eine Farce, doch er begriff in diesem Moment, welche Folgen das Geschrei für ihn haben würde. Er sah, wie die beiden uniformierten Polizisten sich ihm zuwandten, wie eine Hand sich auf die Pistolentasche legte, die Neonazis kamen näher, und hinter Frau Studt traten Witt und Hueck aus der Tür des Gastraums.

»Ich hab's gesehen«, schrie die Furie, und ihre Verzweiflung musste auf Fremde echt wirken.

Ritze war näher gekommen, er hätte sich auf eine Schlacht eingelassen, aber Georg bedeutete ihm zurückzubleiben. »Ich regle das. Wenn ich alles richtig gemacht habe, kommen sie damit nicht durch, sie haben keine Chance.« Er legte Pepe den Arm um die Schultern. »Setz dich mit meinem Sohn in Verbindung, der wichtige Brief ist an Klaus unterwegs, du weißt schon, unser Kellermeister mit der Geländemaschine. Er müsste ihn spätestens morgen per Express bekommen, da ist die Speicherkarte mit den Aufnahmen drin. Die müssen gesichert werden. Der Mitschnitt von der Tanke in Muldental Süd ist in der Butter, in der Butterdose in der Ferienwohnung«, wiederholte er auf Pepes ungläubigen Blick hin. »Ich nehme an, sie werden mich gleich verhaften und dann die Wohnung durchsuchen.«

»Du Mörder!« Das Geschrei von Frau Studt wiederholte sich und ging in ein Krächzen über, danach in heftiges Schluchzen und zuletzt in ein lautloses Weinen.

Witt und Hueck waren unschlüssig stehen geblieben. Sie schienen sich an das, was Georg über seine Beweise erzählt hatte, zu erinnern. Sie hatten sie allerdings noch nicht zu Gesicht bekommen, und die kreischende Frau war nicht zu überhören und schon gar nicht die dramatische Anschuldigung.

»Der Mörder, das ist er, ich hab's von oben gesehen!« Wie zur Bestätigung zeigte sie auf eines der Fenster im Wohnteil des Anwesens. »Von da oben, wie er gegen die Leiter getreten hat.« Sie stürzte auf Georg zu. Witt hielt sie mit Mühe fest, Frau Studt spielte überzeugend.

Da Hueck keine Anstalten machte, etwas zu unternehmen, setzten sich die beiden Uniformierten in Bewegung, traten neben Georg, teilten ihm mit, dass er vorübergehend in Gewahrsam genommen werde, und bogen ihm die Arme auf den Rücken. Die Bügel der Handschellen rasteten mit hellem Klicken ein. »Wir bringen ihn nach Dresden, die dortige Moko ist für unseren Bezirk zuständig.«

»Wir würden ihn lieber mit nach Leipzig nehmen«, meinte Hueck.

»Leipzig oder das LKA sind hier nicht zuständig«, sagte der Beamte schroff und starrte Georg an, verwundert, wie gelassen er die Verhaftung über sich ergehen ließ und dass er sogar grinste. Oder sahen sie ihm die Verachtung für die Uniformierten an? »Wir verständigen die Moko, unsere Mordkommission übernimmt.« Das sollte rau und beherzt klingen, gleichzeitig war ihnen die Situation zwischen den deutlich feindlichen Bikergruppen nicht geheuer.

»Bleibt cool«, sagte Georg zu Pepe und Ritze und meinte, dass Keule das Beste verpasse, denn er schlief noch immer. »Er wird sich beim Aufwachen schwarzärgern, dass er das nicht miterlebt hat.« Aber Georg wusste, dass es so besser für alle war, denn Keules Verhältnis zur Polizei war mehr als schlecht, es war zwar etliche Jahre her, doch sie hatten ihn in seinen Rockerzeiten einmal fürchterlich in die Mangel genommen. Dass er sich gegen vier Mann mit Erfolg gewehrt hatte, hatte ihm neun Monate Gefängnis eingebracht. Den Knast hatte er als eine Art Bildungsurlaub gesehen, er hatte vieles gelernt, was auch im späteren Leben zu gebrauchen war, besonders im Hinblick auf die Fehler seiner Mithäftlinge. Georg nahm sich vor, die Augen gut offen zu halten. »Achtet auf den Nazi mit dem Totenkopf am Ärmel. Es könnte ein V-Mann der Polizei sein, er hält sich aus allem konsequent heraus, er macht höchstens Sprüche. Der Ideologe ist Frau Wagners Sohn, der andere ist mehr der Schläger.«

Hämisch und voller Befriedigung grinste ihn Frau Studt an, als Georg zum Polizeiwagen geführt wurde. Er fragte sich, ob es mit Fuchs abgesprochen war, ihn zu denunzieren, oder ob sie die Gelegenheit nutzte, sich einzumischen und sich Fuchs als neue Mitarbeiterin anzubieten.

»Rico Schmidt soll mir einen Anwalt besorgen, einen richtigen, keinen vom BKA, den akzeptiere ich nicht.« Er nannte die Adresse des Architekten und konnte sich sicher sein, dass Pepe das Nötige veranlasste. »Dass mir jemand meinen Jungen vom Bahnhof abholt! Der Architekt wird wissen, wann er ankommt. Er ist der Großvater von Kilians neuer Freundin.«

18. Kapitel

Die Gans im Glasballon

Sie hatten nicht einmal die Stadtgrenze Dresdens erreicht, als die Streife von der Zentrale angerufen wurde und der Fahrer am Straßenrand stoppte.

Der Beifahrer stieg aus und telefonierte mit dem Smartphone, damit Georg nicht mithören konnte. Es schien dem Beamten nicht zu gefallen, was er hörte, er trat von einem Fuß auf den anderen, schüttelte mehrmals verärgert den Kopf und verzog gequält das Gesicht. »Das LKA will Sie haben«, sagte er zu Georg gewandt, als er wieder im Wagen saß.

»Wenn die ihn haben wollen, sollen sie sich ihn selbst holen«, meinte der Fahrer.

Das beunruhigte Georg weniger. »So lerne ich Dresden wenigstens mal kennen, bisher bin ich immer drum herumgefahren.«

»Schmink dir das ab, du hast Pech, wir sind gleich da, das LKA liegt direkt an der Autobahn. Aber ich kann dich beruhigen, der Besuch wird unvergesslich bleiben, lebenslang.« Der Fahrer lachte, als hätte er einen Witz gemacht.

Georg musste einfach widersprechen. »Da irren Sie sich, ich bin morgen wieder draußen, ich ruf Sie an, wenn es so weit ist.«

»Das Lachen wird dir noch vergehen, wenn sie dich erst in die Mangel nehmen.«

Georg ließ sich nicht einschüchtern. »Übrigens wäre es sehr freundlich von Ihnen, wenn Sie mir die Handschellen abnehmen würden, wenn ich wenigstens die Arme nach vorne nehmen dürfte. Ich wäre Ihnen sehr dankbar.«

»Geduld, mein Freund, wir sind gleich da, in der Zelle kannst du die Arme nehmen, wohin du willst.«

Sie fuhren ihn in eine Tiefgarage, brachten ihn mit dem Aufzug in eine höhere Etage und führten ihn – noch immer gefesselt – durch Korridore, bis sie sich schließlich mit ihm auf eine Bank in einem Flur setzten. Die Beamten, die Georg übernehmen sollten, waren noch nicht eingetroffen. Am unangenehmsten waren die verdrehte Körperhaltung und der Durst.

»Du kannst doch gar kein Glas halten«, bemerkte der Fahrer zynisch auf Georgs Protest hin. Er hielt ihn tatsächlich für einen Mörder. Und auch die Vorübergehenden, die ihn mit einem kurzen Blick straften, waren womöglich der gleichen Ansicht. Das war Georg zutiefst peinlich, gleichzeitig versuchte er, durch Bewegung der Zunge und der Lippen den Speichelfluss anzuregen und den Mund feucht zu halten.

Die Wartezeit war kurz, nach fünfzehn Minuten erschienen zu Georgs Erleichterung Witt und Hueck. Obwohl auch sie Befehlsempfänger waren, hielt er sie zumindest für professionell.

Hueck ließ Georg die Handschellen abnehmen und ihm eine Flasche Wasser bringen. Im Verhörraum mit der verspiegelten Scheibe, hinter der die Beamten sich wahrscheinlich beratschlagten und das Vorgefallene erörterten, bekam er von Hueck sogar einen Kaffee gebracht. Es war dem Mann anzusehen, dass für ihn bei diesem Fall nichts mehr eindeutig war. Das Verhör in der Ferienwohnung musste ihn beeinflusst habe, und welchen Grund sollte Georg haben, Studt zu ermorden?

Die fremden Beamten, die anschließend hereinkamen und Hueck vor die Tür schickten, waren scheinbar anderer

Ansicht. Kannten sie die wahren Hintergründe? Sie stellten sich vor, setzten sich bedächtig, schlugen mit wichtiger Miene einen Hefter auf. Tonband und Mikrofon wurden eingeschaltet, das Datum und die Namen der Anwesenden verkündet, als hätten sie den Staatsfeind Nummer eins vor sich. Das alles diente dazu, Autorität aufzubauen und einzuschüchtern, was bei Georg nicht verfing.

Als sie die erste über die persönlichen Daten hinausgehende Frage stellten, winkte er ab. »Die beiden Kollegen, mit denen Sie sich draußen beratschlagt haben, wissen so ziemlich alles. Ich habe ihnen fast alles gesagt, Sie hören richtig, fast alles.« Georg blieb ruhig und sachlich. »Einige Informationen halte ich bewusst zurück. Die einzige Gefahr, die davon ausgeht, ist, dass Sie sich verrennen. Ich sage zur Sache jetzt nichts mehr, ob nun ein Anwalt kommt oder nicht. Es ist spät geworden, Sie wollen sicher auch Ihre Ruhe haben und nach Hause gehen. Nächtliche Verhöre mit Schlafentzug soll es seit dem Ende der DDR hier nicht mehr geben, oder irre ich mich?«

Einer der Verhörenden schüttelte sogar den Kopf, für Georg ein Zeichen, dass er zugehört hatte.

»Wir können morgen früh weitermachen, da gibt's dann die Neuigkeiten für den Haftrichter, vielleicht auch erst gegen Mittag. Möglich, dass sich bereits in der Nacht Ihre Dienststelle einschaltet.« Dass er damit den Bundesnachrichtendienst meinte, behielt er für sich. »Bringen Sie mich in eine Zelle«, fuhr er fort, »dann kann ich mich wenigstens ausstrecken. Es war ein anstrengender, ein verdammt stressiger Tag. Ich habe noch nie zuvor in meinem Leben beobachtet, wie ein Mensch ermordet wird. So was will ich auch nicht noch mal erleben müssen.«

»Also äußern Sie sich doch zu dem Fall?« Der Beamte tat, als hätte er gewonnen und das Verhör eröffnet.

»Nein.« Weder freundliche Worte noch die Androhung

möglicher Strafen bewogen Georg dazu, ein weiteres Wort zu verlieren. Wer sich einmal auf die Verhörtechnik einließ, war verloren, den bekamen sie irgendwann. Die einzige Rettung war konsequentes Schweigen, trotz der auf ihn einprasselnden Fragen. Ihrem Inhalt nach hatte sich der BND noch nicht eingeschaltet, um Spuren zu verwischen oder ihn als Täter aufzubauen. Zu keiner der ihm in den Mund gelegten Theorien bekamen sie einen Kommentar, Georg registrierte sie nur als Information über den Wissensstand des LKA. Es wusste wirklich nichts über die Hintergründe.

Die Gans ist nicht in der Flasche, sagte sich Georg, ich bin nicht in der Zelle, sagte er sich, als er auf der Pritsche sitzend sich an einen Weinfreund erinnerte, der dem Zen-Buddhismus nahestand. Er hatte von der Prüfung der Zen-Schüler nach dreijähriger Ausbildung erzählt. Da war den jungen Männern vom Meister die Frage gestellt worden, wie man eine Gans aus einem Glasballon befreit – ohne das Glas zu zerschlagen oder die Gans zu verletzen. Nach mehreren Stunden habe einer der Schüler seine Matte zusammengerollt und sich angeschickt zu gehen. Der Meister meinte nur, dass der Schüler sicher auf die Lösung gekommen sei, da er sonst nicht gehen würde, aber er möge bitte für die anderen die Lösung preisgeben.

»Die Gans ist nicht in der Flasche«, habe der Schüler gesagt und sei gegangen, und Georg sagte sich das Gleiche: Ich bin nicht im Gefängnis. Er dachte an Susanne, an seine Freunde und Rico, die jetzt sicher beisammensaßen, und er freute sich auf Kilian und war neugierig auf seine neue Freundin. So wie von ihr hatte er noch von keinem Mädchen gesprochen. Spätestens morgen Abend würden sie sich wiedersehen. Und immer dann, wenn sich vor seinem inneren Auge die Szenen wiederholten mit Semmering in dem braunen Transportsarg und mit dem herabstürzenden Studt, dachte Georg an seine Töchter Rose und Jasmin. Leider wiederholte sich das Erlebte als Traumszenen, und es gelang nicht immer, sich weit fortzudenken.

Der nächste Tag begann mit einem laschen Kaffee bei Kunstlicht, einem schlappen Brötchen und vielen Fragen, die zu nichts führten.

Georg erklärte, dass er seiner Strategie folge, und schwieg wie bisher. Um neun Uhr erschien der von Rico Schmidt beauftragte Anwalt. Hanno Elten war – wie er Georg erzählte – vor zwanzig Jahren der Liebe wegen von Braunschweig hierhergekommen. Wenn er in Ricos Auftrag kam, war der Mann integer.

»Ich muss heute Nachmittag draußen sein.« Georg war davon überzeugt, dass sein Plan aufging. »Mein Sohn Kilian kommt, wir sind bei der Weinbaugenossenschaft zum Besuch in Meißen angemeldet.«

»Das könnten wir schaffen, wenn …«

»Ich nehme an, dass Sie auf dem Laufenden sind?«

Rico Schmidt hatte ihn »gebrieft«, ebenso die Freunde aus Hannover, von denen anscheinend niemand in der vergangenen Nacht ein Auge zugetan hatte.

»Selbst schuld«, sagte Georg gerührt, »aber wenn sie wüssten, was ich weiß, hätten sie ruhig geschlafen.« Dann schilderte er minutiös den Ablauf der Ereignisse, vom Erscheinen Semmerings in Zeltingen über die Besuche auf dem Weingut Studt, die Fahrt nach Muldental Süd und Grimma, wie er an die Aufnahmen der Überwachungskameras an der Tankstelle gekommen sei, dann die Fotos vom Mord und den Versand der Speicherkarte.

»Die ist übrigens angekommen, Ihre Tochter Rose ist momentan dabei, die Aufnahmen über ihren Facebook-Account ins Internet zu stellen.«

»Wunderbar, ich finde die sozialen Medien zwar furchtbar, aber sie können auch nützlich sein. So wird es sofort publik. Fehlt noch der Stick aus der Butter.«

»Das war eine nette Idee«, meinte der Anwalt schmunzelnd. »Alles in Butter. Ihre Ferienwohnung ist genau zu der Zeit, als Sie hierhergebracht wurden, durchsucht worden. Es war jedenfalls nicht das LKA und auch nicht die Leipziger Polizei wie in Grimma.«

»Es werden unsere Freunde vom BND gewesen sein.«

»Nach allem, was ich jetzt weiß, glaube ich es auch.« Nur werde Georg es nie erfahren, meinte Elten. »Die Butter haben sie übersehen, stattdessen wurden sogar die Pflanzen aus den Töpfen genommen, um darin nachzusehen. Meine Sekretärin ist in Kontakt mit Ihrer Tochter, sie bringen die Filme von der Tankstelle bei YouTube und als Twitter-Nachricht.«

»Dann bleibt nur noch offen, wann man hier draufkommt, was es Spannendes zu sehen gibt.«

»Wenn alles fertig ist, werde ich angerufen, und wir geben die Info sofort weiter. Es kann sich nur noch um eine oder zwei Stunden handeln. Wenn der Täter, dieser Fuchs, auf den Fotos gut erkennbar ist, werden Sie rechtzeitig bei den Meißner Genossen sein.«

»Da kann ich nur hoffen, dass sie das Internet nicht abschalten oder zensieren«, gab Georg zu bedenken.

»Das glaube ich nicht«, sagte Elten, »jedenfalls noch nicht, wir sind schließlich nicht in der Türkei. Aber der Staatsanwalt in dieser Sache ist linientreu. Er macht, was man ihm sagt.«

So schnell schien es dann doch nicht zu gehen, denn es stellten sich zwei Ermittler aus Berlin ein, die Georg sofort mitnehmen wollten. Das war noch mal ein kritischer Moment, in dem über Zuständigkeiten verhandelt wurde, auch mit dem Anwalt, der dazu den Verhörraum verließ.

»Die wollen Sie haben, aus dem Verkehr ziehen, die brauchen Zeit, um ein Szenario zu konstruieren und Fuchs in Sicherheit zu bringen. Das LKA will Sie hierbehalten, es ist ihr Zuständigkeitsbereich. Die Zeit wird knapp.« Wieder verließ der Anwalt den Raum, und in dem Moment, als er die Tür hinter sich schließen wollte, hörte Georg das Schnarren seines Mobiltelefons. Hanno Elten erstarrte, nahm das Smartphone ans Ohr – und hob, ohne sich umzudrehen, die Hand mit nach oben gestrecktem Daumen. Also hatte es mit den Veröffentlichungen im Internet geklappt? Obwohl er sich einigermaßen sicher gefühlt hatte, war Georg maßlos erleichtert und dankte der Gans, die nicht mehr in der Flasche war.

Auf dem Flur waren Schritte zu hören, unterdrückte Stimmen ließen auf einen Streit schließen, jemand wurde laut, Türen wurden geschlossen, dann herrschte Stille. Jetzt wird es sich entscheiden, dachte Georg, sie beraten. Er hatte die Speicherkarte aus der Kamera genommen, ohne noch einmal die Bilder anzusehen. Waren sie unscharf, waren sie verwackelt? Hatte der Autofokus den richtigen Teil scharf gestellt? Was hatte Fuchs vor, wie wollte er sich aus der Affäre ziehen? Wo war er, was war sein Plan? Er hatte gesehen, dass Georg ihn fotografierte. Die Beschuldigung durch Frau Studt, war sie spontan erfolgt oder auf seine Anweisung hin? Würde der BND ihn nach all den Jahren noch decken? Sie würden die Sache ins Private ziehen, nach dem Motto: Das sind durchgeknallte Mitarbeiter von früher, die alte Rechnungen offen haben, damit haben wir nichts zu tun. Die Politik leugnete immer, grundsätzlich, nichts zuzugeben war Teil der Strategie, und wenn nichts mehr ging, tat man hinterher so, als litte man unter Gedächtnisschwund. Es waren immerhin dreißig Jahre vergangen, wer sollte sich da noch erinnern, und außerdem: Es war alles verjährt. Nur Mord verjährte nicht …

Am Mord an Semmering waren mindestens zwei Personen beteiligt. Georg würde auch in diesem Fall keine Ruhe geben. Nur gut, dass er selbst für die fragliche Zeit ein Alibi hatte, denn sie würden alles versuchen, auch diesen Mord ihm anzuhängen, um die Verantwortlichen aus der Ermittlungslinie nehmen zu können. Das mussten beileibe nicht diejenigen gewesen sein, die ihn ausgeführt hatten.

Die Tür öffnete sich, der Anwalt konnte sich das Lachen kaum verbeißen und zwinkerte ihm zu. »Gehen wir einen Kaffee trinken? In einem richtigen Café, nicht hier in der Kantine. Es bleibt trotzdem genügend Zeit, Ihren Sohn vom Bahnhof abzuholen. Zu der Weinprobe bei den Meißner Genossen kommen Sie auch.« Er schüttelte Georg die Hand. »Tolle Aufnahmen, wirklich! So schweigsam habe ich diese Herren noch nie erlebt, besonders die beiden Gespenster vom BND. Die hätten Sie zu gern auf dem Schafott gesehen. Die Enttäuschung, nein, geradezu Verbitterung in den Gesichtern war einmalig.«

Aus der Gruppe von Männern, die ein Stück weiter im Flur debattierten – es waren die beiden Verhörspezialisten, die BNDler sowie Witt und Hueck –, löste sich Letzterer und kam auf Georg zu. »Es ist alles so, wie Sie sagten. Aber war es nötig, uns derart vorzuführen?«

»Ja, das habe ich gebraucht, Herr Hueck. Andernfalls säße ich weiter in dem stillen Zimmer wie vergangene Nacht. Und die beiden da«, Georg wies auf die BND-Agenten, »hätten jeden Hinweis auf eines ihrer Gesichter, wenn auch pensioniert, verschwinden lassen. Haben Sie auch gesehen, was in Ihren Verantwortungsbereich fällt?«

Hueck verstand nicht, was Georg meinte.

»Sie sind doch auch zuständig für den Mord an Herrn Semmering. Irgendwo im Netz finden sich die Aufnahmen der Mörder an der Tankstelle. Sie könnten auf dem Rückweg nach Leipzig dort vorbeifahren und die Filme abholen.«

»Machen Sie jetzt unsere Arbeit?«

»Was bleibt mir übrig, wenn Sie's nicht tun? Mir reichte als Anfangsverdacht für meine Ermittlung der Hinweis von Herrn Semmering, dass ihm Informationen zu den Besitzverhältnissen des Weingutes verweigert würden. Was hätten Sie als Anfangsverdacht gebraucht?« Da Hueck nicht antwortete, tat Georg es für ihn. »Sie hätten nicht einmal erfahren, dass Semmering ermordet wurde, er hätte nie auf dem Tisch eines Rechtsmediziners gelegen, und Fuchs und Studt würden weitermachen wie bisher.«

»Wer sagt denn, dass wir unseren Job nicht machen?« Witt war hinzugetreten. »Wir machen ihn nur anders, als Sie es sich vorstellen.«

Kilian und seine Freundin sollten um 13:30 Uhr in Dresden Neustadt eintreffen. Rico Schmidt begleitete Georg zum Bahnhof, um seine Enkeltochter in Empfang zu nehmen. »Und dich lasse ich keine Minute mehr aus den Augen. Sie werden einen brauchen, den sie hängen können, aber sie werden dazu niemanden aus ihrem eigenen Haufen nehmen. Der könnte plaudern, um seine Haut zu retten. Bei dir ist das anders; alles, was du sagst, kann dementiert werden oder unterliegt der Geheimhaltung, und es gibt keine Aussagegenehmigung.«

»Dein Verhältnis zu den Staatsorganen scheint weiter gelitten zu haben«, meinte Georg.

»Dein Eindruck ist richtig, ich hatte mir bisher nicht vorstellen können, dass es Bereiche gibt, in denen Demokratie nicht stattfindet. Wenn die Glaubwürdigkeit leidet, blühen Verschwörungstheorien, und der Extremismus nimmt zu. Wenn du nicht auf die Idee gekommen wärst, an dem Tag und zu jener Stunde dich mit der Kamera oben neben Studts Remise hinzuhocken, dann säßest du jetzt im Knast – und wer weiß, wie lange.«

»Wenn Semmering nicht auf die Idee gekommen wäre,

das Weingut der Großeltern zu kaufen, dann …« Georg beugte sich vor, er sah dem einfahrenden Zug entgegen. »Lass uns über was anderes reden. Was wirst du heute Abend kochen? Wir sind zu acht: deine Marie, Kilian, Pepe, Ritze und Keule, wir beide, und Frau Wagner werde ich auch einladen. Sind deine Töpfe groß genug? Hast du für alle genügend Geschirr?«

»Kochen? Was denn? Ich warte noch auf das Hilfspaket aus Westdeutschland. Habe extra deshalb eine Kerze ins Fenster gestellt. Nein, nichts für ungut«, Rico Schmidt lachte mehr in sich hinein, »das mit Frau Wagner ist eine gute Idee, sie kann Geschirr mitbringen, Meißner Porzellan wäre schön, wenn sie 's hat.«

Kilian benahm sich anders, als Georg ihn in Erinnerung hatte, er hatte ihn zwar in Begleitung von Mädchen aus seiner Klasse erlebt, aber noch nie in Gegenwart einer Freundin. Er schien gewachsen zu sein, gab sich männlicher, er sprach sogar anders, gesetzter, hatte die Attitüde eines Beschützers eingenommen, des galanten Kofferträgers. Und er stellte Geschmack unter Beweis – unerlässlich bei einem angehenden Winzer.

Doch bei einem Mädchen wie Marie den Galan zu spielen war nicht nötig, so Georgs Eindruck, als das junge Paar auf ihn zukam. Marie war sehr hübsch, sie war etwas kleiner als Kilian, sie wirkte ein wenig schüchtern, was sofort verflog, nachdem sie ihren Großvater begrüßt hatte. Sie hatte ein freundliches Wesen, die gute Laune war ihr ins Gesicht geschrieben, vielleicht war die Reise für die beiden kurzweilig gewesen, denn kaum hatte Kilian Georg auf eine männliche Art umarmt, mit Schulterklopfen und so, und die Grüße seiner Mutter ausgerichtet, griff er wieder nach der Hand des Mädchens. Es gefiel Georg, dass die beiden aus ihrer Verliebtheit kein Geheimnis machten.

Das hinderte Kilian jedoch nicht, sich sofort mit dem Besuch der Meißner Genossenschaft einverstanden zu erklären. Nachdem sie Rico Schmidt und Marie in Kötzschenbroda abgesetzt hatten, bombardierte Kilian seinen Vater mit Fragen. Er wollte alles wissen, »alles!«, was sich in den letzten Tagen abgespielt hatte. »Vor mir brauchst du dich nicht zu verstecken, ich bin nicht meine Mutter, außerdem kann ich schweigen. Also?«

Der Weg nach Meißen war nicht weit, aber lang genug, dem Jungen einen guten Überblick zu verschaffen.

»Dann scheint alles wie geplant geklappt zu haben, das mit den Veröffentlichungen. Es war allerdings schwierig, Mama aus allem rauszuhalten, sogar Karsten hat dichtgehalten, er hat alles mitgekriegt und sich nicht verplappert. Wie war die Nacht im Knast?«

Georg rümpfte die Nase. »Der Geist durchbricht alle Mauern«, antwortete er vieldeutig. Dabei war er heilfroh, die Nacht hinter sich zu haben.

Er erntete einen eher skeptischen Blick von Kilian. »Bastelt man sich in einer solchen Lage immer eine Hoffnung, die einem weiterhilft, die einen das ertragen lässt?«

Einen Moment lang überlegte Georg, ob er verärgert sein sollte. Er entschied sich dagegen. »Wenn es einem hilft, ist es doch gut, oder?«

Kilian schien zu bemerken, dass er einen wunden Punkt berührt hatte, denn er wechselte das Thema. »Ich finde es schade, dass ich nicht dabei war, als *sie* die Fotos gesehen haben. Die Gesichter der Bullen hätte *ich* gern gesehen. Muss eine Riesenenttäuschung gewesen sein: Da hatten sie einen, den sie hätten hängen können, der dann keiner war. Und – suchen sie weiter?«

»Sie werden gar nicht suchen müssen, sie werden wissen, wo er sich aufhält. Fuchs ist einer von ihnen. Die werden keine Fuchsjagd veranstalten. Die geben ihm ein hübsches Häuschen an der Côte d'Azur, eine anständige Pension hat er sicher, und der neue Pass wird auf einen neuen Namen ausgestellt.«

»Das ist plausibel und einfach, aus Fuchs wird Renard auf Französisch.«

»Von jetzt an beschäftigen wir uns nur noch mit Wein, von Stasi, MfS, BND und sonstigen Behörden habe ich die …« Schnauze voll, hatte er sagen wollen, aber das war der Jargon, in dem er sich mit Pepe, Ritze und Keule bewegte, nicht mit Kilian. Also ersetzte er Schnauze durch Nase, und alles war in Ordnung.

Die Weinbaugenossenschaft war im Jahr 1938 in Radebeul gegründet worden, zog in den Vierzigerjahren nach Meißen um und residierte seitdem auf dem Gelände des ehemaligen kurfürstlichen Weingutes im Bennoweg. Die Statue des Bischofs, der im 11. Jahrhundert gewirkt hatte und Schutzpatron der Diözese Meißen war, stand mit segnender Hand über einer Weintraube und ernstem Blick auf den modernen Genossenschaftsbau. Angeblich sollte Benno ein Mitbegründer des hiesigen Weinbaus sein, wundertätig und ein streitbarer Katholik. Als seine Heiligsprechung anstand, hatte sich sogar Martin Luther dagegen verwandt und die Streitschrift »Wider den Abgott und Teufel, der zu Meißen soll erhoben werden« geschrieben. Genutzt hatte es wenig.

Die DDR hatte nichts gegen ihn, genauso wenig wie 1987 gegen die Krönung einer ersten Weinkönigin im Arbeiter- und Bauernstaat.

»Da hatten wohl einige Opportunisten die richtige Nase«, meinte Kilian »und haben sich frühzeitig auf den Westen eingestellt. Und was ist mit den drei Nazi-Bikern? Sind die irgendwie aufgetaucht? Oder haben wir die weiter im Nacken?«

»Nazis hat man als Deutscher immer im Nacken, aber wir wollten uns eigentlich in Ruhe die Genossenschaftskellerei ansehen und keine politischen Debatten mehr führen«, entgegnete Georg, wohl wissend, wie schwer Kilian das Schweigen fiel. Besonders heikel würde es werden, wenn das Gespräch am Abend auf Frau Wagners Sohn und seine AH-Volksgenossen oder die Freunde der 18 käme, eigentlich unvermeidlich, denn Kilian drängelte immer wieder in dieser Richtung. Aber jetzt ging es Georg um die tausendfünfhundert Genossen, die insgesamt einhundertzwanzig Hektar Weinland bearbeiteten, darunter solche mit zehn Hektar und andere mit lediglich einem Weingärtchen wie Frau Wagner.

Sie durchquerten den großzügigen Arkadenhof, in dem man gut hätte Theater spielen können, stiegen einige Stufen empor und trafen Lutz Krüger an der Bar. Er führte die Geschäfte, nach zwanzig Jahren in der Genossenschaft kannte er die Probleme, mit denen sich die Genossen, die Freizeit- und Hobbywinzer herumschlugen: Die Mitglieder wurden älter, die Jungen rückten nicht nach, da ging es um den Erhalt der arbeitsaufwendigen Steillagen und Terrassen, mit niedrigen Erträgen und hohen Kosten, maschinell waren die nicht zu bearbeiten. Es ging um Pflichtmitgliedschaft in der Berufsgenossenschaft, um Personen- und Flächenabgaben – und das alles bei einer Bezahlung nach dem Mostgewicht der gelieferten Trauben. Dabei rentierte sich die Arbeit kaum, wenn nur das Finanzielle betrachtet wurde.

Sie setzten sich an ein Panoramafenster mit einem Blick über die Jahrhunderte, über die moderne Kelterhalle hinweg auf die roten Ziegeldächer der Stadt und weiter zum Schloss Albrechtsburg, in dem angeblich nie einer der Fürsten Albrecht und Ernst genächtigt hatte, für die es gebaut worden war, bis August der Starke dort die erste Porzellanmanufaktur einrichten ließ. Dahinter ragten die Türme des Doms auf.

Sechshundertfünfzigtausend bis neunhunderttausend Flaschen produzierte die Genossenschaft jährlich unter der

Leitung von Kellermeisterin Natalie Weich, und Georg empfand Hochachtung vor ihr, denn er sah es als eine kaum zu bewältigende Aufgabe, bei tausendfünfhundert Traubenlieferanten einigermaßen homogene Weine zu kreieren. Die einen brachten von Botrytis angefressene Trauben, andere Hobbywinzer brachten Erste-Lagen-Qualität. Er wusste inzwischen, dass Genossen am Ratsweinberg auf benachbarten Flächen nur Weißburgunder anbauten, mit fünf Tonnen Ertrag war es genug, um als Einzellage anerkannt zu werden.

Für das allgemeine Qualitätsniveau war es erforderlich, die Genossen auszubilden, ob es sich um Rebschnitt handelte, um Pflanzenschutz, um Bodenkunde, sowie die Termine für die Schädlingsbekämpfung zu koordinieren, damit die Nachbarn nicht von verwehten Spritzmitteln gefährdet wurden. Und mittels gemeinsamer Proben gleicher Rebsorten ließen sich Zusammenhänge von Boden, Klima und Lage begreifen.

2008 waren ein großzügiger Umbau und die Modernisierung der Gebäude erfolgt. Nichts hier wirkte altbacken, übrig geblieben oder verstaubt, weder über- noch unterirdisch, wo man mit indirekter Beleuchtung Bennos an der groben roten Granitwand die Weine im alten Gewölbe probieren konnte.

Aber die Verkaufsräume waren hell und klar, die Farben der Weine ließen sich dort besser beurteilen, und die Luft war frischer, wie Georg aus dem eigenen Keller wusste.

Der Schieler, auch Rotling genannt, war ihr erster Wein, schon auf Hoflößnitz hatten sie erfahren, dass es sich dabei um eine Mischung von roten und weißen Trauben aus einem gemischten Satz handelte, die zusammen vergoren wurde. Bei acht Gramm Restzucker musste dieser feinherbe Wein kühl getrunken werden, da der Zucker zwar die angenehme Frucht hervorhob, ihm dabei die Frische nahm, wenn die Säure nicht stark genug war. Der Goldriesling, obwohl ohne differenzierbares Fruchtbukett, gefiel Georg gut. Hier wurde er geschätzt, weil er spät austrieb, also wenig durch Spätfröste gefährdet war und früh reifte.

Ob man zu DDR-Zeiten in Sachsen beim Müller-Thurgau den gleichen Fehler wie in Franken gemacht und auf Massenproduktion gesetzt hatte, ließ sich jetzt nicht mehr sagen. Dieser hier hatte ein angenehmes Fruchtaroma, war dicht und nicht zu süß und bei zwölf Volumenprozent keineswegs alkoholisch.

Lutz Krüger sprach über die Meißner Weinbruderschaft, in der Vorträge gehalten wurden, Weinbergsbegehungen sowie Verkostungen stattfanden und Kontakte gepflegt wurden. Das alles waren Zeichen einer weit über die Produzenten verbreiteten Weinkultur. Kilian in seiner kritischen Art hielt es für ein Relikt aus Zeiten der russischen Besatzung, ein Überbleibsel der kleinen Fluchten ins Private mit gestatteten und unkontrollierten Aktivitäten. »Auch in den Kreisen wird es an Informellen Mitarbeitern nicht gemangelt haben.«

»Die sind alle längst tot«, sagte Georg, dem das Thema zusehends auf den Geist ging. Er merkte erst jetzt, wie stark die Ereignisse der letzten Tage an seinen Nerven gezehrt hatten. Und wie sollte er Kilian klarmachen, dass auf der westlichen Seite der Mauer ähnliche Verhältnisse geherrscht hätten, wenn im Zweiten Weltkrieg durch Deutschlands Schuld zwanzig Millionen Amerikaner umgekommen wären?

Es war befreiend, sich diese Gedanken vom Traminer der Lage Proschwitzer Katzensprung vertreiben zu lassen. Den Rosenduft empfand Georg als selten deutlich. Der Weißburgunder aus Pillnitz hatte mehr Körper, Schmelz und Fülle als der aus Radebeul, dafür war dieser deutlich saftiger. Der Morio Muskat zeigte Eleganz und Cremigkeit, Georg empfand ihn im Mund besser als in der Nase, im Geschmack trat auch der Holunder stärker hervor.

Der Schwarzriesling als erster Roter dieser nachmittäglichen Probe, zwei Jahre alt, war ein vielschichtiger Wein mit einer schönen Säure, nicht zu stark, nicht zu schwach. Auch das Tannin passte dazu, was bei Früchten wie Brombeere und dem Aroma von Vanille und erdigen Tönen nötig war. Als warm und geschlossen empfand er die Domina, der Hauch Rote Bete machte ihn bei dieser Rebsorte misstrauisch, aber die deutlich stärkere Blaubeere versöhnte ihn. Den Spätburgunder hingegen empfand er als ein wenig brandig, als gekocht, die Erinnerung an Pflaumenmus ließ auf eine ungewollte Oxidation schließen. Vielleicht war auch der Alkoholgehalt zu hoch?

Draußen im Hof waren Weinköniginnen und -prinzessinnen erschienen, um Fotos für Public Relations oder das Internet zu machen, und auch Sachsens Weinchronist Werner Böhme war dabei. In vielen Publikationen erzählte er die Orte und die Ereignisse der lebhaften Weingeschichte dieses Landes, ob von Friedrich Böttger, dem als Gefangener August des Starken die Herstellung des Porzellans gelungen war, ob von Weinfesten, Klöstern oder der Entwicklungsgeschichte der Dorfnamen.

Georg kaufte einige Flaschen, um beim abendlichen Gelage – denn dazu würde es in Anwesenheit von Pepe, Keule und Ritze unweigerlich kommen – nicht mit leeren Händen dazustehen. Und auch ihm war danach, die letzten Tage zu vergessen.

»Vielleicht schaffen wir es, diesen Historiker morgen vor der Rückfahrt zu besuchen«, schlug Kilian vor, der es immer wieder bedauerte, nicht die Woche über geblieben zu sein. Aber diese Ereignisse hatte Georg ihm gern vorenthalten.

»Wenn wir morgen heimfahren sollten, wenn …« Georg war da nicht so zuversichtlich, wer konnte wissen, was bis morgen noch alles geschehen würde?

Als sie in den Wagen stiegen, um nach Radebeul zurück

zufahren, denn Georg wollte endlich duschen und sich um-
ziehen, bedauerte Kilian einmal mehr, dass es den schönen
roten Wagen nicht mehr gab. »Kriegst du einen neuen von
der Versicherung?«

»Von den Brandstiftern sicher nicht, und ob und wann die
Versicherung zahlt, ist fraglich. Das kommt auf die Ermittlungen an.«

»Und – ermitteln sie?«

»Du Witzbold.« Georgs Lachen drückte mehr seinen
Frust als gute Laune aus. »Frag sie das doch mal. Mir haben
sie heute Morgen gesagt, sie täten es, aber das ›Selbstverständlich‹ der hiesigen Polizei scheint mir mehr eine Floskel
zu sein. Da braucht es nicht mal eine Order aus dem Justizministerium an den Staatsanwalt, es reicht, wenn der Büro-
chef den Vorgang ganz unten unter den Stapel schiebt.«

»Bis es verjährt ist?«, fragte Kilian.

Georg zuckte lediglich mit den Achseln. »Oder sie schieben die Zuständigkeiten hin und her.«

Danach wollte Kilian wissen, was mit dem Weingut von
Studt passieren würde.

Georg hatte nicht den geringsten Schimmer. »Es gehört
dieser Firma, ich nehme an, die werden es von einem Makler
verkaufen lassen, damit der Vorbesitzer im Dunkeln bleibt.
Aber ich glaube, die Nachbarn haben immer schon gewusst,
was dort gespielt wurde, nur haben sie brav den Mund gehalten. Rico meint, dass man es hier noch nicht verlernt hat.« Er
schlug vor, einen Schlenker am Gut vorbei zu machen, damit
Kilian wenigstens eine Vorstellung davon gewinnen konnte.
»Und bevor der BND kommt und alles sauber macht, damit
nichts gefunden werden kann. Möglich, dass sie bereits aufgeräumt haben.«

Der Umweg war nur kurz und inzwischen bestens bekannt, das Tor war offen. Neugierig stieg Kilian aus und sah
sich um, das Weingut gefiel ihm. »Die haben im Hof mehr

Platz als wir, das Rangieren mit den Maschinen fällt hier bestimmt viel leichter.«

Vor der Terrasse stand ein weißer Jeep, sämtliche Türen geöffnet, sogar die Heckklappe. Auf der Rückbank lagen zwei prall gefüllte Kleidersäcke, im Kofferraum rote und blaue Gepäckstücke.

»Macht sich jetzt diese Frau Studt aus dem Staub?«

Georg lachte böse. »Nach ihren Anschuldigungen wird sie kaum erfreut sein, mich hier zu sehen.«

»Wirst du sie wegen der Beschuldigung anzeigen?«

Georg stieß hörbar genervt die Luft aus. »Die kann mich mal, außerdem ist es vorbei. Im Übrigen bin ich froh, wenn ich mit der Drecksbande nichts mehr zu tun habe«, den letzten Satz wiederholte er wie zur Bestätigung, »und ich habe nicht die geringste Lust, zu irgendwelchen Gerichtsterminen anzureisen. Fuchs steht uns sowieso noch bevor. Lass uns in den Gastraum gehen, ich will mir die elektronische Ausstattung ansehen, die in dem Schrank hinter dem Tresen eingebaut ist. Von da aus haben sie höchstwahrscheinlich die Abhöranlage an den Tischen gesteuert.«

Die Tür zum Gastraum war nur angelehnt, sie ließ sich geräuschlos öffnen. Im Spülbecken des Tresens standen mehrere Kaffeetassen und Weingläser, die Neige war noch nicht festgetrocknet, demnach war hier vor nicht allzu langer Zeit getrunken worden. Hinter den Flaschen der Bar war eine Spiegelfläche, in der Schranktür darüber steckte der Schlüssel.

Georg öffnete die Tür – und blickte in gähnende Leere. Die Abhöranlage war weg, nicht einmal ein Radio war geblieben. Aus der hölzernen Rückwand hingen nur Kabel heraus, innen an den Rändern lag fingerdick der Staub, wohl noch aus den glorreichen Zeiten des realen Sozialismus, wie Georg sarkastisch bemerkte.

»Dreißig Jahre kann der Staub da nicht liegen«, meinte Ki-

lian, »dann wäre was darauf gewachsen, oder man könnte ...«
Mitten im Satz brach er ab.

»Wenn du so gut mit deinem Vater zusammenarbeitest, könnt ihr beide nachher hier sauber machen«, sagte Frau Studt.

Jetzt hatte auch Georg sie bemerkt, und er sah die Pistole in ihrer rechten Hand, es war ein schweres schwarzes Ding. So, wie sie die Waffe hielt, schien sie damit umgehen zu können, der Zeigefinger lag nicht seitlich am Lauf, sondern am Abzug. In der Linken trug sie eine prall gefüllte Reisetasche, die teuer aussehende Handtasche aus braunem Rindsleder hing über ihrer Schulter.

»Bleib ganz still stehen, rühr dich nicht«, sagte er zu Kilian, und an sie gewandt fragte er: »Wie viel Vorsprung wollen Sie haben, wie viele Stunden brauchen Sie?« Georg war klar, dass sie nur schießen würde, falls er oder Kilian sie an der Flucht hinderten.

Frau Studt schien zwar von Georgs Erscheinen überrascht zu sein, nicht aber davon, dass er freigelassen worden war. Sicher war sie über die Ereignisse der letzten Stunden im Bilde.

»War Fuchs Ihr Vorgesetzter oder Ihr Liebhaber? Wollen Sie ihm nachreisen?«

»Das geht Sie einen Dreck an. Eigentlich müsste ich Sie bei dem, was Sie angerichtet haben, erschießen, aber in Anwesenheit des Jungen werde ich darauf verzichten. Außerdem finde ich Sie ganz nett.« Sie versuchte ein mildes Lächeln. »Gehen Sie, los, los!« Mit der Waffe dirigierte sie Georg und Kilian in den fensterlosen Raum hinter der Bar und schloss von außen ab.

Georg hörte die Schritte verklingen, draußen klappten Autotüren, ein Motor wurde angelassen, dann herrschte Stille.

Kilian sah seinen Vater bedrückt an. »Haben wir nur Glück gehabt? Hätte sie wirklich geschossen?«

Darüber machte sich Georg keine Gedanken, ihn bewegte viel mehr, in welche Gefahr er Kilian gebracht hatte. Um sich selbst war er weniger besorgt. »Ich glaube, sie hätte abgedrückt, wenn wir uns bewegt hätten oder wenn ich allein gewesen wäre. Je nachdem, was sie vorhat. Aber wieso ist es hier drinnen hell?« Er hatte die Wand neben der Tür nach einem Lichtschalter abgetastet und nichts gefunden. Dennoch herrschte im Raum Dämmerlicht.

»Das Licht kommt durch die Spiegelscheibe.« Gebückt konnte Kilian hindurchsehen. »Das ist wie bei den Bullen im Verhör«, staunte er, »von hier aus lässt sich der Gastraum überblicken.« Er sah sich nach einem Gegenstand um, mit dem sich die Scheibe einschlagen ließ. Jetzt bemerkten sie, dass auch die Aktenschränke an den Wänden zum größten Teil ausgeräumt waren. »Hier sind Tatortreiniger am Werk gewesen, die müssen schnell gearbeitet haben, um keine Beweise zu hinterlassen. Viel Zeit hatten die nicht, wenn die Fotos von Fuchs erst heute Morgen veröffentlicht wurden.«

Georg drängte zur Eile, vielleicht wurde ein zweites Team zum Aufräumen hergeschickt. Er fand einen Briefbeschwerer, mit dem er die Spiegelscheibe zerschlug, und nachdem alle Scherben sorgfältig beiseitegeräumt waren, kletterten sie durch den entstandenen Spalt in den Gastraum, wobei einige Schnapsflaschen der Bar zu Bruch gingen. Der weiße Geländewagen hatte den Hof längst verlassen.

Bei der Annäherung an das nächste Objekt ließ Georg mehr Vorsicht walten. Heute hielt er zwei Straßen von Frau Wagners Haus entfernt, den Weg zur Ferienwohnung legten er und Kilian zu Fuß zurück. Auf einen zweiten Brandanschlag konnte Georg gut verzichten, er ärgerte sich noch immer über das verlorene Auto. Am Gartentor blieben beide verwirrt stehen, denn das, was sie zwischen dem Tor und der Garage sahen, ließ sie kopfschüttelnd verstummen. Sie begriffen nicht, was sie sahen, es ließ sich nicht einordnen, ihnen bot sich ein völlig ungewohnter Anblick. Erst langsam setzte sich ein Bild aus den Hunderten von Einzelteilen zusammen: Es waren die Einzelteile eines in wirklich sämtliche Bestandteile zerlegten Motorrades. Die Räder und der Rahmen waren noch erkennbar, der Motor sowie die Pedale auch, obwohl auch der Motorblock zerlegt worden war. Da lag der Tank, daneben der Deckel, der Scheinwerfer war abgebaut und die Schrauben aufgereiht, die Rücklichter waren vom hinteren Kotflügel gelöst, die Stoßdämpfer ragten ins Gras, Baudenzüge und Kabel baumelten an einem Ast, die Elektrik würde ein Laie niemals wieder zum Funktionieren bringen. Die Antriebskette schlängelte sich auf dem Gartenweg neben der Sitzbank, davor Schrauben, Unterlegscheiben, Klemmen und Muttern.

Erst als sie in dem Chaos von Hunderten von Einzelteilen das Nummernschild entdeckten, begriffen sie, was geschehen war. Im selben Moment brachen Georg und Kilian in ein befreiendes Lachen aus. Das konnte nur das vereinte Werk von Keule, Ritze und Pepe gewesen sein, Experten für Motorräder, Leute mit entsprechenden Werkzeugen und Kräften, die zerlegt hatten, was aus Einzelteilen zusammengesetzt war. Sogar das Getriebe gestattete den Blick in sein Innenleben.

»Die müssen wie die Verrückten gearbeitet haben. Wann haben sie das gemacht?«, fragte Kilian begeistert.

Das interessierte Georg am wenigsten. »Wenn du das hier vor Augen hast, dann weißt du, wofür man im Leben gute Freunde braucht!« Gleichzeitig dachte er daran, dass Pepe in der Zeit, als sie sich kennengelernt hatten, nicht eine Sekunde gezögert hätte, das Motorrad von Frau Wagners Sohn in der Elbe zu versenken. Aber diesen Albtraum eines Bikers würde Theo Wagner nie mehr vergessen.

Kilian hatte längst ein Foto gemacht.

19. Kapitel

… dann hat er plötzlich einen Unfall

Sie saßen bei Rico Schmidt an zwei zusammengeschobenen Tischen, und jeder hielt ein Weinglas in der Hand. Der Lautstärke nach war es nicht das erste Glas, auch Frau Wagner hatte bereits rote Wangen, neigte sich gerade Keule zu und schloss mit ihm Freundschaft. Der grobschlächtige Typ schien ein Händchen für ältere Damen zu haben und spielte ungeahnten Charme aus. Sie sprachen über die Technikausstellung in ihrem Garten.

»Es wurde Zeit, dass ihm mal jemand die Grenzen zeigt.« Sie war von der Aktion genauso überrascht worden wie Georg und Kilian. »Für seine Motorräder hatte er immer mehr übrig als für seinen Sohn, von seiner Exfrau ganz zu schweigen. Dann kamen vor nicht allzu langer Zeit diese …« Sie zögerte, es war ihr unangenehm weiterzusprechen. »Ich wollte Freunde sagen, aber Freundschaft sieht anders aus. Kameraden sind's auch nicht, nur weil sie zusammen brüllen. Kumpel? Dann schon eher Kumpane?« Keiner ihrer alten Freunde oder Bekannten verstehe Theos Wendung nach rechts, keiner von ihnen wolle mehr etwas mit ihm zu tun haben, »seit er diese Parolen drischt, mit verletzenden Worten, alle Übrigen beleidigend, auch mich, und trotzdem bleibt er mein Sohn«.

Sie sprach darüber, dass er sich beruflich alle Chancen verbaut habe und sie zu verstehen versuche, was Theo damit bezwecke, wo er hinwolle. »Will er Krieg mit allen und jedem?« Sie wandte sich ab und zog Georg mit sich.

»Er ist bereits enterbt, das habe ich gestern veranlasst, leicht ist es mir gewiss nicht gefallen. Doch nach der Sache mit Ihrem Wagen – ich bin überzeugt, dass er es war.« Sie stöhnte vernehmlich. »Glücklicherweise habe ich eine Schwiegertochter und einen Enkel. Nein, es ist nicht die Zeit für Aufstände. Irgendwann mal, wenn's ganz schlimm wird, vielleicht, man kann auch das eine oder andere ändern, niemals ohne Druck, aber keinesfalls mit Gewalt. Wir werden sehen. Einen von seinem Trupp kenne ich, der redet genauso geschwollen daher wie Theo, aber der dritte ist ein falscher Hund«, sagte sie voller Abscheu. »Der hetzt die anderen auf. Wenn er was sagt, dann im Flüsterton und nur so viel, dass man diesen Staat beseitigen müsse.«

Frau Wagner schüttelte den Kopf, wie um sich von den Gedanken an ihren Sohn und seine ungute Gesellschaft zu befreien, und sah dann Georg geradewegs in die Augen. »Ich hätte da eine Parzelle, die könnte ich Ihnen überschreiben, als Kompensation für Ihr abgebranntes Auto, sozusagen als Entschädigung und als Entschuldigung der Mutter für die Schandtat des Sohnes. Ich würde mich freuen, wenn Sie 's annehmen würden.«

»Das müssen Sie nicht, es ist zu früh, ich weiß noch gar nicht, ob die Versicherung …« Georg stammelte, er fühlte sich von dem großzügigen Angebot überwältigt und beschämt. Frau Wagner hatte mit alledem am wenigsten zu tun. Eine Parzelle hier an der Elbe? Wie sollte er sich darum kümmern? Außerdem musste nicht sie sich entschuldigen.

»Ach, mein lieber Herr Hellberger, die Versicherung! Glauben Sie im Ernst, dass die was zahlen? In solchen Fällen gibt's nichts. Es kommt wohl darauf an, wie die Polizei sich äußert. Bisher wurden die Verantwortlichen für diverse Brandanschläge bei uns nicht gefasst. Die Behörden haben nach der Wende zu vieles und zu viele übernommen, genau wie nach der Nazizeit. Ich weiß nicht, ob es Absicht war oder nur unbedacht. Wer zur Wendezeit dreißig war, der ist arbeitslos oder geht jetzt zwar in Rente, aber Sie haben gerade erlebt, wozu die noch fähig sind. Sie und Ihre Freunde«, Keule bekam einen freundlichen Blick geschenkt, »haben in diesem Land die bessere Seite und die besseren Zeiten erwischt. Mir ging's nicht schlecht in der DDR, ich sag's ehrlich, ich habe mich in meinem Museum eingerichtet und meine Fürstenporträts an den Wänden mit den aufgeblasenen Hanseln verglichen, die hier herumliefen, und mich im Stillen amüsiert. Ich war erst bei den letzten Demonstrationen dabei. Ich hätte viel früher anfangen müssen.«

»Manche haben es bis heute nicht begriffen«, sagte Keule. »Ich weiß nicht, wie ich mich verhalten hätte.«

Frau Wagner sah ihn dankbar an, und er tat alles, sie mit Storys aus seinem früheren Rockerleben abzulenken und aufzuheitern.

Georg trat zu Rico in die Küche. »Haben sie dich hier allein gelassen? Was gibt es?«

»Italienisch, ich liebe die italienische Küche.« Rico verdrehte die Augen. »Also, zuerst einen Salat, danach gefüllte Zucchini, dann Fettucine mit Meeresfrüchten und Knoblauch, wir haben Tagliatelle mit Lachs in einer Sahne-Weißwein-Soße, dann gibt es Maccheroni alla pastora, mit Schinken, Champignons und Erbsen, wer will, kann sich auch für Penne Rigate mit Wildschweinragout und Waldpilzen entscheiden. Zum Nachtisch habe ich noch Eis. Zufrieden?«

»Ist das die Absage auf die sächsische Kulinarik? Wer soll das alles essen?«

»Ihr könnt morgen gern wiederkommen.« Rico Schmidt reichte Georg ein Weinglas und schenkte einen Goldriesling ein. »Damit fangen wir an, die anderen gibt es später, auch Rote. Prost. Und jetzt erzählst du mir, wie du alles überstanden hast. Moment, gieß mal die Fettucine ab, der Seiher ist da unten in der rechten Schublade.«

Georg tat wie geheißen, dann berichtete er. Ritze, Keule und Pepe hatten bereits einiges von der Festnahme zum Besten gegeben, doch Georg konnte die Ereignisse besser in ihrem Zusammenhang schildern. Die Nacht in der Zelle habe er gut überstanden, man habe ihn anständig behandelt, sicher hätte das auch mit seinem Auftreten und der Anwesenheit der Leipziger Polizisten zu tun gehabt, seiner Ankündigung von Beweisen und der Unsicherheit der Beamten, da drei verschiedene Behörden mit der Sache befasst waren und niemand wirklich ganz durchblickte.

»Bis auf die BND-Leute«, bemerkte Rico, »nur lassen die sich nie in die Karten blicken. Ich vermute, das gilt auch für Fuchs. Hast du von dem was gehört?«

Georg verneinte. »Ich glaube auch nicht, dass wir von ihm hören werden.«

»Trotz der kompromittierenden Fotos?«

»Gerade deshalb. Wenn so jemand sich in die Enge gedrängt fühlt und auch nur daran denkt auszupacken, dann ...«

»... hat er plötzlich einen Unfall«, beendete Rico den Gedanken.

»Wie schon gesagt, ich nehme an, dass sie ihm einen neuen Pass und einen neuen Wohnort besorgen, keinesfalls im Kaukasus, vielmehr an der Côte d'Azur ...«

»Man könnte Fuchs beim BND ins Archiv im Keller stecken, da sieht ihn keiner, und ihn zum Witzesammeln anstellen. Der BND hat damals DDR-Witze gesammelt, um daraus Erkenntnisse über die sozialpolitische Lage des real existierenden Sozialismus zu gewinnen. Ist das nicht ein Witz?«

»In den Keller, das finde ich gut, nur sind die Zeiten noch nicht so schlecht, als dass die Witze gut wären.«

»Das ist wahr, außerdem haben Typen wie er keinen Humor, wie auch – bei so einem Scheißjob. Und Frau Studt macht bei Fuchs auf Haushälterin oder Ehefrau? Was meinst du, Georg? Sekretärin oder Geliebte?« Rico wurde allmählich hektisch, er schien bei der Vielzahl von Töpfen und Pfannen und Pastasorten und Soßen den Überblick zu verlieren.

Ricos Gedanke war nicht abwegig. Aber Georg schätzte sie anders ein und berichtete davon, dass sie die Koffer gepackt habe und abgereist sei. »Die wird sich einen Jüngeren nehmen, einen Alten hatte sie bereits.«

Mit Erschrecken hatte Rico vernommen, dass Georg mit Kilian beim Weingut gewesen war. »Und wenn dem Jungen was passiert wäre? Du würdest es dir nie verzeihen.«

»Es war mein Glück, dass er mitgekommen ist. Bei mir hätte sie kaum gezögert abzudrücken. Aber ein Doppelmord war ihr dann doch zu heftig.« Er schaute zu dem Jungen hin, der nur Augen für Marie hatte, und lächelte. »Es ist das erste Mal, dass ihm so was passiert.«

»Bei ihr auch«, fügte Rico Schmidt ein wenig bedrückt hinzu, »und es wird nicht das letzte Mal sein.« Er blickte über seine Töpfe und raufte sich die schütteren Haare. »Ich hätte auch Wickelklöße mit Sauerbraten für alle zubereiten können oder Leipziger Allerlei, vielleicht 'ne Sächsische Schusterpfanne – aber italienisch ist lustiger.« Mit lautem Zischen landeten die Krabben und Venusmuscheln in der heißen Pfanne mit den Zwiebeln und dem Knoblauch.

»Wenn wir alle weg sind, Rico, morgen Abend, wird es wieder ziemlich still bei dir sein.«

»Dann kann ich wenigstens in Ruhe weiterarbeiten. Und wenn ich Bewegung brauche, komme ich zu euch an die Mosel. Da war ich noch nie. Habt ihr ein Gästezimmer?«

»Für dich immer.«

Rico rief Marie und bat sie, die Pasta auf den Tisch zu stellen.

Widerwillig riss sie sich von Kilian los und nahm die

Schüsseln entgegen, während ihr Großvater sich mit einem Küchenhandtuch den Schweiß von der Stirn wischte.

»Ich habe deinen Semmering nicht kennengelernt. Die Frau war mir sympathisch. Wenn der Idiot mit offenen Karten gespielt hätte, wäre er wahrscheinlich noch am Leben. Wie wird es in seinem Fall weitergehen? Die Aufnahmen von der Tankstelle hast du weitergeleitet?«

»Sie sind im Netz, und der Polizei habe ich gesagt, wo sie zu finden sind. Da haben sie was zum Nachdenken. Man sagte mir, es werde ermittelt. Doch das kann dauern. Aber es wird nicht viel dabei rauskommen, besonders weil es ihre eigenen Leute waren. Dann wird wieder über alte Seilschaften geredet, über die Ost-West-Kooperation, wo die SED-Gelder geblieben sind, und anderes kommt ans Licht, was dem Ansehen der Politiker schaden könnte. Das werden sie nicht wollen. Deshalb werden die von ganz oben dafür sorgen, dass die Ermittlungen einschlafen, und ab und zu gibt es ein Kommuniqué.«

Zum Glück hatte Georg Menschen wie Rico Schmidt und Frau Wagner hier vor Ort getroffen. Apropos: In dem Zusammenhang erwähnte er ihr großzügiges Angebot, ihm eine Parzelle zu übereignen.

»Ich würde sie nehmen«, meinte Rico, »da hätte ich was zum Üben, aber dazu bin ich zu alt. Wie lange dauert es, bis man das mit dem Wein einigermaßen draufhat?«

»Bis man es kann?« Georg lachte. »Mein lieber Rico, ich mache das jetzt seit acht Jahren und stehe erst am Anfang. Wenn du dir Mühe gibst, dann dauert es dein ganzes Leben.« ∞

Danksagung

Als in Berlin die Mauer fiel, war ich zehntausend Kilometer von meiner Heimatstadt entfernt. Mein erstes Gefühl war eine maßlose Erleichterung: Mir schien die Gefahr eines Krieges in Europa gebannt. Seit meiner Zeit als Soldat bei der Bundeswehr war mir klar, dass in Deutschland, im Osten wie im Westen, niemand einen solchen Krieg überleben würde.

Sieben Jahre nach dem Mauerfall beendete ich meine Arbeit als Reporter in Lateinamerika und kehrte nach Deutschland (nicht in die BRD) zurück. Da waren von Helmut Kohl, den Konzernen und weiteren Kriegsgewinnlern alle Weichen für die ehemalige DDR gestellt. Sie war für mich einerseits fremd, andererseits vertraut: der Westberliner Blick auf die Mauer, Stacheldraht, Kontrollen, CDU-Propaganda, Spiegel unter dem Auto, Schäferhunde unter dem Zug, und Band 25 der Marx-Engels-Werke steht noch heute in meinem Bücherschrank. Den Sozialismus habe ich mir immer anders vorgestellt als die Herren Lenin und Honecker.

Den ersten Wein aus Sachsen habe ich erst viele Jahre später bei meiner Lesung auf Schloss Wackerbarth probiert. Vor diesem Hintergrund war die Recherche zum vorliegenden Roman äußerst spannend.

Ökonomisch gesehen, teile ich die Ansicht des Historikers Ilko-Sascha Kowalczuk – ›Die Übernahme‹ nannte er sein Buch über den Zusammenschluss. Menschlich gesehen, verließ ich mich lieber auf Zeitzeugen: ehemalige Gefangene,

Republikflüchtige, Wendehälse, Mitläufer und ewig Hoffende. Und selbstverständlich auf die Winzer, mit denen die Arbeit immer eine Freude ist – anders als das Eintauchen in die deutsch-deutsche Vergangenheit.

In keinem europäischen Weinbaugebiet erhielt ich auf meine Interviewanfragen derart viele Absagen wie in Sachsen. Doch mit denen, die mir ihr Weingut öffneten, hat die Arbeit Freude gemacht. Da hielten sich Ost und West genau die Waage.

Karl Friedrich Aust, Bernd Kastler, Lutz Krüger (Winzergenossenschaft Meißen), Prinz zur Lippe (Schloss Proschwitz), Jakob Oehler (Weingut Drei Herren), Michael Thomas und Jürgen Aumüller (Schloss Wackerbarth), Martin Schwarz, Wolfgang Winn und Klaus Zimmerling. Für den guten Überblick und die Historie sorgten der Historiker Frank Andert (Hoflößnitz) und Werner Böhme, der als Chronist des sächsischen Weinbaus auch Reben im eigenen Garten zieht. Sie alle halfen, dass dieses Buch zustande kam. Ihnen allen meinen aufrichtigen Dank.

Paul Grote